"圣杯神器"系列

第一部

CITY OF BONES

CASSANDRA CLARE

骸骨之城

〔美〕卡桑德拉·克莱尔 著　龚萍 管阳阳 茹静 译

人民文学出版社
PEOPLE'S LITERATURE PUBLISHING HOUSE

著作权合同登记号 图字 01-2016-4688

图书在版编目(CIP)数据

骸骨之城/(美)卡桑德拉·克莱尔著;龚萍,管阳阳,茹静译. —北京:人民文学出版社,2016
("圣杯神器"系列)
ISBN 978-7-02-011907-3

Ⅰ.①骸… Ⅱ.①卡… ②龚… ③管… ④茹… Ⅲ.①长篇小说-美国-现代 Ⅳ.①I712.45

中国版本图书馆 CIP 数据核字(2016)第 184292 号

责任编辑:**卜艳冰 周 洁**
封面设计:**汪佳诗**

出版发行 **人民文学出版社**
社　　址 **北京市朝内大街 166 号**
邮政编码 **100705**
网　　址 **http://www.rw-cn.com**

印　　刷 **上海利丰雅高印刷有限公司**
经　　销 **全国新华书店等**

开　　本 **720 毫米×1000 毫米 1/16**
印　　张 **20**
字　　数 **357 千字**
版　　次 **2016 年 11 月北京第 1 版**
印　　次 **2016 年 11 月第 1 次印刷**

书　　号 **978-7-02-011907-3**
定　　价 **68.00 元**

目 录

卷·一 堕入幽冥界

卷·二 通往地狱之路畅通无阻

卷 · 三　地狱在召唤

· 致谢 ·

我想感谢我的创作团队，马萨诸塞全明星阵容：埃伦·库什纳、迪莉娅·谢尔曼、凯莉·林克、加文·格兰特、霍莉·布莱克和莎拉·史密斯。我还要感谢在书尚未问世之前汤姆·霍尔特和佩格·克尔给我的鼓励，以及在书出版后贾斯丁·拉巴勒斯蒂尔和夏娃·西奈科告诉我他们的想法。感谢我父母对我的无私奉献、喜爱，以及毫不动摇的信念，他们相信我一定会写出值得发表的文字。感谢吉姆·希尔和凯特·科纳的鼓励和支持。感谢埃里克提供利用恶魔能量驱动吸血鬼摩托车的灵感，感谢埃尔卡提出“穿着黑衣比敌人的寡妇更好看”的建议。感谢西欧和瓦尔创作了与我的文字相得益彰的美丽图片。感谢我魅力十足的代理人巴里·戈德布拉特和我才华横溢的编辑凯伦·沃依提拉与我共同经历这本书出版的全过程，感谢乔什使一切付出都变得那么值得。

我一直没有睡过。

一件大事自初起动机至见诸行动，

其间一段时间真像是一种幻境，或一场噩梦：

灵魂与肉体正在彼此磋商；

整个人的身心就像是一个小小的国家临到了叛变突发的前夕，陷于瘫痪。[①]

——威廉·莎士比亚，《尤利乌斯·恺撒》

---

① 该段引文选用了梁译（梁实秋先生）和朱译（朱生豪先生）。

卷 · 一

堕入幽冥界

唱着天庭诗神缪斯所教的新曲，
歌咏“混沌”和“永恒的夜”，
翱翔着，先向下方幽冥界降落，
再向上方返航升起，冒险飞进……[1]

——约翰 · 弥尔顿[2]，《失乐园》

① 此段引文翻译参考朱维之先生所译之《失乐园》。

② 约翰 · 弥尔顿（1608—1674），英国诗人、政论家、民主斗士，英国文学史上最伟大的六大诗人之一。

第一章
群魔殿

“你一定是跟我开玩笑。”保镖说道，双臂交叉抱在厚实的胸膛上。他低头瞪着眼前穿红色拉链夹克衫的男孩，摇晃着光头说：“你不能把那个东西带进来。”

约摸五十个少年在群魔殿俱乐部门外排队等候，他们全都扭过头去偷听。要等很长时间才能进入这家不限年龄的俱乐部，尤其是在星期天，而且排队秩序很好的情况可不多见。保镖们很凶悍，倘若有人流露出寻衅的苗头，他们会立即跑过去把他揪出来。十五岁的克拉丽·弗雷和她最要好的朋友西蒙一起站在队伍中，与其他人一样别过头去，期望看到令人兴奋的场面。

“哟，别这样。”年轻人把那个东西举过头顶。看起来像根一头削尖的木棍。“这是我道具的一部分。”

保镖挑起眉毛。“那个是什么？”

男孩咧嘴笑了起来。在群魔殿这种地方，他只算得上其貌不扬，克拉丽想道。他的头发经过电烫染成蓝色，直突突地竖在头上，像章鱼受到惊吓时张开的触角，不过，他脸上没有精致的文身，也没有硕大的金属棒穿过他的耳朵和嘴唇。“我扮的是吸血鬼猎手，”他把那个木头样的东西往下一推，这玩意儿像一片草叶似的弱不禁风地弯向一边，“这是假的。泡沫橡胶。明白吗？”

克拉丽注意到男孩那双绿色的大眼睛亮得有些过头：防冻剂的颜色，是那种春草绿。很可能是彩色隐形眼镜。保镖耸了耸肩，突然兴味索然地说道：“管它是什么呢。进去吧。”

男孩快速从他身边走过，快得像条泥鳅。克拉丽喜欢他走路时斜着肩膀，猛地往后甩头发的样子。她母亲很可能会用那个词来形容他——满不在乎。

“你认为他很迷人，”西蒙用略带听之任之的口吻说，“是不是？”

克拉丽用胳膊肘顶了一下他的肋骨，但没有回答。

俱乐部里面喷洒着干冰，烟雾缭绕，一片朦胧。彩色的灯光在舞池上方闪耀，蓝色、酸性绿、艳粉色和金色交相辉映，犹如置身于五彩斑斓的人间仙境。

那个穿红色夹克的男孩双手轻抚着如剃刀般锋利的长棍，嘴角露出一抹漫不经心的微笑。很容易就让人觉得这玩意儿没什么危害——只要一点点光照到长棍上就行。另一抹灯光打在他的眼睛上，就在保镖直勾勾地盯着他的那一刻，他走了进去。当然啦，他很可能不用大费周章地走进去，但在众人面前堂而皇之地捉弄"盲呆"，看着他们一脸茫然不知所措、傻乎乎的表情，正是他的乐趣所在。

倒不是人类一无是处。男孩绿色的眼眸扫过舞池，人类在这里舞动，修长的身躯上有的罩着丝质衣裙，有的穿着黑色皮衣，在旋转的干冰烟柱四周若隐若现。女孩们摇晃着她们的长发，男孩扭动着穿着紧身皮裤的臀部，裸露在外的皮肤上因沁出的汗水而闪闪发光。活力简直就是从他们身上倾泻而下，一波又一波的能量使他浑身感到一阵醉酒似的眩晕。他撇了撇嘴巴。他们浑然不知自己多么幸运。他们浑然不觉在冥界朝不保夕地维持生计是何种情形，在那里，太阳无精打采地悬挂在天上，犹如燃烧殆尽的煤渣。他们的生命像蜡烛的火焰一样熊熊燃烧着，然而，轻轻呼一口气就能将之吹灭。

他的双手紧紧握住随身携带的长棍，一个女孩从一群舞者中走出来，开始向他靠近，他也随之向舞池迈进。他目不转睛地看着她。在人类中，她可谓是美丽绝伦——一袭长发与眼影的颜色完全相同，犹如墨汁般漆黑。长及地面的白色长裙与昔日妇女们的穿着风格相似，属于上个世纪。罩在纤细胳膊上的蕾丝衣袖鼓了起来，脖子上戴着一条粗重的银色链子，上面悬挂着一枚婴儿拳头般大小的深红色吊坠。他眯起眼睛细看才知道它是真货——不仅真实，而且珍贵。她向他走近，他则开始垂涎欲滴了。盎然生机从她身上散发出来，仿佛从裸露在外的伤口中流淌出来的血液。他转身跟随着她的步伐，幻想着死神即将降临在她头上，细细品味由此带来的阵阵悸动。

这种事情向来易如反掌。他已经能够感受到她即将蒸发的生命像火一样燃遍了他的血管，人类如此愚蠢。他们拥有那么珍贵的东西，却几乎从不设防。他们为了金钱、一包包毒品，甚至陌生人魅惑的微笑而抛弃自己的生命。那个女孩从彩色的烟雾中隐退，犹如一个苍白的幽灵。她来到墙边，转过身，双手拎着裙摆举了起来，冲着他嫣然一笑。她在裙子下面穿了一双及大腿的长筒靴。

他慢悠悠地朝她走过去，渐行渐近时他的皮肤感到阵阵刺痛。近观时，她并不是那么完美：他看得出她的眼睛上涂着睫毛膏，汗湿的头发黏在脖子上。他闻到她身上散发出的死亡气息，一种甜美的腐败味。你死定了，他想。

她酷酷地微笑着，双唇狡黠地撅了起来。她挪到一边，他看得出她正依靠在一扇紧闭的门上，"不得入内——仓库"这几个用红色油漆潦草书写的字赫然映入眼帘。她伸手在背后探到门把手后一拧，迅速地溜了进去。他瞥见堆叠在一起的盒子和缠绕在一起的线圈。储藏室。他朝身后瞟了一眼——没人注意。要是她不想被人打扰的话反而正中他的下怀。

他跟在她身后溜了进去，没有意识到有人盯梢。

“那么，”西蒙说道，“音乐很棒，对吧？”

克拉丽没有回答。他们正在跳舞，或者可以看成是在跳舞——不停地前后摇摆，偶尔突然扑向舞池，好像其中一个人的隐形眼镜掉在地上似的——周围是一群身穿镶有金属片的紧身内衣的十几岁男孩子和一对正在激情拥吻、耳鬓厮磨的亚裔情侣，他们的彩色头发像葡萄藤一样缠绕在一起。一个嘴唇穿孔的男孩，背着个泰迪熊背包，正在散发免费的狂喜草药片，他的萝卜裤在鼓风机吹出的清风中拍动。克拉丽并没有太注意周遭的环境——她目不转睛地盯着那个靠嘴皮子溜进俱乐部的蓝头发男孩。他悄悄地穿过人群好像在寻找什么。他走路的样子使她想起了某件事……

“就我个人来说，玩得很尽兴。”西蒙继续说道。

这似乎不大可能。西蒙穿着牛仔裤，上身穿一件旧T恤衫，前襟上写着“布鲁克林制造”几个大字，在俱乐部一如既往地显得特别碍眼。他那刚刚精心梳洗打理过的头发是深棕色的，而不是绿色或粉色，一副眼镜歪歪扭扭地架在鼻梢。与其说他看起来正在思考黑暗的力量，还不如说他是准备去象棋俱乐部。

“嗯哼。”克拉丽清楚地知道他陪她来群魔殿俱乐部仅仅是因为她想来，而他本人觉得这里很无趣。她甚至不知道自己为什么喜欢这里——服装和音乐使这里如烟似梦，她喜欢别人的生活，丝毫不喜欢自己索然无味的现实生活，但她总是太羞怯，除了跟西蒙讲话之外不敢跟任何人搭讪。

那个蓝头发男孩正在朝舞池走去。他的表情有些茫然，仿佛没找到要找的那个人。克拉丽很好奇倘若自己走过去，自我介绍一番，并主动带他四处走走，结果会怎样。或许他的反应不过是瞪眼盯着她；或许他本人也很害羞；或许他会既感激又高兴，却试图不表现出来，男孩子们就是这样——但她了解。或许——

蓝头发男孩突然抬起头来，猛地警觉起来，像一只蓄势待发的猎犬。克拉丽追随着他的视线，看见了穿白色长裙的那个女孩。

哦，原来如此，克拉丽想道，心中不禁泛起一阵失落，宛如泄了气的舞会气球，却不得不强装镇定。我猜就是那样。那个女孩美丽绝伦，是克拉丽想要用画笔为之画像的那种女孩——高挑而纤细，还有一袭如瀑布似的长发。即使离得那么远，克拉丽也能看见她脖子上戴着的那枚红色吊坠，它像一颗脱离肉体独自存在的心脏，在舞池的灯光下有节奏地跳动。

“我觉得，”西蒙继续说道，“今晚 DJ 巴特干得格外出色。难道你不同意吗？”

克拉丽翻了一下白眼没有回答。西蒙讨厌令人昏昏欲睡的音乐。她的注意力还停留在穿白色长裙的女孩身上。她那条苍白的长裙像灯塔一样闪耀，穿透昏暗的烟雾与人造雾气。难怪蓝头发男孩像着了魔似的跟着她，对周遭的一切浑然不觉——两个黑影逶迤穿过人群紧紧跟在他身后。

克拉丽慢慢停下舞步，目不转睛地看着这一幕。她勉强辨认出那是两个男孩的身影，他们个子很高，穿着一身黑衣。她没法说清楚自己为何知道他们在跟踪那个男孩，但她就是知道。他们跟着他的步调前进，小心翼翼且高度警觉，走动时偷偷摸摸却不失优雅，她一看就知道。恐惧宛如一朵含苞待放的花儿在她心中慢慢绽放开来。

“同时，”西蒙补充道，“我本想告诉你最近我一直在穿异性服装，并且我和你妈妈上了床。我本以为你知道。”

女孩来到墙边，打开一扇上面写着“禁止入内”的门。她示意跟在她身后的男孩，他们偷偷溜了进去。这种事情克拉丽以前并不是没见过，一对情侣溜到俱乐部的阴暗角落去亲热，奇怪的倒是为何有人跟踪他们俩。

她踮起脚尖朝人群望过去。那两个家伙在门口停了下来，好像在讨论。其中一个是金发，另一个是黑发。金发的那个人把手伸进夹克衫，拿出一个长而尖的东西，在眼花缭乱的灯光下闪闪发光。是一把刀。“西蒙！”克拉丽大叫道，一把抓住他的胳膊。

“什么事？”西蒙一脸惊慌，“我没真的和你妈妈上床，你知道。我只不过是想引起你的注意。并不是因为你妈妈在她这个年纪算不上有魅力的女人。”

“你看见那些人了吗？”她瞎比划一通，差点儿戳到在他们附近跳舞的一个卷发黑人女孩。那个女孩恶狠狠地瞪了她一眼。“对——对不起！”克拉丽转身看着西蒙，“你看见那边那两个人了吗？那扇门附近的？”

西蒙眯起眼睛，然后耸了耸肩。“我什么也没看见。”

“一共有两个人，正在跟踪那个蓝头发男孩……”

“那个你觉得很讨人喜欢的男孩？”

“是的，但这不是问题的关键。那个金头发拔出了一把刀。”

“你确定？”西蒙更加费劲地盯着那里，摇头说，“我还是什么人都没看见。”

“肯定有人。”

西蒙突然一本正经地挺起肩膀。“我去找保安。你待在这里。”他大步流星地走开了，在人群中艰难穿行。

就在克拉丽转身的那一刹那，她看见金发男孩偷偷地溜进“禁止入内”的那扇门，他的朋友紧随其后。她四处张望，西蒙仍在舞池的人群中跋涉，毫无进展。即使她此刻大叫也不会有人听见，要是等到西蒙回来，可怕的事情恐怕已经发生了。克拉丽咬紧下唇，开始挣脱人群。

“你叫什么名字？”

她转过身，嫣然一笑。朦胧的灯光透过布满尘埃、装有贴条的高大窗户照射进来，洒落在储藏室的地上，一片昏暗。地面上横七竖八地堆放着电线，镜面球的碎片和废弃的油漆罐扔得满地凌乱。

“伊莎贝尔。”

“很美的名字。”他朝她走过去，小心翼翼地在电线中穿行，以防触电。在昏暗的灯光下，她看起来像是半透明的，仿佛漂白过似的，罩在一袭白色之中犹如天使一般，使她堕落会是美事一桩……“我以前在这里从没见过你。”

“你是在问我是不是经常来这里吗？”她用一只手捂住嘴巴咯咯地笑道。她的手腕上戴着手镯之类的饰物，就在袖口边上——就在他向她靠近的那一刻，他看见那根本不是手镯，而是一种用墨水涂染进皮肤的图案，形如弯曲盘旋的线条矩阵。

他一动不动地僵在原地。“你——”

没等他说完，她以迅雷不及掩耳之势徒手向他挥去，力量之大足以让人当场跌倒，奄奄一息，不过他可不是凡人。他踉踉跄跄地往后退，现在她手中握着武器，向下挥动时微微散发着金色的光芒，这条绕成一圈的鞭子裹住他的足踝，她猛地一拉，他脚下一滑摔倒在地，讨厌的金属勒得他皮开肉绽，他痛苦地在地上打滚。她则站在他旁边大声冷笑，他迷迷糊糊地觉得自己本该知道事情会是这样。没有哪个人类女孩会穿伊莎贝尔身上的这款裙子。她穿这条长裙——把自己遮得严严实实——是为了掩饰自己的皮肤。

伊莎贝尔用力拉住鞭子，牢牢地抓紧它。她的微笑光彩照人，犹如魅惑人心的毒药。“男孩们，他就交给你们了。”

他身后响起一阵低沉的笑声，接着他感到有手碰到自己，一把将他拎起来向上一抛，他的身子狠狠地撞在一根水泥柱子上。他能感觉到后背撞到的那块石头是湿的。他的双手被反剪在背后，手腕被绳索紧紧绑住。就在他挣扎之际，有人绕过柱子的一侧进入他的视线：一个男孩，像伊莎贝尔一样年少，也像她那样漂亮。他那黄褐色的眼睛像琥珀珠子一样晶莹剔透。“那么，还有跟你一起来的吗？”他说道。

金属鞭子勒得太紧，蓝头发男孩感到自己的血液都快涌出来，手腕也变得滑溜溜的。“还有什么？”

“别耍滑头，”琥珀色眼睛的男孩举起手，黑漆漆的袖管拉了起来，露出整条胳膊，他的手腕、手背还有手掌上布满墨水涂染的如尼文，“你知道我的身份。”

这个被绑的男孩脑海深处浮现出一副自己咬牙切齿的模样。

“暗影猎手。”他嘶嘶地说道。

另一个男孩满脸堆笑道：“没错。”

克拉丽推开储藏室的门走了进去。乍一看她还以为这里已经废弃不用了：唯一的窗户高高在上，上面还用木板封死；街上的喧闹声隐隐约约地透过窗户传进来，有汽车喇叭发出的嘟嘟声，还有猛然刹车时的振鸣声。屋子里好像有股陈旧油漆的味道，地面上布满厚厚的灰尘，上面还残留着模糊的鞋印。

这里竟然没有人，她恍然大悟，手足无措地四处张望。尽管现在是八月，屋子内外可谓冰火两重天。在屋内，她的后背因沾满汗水而变得冰凉。她提起脚向前跨出一步，小心翼翼地避开地上密密麻麻的电线，弯下腰解开被电线缠绕的帆布鞋，就在这时她听到了有人说话的声音。一个女孩在大笑，一个男孩则在愤怒地回答。就在她站直身体的那一刹那，她看见了他们。

他们倏地映入她的眼帘。身穿白色长裙的女孩就在眼前，乌黑的头发像湿漉漉的杂草一样凌乱地披在肩上。两个男孩和她在一起——高个子那个也有一头和她一样的黑发，个子较小的那个更帅气，昏暗的灯光透过高高在上的窗户洒落在他身上，使他的头发呈黄铜色。帅气的男孩双手插在口袋里站立着，直视那个朋克男孩，他被绑在一根看起来像钢琴丝的柱子上，双手反剪在背后，脚踝也被绑在一起，脸上流露出痛苦和恐惧的僵硬表情。

克拉丽的心怦怦直跳，她猫着腰躲在离自己最近的那根柱子后面，眯着眼睛四处张望。她注视着那个金发男孩双臂抱在胸前踱来踱去。“那么，”他说，“你还是没有告诉我有没有同类跟你一起来。”

同类？克拉丽不明就里。说不定她碰巧遇到别人在打群架。

“我不知道你在说什么。”蓝头发男孩的声音痛苦而不友好。

“他说的是其他恶魔，”黑发男孩说，这是他第一次开口，“你一定知道恶魔是什么，对不对？”

被绑在柱子上的那个男孩别开脸，嘴巴一张一合地在说什么。

“恶——魔——”金发男孩拉长腔调慢吞吞地说着，举起手指强调道，“在宗教意义上是地狱的居民，撒旦的奴仆，但鉴于圣廷的宗旨，在此被认为是任何来自我们本族维度之外的不怀好意的鬼魂。”

“够了，杰斯。”女孩说道。

“伊莎贝尔说得没错，”高个子男孩赞同道，“这里没人需要上语义学或恶魔研究课。”

他们疯了，克拉丽想道，真是疯了。

杰斯抬起头笑了笑。这个表情传递出某种凶狠的意味，这使克拉丽想起在探索频道上看过的有关狮子的纪录片，那种大型猫科动物抬起头，用鼻子嗅猎物时就是这种模样。“你觉得我话太多？”

蓝头发男孩没有回答。他的嘴唇还在一张一合。“我可以给你透露些信息，”他说道，“我知道瓦伦丁在哪里。”

杰斯回头扫了一眼亚历克，亚历克耸了耸肩。“瓦伦丁在地狱，”杰斯说道，“这个东西根本是在耍我们。”

伊莎贝尔甩了甩头发。“干掉它，杰斯，”她说道，“它什么都不会告诉我们。”

杰斯举起手，克拉丽看见他手里握着的那把刀发出微弱的寒光。刀有种说不出的半透明质感，刀锋像水晶一样剔透，像玻璃碎片一样锋利，刀柄上还镶嵌着红色的宝石。

被绑着的男孩惊呼道：“瓦伦丁回来了！”他反抗着，拖着背后将其双手绑住的绳索。“整个地狱界都知道——我知道——我会告诉你他在哪里……”

盛怒之火倏地在杰斯冰冷的双眼中熊熊燃烧起来。“以天使之名，每次我们抓到你们这群混蛋时，你们都会说自己知道瓦伦丁在哪里。好吧，我们也知道他在哪儿。他在地狱，而你——”杰斯转动手中握着的刀，刀刃上冒起一排火花，“你就在那里跟他会合吧。”

克拉丽再也忍不住了。她从柱子后面走出来。“住手！”她叫道，“你不能这么做。”

杰斯转了个圈，手中的刀惊诧得飞了出去，哐当一声落在水泥地面上。伊莎贝尔、亚历克和他一起转过身，脸上带着同样惊诧的表情。蓝头发男孩的手脚仍然被绑着，大惊失色地喘着粗气。

先开口说话的是亚历克。“这是什么？”他逼问道，视线从克拉丽转到自己的同伴身上，仿佛他们可能知道她为什么会出现在这里。

“是个小姑娘，”杰斯恢复镇定后说道，“亚历克，你以前肯定也见过这样的女孩子。你妹妹伊莎贝尔就是个小姑娘。”他走向前朝克拉丽靠近一步，眯起眼睛仿佛不相信眼前所见的这一切。“一个普通的人类女孩，”他半自言自语地说道，“而且她能看见我们。”

“我当然能看见你们，”克拉丽说道，“我又不是瞎子。”

“哦，但你就是，”杰斯说道，弯腰拾起刀，“只不过你不知道罢了。”他直起身体，“要是你明白识时务者为俊杰的话，最好离开这里。”

“我哪儿也不去，”克拉丽说道，“如果我离开，你会杀死他。”她指着那个蓝头发男孩。

“此话不假，”杰斯承认道，手指旋转着刀，“我杀不杀他与你何干？”

“因——因为——”克拉丽又气又急地说道，“你不能随随便便杀人。”

“你说得没错，”杰斯说道，“你不能随随便便杀人。”他指着那个眯着眼睛的蓝头发男孩。克拉丽不知道他是不是晕厥过去了。“那不是人，小姑娘。它看起来或许像人，也像人一样说话，甚至会像人一样流血，但它却是恶魔。”

“杰斯，”伊莎贝尔带着警告的语气喊道，“够了。”

“你疯了，”克拉丽说道，后退了几步离他远一些，“你知道，我已经通知警察了。他们随时会赶到这里。”

“她在撒谎，”亚历克说道，不过他脸上有一丝疑云，“杰斯，你——”

他再也不会有机会说完这句话。就在那一刹那，蓝头发男孩随着一声尖锐的吼叫挣脱将他绑缚在柱子上的绳索，朝杰斯扑过去。

他们跌倒在地上，一起翻滚，蓝头发男孩用像有金属尖锋一样闪闪发光的双手撕扯着杰斯。克拉丽后退着想要逃跑，但她不小心踩到一团线圈被绊倒在地上，摔倒下去几乎喘不过气来。她听见伊莎贝尔在尖叫。克拉丽翻了个身看见蓝头发男孩骑在杰斯的胸脯上。血在他那刀锋似的爪子顶部散发着微光。

伊莎贝尔和亚历克飞奔向他们，伊莎贝尔手里挥动着鞭子。蓝头发男孩用张开的爪子朝杰斯扫过去。杰斯抡起一条胳膊保护自己，爪子像犁耙一样划过那条胳膊，鲜血四溅。蓝头发男孩又一跃而起——伊莎贝尔的鞭子正好击中其后背。他尖叫一声，滚向一边。

杰斯翻身而起，像伊莎贝尔的鞭子一样快。他手里握着一把闪烁着微光的刀片，一把捅进蓝头发男孩的胸膛。黑乎乎的液体在刀柄处汩汩流淌出来。这个男孩弓着身体跌落在地面上，发出汩汩的声音抽搐着。杰斯站了起来，露出一脸苦相。他的黑色衬衫有几处被血渍浸湿，变得更黑了。他低头盯着脚边抽搐的身形，弯下腰一把抽出刀。刀柄上沾满黑乎乎的液体，滑腻腻的。

蓝头发男孩眨了两下眼皮睁开了双眼。他的眼睛一动不动地看着杰斯，好像要燃烧起来一样。他从牙缝中厉声嘘道："就这样吧。弃魔会把你们全干掉。"

杰斯好像要咆哮起来似的。男孩的眼睛翻转回来，他的身体开始痉挛抽动，随后蜷缩成一团，变得越来越小直到消失得无影无踪。

克拉丽挣扎着站起来，踢开了缠绕着她的电线。她开始往后退。他们谁也没有注意她。亚历克冲到杰斯身边，抓住他的胳膊，卷起袖子，很可能是想好好看看伤口。克拉丽转身想跑——却发现伊莎贝尔挡住了她的去路，手里还握着一根鞭子。她把鞭子挥向克拉丽，尾部自动地缠绕住她的手腕，猛地一下拉紧。克拉丽大吃一惊，痛得直喘气。

"愚蠢的小盲呆，"伊莎贝尔轻声说道，"你差点儿害死杰斯。"

"他疯了。"克拉丽说道，想要挣脱手腕。鞭子勒得更紧了。"你们全都疯了。你们以为自己是什么，治安维持会杀手？警察——"

"除非你变出个男孩来，否则警察通常不会感兴趣。"杰斯说道。他抱着胳膊小心翼翼地穿过布满电线的地板朝克拉丽走过来。亚历克跟在他身后，恼怒地紧绷着脸。

克拉丽盯着男孩消失的地方，一言不发。那里连一滴血的黑印子都没有——没有任何东西证明男孩曾经存在过。

"它们死后回到自己所属的维度，"杰斯说道，"假使你想知道的话。"

"杰斯，"亚历克厉声说道，"小心。"

杰斯抽开胳膊，脸上多出一块食尸鬼似的血块。他仍然使她想起狮子，明眸皓齿，栗色金发。"她看得见我们，亚历克，"他说道，"她已经知道得太多了。"

"那么你希望我怎么处理她？"伊莎贝尔追问道。

"让她走。"杰斯冷静地说。伊莎贝尔朝他投去一个惊讶乃至于愤怒的眼神，但她没争辩。鞭子晃悠悠地滑下去，松开克拉丽的胳膊。她摩挲着疼痛的手腕，不知道自己到底该如何离开此地。

"或许我们应该让她跟我们回去，"亚历克说道，"我打赌霍奇愿意跟她谈一谈。"

"我们绝不可以带她到学院，"伊莎贝尔说道，"她只是个盲呆。"

"她真的是吗？"杰斯轻声说道。他不露声色的口吻比伊莎贝尔的厉声呵斥或亚历克的愤怒相向更加糟糕。"你和恶魔有关系吗，小姑娘？与巫师散过步，和黑夜之子说过话吗？你曾——”

“我的名字不是‘小姑娘’，”克拉丽打断他，“并且我不知道你在说什么。”是吗？一个声音在她脑海深处说道。你看见那个男孩消失得无影无踪。杰斯并没有发疯——你只是希望他疯了。“我不相信——有恶魔，也不知道你说的诸如此类的——”

“克拉丽？”这是西蒙的声音。她迅速地转过身。他正站在储藏室的门口。先前在大门口正往胳膊上打标记的那个彪形大汉站在他旁边。“你没事吧？”他透过昏暗的光线眯起眼睛看着她，“为什么你一个人在这里？那些家伙怎么了——你知道，那几个带刀的家伙？”

克拉丽盯着他，然后看了看她身后，杰斯、伊莎贝尔和亚历克就站在那里，杰斯手里仍然握着那把刀，身上还穿着那件染满鲜血的衬衣。他朝她露齿一笑，略带抱歉和嘲讽地耸了耸肩。显然，他并不惊讶西蒙和保镖都看不见他们。

不知怎地，克拉丽也不觉得讶异。慢慢地她又转身看着西蒙，知道在他眼里自己一定很糗，孤零零地站在一个潮湿的储藏室里，脚上缠满了明亮的塑料电线。“我以为他们到这里来了，对不起，”她瞟了一眼西蒙，看见他的脸色从担忧变成了尴尬，然后视线落在了那个保镖身上，他看起来实在很恼火，“我搞错了。”

在她身后，伊莎贝尔咯咯地笑了起来。

“我简直不敢相信。”西蒙顽固地说道，克拉丽则站在马路边石上拼命地想要拦辆出租车。他们在俱乐部里面的时候，扫大街的清洁工已经从奥查德来过这里，街上到处沾满油腻腻的水渍。

“我知道，”她同意道，“你觉得应该拦得到出租车。星期天的午夜大家会去哪儿？”她转过身看着他，耸了耸肩，“你觉得我们在休斯敦运气会更好？”

“我指的不是出租车，”西蒙说，“你——我不相信你说的话。我不相信那些带刀的家伙凭空消失不见了。”

克拉丽叹了一口气。“或许根本不存在什么带刀的家伙，西蒙。或许这一切只不过是我想象出来的。”

“不可能，”西蒙把一只手举过头，但是开来的出租车飕飕地从他旁边开过，溅起一阵脏兮兮的污水，“我来到储藏室时看到你的脸。你真的吓坏了，好像你见到鬼似的。”

克拉丽想到杰斯那双像狮子般的猫眼。她往下瞟了一眼自己的手腕，上面绕着一圈细细的红印，那是伊莎贝尔的鞭子留下的。不，不是鬼，她想道，是更匪夷所思的东西。

“只是弄错了。”她不耐烦地说。她不知道为什么自己不跟他讲真话。当然，除了他认为她疯了之外，还和刚才发生的事情有关——与杰斯的刀上面汩汩流淌出来的黑色血液有关，与他说“和黑夜之子说过话吗?”时的语气有关，这些都是她想独自守护而不愿为他人道的秘密。

“好极了，那可是糗到家的错误呢。”西蒙说。他回头扫了一眼俱乐部，门外还排着一条细细的长龙，一直占了半条街区。“我怀疑他们还会不会让我们进群魔殿。”

“你在乎什么呢?你讨厌群魔殿。”一个黄色的车形穿过夜雾冲着他们疾驰而来，克拉丽又扬起手。这一次车在他们所在的街角哧的一声停了下来，司机拼命地按着喇叭仿佛需要引起他们注意似的。

“终于幸运降临在我们头上了。”西蒙拉开出租车的门，轻轻地溜进铺着塑料坐垫的后座。克拉丽紧随其后，吸了一口熟悉的纽约出租车的气味，陈旧的香烟味、皮革味和发胶味混杂在一起。“我们去布鲁克林，”西蒙对出租车司机说完后转过身面对克拉丽，“瞧，你要明白你可以跟我无话不谈，是吗?”

克拉丽犹豫了一会儿，然后点了点头。“当然啦，西蒙，”她说，“我明白。”

她随手砰的一声关上车门，而后出租车消失在夜色之中。

第二章

秘密与谎言

黑暗王子跨骑在他那黑色的战马上，黑色貂皮斗篷在身后随风飘扬。一根金色发带绑着他那金色的长发，英俊的脸庞因为战争的狂暴而变得冷漠无情，而……

“而他的胳膊看起来像根茄子。”克拉丽愠怒地喃喃自语道。画画根本不管用。叹了一口气，她从素描本上又撕下一张纸，揉搓成一团，朝她卧室的橘色墙壁上用力地扔过去。地板上早已经散落着许多丢弃的纸团，清楚地表明她的创作灵感并不那么随心所愿。她千万次地希望她能更像母亲一些。乔斯琳·弗雷笔下的一切，无论是素描还是油画，抑或是随手画的草图都很美丽，而且似乎得来全不费工夫。

克拉丽摘下耳机——《危险人物》① 这首歌只听到一半——按摩自己隐隐作痛的太阳穴。直到这时她才意识到整座公寓都回荡着电话机那响亮刺耳的叮铃声。她把素描本抛到床上，跳着站了起来，跑进起居室，那台复古的红色电话机就搁在正门边的桌子上。

“是克拉丽莎·弗雷吗？”电话那头的声音有些耳熟，尽管无法立即辨认出来。

克拉丽的手指紧张地绕着电话线。“哪……位？”

“嗨，还记得我吗，那个昨晚你在群魔殿俱乐部遇到的携带刀具的小流氓？我可能给你留下的印象不太好，希望你给我补救的机会……”

“西蒙！”克拉丽听到他咯咯地大笑起来，赶紧把电话从耳边拿开，“这可没那么好笑！”

“当然好笑，只不过你没明白其中的幽默。”

“神经病！”克拉丽斜倚着墙壁叹气道，“要是我昨晚回到家时你也在场的话，就会笑不出来了。”

---

① 指“危险的人”，是牙买加雷盖（一种西印度群岛的通俗音乐）歌手彼得·托什一九七七年专辑的主打歌。

“为什么不?”

“我妈妈。我们晚回家她不高兴。她吓坏了，简直一团糟。”

“什么? 打不到车可不是我们的错!”西蒙抗议。他在家里排行老二，年纪较小，对家庭内部的不公平可是深有体会。

“是的，好吧，她可不那么看。我令她失望，我失信于她，我使她担心，如此等等。我是她的祸根。”克拉丽一字一句、惟妙惟肖地模仿她母亲的措辞，只不过言谈间多了一层刺痛人心的内疚。

“那么，你被禁足了?”西蒙问，声音大得有些过头了。克拉丽听得出他背后响起一阵低沉的隆隆声。有人在讲话。

“我还不晓得，”她说，“我妈妈今天早上和卢克一起出门了，他们还没回来。不过，你在哪里? 在埃里克家?”

“是的，我们刚刚练习完。”钹打出的铿锵声在西蒙身后响起。克拉丽感到心惊胆寒。“埃里克今晚要在加瓦·琼斯朗诵诗歌，”西蒙继续说着，报出克拉丽家拐角处的一家咖啡店的名字，晚上那里有时候会有现场音乐表演，“整个乐队都会过去助阵。想来吗?”

“好吧，想来，”克拉丽停顿下来，不安地猛拉电话线，“等等，我不想来。”

“闭嘴好吗，伙计们?”西蒙叫道，他的声音模糊不清，这使克拉丽怀疑他没对着话筒说话。不一会儿他就回来了，语气有些不安。“那是来还是不来呢?”

“我不知道，”克拉丽咬着嘴唇，“我妈妈还在为昨晚的事情生气，我担心央求她会让她更恼火。我可不想因为埃里克糟糕透顶的诗而陷入麻烦。”

“别这么说，没那么糟糕。”西蒙说。埃里克是他的隔壁邻居，他们俩打小就认识。他们不像西蒙和克拉丽那么亲密无间，但他们在高二的时候与埃里克的朋友马特和科克一起创建了一支摇滚乐队。他们每周在埃里克父母的车库里不折不扣地练习。“此外，这并不是要她网开一面，”西蒙补充道，“这可是就在你家附近的诗歌朗诵会，随手关个门就能到。又不是我邀请你一起去霍博肯的狂欢宴会。要是你妈妈愿意的话，可以一起来。”

“霍博肯的狂欢宴会!”克拉丽听到一个人，很可能是埃里克在尖叫。又响起一阵钹的铿锵声。她想象着妈妈听埃里克朗诵诗歌的情景，内心泛起一阵惶恐。

“我不知道，要是你们全都到场的话，我想她会吓到的。”

“那么我会自己来。我来接你，我们可以一起走到那里，在那里跟其他人汇合。你妈妈不会介意的。她喜欢我。”

克拉丽不由地笑了起来。“依我说，得为她独特的品位叹息。”

“没人会那么做。”西蒙在乐队同伴的叫喊声中啪的一声挂断电话。

克拉丽挂断电话，环顾了一下起居室。她母亲艺术品位的证据比比皆是，从堆在暗红色沙发上的手工天鹅绒抱枕，到墙壁上悬挂的乔斯琳的画作，一幅幅全都精心装裱——大多数是山水画：金色阳光下曼哈顿闹市区那弯弯曲曲的街道；展望公园的冬景，蕾丝般的一层白色薄冰覆盖在灰色的湖面上。

壁炉正上方的炉台上摆放着一个克拉丽父亲的相框。他身着军装，外表俊朗，作若有所思状，而眼睛却泄露出嘴角笑纹的蛛丝马迹。他是一位在海外服役的受勋士兵。乔斯琳在她床边的小盒子里珍藏着他的一些勋章，尽管这些勋章在乔纳森·克拉克在奥尔巴尼近郊把车撞进大树意外身亡后并没有给任何人带来些许好处，而那时他的女儿尚未出生。

乔斯琳在他去世后重新使用起自己少女时代的名字。她从不讨论克拉丽的父亲，却一直在床头保留着镌刻着其姓氏首字母 J.C. 的盒子。与勋章并排放置的是一两张照片、一枚婚戒和一绺金发。乔斯琳有时候会拿出盒子，打开后呵护备至地握着这绺头发，然后放回去，小心翼翼地把盒子重新锁上。

钥匙在大门锁孔中转动的声音使克拉丽从遐想中清醒过来。她急忙往长沙发上一躺，随手从她妈妈搁在茶几上的书堆中拿出一本平装书，装出一副沉浸在阅读中的模样。乔斯琳觉得阅读是种神圣的消遣，通常不会在克拉丽阅读时打断她，更不会对她大喊大叫。

门砰的一声打开了。是卢克，抱着一大堆东西，看起来像是正方形的大纸板。他把这些东西放下之后，克拉丽才看清楚原来是一些平折起来的纸箱。他站直身体，转过身对她笑了笑。

“嗨，呃——嗨，卢克。”她打了个招呼。一年前他要她不要再叫他卢克叔叔，自称那样叫他让他觉得自己很老，而且还让他想起《汤姆叔叔的小屋》。此外，他温柔地提醒她，他并不是她真正的叔叔，而是她妈妈两小无猜的至交。“妈妈呢？”

“在停车。”他说道，哼哼唧唧地伸直瘦长的身体。他穿着平时的制服：旧牛仔裤，法兰绒衬衣，鼻梁上还戴着一副金边眼镜。“又让我想起来为什么这幢楼没有送货电梯？”

“因为它是老房子，而且还挺有个性的。”克拉丽立马说。卢克咧嘴笑了笑。“要这些纸箱子干什么？”她问道。

他的笑容顿时消失得无影无踪。“你妈妈需要打包一些东西。”他说道，避开她注视的目光。

“什么东西？”克拉丽问。

他轻快地挥了挥手。“多余的东西摊得满屋子都是，碍事。你知道她从来不扔东西。那么你准备干什么？学习？”他一把抽出她手里的书，大声读道：“世界仍然充满着各种各样的为更加理智的哲学观点所摒弃的混杂之物。小精灵和小妖精，鬼魂和恶魔，仍然四处游荡——”他放下书，视线透过眼镜落在她身上，“这是学习看的书？”

“《金枝》[①]？不是的，上学还要几个星期呢，”克拉丽把书从他手中拿过来，“这是妈妈的。”

“我有种不祥的预感。”

她把书重新扔到书桌上。“卢克？”

“嗯哼？”书早已被抛到九霄云外了，他正在壁炉边的工具箱里翻找东西，“啊，找到了。”他抽出一个橘红色塑料胶带座，满心欢喜地看着它。

“要是你看见别人看不见的事情发生，你会怎么办？”

胶带座从卢克的手中滑落下来，撞击在砖头平铺的壁炉上。他跪在地上拾起那个东西，没看她。“你的意思是犯罪现场的唯一目击者之类的事情？”

“我不是这个意思，我是说如果有其他人在场，但你是唯一能参透一切的那个人，就好像所有一切除了你之外，对其他人而言都是隐形的。”

他犹豫不决，仍然跪在那里，手里紧紧握着凹形胶带座。

“我明白这听起来很疯狂，”克拉丽紧张兮兮地打探道，“但……”

他转过身来。他的眼睛在镜片背后蓝得那么深邃，饱含坚定喜爱的目光停留在她身上。“克拉丽，你是位艺术家，像你母亲一样。那意味着你看世界的方式与其他人不一样。这是你的天赋，在平常之事中发现美，也发现可怕的东西。这不会使你发疯——只不过与众不同而已。与众不同并没有什么不对的。”

克拉丽抬起双腿，下巴搁在膝盖上。她在脑海中看见了那个储藏室，伊莎贝尔的金鞭，蓝发男孩临死前的垂死挣扎，还有杰斯黄褐色的眼眸。美丽而恐怖。她说道：“要是我爸爸还在世的话，你认为他也会是位艺术家吗？”

卢克看起来有些讶然，他还没来得及回答，门就突然打开了，克拉丽的母亲大步流星地走进屋内，她脚上的靴子后跟在打过蜡的木质地板上发出清脆的噼啪声。她递给卢克一串叮当作响的车钥匙，然后转身看着女儿。

乔斯琳·弗雷身材纤瘦结实，她的发色比克拉丽的深一些，也比她的长一倍，不过这时她用一根铅笔将其盘成深红色的发髻束在脑后。淡紫色的 T 恤外面穿着

---

① 《金枝》，英国著名人类学家和民俗学家弗雷泽的代表作，阐述了巫术和宗教的起源。

溅满油彩的长罩衣，棕色徒步旅行靴的鞋底上也沾满了油彩。

人们总是告诉克拉丽她长得像妈妈，但她自己却没看出来。她俩唯一的相似之处就是身材：她俩都很苗条，胸脯很平，臀部也很小。她知道自己不像妈妈那样美丽。要美丽得身材高挑，曲线婀娜。要是像克拉丽这么矮小，不过一米五出头的话，只能算得上可爱。既不是漂亮，又不是美丽，而是可爱。有一头红发，满脸雀斑，如果说她妈妈是芭比娃娃，那她简直就是拉基德·安[①]。

乔斯琳就连走路的姿势也很优雅，她经过时路人的回头率很高。相比之下克拉丽则总是被自己的脚绊倒，第一次有人在她走过时回头还是因为她下楼时摔倒冲到人家前面去了。

“多谢你把箱子带上来。”克拉丽的妈妈微笑着对卢克说道。他没有回她一个微笑。克拉丽心中涌起一阵不安，显然发生了什么事。“抱歉，我花了好久才找到个车位。今天停车场简直是人山人海。”

“妈妈，”克拉丽插话道，“这些箱子是用来做什么的？”

乔斯琳咬住嘴唇。卢克的眼神飞快看向克拉丽，默默地敦促乔斯琳把事情挑明。乔斯琳不安地抖动着手腕，将一缕滑落下来的头发拨到耳后，然后走到长沙发那边，在女儿身边坐下。

离得那么近，克拉丽看得出母亲有多么疲惫不堪。她有黑眼圈，眼睑由于睡眠不足而凹陷下去。

“这与昨天晚上有关吗？”克拉丽问道。

“不是，”她妈妈不耐烦地说，接着迟疑地解释道，“或许有些许关联。你不应该做昨晚发生的事情。这一点你比谁都清楚。”

“我已经道过歉了，这一切又是为什么？如果你要禁我的足，干脆就这么做得了。”

“我不是要禁你的足。”她母亲说，语气严厉得像绷紧的弦。她瞟了一眼卢克，卢克摇了摇头。

“告诉她吧，乔斯琳。”他说。

“你们能不能别像我不在场似的讨论我？”克拉丽生气地说，“你是什么意思，告诉我？告诉我什么？”

乔斯琳舒了口气，叹息道：“我们要去度假。”

---

① 拉基德·安，是美国连环漫画家、作家约翰·格鲁埃尔（1880—1938）所著童话中的女主角，其男朋友为 Raggedy Andy，Raggedy 一词意为“破烂的，破旧的；邋遢的”，这里是个双关语。

卢克的脸色变得茫然，好像画布上的油彩全被抹掉一样。

克拉丽摇摇头。“那是这番折腾的原因吗？你要去度假？”她跌坐在垫子上，“我不明白。为什么要这番周折？”

“我认为你没弄清楚。我的意思是我们三个一起去度假。我们三个——你，我，还有卢克。我们要去农舍。”

“哦。”克拉丽扫了一眼卢克，但他双手交叉抱着胸脯，凝视着窗外，下巴绷得很紧。她不知道什么事情让他不开心。他喜爱纽约北部的农舍——十年前他买下这座农舍并亲自修葺，只要有空他就会去那里。“去多久？”

“夏天余下的时间，”乔斯琳说，“我带回箱子以备你想打包一些书、颜料——”

“夏天余下的时间？”克拉丽恼火地坐直了起来，“我办不到，妈妈。我有计划——西蒙和我准备举办返校聚会，我和绘画小组有许多安排，在提斯克[①]还有十节课——”

“不能上提斯克的课我感到很抱歉，但其他安排可以取消。西蒙会理解的，你的绘画小组也会理解的。”

克拉丽从母亲的语气中听出一切已势在必行，也意识到她是认真的。“但是那些美术课我可是付过钱的！我存了整整一年的钱！”她转身向卢克求助，“告诉她！告诉她这样不公平！”

卢克的视线没有从窗户上移开，尽管他的脸颊动了动。“她是你妈妈，该由她做决定。”

“我不明白，”克拉丽转身又看着她母亲，“为什么？”

“我得逃离这里，”乔斯琳说道，嘴角在颤抖，“我需要宁静，需要静下心来画画。而现在手头很紧——”

“那么多卖掉一些爸爸的股票，”克拉丽生气地说道，“那是你经常做的事情，不是吗？”

乔斯琳退却了。“这么说简直有失公平。”

“瞧，若你想去的话就去吧。我不在乎。我会一个人待在这里。我能工作，我能在星巴克之类的地方找份活儿。西蒙说他们一直在招聘。我已经长大了，能够照顾好自己——”

“绝不！”乔斯琳严厉的语气吓了克拉丽一跳，“我会还给你美术课的钱，克拉

---

① 提斯克，纽约大学下属的提斯克艺术学院，是全美最佳的美术学院之一。

丽。但是你必须跟我们一起走。这事没有商量的余地。你年纪太小，不能一个人待在这里，会有不测发生。”

“比如？会发生什么事？”克拉丽咄咄逼人。

传来一阵刺耳的声音。她惊讶地转过身，发现卢克碰翻了挂在墙壁上的一幅镶框油画。他把画挂好，难过的心情溢于言表。他站直身体，嘴巴闷闷不乐地抿成一条线。“我走了。”

乔斯琳咬紧嘴唇。“等等。”她赶紧跟着他走到门口，卢克刚刚抓住门把手她就追了上去。克拉丽在沙发上扭动身体勉强听到她妈妈急促的窃窃私语。“……贝恩，”乔斯琳说道，“我一直在打电话给他，最近三个星期我一直在给他打电话。他的语音信箱留言说他在坦桑尼亚。我该怎么办？”

“乔斯琳，”卢克摇摇头，“你不能永远找他帮忙。”

“但是克拉丽——”

“难道不是乔纳森吗？”卢克嘘声道，“自从这件事发生后你再也不是原来的你了，但是克拉丽不是乔纳森。”

我爸爸跟这件事有什么关系？克拉丽心想，百思不得其解。

“我不能总是把她锁在家里，不让她外出。她会受不了的。”

“她当然会受不了！”卢克的声音听起来真的很生气，“她不是宠物，她是个少女，几乎快成年了。”

“要是我们俩都出城……”

“跟她讲，乔斯琳，”卢克的声音很坚定，“我是认真的。”他伸手握住门把手。

门倏地开了。乔斯琳尖叫了一声。

“天啊！”卢克惊呼道。

“实际上，只有我，”西蒙说道，“尽管有人告诉我这种相似性有多么令人惊愕。”他从门边向克拉丽挥了挥手，“你准备好了吗？”

乔斯琳把手从嘴唇上移开。“西蒙，你在偷听吗？”

西蒙眨了眨眼睛。“没有，我刚到这里，”他看到乔斯琳脸色苍白，然后又看见卢克神色凝重，“出什么事了吗？我该回避一下吗？”

“不必，”卢克说，“我想我们这边的事情已经谈完了。”他推开西蒙从他身边走过，噔噔噔噔飞快地奔下楼梯。楼下传来正门砰的一下关闭的声音。

西蒙在门口犹豫不决，满脸不确定。“我可以稍后再来，”他说，“真的，这样不会有任何问题。”

“那样恐怕——”乔斯琳刚开口，但克拉丽已经站了起来。

“没关系，西蒙。我们走吧，”她边说边从门边的挂钩上一把拉下自己的包。她把包斜挎在肩膀上，愤怒地盯着她妈妈。“再见，妈妈。”

乔斯琳咬着嘴唇说道：“克拉丽，难道你不认为我们该讨论一下此事吗？”

“我们度假的时候有大把的时间可以讨论。”克拉丽恶狠狠地说道，看见母亲退缩的表情，一阵满足感油然而生。“别熬夜等我。”她补充道，然后拉着西蒙的胳膊，半拽着把他拖出正门。

西蒙扭头满怀歉意地看着克拉丽的妈妈，她站在门口显得瘦小而无助，双手紧紧地握在一起。“再见，弗雷夫人！”他喊道，“晚上愉快！”

“哦，闭嘴，西蒙。”克拉丽打断他，砰的一声把门关了起来，听不见她妈妈的回答。

“天啊，女人，别拧断我的胳膊。”克拉丽把他拽下楼梯时西蒙抗议，她脚上那双绿色的斯凯奇①每走一步都愤怒地拍打着木质地板。她向上瞥了一眼，暗自期待妈妈会从楼梯平台上往下张望，但是公寓的门紧锁着。

“对不起。”克拉丽放开他的手腕轻声说。她在楼梯脚下停了下来，斜挎包撞了一下她的臀部。

克拉丽所居住的赤褐色砂石建筑与公园坡的大多数建筑一样，曾经是富人们才住得起的住宅。弧形楼梯、入口斑驳的大理石地面以及宽敞的单面嵌板天窗尽显其昔日的辉煌。现在这幢房子被隔成了独立的公寓，克拉丽和她母亲以及楼下的一位租客一起居住在这幢三层楼的大房子里，那位老妇人在自己的公寓里开了一家通灵馆，她几乎足不出户，尽管来拜访的顾客并不多。一块金质招牌钉在门上声明她是“预言家和先知多萝西娅夫人”。

浓郁而甜美的熏香味从半掩着的门飘溢进门厅里。克拉丽听得见嗡嗡的低语声。

“看到她生意兴隆真好，”西蒙说，“如今要想找到一份稳定的预言家工作可不容易。”

“你一定要对每件事都揶揄一番吗？”克拉丽呵斥道。

西蒙眨了眨眼睛，显然有些错愕。“我以为你会喜欢我诙谐讽刺的风格呢。”

克拉丽正准备回答，多萝西娅夫人的门完全打开了，一个男人走了出来。他

① 斯凯奇，创建于一九九二年，总部位于加州的美国运动鞋品牌，是目前全球最流行的休闲品牌之一，其销售额在不断快速增长，成为继 Nike、Adidas、Reebok 之后的第四大休闲鞋品牌。

身材高大，棕色的皮肤，像猫眼一样的金绿色眼眸，一头黑发凌乱地缠在一起。他不加考虑地向她咧嘴一笑，露出尖尖的洁白牙齿。

一阵眩晕向她袭来，有种令她快要晕厥的强烈震撼。

西蒙不安地朝她瞥了一眼。“你没事吧？你看起来像要晕过去一样。”

她朝他眨了眨眼睛。“什么？没事，我很好。”

他似乎没有就此打住的意思。“你看起来就像刚刚见了鬼似的。”

她摇摇头。某些记忆捉弄着她，但就在她尝试集中精神的那一刻，它却像水一样悄悄滑落了。“没什么。我想我看见多萝西娅的猫了，不过我猜那不过是光线在作怪罢了。”西蒙目不转睛地看着她。“我从昨天起就没吃过东西，”她百般辩解道，“我猜我有点饿晕了。”

他悄悄地用胳膊搂住她的肩膀，让她感到些许安慰。“来吧，我给你买点吃的。”

“我简直不敢相信她居然这样做事。”这是克拉丽第四次说同样的话了，一边用一小片烤脆饼①蘸着盘子边缘残留的鳄梨酱②。他们在小区里的墨西哥餐厅吃饭，墙壁上有个洞，上面写着“脆饼妈妈”。“好像每隔一周禁我的足还不够糟似的。现在整个夏天余下的时光我都要被放逐了。”

“得了，你知道，你妈妈有时候会有些过头，”西蒙说，“就像她呼吸一样平常。”他含着一片素玉米馅饼对她咧嘴笑着。

“哦，当然，表现得就像这么做很有趣似的，”她说，“你不是那个被拽到某个偏僻的地方却不知道要多久——”

“克拉丽，”西蒙打断她激烈的指责，“我可不是你生气的对象。此外，这又不会持续到永远。”

“你怎么知道不会？”

“好吧，因为我了解你妈妈，”西蒙说道，而后停顿了片刻，“我的意思是，你和我成为朋友已经多久了，到现在有十年了吧？我知道有时候她会变成这样，她会考虑得更周全的。”

克拉丽从她的餐盘里挑起一片辣椒，若有所思地一点点咬着辣椒的边缘。“不过，你……”她说，“我的意思是，你了解她？有时候我怀疑到底有没有人了

---

① 烤脆饼，墨西哥人食用的烤干酪辣味玉米片。

② 鳄梨酱，用鳄梨泥与碎洋葱、番茄、红辣椒调制而成。

解她。”

西蒙对她眨了眨眼睛。“你可把我弄迷糊了。”

克拉丽吸着空气以缓和辣得发烫的嘴巴。“我的意思是，她从来不谈论自己。我对她早年的生活一无所知，也不认识她的家人，更不知道她是怎么跟我父亲相识的。她甚至没有结婚照，就好像她有了我之后生活才刚刚开始似的。当我询问这些事情时，她总是这样搪塞我。”

“呀，”西蒙朝她扮了个鬼脸，“那样很甜蜜。”

“不，不甜蜜，很奇怪。奇怪的是我不知道祖父母的任何情况。我的意思是，我知道我父亲的父母对她不是很友善，但是他们会那么坏吗？什么样的人甚至不想见一见自己的孙女？”

“或许她讨厌他们。或许他们会虐待人之类的，”西蒙建议道，“她的确有那些伤疤。”

克拉丽盯着她。“她有什么？”

他咽下一口玉米馅饼。“那些细小的疤痕。后背和胳膊上全都是。我看见过你妈妈穿浴袍的样子，你知道。”

“我从未注意到任何伤疤，”克拉丽果断地说，“我想你在瞎掰。”

他盯着她，正准备说话时克拉丽的手机响了起来。她的手机藏在斜挎包深处，开始不停地嘟嘟鸣响。克拉丽摸索着把它扒出来，注视着屏幕上闪动的号码，绷着脸说道：“是我妈妈。”

“我从你的脸色就看得出是她。你要跟她讲话吗？”

“现在不，”克拉丽说道，手机铃声停下来转成语音留言的那一刻，她心中涌起一股熟悉的负疚感，“我不想跟她吵架。”

“你可以一直待在我家，”西蒙说，“想待多久都可以。”

“好的，我们首先要看一看她是否会平静下来。”克拉丽按了一下电话上的语音留言键。她母亲的声音听起来很紧张，但她很显然在试着放松。“宝贝，把度假计划硬塞给你，我感到很抱歉。回家吧，我们谈一谈。”没等语音留言结束克拉丽就挂了手机，她感到更加内疚了，但同时还是很生气。“她想谈一谈。”

“你想跟她谈吗？”

“我不知道，”克拉丽用手背擦了擦眼睛，“你还要去诗歌朗诵会吗？”

“我答应过要去的。”

克拉丽站了起来，把椅子往后一推。“那么，我跟你一起去吧。结束后我再打给她。”斜挎包的肩带从胳膊上滑落下来。西蒙心不在焉地把它推上去，手指停留在她肩膀露在外面的皮肤上。

外面的空气像海绵一样湿漉漉的，湿气使克拉丽的头发卷了起来，也令西蒙的蓝色T恤衫黏在后背上。“那么，乐队怎么样?”她问，“有什么新情况吗?我先前跟你讲电话的时候后面有许多尖叫声嘛。”

西蒙顿时兴高采烈起来。“进展顺利，”他说，“马特说他认识人，能帮我们在斯克拉普酒吧开演奏会。我们又开始讨论乐队该叫什么名字好了。”

“哦，是吗?”克拉丽偷笑起来。西蒙的乐队实际上从来没做过音乐。大多数时候他们都是坐在西蒙的起居室里，争吵着哪些名字好，什么样的乐队标识夺人眼球。有时候她怀疑他们当中实际上没有人会弹奏乐器。“现在有待讨论的是什么呢?”

“我们考虑在‘海带阴谋’和‘石魔熊猫’之间选一个。”

克拉丽摇摇头。“这两个都很可怕。”

“埃里克建议叫‘草坪椅危机’。”

“或许埃里克应该继续赌博。”

“那样的话我就得找个新鼓手。”

“哦，那是埃里克做的事?我以为他只是跟你们要钱，然后在学校告诉女生他是玩乐队的，以博得她们的欢心。”

“根本不是这样，”西蒙愉快地说，“埃里克已经开始新生活了，他有女朋友，已经交往三个月了。”

“实际上是结婚。”克拉丽说着绕开一对推着婴儿车的夫妇，车里坐着个刚会蹒跚学步的小宝宝：一个小姑娘头发上别着黄色的塑料发卡，手里紧紧握着一个精灵玩偶，上面还有一对镶有蓝宝石的金色条纹翅膀。克拉丽觉得从眼角的余光能看见翅膀在轻轻地拍打着。她急忙扭头看着别处。

“这就意味着，”西蒙继续说道，“我是乐队里最后一个还没有女朋友的人。你知道，这可是加入乐队的全部意义所在：追女孩子。”

“我还以为音乐才是呢。”一个拿着棍棒的男人从她面前走过，直奔伯克利大街。她赶紧看向别处，生怕自己看别人太久之后，他们会长出翅膀、多余的胳膊，甚至还会像蛇一样吐出叉状的舌头。“不过，谁在乎你有没有女朋友呢?”

“我在乎，”西蒙闷闷不乐地说，“过不了多久落在后面没有女朋友的人就只有我和学校的门卫温德尔了。”

“至少你知道他仍然是单身啊。”

西蒙生气地瞪着她。“这可没什么意思，弗雷。”

"'比基尼裤'希拉·巴巴力诺总可以追吧。"克拉丽建议道。克拉丽九年级上数学课时坐在她后面。每次希拉弄掉铅笔——这种事情经常发生——克拉丽都会领略一番希拉超级低腰牛仔裤的裤底风光。

"那是埃里克交往了三个月的女孩,"西蒙说,"同时他的建议是我应该确定谁是学校身材最摇滚火辣的女孩,然后上课第一天就约她出来。"

"埃里克是个有性别歧视的贪心鬼,"克拉丽说,突然她不想知道学校里哪个女孩是西蒙心目中身材最好的,"或许你应该给乐队取名为'性别歧视的贪心鬼'。"

"听上去很响亮。"西蒙似乎一点儿也不着急。克拉丽朝他扮了个鬼脸。她的斜挎包随着手机铃声一起震动起来。她从拉链口袋里摸出手机。"又是你妈妈吗?"他问道。

克拉丽点点头。她在脑海中看见妈妈无助地站在公寓门口的娇小身影,内疚在她心中蔓延开来。

她抬头瞥了一眼西蒙,他正看着她,眼里写满深深的担忧。他的脸如此熟悉,就连在睡梦中她也能想象出它的轮廓。她想到没有他的几个星期会多么寂寞,多么漫长,然后把手机推回包里。"快点,"她说,"我们看表演要迟到了。"

第三章

暗影猎手

他们来到加瓦·琼斯时埃里克早已站在舞台上了，他的眼睛眯成一条缝，身体在麦克风前来回地摇摆。他还特别为今天的表演把发梢挑染成粉红色。在他身后的是马特，看起来精神恍惚，不合拍地敲打着金贝鼓。

“这场表演会搞得一团糟。”克拉丽预言。她拉着西蒙的袖子，用力把他往入口猛拉。“如果我们赶紧走的话仍然能脱身。”

他坚决地摇摇头。“要是我不守信用的话，就什么都算不上了，”他挺直肩膀，“你去帮我们找座位，我去买咖啡。你想要什么？”

“只要咖啡，黑咖——像我的灵魂一样。”

西蒙径直向咖啡吧走去，轻声低语着，他那么投入，比他以往任何时候都表现得好得多。克拉丽走过去给他们找座位。

咖啡店人头攒动，在星期一这倒是很少见。大多数磨得相当破旧的长沙发和扶手椅都已经被一群在晚间没有功课做的青少年坐满了。咖啡和丁香烟的气味扑鼻而来。克拉丽终于在最里面的幽暗角落里找到一个没人坐的情侣座。周围仅有一个穿橘红色紧身背心的金发女孩，她正专心地玩着 iPod。好极了，克拉丽心想，埃里克表演完后不会在这么不显眼的地方找到我们，询问他的诗朗诵得如何。

金发女孩身体斜靠着她的椅子，轻轻拍打了一下克拉丽的肩膀。“劳驾。”克拉丽惊讶地抬头一看。“那位是你的男朋友吗？”女孩问。

克拉丽沿着女孩的视线看去，她原本已经准备说“不，我不认识他”的，就在那一刻她意识到女孩指的是西蒙。他正朝她们这里走过来，他皱着眉头集中注意力，努力不让手里握着的两杯泡沫塑料杯中的咖啡泼溅出来。“哦，不是，”克拉丽说，“他是我的朋友。”

女孩面露喜色。“他很可爱。他有女朋友吗？”

克拉丽在回答之前犹豫了很久。“没有。”

女孩看起来很惊讶。“他是同性恋吗？”

西蒙正好回来，使克拉丽免于回答这个问题。西蒙把杯子放在桌上，一屁股坐在克拉丽旁边，金发女孩赶紧向后靠着坐。他吹了吹手指头，大声吼道："他们没有大咖啡杯了，真讨厌。这些东西很烫。"克拉丽看着他时企图掩饰自己在笑。正常情况下，她从来不会想到西蒙是否英俊的问题。他的眼睛非常黑，她想，过去一年来他的脸胖了起来。发型合适——

"你盯着我，"西蒙说，"你为什么盯着我？我脸上有东西吗？"

我应该告诉他，她心想，尽管内心深处有种莫名的不情愿。要是我不告诉他的话就不够朋友了。"现在别看，不过那边那个金发女孩觉得你很可爱。"她窃窃私语道。

西蒙用眼角的余光打量着那个女孩，她正非常卖力地研究着一本《少年周刊》。"那个穿橘红色紧身背心的女孩？"克拉丽点点头。西蒙看起来半信半疑。"你为什么这么想？"

告诉他。赶紧告诉他。克拉丽张开嘴巴准备回答，就在这时被突如其来的爆音打断了。她身体往后一缩，用双手捂住耳朵，埃里克站在舞台上用力地搬着麦克风。

"抱歉，伙计们！"他大声叫道，"好吧，我是埃里克，敲鼓的是我的乐队伙伴马特。我的第一首诗叫做'未命名'。"他紧绷起脸，仿佛备感痛苦似的，然后对着麦克风哀号道："来吧，我的假重型卡车，我那无法无天的下体！用干柴烈火般的热情涂抹每个凸起的地方！"

西蒙悄悄地坐回自己的座位上。"请别告诉任何人我认识他。"

克拉丽咯咯地笑道："谁用'下体'这样的词？"

"埃里克，"西蒙恼火地说，"他所有的诗里都有这个词。"

"肿胀是我的痛苦！"埃里克哀号道，"剧痛从内向外蔓延！"

"你打赌是这样。"克拉丽说。她赶紧坐进西蒙旁边的座位。"再说，关于认为你很可爱的那个女孩——"

"别再说这事了。"西蒙说。克拉丽惊讶地眨眼看着他。"我有事情想跟你谈。"

"'狂怒的鼹鼠'是很糟糕的乐队名。"克拉丽赶紧说。

"不是这件事，"西蒙说，"跟我们之前讨论的事情有关，关于我没有女朋友的事情。"

"哦，"克拉丽耸了耸一侧的肩膀，"哦，我不知道。约杰达·琼斯出来嘛，"她建议，说出了一个圣泽维尔学校她真心喜欢的少数几个女孩的名字，"她人很好，而且喜欢你。"

"我不想约杰达·琼斯。"

"为什么不？"克拉丽发现一种莫名的厌恶情绪突然向她袭来，"你不喜欢聪明的女孩？还是要找身材火辣的？”

“也不是，”西蒙说，看起来很激动，“我不想约她是因为如果我这么做的话就真的太不公平了……”

他的声音越来越小。克拉丽身体往前倾，想听清楚。她从眼角的余光看得出金发女孩也把身体往前倾了，很显然在偷听。“为什么不？”

“因为我喜欢别人。”西蒙说。

“好吧。”西蒙脸色微青，之前他在公园里踢足球扭伤脚踝，不得不一拐一瘸地走回家时出现过这种脸色。她想知道他喜欢的这个人究竟做过什么竟然把他伤害得这么深，让他焦虑到极点。“你不是同性恋，是不是？”

西蒙铁青的脸色更加凝重了。“要是我是的话，我会穿得更考究。”

“那么，那个人是谁？”克拉丽问。她正准备继续说如果他爱上了希拉·巴巴力诺的话埃里克会揍他一顿的，就在这时她听见身后有人咳嗽了一声。那是一种嘲弄的咳嗽，一种屏住大笑发出的噪声。

她转过身。

在离她只有几米远、已经褪色的绿沙发上坐着的是杰斯。他穿着同样的深黑色衣服，和前天晚上在俱乐部穿的一样，胳膊露在外面，上面布满像旧伤疤一样淡淡的白线。他的手腕上戴着宽大的金属圈，她看见刀的骨质手柄从左手露出来。他直勾勾地看着她，小小的嘴角逗乐地翘了起来。比被嘲笑的感觉更糟糕的是，克拉丽绝对确信他五分钟前根本就没坐在这里。

“怎么回事？”西蒙跟随她的视线，很显然他一脸茫然的表情说明他看不见杰斯。

但我看见你了。她这么想的时候愤怒地盯着杰斯，而他则抬起左手向她挥了挥。他站起来开始不紧不慢地向大门走去。克拉丽惊讶得张开嘴巴。他竟然就这样走掉了。

她感到西蒙把手放在她胳膊上了。他叫着她的名字，问她出了什么事。她几乎没听见他说话的声音。“我一会儿就回来。”她听见自己说，同时从长沙发上一跃而起，几乎忘记放下手中的咖啡杯。她朝大门奔去，留下西蒙凝望着她远去的背影。

克拉丽猛地冲出大门，担心杰斯会像幽灵一样消失在巷子深处。但他就在那里，懒洋洋地斜倚着墙壁。他刚从口袋里拿出什么东西，正在按上面的按钮。咖啡店的门在她身后“砰”的一声关上时，他惊讶地抬起头来。

在迅速降临的夜幕中，他的金发镀上了一层紫铜色。“你朋友的诗太糟糕了。”

他说。

克拉丽眨了眨眼睛，一时有些措手不及。“什么？”

“我说他的诗很糟，听起来他像在啃字典，胡乱地把单词往外吐似的。”

“我才不在乎埃里克的诗呢，”克拉丽怒火中烧，“我想知道你为什么跟踪我。”

“谁说我跟踪你了？”

“答得好！你也在偷听。你想告诉我这一切是为什么呢，还是由我来叫警察？”

“叫警察来告诉他们什么？”杰斯令人难堪地说，“隐形人妨碍到你了？相信我，小姑娘，警察不会逮捕他们根本看不见的人。”

“我之前告诉过你，我的名字不叫小姑娘，”她咬牙切齿地说，“我叫克拉丽。”

“我知道，”他说，“很好听的名字，像草药，香紫苏。过去人们以为吃种子会让人看见精灵族。你知道这个吗？”

“我不知道你在说什么。”

“你知道得不多，对不对？”他说。他金色的眼眸中有种慵懒的鄙视。“你似乎跟其他‘盲呆’没什么两样嘛，但你却看得见我。这真是个猜不透的难题。”

“什么是‘盲呆’？”

“人类世界的一员，像你一样的人。”

“但你是人类啊。”克拉丽说。

“我是，”他接道，“但我不像你。”没有为自己辩护的语气，他的腔调听起来好像并不在乎她是否相信他。

“你觉得自己更好。那就是你嘲笑我们的原因。”

“我嘲笑你是因为爱的宣言让我感到好笑，特别是得不到回应的那种，”他说，“因为你的西蒙是我见过的最乏味的盲呆之一。并且霍奇认为你可能很危险，即使如此，你还浑然不知。”

“我很危险？”克拉丽震惊地重复道，“我昨天晚上看见你杀了人。我看见你把刀刺进他的腹部——”而且我看见他用像刀片一样的手指刺向你。我看见你受伤流血，而现在你看起来好像什么伤也没受过一样。

“我可能是个杀手，”杰斯说，“但你知道我到底是什么，你能说出来吗？”

“我是个普通的人类，正如你所言。谁是霍奇？”

“我的导师。我不会那么草率地给自己打上普通的标记，如果我是你的话，”他倾身向前，“让我看一看你的右手。”

“我的右手？”克拉丽重复道。他点点头。“如果我给你看我的手，你会不来烦我吗？”

“当然。”他的声音中带有一丝逗趣的意思。

她不情愿地伸出右手。在透过窗户洒落下来的暗光下，她的手显得苍白，淡淡的色斑点缀着指关节。不知为何她有种暴露隐私的感觉，仿佛掀起裙子给他看自己一丝不挂的胸部一样。他把她的手握在自己的手心里转过来转过去地打量。“什么也没有，”他的语气几近失望，“你不是左撇子，是不是？”

“不是。怎么啦？”

他松开她的手，耸了耸肩。“所有暗影猎手的孩子在十分年幼时就在右手上留下印记——如果像我一样是左撇子的话，就留在左手上。那是一种永恒的如尼文，能使我们看见神奇的世界。”他把自己的左手背给她看，在她看来这只手再平常不过了。

“我什么也没看见。”她说。

“让你的头脑放松下来，”他建议，“等待它来到你身边，就像等待什么从水面上升起一样。”

“你疯了。”不过她放松下来，看见细微的线条穿过关节和手指之间长长的结合处——

这一切突然蹦到她眼前，像“禁止行走”的信号灯一闪而过似的，一个黑色图案像眼睛一样划过他的手背。她眨了眨眼睛，顷刻间图案消失得无影无踪。“文身？”

他得意地笑了起来，放下手。“我以为你也能做到。这不是文身——是印记，如尼文印记，印烫进我们的皮肤。不同的印记具有不同的功能。有些是永恒的，但大多数在使用之后就消失了。”

“那就是为什么今天你的胳膊没有沾满墨水的原因？”她问道，“即使我集中注意力也看不见？”

“的确是因为这样，”听得出他很自鸣得意，“我知道你有洞见力，至少是这样。”他抬头看了看天空，“天几乎完全黑了。我们该走了。”

“我们？我以为你打算不来烦我了。”

“我骗你的，”杰斯这么说的时候没有丝毫窘迫，“霍奇说我得把你一起带回学院。他想跟你谈一谈。”

“为什么他想跟我谈一谈？”

“因为你现在了解我们了，”杰斯说，“上一次盲呆知道我们的存在至少是一百年前的事了。”

“了解我们？”她重复道，“你的意思是像你这样的人类，相信恶魔存在的人们？”

"是除掉恶魔的人们，"杰斯说，"我们被称为暗影猎手。至少，我们这么称呼自己。暗影魅族给我们起的名字不那么好听。"

"暗影魅族？"

"黑夜之子——吸血鬼、巫师、精灵，这个世界上的魔法一族。"

克拉丽摇摇头。"继续说，我猜还有什么，比如美人鱼、狼人和僵尸吧？"

"当然有了，"杰斯告诉她，"那些故事都有其存在的原因。它们都是以事实为根基的，尽管盲呆们认为这些都是神话。暗影猎手有句名言：所有的故事都是真的。尽管，"他补充道，"你们一般只在南部偏远地区发现僵尸，那里有伏都教①祭司。"

"木乃伊呢？它们在埃及游荡吗？"

"别搞笑。没人相信木乃伊。"

"它们不存在？"

"当然不存在，"杰斯说，"瞧，你见到霍奇后他会把一切解释给你听的。"

克拉丽把胳膊交叉环抱在胸前。"要是我不想见他呢？"

"那是你的问题。不管自愿还是非自愿，你都要去。"

克拉丽不敢相信自己的耳朵。"你用绑架来威胁我？"

"如果你想这么看待此事的话，"杰斯说，"是的。"

克拉丽生气地张开嘴巴准备抗议，但却被刺耳的嗡嗡声打断了。她的手机又响了。

"如果你想接的话就接吧。"杰斯大方地说。

手机铃不响了，接着又响了起来，声音很大而且持续不断。克拉丽皱起眉头——她妈妈肯定是急坏了。她还没找出手机，铃声已经响了三遍。她把手机举到耳边。"妈妈？"

"哦，克拉丽，哦，感谢上帝，"一阵刺骨的警觉突然涌遍克拉丽的全身，她妈妈的声音听起来惶恐不安，"听我说——"

"没关系，妈妈。我很好，我在回家的路上——"

"不要！"恐惧使乔斯琳的声音变得尖锐刺耳，"不要回家！你明白我说的话吗，克拉丽？千万别回家。去西蒙家。直接到西蒙家，待在那里直到我——"身后的一个噪音打断了她，什么东西摔下来砸碎的声音，某种很重的东西撞击地板——

① 伏都教，一种西非原始宗教。

“妈妈！”克拉丽对着电话大叫道，“妈妈，你还好吗？”

一个巨大的蜂鸣声从电话机那头传来。克拉丽妈妈的声音艰难地穿过静电噪音。“答应我你不会回家。到西蒙家，给卢克打电话——告诉他，他找到我了——”她的声音被一阵沉重的撞击声淹没了，好像破裂的木头砸在她身上一样。

“谁找到你了？妈妈，你叫警察了吗？你——”

克拉丽慌乱中的问题被她永生难忘的一个嘈杂声打断了——一种尖锐而滑溜的噪音，接着传来砰砰的撞击声。克拉丽听见妈妈说话之前急促地吸了一口气，她的声音平静得令人害怕。“我爱你，克拉丽。”

电话断线了。

“妈妈！”克拉丽对着手机尖叫，“妈妈，你还在吗？”屏幕显示“通话结束”。为什么她妈妈会那样挂断电话呢？

“克拉丽。”杰斯喊她。这是她第一次听见他叫自己的名字。“发生了什么事？”

克拉丽没理睬他，发疯似的敲击她家电话号码的按键。除了两声忙音外没有应答。

克拉丽的手开始不受控制地颤抖起来。她企图重拨，但手机从她颤抖的手中滑落下去，硬生生地砸在铺过的路面上。她双膝跪倒在地想拾起手机，但手机摔坏了，正面裂开一条长长的缝。“该死！”眼泪几乎夺眶而出，她把手机扔在地上。

“别这样，”杰斯把她拉起来，手紧紧地抓住她的手腕，“出事了？”

“把你的手机借给我，”克拉丽说着从他的衬衣口袋中抓住一个黑色长方形金属块，“我得——”

“这不是手机，”杰斯说道，不过没有要拿回来的意思，“这是感应仪，你不会用。”

“但我要叫警察！”

“先告诉我发生了什么事，”她试图抽出手腕，但他抓得太牢了，简直难以置信，“我可以帮助你。”

狂怒在克拉丽身上蔓延开来，一阵热流涌遍她的血管。想也没想，她就用力打了他的脸，手指甲划破他的脸颊。他惊讶地往后猛退一步。挣脱之后，克拉丽向第七大道的街灯方向狂奔。

到了第七大道，她回头带着些许期待地希望看见杰斯跟在她身后。但街上空荡荡的。她不确定地向阴影处看了一会儿，里面没有任何移动的身影。她转过身往家的方向疾跑而去。

第四章

吞噬魔

夜晚反而变得更热了，跑回家就像在滚烫的汤中全力游泳一样。在她家的小区拐角，克拉丽被一个“禁止行走”的信号灯挡住了去路。汽车前灯飕飕地飞驰而过，她紧张不安地反复踮起脚后跟。她尝试再打电话回家，但杰斯并没有撒谎，他的那个东西不是手机。至少不像克拉丽以前看见过的任何手机。感应仪的按钮上面没有数字，只有很多古怪符号，也没有屏幕。

一路小跑回家，她看见二楼的窗户是亮的，平时这表明她妈妈在家。好吧，她自我安慰，一切都很好。但是她一走进入口心里就一紧。头顶上的灯熄灭了，门厅里一片漆黑，似乎到处都有诡谲移动的影子。她颤抖着打算上楼。

“你到底要到哪里去？”一个声音突然响起。

克拉丽一转身。“什么——”

她戛然而止。她的眼睛逐渐适应了昏暗的光线，她能看见一个巨大扶手椅的形状，放在多萝西娅夫人关闭的大门口。这个老妇人挤在椅子里简直就像个塞得满满的垫子。黑暗中克拉丽只能看见她扑过粉的脸部轮廓，手里握着一把白色的蕾丝花边扇，还有张大嘴巴说话时的黑洞。“你母亲，”多萝西娅说，“在楼上闹腾得不可开交，她在干什么？搬家具？”

“我不认为——”

“而且楼梯井的灯也熄灭了，你注意到了吗？”多萝西娅用扇子连续叩击椅子的扶手，“难道你妈妈不能让她男朋友来换一下吗？”

“卢克不是——”

“天窗也需要洗一洗了，脏兮兮的，难怪这里一片漆黑。”

卢克不是房东，克拉丽想这么说但并没说出口。她这位年长的邻居向来如此。一旦她让卢克过来换灯泡，她就会让他帮忙干一大堆事——取水果，修补淋浴间。有一次，为了把沙发搬出公寓而不必把门从铰链上拆下来，她还让卢克用斧头把旧沙发给劈开了呢。

克拉丽叹气道：“我会跟他讲。”

“你最好这么做。”多萝西娅抖了抖手腕，啪的一声把扇子合拢了。

来到公寓门口时，让克拉丽觉得大事不妙的预感越发强烈了。门没有锁，留了一条缝，一道楔形亮光洒落在地面上。她愈加惶恐不安地推开门。

公寓里灯火通明，所有的灯，所有的一切全都打开照亮着整个屋子，散发出来的光芒刺得她睁不开眼睛。

她妈妈的钥匙和粉红色手袋还在门边的锻铁架子上，她一直把它们放在这里。“妈妈？”克拉丽大声叫道，“妈妈，我回来了。”

没有应答。她走进起居室。两扇窗户都敞开着，几米长的白色薄纱窗帘像动荡不停的鬼魂似的在清风中舞动。风停了，窗帘一动不动之后，克拉丽才看到垫子被人从沙发上撕裂下来，七零八落地扔在房间里。有些被撕成长条，棉质内里散落在地上。书架也被踢翻了，里面放置的东西也散落了一地。钢琴凳侧翻在地上，像伤口一样裂开，乔斯琳钟爱的音乐书籍散落得到处都是。

最令人恐怖的是那些油画。每一幅画都被人从画框里扯下来，撕成一条条的，凌乱地洒在地上。肯定是用刀弄成这样的——画布很难徒手撕破。空荡荡的画框像被剥光了的骨头一样。克拉丽感到胸中一阵涌动，“妈妈！”她尖叫出来，“你在哪里？妈咪！”

她从八岁起就不再叫乔斯琳“妈咪”。

她心脏怦怦直跳地跑到厨房。厨房里也空无一人，柜门敞开，塔巴斯哥[①]辣酱油的瓶子被打碎，红辣椒酱泼溅到地板油毡上。她的两条腿像水袋一样软绵绵的。她知道应该赶紧跑出公寓，设法搞到电话叫警察。但是一切都那么遥远——她首先需要找到妈妈，需要看见她平安无事。要是劫匪来到家里，要是她妈妈跟他们搏斗——

什么样的劫匪不抢走钱包、电视机、DVD 播放机，还有值钱的笔记本电脑？

现在她来到妈妈的卧室门口。乍一看，这个房间好像没人碰过似的。乔斯琳的手工花卉图案床罩考究地折叠起来放在羽绒被上。床头柜上克拉丽自己的脸正对着她微笑，那个时候她才五岁，头发是草莓色的，笑容灿烂，露出牙齿脱落的缝隙。克拉丽心中不禁一颤。妈妈，她在心中哭道，你出了什么事？

回答她的是沉默。不，不是沉默——公寓里传来一个响声，使她汗毛倒竖。好像是什么东西被打翻了——一个沉重的物体摔在地板上发出沉闷的声响，随后传来一阵拖动爬行的声音——而且是朝卧室爬过来的。克拉丽惊恐万状，挣扎着

① 塔巴斯哥，墨西哥东南部的一个州，位于墨西哥湾附近。

站起来，缓慢地转过身。

一开始她还以为门口没有东西，心情不禁轻松许多，紧接着她往下一看。

那个东西蹲坐在地板上，一个长长的有鳞片的东西，一串扁平的黑眼睛固定在圆形头颅正面的死点上。它像个短吻鳄和蜈蚣的结合体，口鼻部又厚又平，尾巴上有倒钩，险恶地左右挥动着。许多条腿在身下缩成一团准备扑过来。

一声尖叫从克拉丽的喉咙里勉强地挤出来。她摇摇摆摆地往后退，正当这个东西向她扑过来的时候被绊了一跤跌落在地面上。她滚向一侧，它在她身边几厘米的地方落下来，沿着木质地板滑行，爪子凿下深深的凹痕，一声低沉的咆哮声从它的喉咙里冒出来。

她费力地爬起来，朝门厅跑去，但这个东西比她快多了。它又一跃而起，正好停在门上，像只庞大而致命的蜘蛛一样悬挂在那里，一串眼睛恶狠狠地盯着她。它的下巴缓缓张开，露出一排淌着绿色唾液的毒牙。它汩汩地发出嘶嘶声，一条长长的黑舌头从下巴里吐出来。克拉丽惊恐万状地意识到它发出的响声居然是人话。

"女孩，"它嘶嘶作响，"肉。血。吃，哦，吃。"

它开始沿着墙壁缓慢地滑下来。克拉丽吓得不听使唤，动弹不得。那个东西又站了起来，朝她爬过来。她向后退，从她身边的床头柜上一把抓起那个沉重的相框——她自己、妈妈和卢克在科尼岛[①]，准备登上碰碰车时拍的合影——向那个怪物扔去。

相框击中它的中间部位，反弹回来撞击在地面上，发出玻璃碎裂的声音。那个东西好像根本没注意到。它继续向她爬过来，破碎的玻璃被它的身体压成碎片。"骨头，嘎扎嘎扎地咀嚼，吮出骨髓，喝掉血……"

克拉丽的后背抵着墙，她没法再后退了。她感到臀部有动静，几乎是从她的皮肤上传来的。她的口袋。她把手伸进去，拉出一个她从杰斯那里抢来的塑料东西。感应仪像手机调成震动挡一样地震颤着。这个坚硬的玩意儿把她的手掌烫得发痛。对面那个东西一跃而起时，她双手正紧紧握住感应仪。

那个东西猛地冲向她，把她撞倒，她的头和肩膀重重地撞击在地板上。她扭动着翻身，但那个家伙太沉了。现在它趴在她身上，闷热黏滑的身体笨重地压着她，使她想要呕吐。"吃，吃，"它呻吟着，"但是这是禁止的。吞掉，品尝。"

滚热的气息扑面而来，散发着血腥味。她无法呼吸，肋骨像要碎裂似的。她

---

① 科尼岛，美国纽约市布鲁克林区大西洋沿岸的海滨胜地和娱乐公园，位于长岛南岸。

的胳膊夹在自己和这个恶魔的身体之间，感应仪扎进她的手掌。她扭动着，想要把手抽出来。“瓦伦丁绝不会知道。他没提到过女孩。瓦伦丁不会生气的。”它没有嘴唇的嘴巴抽搐起来，下巴慢慢张开，一阵恶臭的口气在她脸上发烫。

克拉丽的手挣脱出来。她尖叫起来拍打这个东西，想要把它打碎，弄瞎它的眼睛。她几乎忘记了感应仪。就在这个东西张大下巴突然向她的脸冲过来的千钧一发之际，她把感应仪硬塞进它的牙齿之间，一阵滚烫的酸性唾液滴满她的手腕，滴落在她的脸和脖子这些裸露在外的皮肤上。仿佛从远处传来一般，她听见自己在尖叫。

这个东西几乎有些出其不意地往后一扯，感应仪嵌入它的两颗牙齿之间。它咆哮着，那是一种沙哑生气的嗡嗡声，它把头往后甩。克拉丽看见它在吞咽，看见它的喉咙在动。我会是下一个，她慌张地想道，我是……

突然这个东西开始抽搐，控制不住地痉挛，从克拉丽的身上滚落下来，四脚朝天地躺在地上，许多条腿不停地翻腾。黑色的液体从它的嘴巴里流出来。

克拉丽喘着粗气翻过身来，开始挣扎着远离这个东西。她就要来到门口了，就在这时她听见耳边传来呼啸声。她企图猫下腰，但一切都太迟了。一个东西狠狠地撞击在她的后脑勺上，她向前扑倒在地，不省人事。

光刺透她的眼睑，蓝色、白色，还有红色。传来一阵尖锐的哀号声，音调不断上升，像受惊的小孩在尖叫一样。克拉丽翕合着嘴巴，睁开眼睛。

她躺在冰冷潮湿的草上。夜晚的天空在头顶上泛起涟漪，星星散发出的青灰色微光淹没在城市的灯光之中。杰斯跪在他身旁，手腕上的银色金属圈散发出点点光亮，他把一块布撕成条状。“别动。”

哀号声几乎要把她的耳朵撕成两半。克拉丽不听话地把头偏向一边，结果却感到背部一阵像被刀刺穿似的疼痛。她正躺在乔斯琳精心打理的玫瑰花圃后面的一片草地上。一簇叶子遮住了她的视线，看不见整条街道，一辆警车停在马路边石上，车顶上的蓝白灯管不断地闪烁，警报发出呜呜的尖啸声。已经有一小撮邻居聚集在一起，看着车门打开，两个穿蓝色制服的警官出现在眼前。

警察。她挣扎着想要坐起来，但又想吐，手指抽搐着扎进潮湿的泥土里。

“我告诉过你别动，”杰斯呵斥道，“那个吞噬魔袭击了你的脖子。它已经奄奄一息，所以叮得不是很严重，但我们得把你带到学院去。别动。”

“那个东西——那个恶魔——它说过话。”克拉丽忍不住颤抖起来。

“你以前听过恶魔说话。”杰斯把打过结的布条塞到她脖子下面系紧时动作很轻柔。上面抹着一层蜡状的东西，像她妈妈用来呵护被油彩和松脂侵蚀的手的园丁油膏。

“群魔殿俱乐部里的恶魔——看起来像个人。”

“那是幽灵魔。变形者。吞噬魔的外形就是那样，不是很吸引人，但它们愚蠢到并不在意自己的外貌。”

“它说它要吃掉我。”

“但是它没有。你杀死了它。”杰斯打完结，坐了回去。

让克拉丽感到欣慰的是后颈的疼痛慢慢消失了。她用力地拖着身体，坐了起来。“警察来了，”她的声音听起来像青蛙的呱呱声，“我们应该——”

“他们什么也做不了。有人可能听见你尖叫后报了警。十之八九那些人不是真正的警察。恶魔有办法隐藏踪迹。”

“妈妈。”克拉丽从肿胀的喉咙里挤出这两个字。

“现在你的血管里有吞噬魔的毒液在流淌。如果你不跟我走，不到一小时你就会死掉。”他站起来，向她伸出手。她抓住他的手，被他一把拉了起来。“来吧。”

一阵天翻地覆。杰斯赶紧伸出胳膊搀着她的后背，把她扶稳。他身上散发着泥土、血液和金属的味道。“你能走路吗？”

“我想可以。”她扫了一眼茂密的花圃，看见警察从过道上走来，其中有一个身材苗条的金发女人，一只手里拿着手电筒。她抬起手，克拉丽看见那只手没有血肉，光秃秃的手臂越变越尖，在指甲处呈骨叉状。“她的手——”

“我告诉过你他们可能是恶魔，”杰斯扫了一眼房子后面，“我们得离开这里，能穿过巷子吗？”

克拉丽摇摇头。“砖头砌起来了，走不通。没有路——”她话音未落就咳嗽起来。她抬起手遮住嘴巴，有红色的东西被吐出来。她惊恐地啜泣起来。

他抓住她的胳膊，翻转过来，让月光照到她胳膊内侧洁白娇嫩的肌肤。蓝色血管的线条纹理遍布在她的皮肤上，将中毒的血液带入她的心脏和大脑。克拉丽感到膝盖弯曲了。杰斯的手里拿着个锋利的银色物体。她试图把手抽出来，但他抓得太牢了：她感到皮肤上一阵刺痛。他松开手，她看见胳膊肘那里有个黑色的墨印，和他胳膊上的一样。这个看起来像一组重叠的波纹一样。

“这是什么？”

“这能把你藏起来，”他说道，“不过只是暂时的。”他把手里的物体插进皮带，克拉丽原本以为那是把刀。其实是一个发光的长圆柱状的东西，大约和食指一样粗，一端逐渐变细至顶部呈尖状。“我的石杖。”

克拉丽没有问那是用来做什么的，她全神贯注地努力不要摔倒，深一脚浅一脚地踩在地面上。“杰斯。”她说道，然后倒在他身上。他熟练地接住她，仿佛习惯了搀扶晕倒的女孩子一样，好像他每天都在做这种事情似的。或许他确实如此。他把她转过来，用胳膊架住她，在她耳边说了些什么，听起来像“盟约”。克拉丽扭头想看一看他，却只看见星星在头顶的黑色苍穹上翻起跟斗，接着最远处的一切都消失不见了，杰斯的胳膊没能阻止她倒下。

第五章

圣廷和《盟约》

“你认为她还会醒过来吗？已经三天了。”

“你得给她时间。恶魔毒液威力无比，而她只是个盲呆。她没有和我们一样可以使她拥有强大抵抗力的如尼文。”

“盲呆弱不禁风，不费吹灰之力就会死掉，是不是？”

“伊莎贝尔，你知道在病房里谈论死亡是不吉利的。”

三天，克拉丽迟钝地想道。她所有的想法来得像血液或蜂蜜那样浓稠而迟缓。我得醒过来。

但是她做不到。

梦一个接一个地攫住她，影像的河流载着她宛如一片叶子在激流中摇来晃去。她看见妈妈躺在医院的病床上，眼睛像洁白脸庞上的伤疤似的。她看见卢克站在一堆骨头上。杰斯的背后伸出一双白色的羽翼，伊莎贝尔赤身裸体地坐着，鞭子像一张由金指环编织而成的网一样缠绕着她的身体，西蒙的手掌心中烫出许多十字。天使，燃烧着坠落，从天际坠落。

“我告诉过你就是那个女孩。”

“我知道。她身材娇小，平凡无奇，是不是？杰斯说她杀死了一个吞噬魔。”

“是的。我们第一次见到她时我还以为她是小精灵呢。不过，要成为小精灵她还不够漂亮。”

“好吧，血液里流淌着恶魔的毒液谁还会魅力十足？霍奇打算向圣者们求助吗？”

“我希望他不会。他们让我浑身汗毛竖立，有谁会那样自我摧残——”

“我们就自我摧残。”

“我知道，亚历克，我们确实这么做，但这不是永久性的，而且并不总是会疼……”

“如果你年纪够大的话，说到这里，杰斯去哪里了？他救了她，是不是？我还以为他会有兴趣看到她康复。”

“霍奇说自从他把她带到这里之后就再也没来看望过她。我猜他才不在乎呢。”

“有时候我不知道他是否——瞧！她动了！”

“我猜她总算活过来了，”一声叹息，“我去告诉霍奇。”

克拉丽的眼睑仿佛被缝了起来似的。三天来她第一次慢慢地睁开眼睛，而后眨一眨，她想象着自己会感到皮肤撕裂的痛楚。

她看见上方湛蓝的天空，轻柔的白色云朵，胖嘟嘟的天使手腕上缠绕着镀金的丝带。我死了吗？她感到疑惑。天堂实际上会是这样的吗？她眯着闭上眼睛，然后又张开：这一次她意识到自己盯着的是拱形的木质天花板，上面画着洛可可主题的云朵和小天使。

她费力地使自己坐了起来，浑身疼痛不已。她身体的每个部位都很疼，特别是后颈。她环顾四周，发现自己蜷缩在一张铺着亚麻布床单的床上，这只是一长排有金属床头板的床铺中的一张。她的床边有一个小床头柜，上面放着一个白色的大水罐和一只杯子。蕾丝窗帘放了下来，遮住窗户，挡住光线，但她还能隐隐约约地听见纽约司空见惯的车水马龙声从外面传进来。

“啊，你终于醒过来了，”一个声音一本正经地说道，“霍奇会很高兴。我们全都以为你可能会在睡梦中死掉呢。”

克拉丽转过头。伊莎贝尔坐在另一张床上，她那墨玉色的长发编成两条垂及腰部的粗辫子，白色长裙换成了牛仔裤和蓝色紧身背心，不过红色吊坠仍然在她的颈项上摇晃。她身上的黑色螺旋形文身已经消失不见了，右手背上的预见力如尼文还在。

“抱歉让你失望了，”克拉丽的声音像砂纸一样嘶哑，“这里是学院吗？”

伊莎贝尔翻了翻白眼。“还有什么杰斯没告诉你的？”

克拉丽咳嗽着说道：“这是学院，对吗？”

“是的，你在医疗室里，你倒是猜对了。”

一阵钻心的痛突如其来，克拉丽一把捂紧肚子，大口喘着气。

伊莎贝尔警觉地看着她。“你还好吗？”

疼痛逐渐消失，但克拉丽还能感觉到喉咙深处有股酸味，伴有一种奇怪的头晕目眩。“我的胃。”

“哦，对了。我差点忘记了。霍奇说过你醒来后给你这个。”伊莎贝尔一把抓住搪瓷水罐，把里面的东西倒进配套的杯子里，然后递给克拉丽。里面装满了一种糊状的液体，还微微冒着热气，有股草药之类的味道，浓烈而暗黑。“你整整三天没吃东西了，”伊莎贝尔指出，“很可能那是你为什么感到不适的原因。”

克拉丽战战兢兢地呷了一口。味道浓郁可口，有股黄油的味道，令人满意。“这是什么？”

伊莎贝尔耸了耸肩。“霍奇的药茶之一，总能药到病除，”她从床上滑下来，像猫弓起背那样落在地面上，“顺便提一下，我是伊莎贝尔·莱特伍德，住在这里。”

“我知道你的名字。我是克拉丽，克拉丽·弗雷。是杰斯带我来这里的吗？”

伊莎贝尔点点头。“没错。你把入口的地毯弄得满是脓水和血渍。要是他这么干的时候我父母在的话，他肯定会被禁足的，”她更加仔细地打量着克拉丽，“杰斯说你单枪匹马杀死了那个吞噬魔。”

那个形如毒蝎、面如螃蟹的邪恶怪物的形象突然浮现在克拉丽的脑海中，她颤抖着把杯子抓得更紧了。“我猜我是杀了它。”

“但你只是个盲呆。”

“令人惊诧，是不是？”克拉丽说道，尽情享受着伊莎贝尔勉强伪装的惊讶表情，“杰斯在哪里？他在附近吗？”

伊莎贝尔耸了耸肩。“在这附近的某个地方，”她说道，“我该告诉大家你醒了。霍奇会想跟你谈一谈的。”

“霍奇是杰斯的导师，对吗？”

“霍奇教导我们大家，”她指出，“盥洗室就在那边，如果你想要换衣服，我在毛巾架上挂了几件我自己的旧衣服。”

克拉丽想要再从杯子里呷一口，却发现里面已经空了。她不再感到饥肠辘辘，也不觉得头昏脑胀了，这让人感到欣慰。她放下杯子，用被单紧紧包住自己。“我的衣服呢？”

“它们沾满血渍和毒液。杰斯把它们烧掉了。”

“是吗？”克拉丽问，“告诉我，他是不是总那么粗鲁无礼，还是他只对盲呆这样？”

“哦，他对所有人都那样，”伊莎贝尔漫不经心地说，“正是这样使他性感得要死。而且，他杀死的恶魔比其他同龄人都多。”

克拉丽看着她，一脸茫然。“难道他不是你哥哥吗？”

这引起了伊莎贝尔的兴趣。她大笑着说道：“杰斯？我哥哥？不，究竟是什么让你产生这样的想法的？”

“哦，他和你住在一起，”克拉丽指出，“难道不是吗？”

伊莎贝尔点点头。“哦，是的，但……”

“为什么他不和自己的父母住在一起呢？”

有那么短暂的一刻，伊莎贝尔感到不自在。“因为他们死了。”

克拉丽惊讶地张开嘴巴。“他们死于意外吗？”

“不是，”伊莎贝尔烦躁不安，把一绺黑发推到左耳后面，“他一出生母亲就去世了。十岁时父亲被谋杀。杰斯亲眼目睹了一切。”

“哦，”克拉丽说道，声若蚊蚋，“是……恶魔干的吗？”

伊莎贝尔站起来。“瞧，我最好让大家知道你醒了。他们等你睁开眼睛已经等了三天了。哦，盥洗室里有香皂，”她补充道，“或许你想梳洗一下。你身上有味道。”

克拉丽愤怒地盯着她。“非常感谢。”

“随时效劳。”

伊莎贝尔的衣服看起来未免太可笑了。克拉丽得把牛仔裤的裤管卷好几圈才不会被绊倒，红色的V领紧身背心更加凸显了她缺少埃里克称之为“身段”的东西。

她在狭小的盥洗室里用一块坚硬的熏衣草香皂梳洗。用一条白毛巾擦干身体，任由湿漉漉的头发凌乱地贴在脸上，散发出淡淡的熏衣草香。她眯起眼睛看着镜子里的自己。她的左脸颊上方有一块淤青，嘴唇又干又肿。

我得打电话给卢克，她想道。这里肯定有电话。或许她跟霍奇谈完之后他们会让她用。

她发现自己的斯凯奇被整齐地放在病床脚下，钥匙系在鞋带上。她快速地把脚伸进去，深深地吸了一口气，便离开这里去找伊莎贝尔。

医疗室外的走廊里空无一人。克拉丽朝南张望，一脸茫然。她有时候发现自己在噩梦中沿着类似的走廊狂奔，这里既幽暗又深邃。烧成玫瑰形状的玻璃灯悬挂在墙壁上，每隔几处就有一盏，空气里混杂着灰尘和蜡烛的味道。

她听见远处隐隐约约传来一阵悦耳的声响，像在暴风雨中摇曳的风铃。她缓缓地沿着过道走去，一只手沿着墙壁划过。维多利亚风格的墙纸年久失色，呈酒红色和浅灰色。过道两侧是一排锁着的门。

她追随的声音越来越响。现在她能辨认出这是一种毫无章法却需要精湛的技巧才能弹奏出来的钢琴声，尽管她不能分辨出其旋律。

转过拐角，她来到门边，门砰的一声完全打开了。往里一看，她发现这里显然是间音乐室。一架大钢琴矗立在墙角，最远的墙壁那头摆放着几排椅子，一把竖琴盖着盖子位于房间中央。

杰斯坐在大钢琴前，修长的手指流畅地在琴键上飞舞。他赤着脚，穿着一条牛仔裤和一件灰色的T恤，黄褐色的头发凌乱地竖起来，好像刚刚睡醒的样子。看着他的手敏捷而确定地划过琴键，克拉丽想起被这双手扶起来的感觉，他的胳膊把她抱起来，星星像飘洒下来的闪光纸一样在她的脑海中猛然坠落。

她肯定发出声音了，因为他从琴凳上扭过身体，对着阴影眨眨眼睛。“亚历克？”他问道，“是你吗？”

“不是亚历克。是我，”她走进房间，“克拉丽。”

他站起身来，钢琴键丁零当啷一阵响。“我们的睡美人。谁终于把你吻醒了？”

“没有人，我自己醒来的。”

“有人跟你一道吗？”

“伊莎贝尔，不过她去找人——我想是霍奇。她要我等一等，但——”

“我本该告诉他，你有从不听人吩咐的习惯，”杰斯眯着眼睛打量着她，“这全是伊莎贝尔的衣服？它们穿在你身上很滑稽。”

“那得多谢你把我的衣服全烧掉了。”

“那纯粹是为了保险起见，”他麻利地合上微微闪光的黑色钢琴盖，“来吧，我带你去见霍奇。”

学院巨大无比，如洞穴般的辽阔空间看起来不像是依据建筑平面图设计的，更像是经过水流和岁月的打磨浑然天成的。穿过掩映着的一道道门，克拉丽瞥见许多个完全相同的小房间，每个房间里都有一张铺着彩条床单的床铺、一个床头柜和一个敞开的木质大衣橱。灰白的石拱支撑住高高的天花板，上面有精心雕刻的小型图案。她注意到某些重复的主题：天使和剑，太阳和玫瑰。

“为什么这个地方有那么多卧室？”克拉丽问，“我以为这里是研究机构。”

“这里是供居住的侧厅。我们承诺为任何提出请求的暗影猎手提供庇护和住所。最多能容纳二百人。”

“但是大多数房间没有人住。”

“人们来来往往。没有人在此久留。通常只有我们几个——亚历克、伊莎贝尔、麦克斯以及他们的父母——还有我和霍奇。”

“麦克斯？”

“你见过美丽的伊莎贝尔吗？亚历克是她哥哥，麦克斯是老幺，但他现在跟父母出国了。”

“去度假？”

“并不完全是，”杰斯犹豫道，“你可以把他们当成——外交官，把这里当成大使馆之类的。现在他们在暗影猎手的祖国，努力进行一些非常棘手的和平谈判。他们把麦克斯带去了，因为他年纪尚幼。”

“暗影猎手的祖国？”克拉丽一头雾水，“叫什么名字？”

“伊德里斯。”

“我从没听说过。”

“你不会听说过，”他的语气又充满了那种令人恼怒的优越感，“盲呆不知道它的存在。各条边界上都有一些防护措施——防御咒语。如果你试图跨进伊德里斯，就会发现自己立即被一个接一个地转送到不同的国界。你永远不知道会发生什么事。”

“这么说来，它不在地图上？”

“不在盲呆的地图上。就我们现在的方位而言，你可以把它当成位于德法两国之间的一个小国家。”

“但德法之间没有其他国家，除了瑞士。”

“千真万确。”杰斯说。

“那么说来，你去过那里，我的意思是伊德里斯。”

“我在那里长大，”杰斯的语气不确定，但其弦外之音告诉她再追问下去会不受欢迎，“我们大多数人都去过。当然，暗影猎手遍及世界各地。我们必须出现在任何地方，因为到处都有恶魔的踪迹。但对暗影猎手而言，伊德里斯永远都是‘家’的所在。”

“像麦加或耶路撒冷，”克拉丽若有所思地说，“那么你们大多数人都在那里被抚养长大，然后当你们成年后——”

“我们被派往需要我们的地方，”杰斯简洁地说，“也有为数不多的人，像伊莎贝尔和亚历克，他们在远离祖国的地方长大，因为他们的父母在其他地方。有了学院提供的一切资源，以及霍奇的训练——”他突然不说了，“这里是图书室。”

他们来到一对拱形木门前。一只黄眼睛的蓝色波斯猫蜷缩着躺在他们面前。他们靠近后它抬起头打了个哈欠。“嘿，丘奇。”杰斯说着用光脚丫摩挲猫背。猫满心欢喜地把眼睛眯成一条缝。

“等等，”克拉丽说，“亚历克、伊莎贝尔和麦克斯——只有他们几个是你认识且一起生活的与你同龄的暗影猎手吗？”

杰斯停止抚摸猫。“是的。”

“那肯定有些孤单。”

“我拥有我所需要的一切。”他把门推开。迟疑了一会儿，她跟着他走了进去。

图书室是环形的，天花板逐渐变细呈锥状，好像嵌入塔楼中一样。墙壁上是一排排的书籍，书架很高，每隔几排还摆放着有小脚轮的高大梯子。这些也不是常见的书籍——全都是用皮革和天鹅绒装订而成，守卫它们的则是坚固的铜质和银质锁链。装饰书脊的是幽幽散发着微光的珠宝，书脊上有闪闪发亮的烫金文字。它们看起来破旧不堪，显然这些书籍不仅古老，而且经常被人翻阅，也曾经为人珍爱。

地面是抛光的木质地板，镶嵌着玻璃和大理石压板，也有半珍贵的宝石。镶嵌工艺形成了克拉丽辨认不出的图案——可能是星群，抑或是世界地图。她觉得她得爬上塔楼俯视方能辨认清楚。

屋子的正中央有一张豪华的大书桌，是由一块厚重巨大的橡树雕琢而成，散发着历经悠悠岁月打磨独有的那种暗哑光亮。厚木板安放在两个天使的后背上，它们也是用大理石雕琢而成的，翅膀镀过金，脸庞上雕刻着痛苦的表情，仿佛厚木板使其不堪重负。书桌后面坐着一个头发灰白、身材瘦削的男人，长着长长的鹰钩鼻。

“一个爱读书的人，我看得出来，”他微笑着对克拉丽说道，“你没告诉我这一点，杰斯。”

杰斯轻声笑了笑。克拉丽知道他从她身后走向前，双手插在口袋里站立着，还令人怒火中烧地咧嘴大笑。“我们相识短暂，尚无机会深入交谈，”他说，“恐怕我们还没交谈到读书习惯这一茬。”

克拉丽转过身，恶狠狠地看了他一眼。

“你怎么看出来的？”克拉丽问书桌后的那个人，“我的意思是我喜欢读书。”

“你走进来时脸上的表情，”他一边说，一边站起身从书桌后面走了过来，“不知为何，我猜我本人不会令你那么印象深刻。”

他起身时克拉丽差点儿没惊呼出来。一开始她还以为他身体异常畸形，左肩驼背，比右肩高。他逐渐走近时，她才看见原来凸出来的部分是一只鸟——羽毛光亮，眼睛乌黑，正好栖息在他的肩头。

“这是雨果，”那个人说道，摸了摸他肩膀上的鸟，“雨果是只渡鸦，它正如其名博闻强识。同时，我是霍奇·斯塔克韦德，历史学教授，正如其名我的知识远远不够[①]。”

克拉丽情不自禁地笑出声来，握了握他伸出来的手。“克拉丽·弗雷。”

“与你相识深感荣幸，”他说，“结识徒手杀死吞噬魔的任何人我都会深感荣幸。”

“不是我徒手杀死的，”因为杀戮而受到恭维，感觉总是很奇怪，“是杰斯的——啊，我不记得你们怎么叫它了，但——”

“她指的是我的感应仪，”杰斯说，“她把感应仪塞进了那个东西的喉咙里。如尼文肯定使它窒息而亡了。我猜我需要一个新的。”他事后才想起来又补充道，“我本该提到这一点的。”

“武器库里还有几个。”霍奇说。他微笑着看着克拉丽，眼周露出数不清的小细纹，像旧油画上斑驳的裂痕一样。“那可是思维敏捷。是什么让你想到把感应仪当武器的？”

她还没来得及回答，一声大笑突然响彻整个房间。从进来起，克拉丽像着了魔似的看着这些书，霍奇又分散了她的注意力，她根本没有注意到亚历克摊开四肢满满当当地坐在一张红色扶手椅上，旁边是空荡荡的壁炉。“我简直不敢相信你居然相信那番话，霍奇。”

起初，克拉丽甚至没听明白他的话。她正忙着打量他呢。和许多独生子女一样，她对研究兄弟姐妹之间的相似性非常着迷，此刻在敞亮的白天，她看得出亚历克和他妹妹到底有多么相似。他们都有乌黑的头发，在眼角微微扬起的细眉毛，同样鲜明的苍白皮肤。但伊莎贝尔尽显高傲之处，亚历克却懒洋洋地躲在椅子里仿佛不愿引人注意似的。他的睫毛很长，像伊莎贝尔的一样黑，不过她的眼睛乌黑，而他的则是像玻璃杯一样的深蓝。此刻正带着一种纯粹而强烈的敌对眼神盯着克拉丽。

“你是什么意思，亚历克？”霍奇挑起一边的眉毛说道。克拉丽很好奇他有多大年纪。尽管头发花白，他身上却有一种看不出岁月痕迹的特质。他身穿纯灰色格子衣服，熨烫得非常伏贴。要是没有那条粗伤疤划过整张右脸颊，他看起来很像一位慈祥的大学教授。她想知道他为何会有这道疤痕。“你在暗示她其实没有杀死那个恶魔吗？”

---

① 霍奇的英文名为 Hodge，有庄稼人的意思，所以他会这样说。

“她当然没有。瞧瞧她——她只不过是个盲呆，霍奇，一个小孩子罢了，别忘了这一点。她不可能与吞噬魔较量。”

“我不是小孩子，”克拉丽打断他，“我已经十六岁——好吧，星期天就十六岁了。”

“和伊莎贝尔同龄，”霍奇说，“你会把她当小孩子吗？”

“伊莎贝尔来自历史上最伟大的暗影猎手王朝之一，”亚历克冷冰冰地说，“而这个女孩来自新泽西。”

“我来自布鲁克林！”克拉丽愤慨不已，“那又怎么啦？我就是在自己家里杀死了一个恶魔，就因为我不是你和你妹妹那种娇宠轻狂、有钱有势、乳臭未干的小娃娃，你就打算为此把我当个大白痴吗？”

亚历克看起来万分震惊。“你叫我什么？”

杰斯大笑起来。“她有几分道理，亚历克，”杰斯说，“那些躲在大桥底下和隧道里的恶魔才是你要警惕的对象——”

“这并不好笑，杰斯，”亚历克站起来插话道，“你打算袖手旁观，让她骂我吗？”

“是的，”杰斯友好地说，“这对你有好处——尝试着把这种经历当成耐力训练。”

“我们算得上是生死搭档，”亚历克紧绷着脸说，“但你态度轻薄无礼，就快磨光我的耐心了。”

“你的固执己见也要磨光我的耐心了。我发现她时，她正躺在血泊中，一只垂死的恶魔实际上趴在她身上。我看着它消失。如果她没杀死它，是谁杀的呢？”

“吞噬魔很愚蠢。或许它的螯刺刺到了自己的脖子，这种事情以前发生过——”

“你的意思是它自杀啰？”

亚历克闭紧嘴唇。“她留在这里不对。盲呆不被允许踏进学院，这有充分的理由。如果别人得知此事，很可能会报告到圣廷。”

“那并不完全正确，”霍奇说，“《大律法》确实允许我们在特定情况下为盲呆提供庇护。一个吞噬魔已经袭击了克拉丽的母亲——她很可能是下一个目标。”

袭击。克拉丽想知道这个词的言外之意是不是“被谋杀”。渡鸦在霍奇的肩上轻轻地呱呱直叫。

“吞噬魔是搜寻和毁灭的机器，”亚历克说道，“它们根据巫师或魔王的指使采取行动。那么，巫师或魔王怎么会对普通的盲呆家庭有什么兴趣呢？”他的眼睛看着克拉丽，眼神出于厌恶而变得格外明亮，“有没有想过这一点?”

克拉丽说道：“这肯定是个错误。”

“恶魔不会犯这样的错误。它们追踪你母亲肯定是有理由的。如果她毫无过错——”

“你说‘毫无过错’是什么意思?”克拉丽的语气很温和。

亚历克看起来惊呆了。“我——”

“他的意思是，”霍奇说，“对非常强大的恶魔而言，它们指挥一群无足轻重的恶魔插手人类事务是非常罕见的事情。盲呆不可能招来恶魔——他们没有那种力量——但也有一些人，孤注一掷且愚蠢之至，他们会找到女巫或巫师替他们召唤恶魔。”

“我母亲不认识任何巫师。她不相信魔法，”克拉丽突然想到一点，“多萝西娅夫人——她住在楼下——她是女巫。或许恶魔找的是她却误伤了我妈妈?”

霍奇的眉毛上扬至发际线。“你们家楼下住着女巫?”

“她是个假女巫——骗子，”杰斯说，“我已经调查过了。巫师没有任何理由对她感兴趣，除非他要做毫无用处的水晶球的买卖。”他转向克拉丽。“巫师的法术是与生俱来的。女巫只是自学了一些小魔法的人类而已。可绝大多数魔法都是假的。”

“我们又回到了原点，”霍奇举起手去抚摸肩膀上的鸟，“似乎是时候知会圣廷了。”

“不!”杰斯说，“我们不能——”

“在我们还不确定克拉丽是否会康复的情况下，保守克拉丽暂居于此的秘密不无道理，”霍奇说，“但现在她已经康复，而且她是一百年来穿过学院大门的第一个盲呆。你了解关于盲呆知道暗影猎手存在的规定，杰斯。圣廷必须得到通知。”

“绝对如此，”亚历克附和道，“我可以给我父亲捎个信——”

“她不是盲呆。”杰斯平静地说道。

霍奇的眉毛又上扬至发际线，并且一直停留在那里。亚历克突然被打断，惊讶得说不出话来。在突如其来的沉默中，克拉丽听见雨果拍打翅膀的声音。“但我是。”克拉丽说道。

“不，”杰斯说，“你不是。”他转身看着霍奇，克拉丽看见他吞咽时喉咙轻微地动了动。她发现瞥见他紧张的神情对自己有种莫名的安慰。“那天晚上——有杜辛恶魔出现过，身穿警察制服。我们不得不从它们身边经过。克拉丽身体太虚弱跑不了，也没有时间藏起来——否则她会死掉。所以我用我的石杖——在她的胳膊内侧画了个孟德林如尼文。我以为——”

“你疯了吗?”霍奇的手用力地拍打在桌面上，力气如此之大让克拉丽以为木头可能会裂开，“你知道律法关于在盲呆身上使用印记的规定！你——你们所有人都应该知道!”

“但这起作用了，”杰斯说，“克拉丽，把你的胳膊给他们看一看。”

她迷惑不解地朝杰斯那边扫了一眼，然后伸出她光溜溜的胳膊。她想起那天晚上在巷子里低头看过，还以为这个印记多么弱不禁风呢。现在，就在她手腕的褶皱处，她看见三个隐隐约约相互重叠的圆圈，线条像随着时间的流逝而逐渐隐退的疤痕一样浅淡。“瞧，差不多消失了，”杰斯说，“根本没伤到她。”

“那不是问题所在，”霍奇几乎怒不可遏，“你很可能会把她变成弃魔。”

亚历克的脸颊上出现两片红晕。“我简直不敢相信，杰斯。只有暗影猎手能经受得住《灰色格雷》中的印记——它们会杀死盲呆——”

“她不是盲呆。你难道没听明白吗?这就解释了为什么她能看见我们。她肯定拥有圣廷的血脉。”

克拉丽放下胳膊，突然感到很冷。“但我不是，我不可能是。”

“你一定是，”杰斯说，没有看她，“如果你不是，我在你胳膊上划下的印记会……”

“够了，杰斯，”霍奇带着明显的不悦口吻说道，“没必要让她更害怕。”

“但我是对的，是不是?这也解释了发生在她妈妈身上的事情。如果她是流放的暗影猎手，很可能有来自暗影界的敌人。”

“我妈妈不是暗影猎手!”

“那么你父亲呢，”杰斯问，“你父亲是不是?”

克拉丽没精打采地回视他。“他死了。在我出生前。”

杰斯退缩了，这种变化细微得几乎无法察觉。开口说话的是亚历克。“很可能，”他不确定地说，“如果她父亲是暗影猎手，她母亲是盲呆——好吧，我们都了解与盲呆结婚是违法的。或许他们四处躲藏。”

“我妈妈会告诉我的。”克拉丽说，尽管她想到家里只有一张父亲的照片，她妈妈绝口不提他，尽管她知道自己在说假话。

“那倒不一定，”杰斯说，“我们全都有秘密。”

“卢克，”克拉丽说，“我们的朋友，他会知道。”想到卢克，内疚和恐惧在她心中闪念而过。“已经三天了——他肯定要发狂了。我能打电话给他吗?有电话吗?”她转身看着杰斯，“求你了。”

杰斯犹豫地看着霍奇，霍奇点点头，从书桌边让开。在他身后有一个用铜锻打而成的地球仪，外形跟她见过的地球仪不那么相似，国家和大陆的形状略显奇异。地球仪旁边是一台古老的黑色电话机，上面有个银色旋转式拨号盘。

克拉丽把听筒放到耳边，熟悉的拨号声连续不断地向她传来，让人感到宽慰。

卢克在电话响到第三声时才接电话。“喂？”

“卢克！”克拉丽瘫倒在书桌下，“是我，克拉丽。”

“克拉丽，”她听得出他如释重负的语气，还有一种她不能准确辨认的情绪，“你还好吗？”

“我很好，”她说道，“我很抱歉之前没给你打电话。卢克，我妈妈——”

“我知道，警察去过那里了。”

“这么说，你没有收到她的消息。”有关她妈妈可能逃离屋子藏身他处的最后一丝希望都破灭了。她不可能不跟卢克联系。“警察说什么了？”

“只是说她失踪了，”克拉丽想到那个手只剩骨骼的女警察，不禁打了个冷颤，“你在哪里？”

“我在城里，”克拉丽说，“我不知道确切的地点。和一些朋友在一起，不过我的钱包丢了。如果你有现金的话，我可以打车到你那里——”

“不要。”他不耐烦地说。

电话从她汗津津的手里滑落下来，她一把接住了。“什么？”

“不要，”他说，“太危险了，你不能来这里。”

“我们可以叫——”

“瞧，”他的声音很冷漠，“不管你妈妈闯了什么祸，跟我没关系。你最好待在你现在的地方。”

“可是我不想待在这里，”她听见自己声音中孩子似的哭腔，“我不认识这些人。你——”

“我不是你父亲，克拉丽。我以前就跟你说过。”

眼泪在她的眼眶里打转。“对不起，我只是——”

“不要再找我帮忙了，”他说道，“我有自己的麻烦，我不想惹上你们的。”他补充完这一点后就挂断了电话。

她站起来，盯着听筒，拨号声像一只讨厌丑陋的大黄蜂在耳畔嗡嗡作响。她又拨打卢克的电话，等着他接电话。这一次直接转到了语音留言。她砰的放下电话，双手颤抖。

杰斯斜靠在亚历克椅子的扶手上，看着她。“我猜他不高兴接到你的电话？”

克拉丽感到自己的心萎缩成了胡桃那么大：像胸口中的一块坚硬的小石头。我不会哭，她想道，不会在这些人面前哭。

“我想我要跟克拉丽谈一谈，”霍奇说，“单独谈一谈。”他看着杰斯的表情坚决地补充道。

亚历克站起来。“好吧，我们回避一下。”

“那简直不公平，”杰斯反对，“我是找到她的那个人。我是救她的人！你希望我在场，对不对？”他转身看着克拉丽祈求道。

克拉丽别过脸，知道如果现在她张嘴的话就会哭出来。她听见亚历克大笑出来，笑声似乎从远处传来。

“并不是每个人都需要你，杰斯。”他说道。

“别胡说八道，”她听见杰斯在说话，但他听起来很失望，“好极了，那么，我们去武器库。”

门砰的一声在他们身后关上了。克拉丽噙着眼泪的时间太久了，眼睛感到阵阵刺痛。霍奇突然出现在她面前，灰色身影显得紧张而模糊。“坐下吧，”他说，“这里，坐在长沙发上。”

她感激地跌坐在软绵绵的垫子上，脸颊沾满泪水。她抬起手擦干眼泪，眨了眨眼睛。“我很少哭，”她听见自己说，“这一点意义也没有。我一会儿就好。”

“大多数人在难过或害怕的时候都不会哭泣，但当他们很沮丧时就会。我很理解你的沮丧，你经历了最艰难的时刻。”

“最艰难？”克拉丽用伊莎贝尔衬衣的褶边擦干眼泪，“你可以这么说。”

霍奇从书桌后面拉出椅子，把它拖过来，这样他就能坐在她面前了。她看见他的眼睛是灰色的，像他的头发和格子外套一样，但双眼饱含慈祥。“我能为你做什么吗？”他问，“想喝什么？喝杯茶？”

“我不想喝茶，”克拉丽语气低沉地说，“我想找到妈妈。然后查清楚谁掳走了她，我要杀死他们。”

“很不幸，”霍奇说道，“我们此刻全都不想恶狠狠地报复，要么喝茶，要么什么都没有。”

克拉丽放下衬衣的褶边——现在上面沾满了斑斑点点——然后说道：“那么，我该怎么办？”

“你可以先告诉我发生了什么事。”霍奇一边说一边在口袋里翻找。他找到了一块手帕——挺括地折叠在一起——递给她。她默默地接过手帕，备感震惊。她以前从不认识带手帕的人。“你在公寓里看见的那个恶魔——是你有生以来第一次见到这种生物吗？你之前完全不知道这种东西存在吗？”

克拉丽摇摇头，然后停了下来。“之前看到过一个，但我没认出来那是恶魔。我第一次见到杰斯——”

“对，当然啦，我居然忘记了，真糊涂，”霍奇点点头，“在群魔殿。那是第一次？”

“是的。”

“你妈妈从未向你提及过这些东西——关于另一个世界的一切，或许是大多数人看不见的另一个世界？她有特别感兴趣的东西，比如神话、童话或魔幻传说——”

“没有，她讨厌这类东西。她甚至讨厌迪斯尼电影。她不喜欢我读漫画，她说那太幼稚了。”

霍奇挠了挠脑袋。他的头发一动不动。“太奇怪了。”他咕哝道。

“倒不是这样，”克拉丽说，“我妈妈不奇怪。她是世界上最正常的人。”

“正常人一般不会遭遇家里被恶魔洗劫的事情。”霍奇说道，并没有不友善的意味。

“有没有可能是个错误？”

“如果是错误，”霍奇说，“并且你只是个普通女孩的话，你就不会看见袭击你的恶魔——或者如果你是普通女孩的话，你的大脑会把它当成完全不同的东西来处理：一只凶恶的狗，甚至是另一个人。你看见它，它还跟你讲话——”

“你怎么知道它跟我讲过话？”

“杰斯报告说你用过‘它说过话’这样的字眼。”

“它发出嘘嘘声，”克拉丽颤抖着回忆道，“它说的是想要吃掉我，但我想它不该这么做。”

“吞噬魔通常情况下受控于更强大的恶魔。它们本身不是很聪明，也不是很能干，”霍奇娓娓道来，“它说过主人在寻找什么吗？”

克拉丽回想道：“它提到瓦伦丁，但——”

霍奇突然坐直，动作如此突兀，就连一直舒舒服服地栖息在他肩膀上的雨果也猛地飞了起来，不耐烦地呱呱叫了一声。“瓦伦丁？”

“是的，”克拉丽说道，“我在群魔殿听那个男孩提到过同样的名字——我的意思是，那个恶魔——”

“那是我们大家都知道的名字。”霍奇简略地说。他的声音没有颤抖，但她看得出他的手稍微有些颤抖。雨果停歇在他的肩膀上不安地收拢羽毛。

“恶魔？”

“不，瓦伦丁是——曾经是——暗影猎手。”

“暗影猎手？为什么你说曾经是？”

“因为他死了，”霍奇冷漠地说，“他已经死了十六年。”

克拉丽重重地往后靠坐在长沙发垫上。她的头在阵阵抽痛。早知道她该要杯茶的。“会不会是别人？同名的某个人？”

霍奇短促地笑出声来，却没有丝毫的幽默可言。“不是。不过可能是某人假借其名来传递信息，”他站起来快速走到书桌那里，反背双手，“是时候这么做了。”

“为什么是现在？”

“因为《圣约》。”

“和平谈判？杰斯提到过。与谁和平谈判？”

“暗影魅族。”霍奇低声说。他俯视着克拉丽，嘴巴紧紧地抿成一条线。“请原谅，”他说，“这一定令你很费解。”

“你认为呢？”

他斜靠着书桌，心不在焉地摩挲着雨果的羽毛。“暗影魅族是与我们共同生活在暗影世界里的那些人。一直以来我们与他们处于一种不安定的和平共存状态。”

“像吸血鬼、狼人和……”

“精灵一族，”霍奇说，“小魔女。莉莉丝①的后代，具有一半的恶魔血统，是巫师。”

“那么你们这些暗影猎手是什么呢？”

“我们有时候被称作‘拿非力人’②，”霍奇说，“在《圣经》中，他们是人类和天使的后代。暗影猎手起源的传说是这样：他们在一千多年前被创造出来，那时候人类遭到来自其他世界恶魔的侵略。暗影猎手乔纳森，第一位拿非力人召唤来天使拉结尔，他将自己的血液和人类的血液混合在一个杯子里，把它给那些人喝下。喝过天使血液的那些人变成了暗影猎手，他们的子女和子女的子女也变成了暗影猎手。这只杯子后来被称作‘生命之杯’。尽管传说并不一定是事实，但真实的情况是，历经多年暗影猎手的数量大大减少，过去利用圣杯总能创造出更多

---

① 莉莉丝，犹太传说中杀新生儿的女魔，在犹太法典中，她是亚当的第一个妻子，后被夏娃逐出。

② 拿非力人，该名称源自希伯来语，意思是“堕落者”。在圣古时期曾经有一群天使，违背了上帝耶和华的誓约，与人间女子淫乱，生出了人神混血的巨人，他们叫做“Nephilim”。在一些《圣经》的译本中，Nephilim 被译做“巨人”或“伟人”。也有一些版本中将之音译为“拿非力人”，这里取音译与上文莉莉丝对应。

的暗影猎手。”

“过去？”

“圣杯不见了，”霍奇说，“被瓦伦丁毁掉了，就在他死之前。他放了一把大火，将自己连带妻儿老小全部烧死，将这片土地也烧焦了。至今仍然没有人愿意在那里建房子。他们说这片土地受到诅咒。”

“是吗？”

“可能吧。长花会——那是圣廷中拥有投票权的团体，由那些对政策和法律拥有最终决定权的暗影猎手组成——有时候下达诅咒以惩戒违法行为。瓦伦丁犯下了最严重的违法行为——他拿起武器攻击暗影猎手同胞并将他们杀戮。他和他的团体，即‘集团’在上一次《圣约》有效期内杀死了数十个兄弟和数以百计的暗影猎手。他们几乎所向披靡。”

“为什么他要对付其他暗影猎手呢？”

“他不同意《圣约》。他憎恶暗影魅族，觉得他们应该全部被杀死，从而使人类世界保持纯洁。尽管暗影魅族不是恶魔，也不是侵略者，他仍然觉得他们在本质上是邪恶的，仅此一点就足够了。圣廷不同意——他们觉得如果我们想要永远驱逐恶魔，暗影魅族的辅助是必不可少的。而且谁又会真的争论精灵一族不属于这个世界呢，既然他们比我们更早来到这里？”

“《圣约》签署了吗？”

“是的，签署了。暗影魅族明白圣廷为了保护他们而反对瓦伦丁和他的集团，他们意识到暗影猎手不是他们的敌人。讽刺的是，由于他的反叛，瓦伦丁使《圣约》的延续成为可能。”霍奇又坐在了椅子上，“抱歉，对你而言这肯定是枯燥的历史课。那就是瓦伦丁，一个煽动叛乱者，一个有远见卓识的人，一个拥有超凡个人魅力和信仰的人，一个凶手。现在有人援引他的名字……”

“但会是谁……”克拉丽问道，“我妈妈跟这件事有什么关系呢？”

霍奇又站了起来。“我不知道。但我会尽力弄清楚。我会给圣廷发消息，也会发给无声使者。他们可能想要跟你谈一谈。”

克拉丽没问谁是无声使者。她厌倦了问一些其答案只会令她更加困惑的问题。“我还有可能回家吗？”

霍奇露出关切的表情。“不，我——我认为那是不明智的。”

“那里有我需要的东西，即使我要留在这里的话。衣服——”

“我们可以给你钱买新衣服。”

“求你了，”克拉丽说，“我得看一看是否——我得看一看还留下什么。”

霍奇犹豫片刻之后，竟然干脆地点了点头。“如果杰斯同意的话，你们俩一起去。”他转身走到书桌旁，在一摞纸张中翻找。他匆匆往后瞟了一眼，仿佛意识到她仍然在这里。“他在武器库。”

“我不知道在哪里。”

霍奇微微一笑。“丘奇会带你去。”

她朝门口扫了一眼，那只肥胖的蓝色波斯猫像只小褥榻似的蜷缩成一团。她向前走近时它站起身，皮毛像液体一样形成波痕。它盛气凌人地喵了一声，领着她走进走廊。她回头望了一眼背后，看见霍奇已经开始在一张纸上沙沙地划着了。她猜是在给神秘的圣廷写信。他们听起来不像好人。她想知道他们会给出什么样的答复。

红色墨水在白纸的映衬下像血一样鲜红。霍奇·斯塔克韦德皱着眉头把信小心翼翼、一丝不苟地卷起来，放进一根软管里，吹了一声口哨叫来雨果。这只鸟轻轻地呱呱叫着停在他的手腕上。霍奇疼得向后一缩。多年前，在大叛乱期间，他的那个肩膀受过伤，哪怕只有雨果这么轻的重量，或者每逢季节更替、温度或湿度改变、胳膊动作过猛等等，都会引发刺痛，唤醒最好被遗忘掉的痛苦记忆。

但有些记忆是永远不会褪色的。他闭上眼睛，各种画面像电灯泡一样在他眼前一一闪现。血，尸体，遭到蹂躏的土地，被鲜血染红的白色讲台。垂死挣扎时的哭叫声，伊德里斯绿波翻滚的田野，一望无垠的蓝色苍穹，耸入云霄的玻璃之城塔楼。失去的痛苦在他心中翻江倒海。他握紧拳头，雨果拍打翅膀生气地啄他的手指，上面渗出鲜血。霍奇张开手，松开鸟，它在他头顶上盘旋而过飞向天际，然后消失得无影无踪。

霍奇耸了耸肩抖落不祥的预兆，伸手拿起另一张纸，没有注意到鲜红的血滴弄脏了他书写的纸片。

第六章

弃　魔

武器库名副其实：打磨过的金属墙壁上挂满各式各样的长剑、匕首、尖铁、长矛、羽杆、刺刀、鞭子、权杖、弯钩和弓箭。软皮袋子里装满从挂钩上垂下来的箭，还有一堆堆的靴子、护腿以及保护手腕和胳膊的防护手套。此地弥漫着金属、皮革和钢铁光亮剂的气味。亚历克和杰斯不再光着脚丫，他们坐在屋子中央的一张长桌旁边，低头琢磨着摆放在两个人之间的一个物体。门在克拉丽身后关上时杰斯抬起头。“霍奇呢？”他说。

“给无声使者写信。”

亚历克不露声色地心中一颤。“啊。”

她慢慢走近桌子，知道亚历克正看着她。“你在做什么？”

“给这些东西最后润一润色。”杰斯挪到一边，让她看清搁在桌上的东西：三根细长的棍子，散发着暗哑的银光。它们看起来既不锋利，也不是特别危险。“桑维、桑桑维和塞蒙格拉夫。由我们的制造商铁修女制造。这种刀我们称之为‘六翼天使’。”

“这些看起来不像刀。你们怎么制作的？魔法？”

亚历克面露惧色，仿佛她是要他穿上芭蕾舞裙，表演一段完美的单足旋转动作。“盲呆最有趣的地方是，”杰斯说道，并没有特别针对谁，“他们那么痴迷于魔法，却根本不了解这个词的意义所在。”

“我知道它的意思。”克拉丽厉声道。

“不，你不了解，你只不过认为你了解。魔法是一种黑暗的自然力量，并不仅仅是闪闪发光的魔杖、水晶球和会说话的金鱼。”

“我从没说过魔法跟会说话的金鱼有关，你——”

杰斯挥了挥手，打断她。“就因为你把电鳗称为橡胶鸭子并不会使之变成橡胶鸭子，对不对？上帝帮帮那个可怜的家伙吧，他下决心他们要跟小鸭子共浴。”

“你在胡说八道。”克拉丽评论道。

“我没有。”杰斯极为自豪地说。

“不，你就是。”亚历克说，这倒是大家始料未及的。“瞧，我们不使用魔法，好吗？”他补充道，没有看克拉丽，“你只需要了解这一点就够了。”

克拉丽想要打断他，但忍住了。亚历克本来就不太喜欢她，没必要加深他的敌意。她转而看着杰斯。“霍奇说我可以回家。”

杰斯几乎丢掉手中握着的六翼天使。“他说什么？”

“仔细检查一下我妈妈的东西，”她更正道，“如果你跟我去的话。”

“杰斯。”亚历克呼出一口气，但杰斯没理他。

“如果你真的想证明我妈妈或爸爸是暗影猎手，我们就应该仔细检查一下妈妈的东西。他们留下了些什么。”

“掉进兔子窝，”杰斯露齿一笑，“好主意。如果我们现在就去，应该还有三四个小时的间隙。”

“你想要我跟你一起去吗？”克拉丽和杰斯动身向门口走去时，亚历克问道。克拉丽回头看了他一眼。他已经从椅子上站起来，充满期待的眼神。

“不，”杰斯没有转身，“没关系。克拉丽和我应付得了。”

亚历克投向克拉丽的目光像毒药一样尖酸。她很高兴门在身后关上了。

杰斯顺着走廊往南带路，克拉丽一路小跑跟着他的大步流星。“你有房子的钥匙吗？”

克拉丽低头扫了一眼自己的鞋子。“有。”

“好极了。倒不是我们不能破门而入，若我们这么做的话，惊动周围看守的可能性就会更大。”

“你爱说什么就说什么，但我不一定会照着做。”走廊逐渐变宽，一直延伸到地面铺着大理石的门厅，一扇黑色的金属门嵌入墙壁。直到杰斯按了一下门边的按钮，外面亮起来，她才意识到这是个电梯。电梯嘎吱作响地升上来迎接他们。“杰斯？”

“怎么啦？”

“你怎么知道我有暗影猎手的血统？你有辨认的办法吗？”

电梯嘎吱响了最后一声就到了。杰斯打开门闩，把门拉开。电梯内部使克拉丽想到鸟笼，全是黑色金属和镀金装饰。“我猜的，”他说道，随手插上门的插销，“这似乎是最合理的解释。”

“你猜的？你应该非常确定，鉴于你的行为可能会杀死我。”

他按了一下墙壁里的按钮，电梯猛烈摇晃，一阵颤抖的嘎吱声传遍她的脚部。“只有百分之九十确定。”

“明白了。”克拉丽说。

她的语气中肯定有些异样，因为他转过身看着她。她的手啪的一声拍在他的脸上，这一掌使他感到分外震惊。他用手摸着自己的脸，惊讶胜于疼痛。“这到底是为什么？”

“为另外的百分之十。”她说，在接下来的时间里他们沉默不语地乘着电梯来到街上。

在乘地铁赶往布鲁克林的路上，杰斯气得一路沉默。不管怎样克拉丽还是紧跟着他，感到些许内疚，特别是当她看见那一巴掌留在他脸颊上的红印时。

她并不是很介意沉默，这让她有机会思考。她一遍又一遍地在脑海中回想和卢克的谈话。连想一想都让人觉得很受伤，就像吞下断掉的牙齿似的，但她情不自禁。

在车厢的另一头，坐在橙色长凳上的两个少女在咯咯地笑。她们是克拉丽在圣泽维尔绝对不会喜欢的那种女孩，脚穿粉红糖果色平底运动鞋，皮肤是造作的棕褐色。克拉丽起初以为她们是在嘲笑自己，随后她才惊讶地意识到她们看着杰斯。

她想起在咖啡店盯着西蒙的那个女孩。女孩子们觉得那个人很可爱的时候通常会流露出这样的表情。她几乎忘记杰斯很可爱。他没有亚历克那种精致的豆沙色皮肤，但他的脸更有趣。在日光下，他的眼睛有种金子般的糖浆色，而且……正看着她。他扬起一边的眉毛好奇地问道：“有什么可以效劳的吗？”

克拉丽立马违背女性的本能说道：“车厢那边的女孩子正盯着你呢。”

杰斯流露出怡然自得的喜悦。“她们当然会了，”他说，“我可是魅力四射啊。”

“难道你没听说过谦虚是种迷人的特质吗？”

“只有丑人才会，”杰斯坦言，“温顺的人或许会获得世界，但此刻世界只属于自负的人。像我一样。”他朝那两个女孩眨了眨眼，她们则咯咯地笑起来，用头发遮住了脸。

克拉丽叹气道：“她们为什么会看你呢？”

“魅力是种痛苦。有时候我们懒得去想。”

车厢里两个女孩的轶事似乎让他的情绪好转了一些。当他们下车爬山赶赴克拉丽的公寓时，他从口袋里掏出一把六翼天使，开始在手指之间和指关节上来回地弹来弹去，还轻轻地哼着小调。

“你非得这么做吗？”克拉丽问，“很烦人呢。”

杰斯哼得更大声了。那是一种响亮而有节奏的哼唱，曲调介于《祝你生日快乐》和《共和国战歌》之间。

“很抱歉我打了你一巴掌。”她说道。

他停止哼唱。“很高兴你打的是我，而不是亚历克。他会回手反击的。”

“他似乎正渴望得到这样的机会呢，”克拉丽说着把挡在她去路上的一只空苏打水罐子踢开，“亚历克叫你什么来着？生死之类的？”

“生死搭档，”杰斯说，“指的是一对一起战斗的战士——他们比兄弟还亲密。亚历克不仅仅是我最好的朋友。我父亲和他父亲年轻时也是生死搭档。他父亲是我的教父——那就是为什么我和他们生活在一起的原因。他们家收养了我。”

“但你不姓莱特伍德。”

“是的。”杰斯说，她本打算问他姓什么的，就在这时他们到了她家，她的心开始大声地怦怦直跳，她确信声音大得几公里之外都能听见。她的耳朵也在轰鸣，手掌心湿漉漉的都是汗。她在用盒子垒起来的护栏前停下来，慢慢抬高视线期望看见黄色警用胶带封锁了正门，破碎的玻璃在草坪上闪闪发光，现场只剩下一堆瓦砾。

但毫无毁灭的迹象。沐浴在惬意的午后阳光之中，这座赤褐色砂石建筑似乎在发光。蜜蜂在多萝西娅夫人窗户下的玫瑰花圃周围懒洋洋地飞来飞去，留下一片嗡嗡声。

“看起来还是老样子。”克拉丽说。

“只是外表如此。”杰斯把手伸进牛仔裤的口袋，抽出另一个金属和塑料做成的奇异装置，她之前误以为是手机。

“那么那是个感应仪？它有什么功用？”她问道。

“它能接收频率，像收音机一样，但这些频率来源于恶魔。”

“恶魔短波？”

“类似于此的东西。”杰斯靠近房子时把感应仪伸到身体前面。他们爬楼梯时感应仪发出微弱的咔嗒声，然后停了下来。杰斯皱起眉头。“它正在接收残留活动，但那可能是那天晚上留下来的。我没发现这里有更强烈的信号表明现在有恶魔。”

克拉丽呼出一口气，她才意识到自己一直屏住呼吸。“好极了。”她弯腰去取钥匙。她直起身来时发现门上的抓痕。上次肯定是因为光线太暗了她没看见。它们看起来是爪子留下的印记，长而平行，深深地耙进木头里。

杰斯碰了一下她的胳膊。“我先进去。”他说。克拉丽想告诉他自己没必要躲在他后面，但这话说不出口。她依然感到第一次见到吞噬魔时的恐惧滋味，这种滋味犹如古老的铜币那样醒目。

他用一只手推开门，用拿着感应仪的手示意她跟在后面。一进入口克拉丽就眨起眼睛以适应屋内的昏暗。头顶上的灯泡仍然是熄灭的，天窗脏得不透光，阴影模糊地映在碎片拼成的地板上。多萝西娅夫人的门紧闭着，底下的缝隙也没透出一丝光亮。克拉丽不安地担心她是否出了事。

杰斯抬起手，扶着扶手往上走。手从扶手上挪开时沾上湿乎乎的条纹状物体，在幽暗的灯光下看起来是黑红色的。“血。”

“或许是我的，”她声若蚊蝇，“前几天晚上留下的。”

“如果是的话现在应该干了，”杰斯说，“赶快。”

他直奔楼梯，克拉丽紧随其后。楼梯平台黑漆漆的，克拉丽摸索着钥匙，试了三次才把正确的那把插进锁孔里。杰斯伸过头来，不耐烦地看着她。“别在我耳畔呼气。”她嘘声道。她的手在颤抖。锁心终于对上了，锁咔嗒一声开了。

杰斯把她拉到身后。“我先进去。”

她犹豫不决，然后靠边站让他过去。她的手掌黏糊糊的，不是因为天热。实际上，公寓外面很凉爽，几乎称得上寒冷——冷风从入口漏进来，刺痛她的皮肤。她跟着杰斯走进短短的玄关来到起居室时身上直起鸡皮疙瘩。

屋里空荡荡的。令人惊讶的是里面空无一物，和她们刚搬进来时一样——墙壁和地板光秃秃的，家具也不见了，就连窗户上的窗帘也被撕扯下来。只有墙壁上模糊不清的淡淡方形油彩显示出她妈妈的画曾经挂在那里。克拉丽仿佛置身梦境，转身朝厨房走去，杰斯赶紧跟在她身后，他明亮的眼睛眯了起来。

厨房同样空空如也，就连冰箱也不见了，椅子、桌子——橱柜的门敞开着，空荡荡的架子使她想起一支童谣。她清了清嗓子，问道：“恶魔要我们的微波炉做什么？”

杰斯摇摇头，撇着嘴角。“我不知道，但我现在没察觉到有恶魔。我猜它们已经离开很久了。”

她又环顾了一下四周。她恍惚地注意到，有人清扫了撒落在地上的塔巴斯哥辣酱油。

“你满意了吗？”杰斯问，“这里什么也没有。”

她摇摇头。“我想看一看我的房间。”

他露出欲言又止的神情，斟酌过后却说道：“如果有必要的话。”随手把六翼天使塞进口袋里。

玄关的灯灭了，但克拉丽在自己家里不需要很亮堂就能行走自如。杰斯就跟在她后面，她找到她卧室的门，伸手拉住把手。把手冷冰冰的——冷得几乎让人觉得疼痛，好像皮肤直接接触冰凌那样。杰斯飞快地看了她一眼，但她已经转动或者试着转动把手了。把手缓慢地转动，几乎粘在一起，仿佛另一边被黏糊糊的糖浆似的东西裹住了。

门向外炸开了，把她击倒在地。她滑过玄关的地板，狠狠地撞在墙上，翻滚了几圈趴在地上。她踉踉跄跄地站起来，耳朵里一阵闷响。

杰斯紧贴着墙壁，在口袋里乱摸，面露惊色。阴森逼近他的是个体型硕大的人，像童话故事里的巨人一样，腹部粗如橡木，一只毫无血色的巨手紧紧握着一柄宽刃斧头。褴褛肮脏的破布片挂在它沾满污垢的皮肤上，它的头发乱蓬蓬的一团糟，上面布满尘土。它浑身散发着浓烈的汗臭味和腐肉味。克拉丽很欣慰自己看不见它的脸——光是看着它的背就已经让人受不了了。

杰斯手里握着六翼天使。他举起来，喊道："桑桑维！"

一柄刀刃从管子里射出来。克拉丽想起旧电影中藏在手杖中的刺刀，轻轻一推就抽出来了。但她以前从未见过这样的刀刃：像玻璃一样晶莹剔透，刀柄闪闪发光，锋利无比，几乎像杰斯的前臂那么长。他用力击打，挥舞着向巨人砍去，巨人摇晃着往后退，发出一声怒吼。

杰斯迅速地转过身，朝她跑来。他抓住她的胳膊，一把拉起她，把她推在自己前面，往玄关外撤退。她听得见那个东西跟在他们后面，它那轰隆作响的踏步声犹如铅垂坠落在地面上一样，但它跟得很紧。

他们飞快地穿过入口，来到楼梯平台，杰斯转过身来砰的一声关上大门。她听见自动锁咔嗒一声响，然后喘了一口气。巨人从公寓内用力地击打大门，门挂在铰链上不停地摇晃。克拉丽后退到楼梯。杰斯瞥了她一眼，眼眶里洋溢着一种疯狂的兴奋。"下楼！撤出——"

又传来一声敲击，这一次铰链脱落，门向外飞将出来。杰斯身手矫捷，克拉丽几乎没看见他移动，否则门就会将他击倒。突然他出现在最上面的一层台阶上，六翼天使像坠落的星星一样在他手中熊熊燃烧。她看见杰斯看着她，大喊着什么，可是她根本听不清楚，那个巨大的家伙咆哮着从那扇破碎的门后面蹦出来，直逼杰斯，将他的声音湮没其中。它挥舞着斧头向杰斯的头砍去，从她身边经过时散发出一阵热腾腾的恶臭，她急忙紧贴墙壁。杰斯猫下腰，巨人铿铿一声重重地撞上楼梯扶手。

杰斯大声笑了起来。他的笑声似乎激怒了这个大家伙，它扔掉斧头，举起巨大的拳头向杰斯抡去。杰斯挥动六翼天使划过一条弧线，刺进巨人的肩膀，只剩下刃柄露在外面。不一会儿巨人站着摇晃起来，接着它颤巍巍地向前扑去，伸出双手去抓。杰斯急忙让到一旁，但他躲得不够快：巨人蹒跚着摔倒时巨大的拳头抓住他，在它倒地之时将他拽倒。杰斯大叫一声，然后传来一阵沉重的噼啪声，接着一切陷入寂静。

克拉丽笨拙地站起来冲下楼。杰斯手脚摊开躺在楼梯脚下，胳膊不规则地弯曲在身体下方。巨人横躺在他的腿上，它的肩膀上只露出杰斯的六翼天使的刃柄。它还没有完全断气，虚弱地缓慢移动，鲜红的泡沫从它的口腔里流出来。克拉丽现在看清它的脸了——毫无血色，苍白如纸，可怕的网状黑色疤痕在它脸上纵横交错，几乎模糊了它的容貌。它的眼袋满是鲜红的溃脓。克拉丽奋力忍住翻涌上来的呕吐，跌跌撞撞地跑下最后几级楼梯，跨过抽搐的巨人，在杰斯身边跪下来。

他一动不动。她把一只手放在他的肩膀上，感到他的衬衣黏糊糊地沾满了鲜血——他自己的，还是巨人的，她不得而知。"杰斯？"

他的眼睛睁开了。"它死了吗？"

"差不多。"克拉丽闷闷不乐地说。

"该死，"他脸部扭曲，"我的腿——"

"别动。"克拉丽爬到他的头那边，把手塞进他的胳膊下方，把他往外拉。他的腿从那个大家伙抽搐的尸体下方抽离出来时，杰斯痛苦地呻吟着。克拉丽放开他，他则挣扎着站起来，左手横挂在胸前。她站起来。"你的胳膊没事吧？"

"不，断了，"他说，"你能把手伸进我的口袋吗？"

她犹豫了，然后点点头。"哪个？"

"夹克内袋，右边。拿出一把六翼天使，递给我。"他一动不动地等她紧张兮兮地把手伸进他的口袋。她与他如此靠近，能闻到他身上的味道，汗、香皂和血的味道混杂在一起。他的呼吸轻轻地吹拂着她的后颈，痒痒的。她的手指抓住一根管子，她抽出来，没看他一眼。

"谢谢。"他说。他的手指缓慢地在上面摸了摸，然后说出它的名字："桑维。"和前面那根一样，管子变成了一把散发凶光的匕首，它的光芒照亮了杰斯的脸。"别看。"他说着站在那个伤痕累累的巨人旁边。他把六翼天使举过头顶，然后放下来。血从巨人的喉咙喷涌出来，溅到杰斯的靴子上。

她期望着巨人消失不见，像群魔殿里的那个小孩一样自己蜷曲起来。但是它没有。空气中弥漫着血腥味：金属般地浓烈。杰斯从喉咙里发出低沉的声音。他脸色苍白，她分辨不出是因为疼痛，还是因为厌恶。"我叫你别看。"他说道。

“我以为它会消失，”她说，“回到它自己的世界——你说过。”

“那是恶魔死后会发生的事情，”他抖落肩膀上的夹克，露出左上臂，疼得脸部扭曲，“这不是恶魔。”他用右手从皮带里抽出什么。那是他用来在克拉丽的皮肤上刻出重叠的圆圈的光滑棍状物体。看着它，克拉丽感到前臂开始发烫。

杰斯看着她盯着自己，露出鬼魅般的笑容。“这是，”他说道，“石杖。”他像握着一支铅笔似的拿着它，触着手臂上的皮肤描画起来。纤细的黑色线条从尖端回旋而出，创造出一个形同文身的印记。“这个，”他说，“是暗影猎手受伤时会出现的。”

他放下手时印记闪闪发光，印记逐渐陷入他的皮肤，一如沉重的物体沉入水中，只留下影影绰绰的提示：一个苍白的细小疤痕，几乎看不见。

一个影像在克拉丽的脑海中油然而生。她妈妈的后背，游泳衣的上衣无法完全遮盖的地方，肩胛骨和脊椎的曲线布满细小的白色印记。这好像是她在睡梦中见过的东西——她妈妈的后背实际上并不是这种样子，她知道。但是这个影像不断地烦扰她。

杰斯发出一声叹息，紧张的痛苦神情从他脸上消失了。他活动胳膊，一开始动作很慢，而后更加自如地上下举动，紧握拳头。显然，胳膊已经痊愈了。

“真是令人惊叹，”克拉丽说，“你是怎么——”

“这是移除文[①]——有治愈功效的如尼文，”杰斯说，“用石杖完成如尼文可以激活它。”他把细长的棍子推进皮带里，耸着肩膀把夹克重新穿好。他用靴子头戳了戳巨人的尸体。“我们要把这件事报告给霍奇，”他说，“他会吓坏的。”他补充道，好像想到霍奇警觉万分给他带来一种满足感似的。克拉丽心想杰斯是唯恐天下不乱的那种人，哪怕是坏事情。

“为什么他会吓坏？”克拉丽问，“我猜那个东西不是恶魔——那就是为什么感应仪没有探测到它的原因，对不对？”

杰斯点了点头。“你看见它满脸疤痕了吗？”

“看见了。”

“那些是石杖造成的，和这个一样，”他拍了拍皮带里的棍子，“你问过我如果把印记刻在没有暗影猎手血统的人身上会发生什么事。如果只有一道印记那只会烧伤你，甚至杀了你，但许多印记，强大的印记呢？刻入完全没有任何暗影猎手血统的普通人类的肉体？你身上的就是这种。”他对着尸体猛地摆了摆下巴，“如

① 原文为 iratze，巴斯克语，意为“与圣母玛利亚有关的女性”。

尼文会让被印之人疼痛难忍，备受煎熬。他们会发疯——痛苦使其失去理智，最后变成凶猛无脑的杀手。他们不睡觉，也不吃东西，除非你强迫他们这么做，他们会死，通常死得很快。如尼文具有强大的力量，可以用来行善——但也能用来作恶。弃魔很邪恶。”

克拉丽恐惧地盯着她。“但为什么有人会这样对待自己呢？”

“没人愿意。是外力加诸于他们的。利用巫师，暗影魅族也可能会发疯。弃魔效忠于印记它们的人，它们是凶猛的杀手。它们也服从简单的命令，就好像一支——一支奴隶军队一样，”他从死去的弃魔身上跨过去，扭过头来看了她一眼，“我回楼上去。”

“但那里什么也没有。”

“可能还有更多的弃魔，”他这么说时有种但愿如此的语气，“你应该在这里等着。”他开始拾级而上。

“如果我是你的话就不会那么做，”一个刺耳却很熟悉的声音传来，“还会有更多那种东西。”

杰斯几乎已经爬到最上面一级楼梯，转过身来目不转睛地看。克拉丽也转过身来，尽管她立即知道是谁在说话。那个低沉而沙哑的声音错不了。

“多萝西娅夫人？”

老妇人像帝王一样颔首。她站在自己公寓的入口，穿着一件看似由紫色生丝做成的帐篷模样的衣服。金链子在她的手腕上微微发光，脖子上也绕着金链子。她那犹如獾纹的长发凌乱地从头顶上的发髻飘散出来。

杰斯仍然目不转睛地盯着。“但……”

“更多什么？”克拉丽问。

“更多弃魔。”多萝西娅快活地答道，克拉丽觉得这种语气不合时宜。她环顾了一下空荡荡的入口。“你们把这里弄得一团糟，是不是？我确定你们也没清理此地的打算。太典型了。”

“但你是盲呆。”杰斯总算说完了整句话。

“观察敏锐啊，”多萝西娅说，眼睛闪着微光，“圣廷真的再也没有跟你一样的人了。”

杰斯脸上迷惑不解的神情渐渐消失了，取而代之的是初现的气愤。“你知道圣廷？”他追问，“你知道他们，你知道这座屋子里有弃魔，却没有通知他们？弃魔的存在本身就是违反圣廷的罪——”

“圣廷也好，《盟约》也罢，都没为我做过任何事，”多萝西娅夫人说，她的眼睛闪现出一缕愤怒的光芒，“我不欠他们任何东西。”有那么一会儿，她那沙哑低沉的纽约口音消失殆尽，取而代之的是一种克拉丽辨认不出的更浓厚更深沉的口音。

“杰斯，别说了。”克拉丽说。她转而对多萝西娅夫人说道：“如果您知道圣廷和弃魔，那么您或许知道我妈妈出了什么事？”

多萝西娅摇摇头，耳环不停地摇晃，脸上浮现出一抹怜悯之情。“我对你的建议是，”她说，“忘记你妈妈，她走了。”

克拉丽脚下的地板似乎倾斜了。“您是说她死了？”

“不是，”多萝西娅几乎不情愿地说出这个词，“我确定她仍然活着，至少现在。”

“那么我得找到她。”克拉丽说。世界停止倾斜，杰斯站在她身后，用手扶着她的胳膊肘像要支撑住她似的，但她几乎没注意到这一切。“您明白吗？我得找到她，在……”

多萝西娅夫人举起一只手。“我不想使自己卷入暗影猎手的事情。”

“但您认识我妈妈，她是您的邻居——”

“这是圣廷的官方调查，”杰斯打断她，“我能跟无声使者一起来。”

“哦，就——”多萝西娅扫了一眼她的门，接着扫了一眼杰斯和克拉丽。“我想你们不妨进来，”她终于开口道，“我会告诉你们我能说的一切。”她走向大门，然后停在门槛处，满眼怒火，“倘若你们告诉任何人我帮过你们，暗影猎手，你们明天醒来头发就会变成蛇，多长出一双胳膊。”

“那倒不错，多一双胳膊，”杰斯说，“打斗时派得上用场。”

“妄想，要是从你的……”多萝西娅停了下来，对他笑了笑，语气中带着一丝威胁，“脖子里长出来。”

“呀！”杰斯温和地说道。

“‘呀’是对的，杰斯·维兰德。”多萝西娅迈步走进公寓，紫色的帐篷像艳丽的旗子一样在她周围飘扬。

克拉丽看着杰斯。“维兰德？”

“是我的姓，”杰斯面露震惊之色，“我可不喜欢她知道。”

克拉丽瞥了一眼多萝西娅的背影。公寓里的灯亮着，浓郁的焚香气味已经弥漫在玄关处，混合着令人不适的恶臭血腥气。“尽管如此，我想我们不妨试着跟她谈一谈。我们还有什么可损失的呢？”

“一旦你在我们的世界里多待一段时间以后，”杰斯说，“就不会再问我那样的问题了。”

第七章

五维之门

多萝西娅夫人的公寓似乎与克拉丽家的布局略微相仿，尽管她利用空间的方式截然不同。玄关处阵阵刺鼻的熏香扑鼻而来，上方悬挂着串珠门帘和占卜海报。一张是黄道十二宫星座图，另一张是五行八卦指南，还有一张是一只手指张开的手，掌心上的每条线都细致地标上了名称。手掌上方拼写着“*In Manibus Fortuna*”（看手相）的拉丁文。堆满书的狭窄书架紧贴着门边的墙壁。

一根串珠链子发出清脆的响声，多萝西娅夫人的头钻了过去。“对手相术感兴趣？”她问，注意到克拉丽一直注视着那幅海报，“或者只是好打听？”

“都不是，”克拉丽说，“您真的会算命吗？”

“我母亲天赋极高。她能从手或茶杯底部的停留位置预见未来。她教给我一些诀窍，”她的目光转向杰斯，“说到茶，年轻人，你想喝吗？”

“什么？”杰斯惊慌地说。

“茶，我发现茶不仅能暖胃，还能集中精神。茶可是种奇妙的饮品。”

“我喝茶。”克拉丽说，才发觉自己已经很久没吃过也没喝过任何东西了，感觉就像自己纯粹是靠肾上腺素在坚持似的。

杰斯屈服了。“好吧。只要不是格雷伯爵茶，”他补充道，皱了皱鼻梁挺立的鼻子，“我讨厌香柠檬。”

多萝西娅夫人咯咯地大笑起来，又钻过串珠门帘消失了，门帘在她身后来回摇摆。

克拉丽扬起眉毛看着杰斯。“你讨厌香柠檬？”

杰斯漫不经心地来到狭窄的书架前，仔细地查看上面摆放的东西。“你有意见吗？”

“你或许是我遇见过的同龄人中唯一一个知道香柠檬是什么的人，知道格雷伯爵茶中有香柠檬的人就更少了。”

“是，哦，”杰斯说道，露出目空一切的表情，“我不像其他人，此外，”他补充道，从书架上轻轻弹下一本书，“在学院里，我们要上植物的基本药用课，那是必修的。”

“我猜你们所有的课程都是些像‘101 招杀人术’和‘斩首入门’之类的东西。”

杰斯轻轻弹开一页。“非常有趣，弗雷。”

克拉丽一直在研究手相海报，转身看着他。“别那么叫我。”

他抬头扫了她一眼，有些惊讶。“为什么不？那是你的姓氏，不是吗？”

西蒙的形象浮现在她眼前。她最后一次看见西蒙时，他就是这样凝视着她跑出加瓦·琼斯咖啡店的。她转身又看着海报，眨了眨眼睛。“没有原因。”

“我明白了。”杰斯说，她从他的语气中听得出他确实察觉到自己不愿意让他看到的一面。她听见他把书放回书架的声音。“这一定是她故意放在前排吸引容易轻信他人的盲呆的垃圾，”他厌恶地说，“这里没一本正经的书。”

“只是因为不是你用的那种魔法——”克拉丽开口道，故意为难他。

他愤怒地低吼让她闭嘴。“我不会魔法，”他说，“你给我记清楚了：人类不是魔法使用者。这是使其成为人的部分原因之所在。巫师会魔法只因为他们身体里流淌着恶魔的血液。”

克拉丽过了好一会儿才明白过来。“但我看见你用过魔法。你使用施有魔法的兵器——”

“我使用的是具有魔力的兵器。仅仅为了有能力做到这一点，我必须经受严格的训练。我皮肤上的如尼文身也保护着我。譬如，如果你想使用六翼天使之一，它可能会烧伤你的皮肤，也可能置你于死地。”

“要是我有文身呢？”克拉丽问道，“那么我能使用它们吗？”

“不能，”杰斯不高兴地说，“印记只是其中的一部分。还要经历考试、考验以及不同级别的训练——瞧，算了吧，好吗？离我的六翼天使远一点儿，实际上，没有我的允许别碰我的兵器。”

“好吧，敢情我要在易趣网上把它们全卖掉。”克拉丽咕哝道。

“在什么上卖掉它们？”

克拉丽无动于衷地对他笑道：“一个具有强大魔力的神秘之地。”

杰斯一脸困惑，然后耸了耸肩。“大多数传说都是真的，至少在某种程度上是真的。”

“我开始明白这一点了。”

串珠门帘又嘎嘎地响起来，多萝西娅夫人的头钻了出来。“茶放在桌上了，”她说道，“你们俩没必要像驴子似的站在那里。进客厅吧。”

“有客厅？”克拉丽问。

“当然有客厅啊，”多萝西娅说，“不然我在哪里款待客人呢？”

“我把帽子交给侍从。”杰斯说。

多萝西娅夫人恶狠狠地看了他一眼。“要是你只有自己想象的那样一半有趣，我的宝贝，你会比真正的自己有趣两倍。”她穿过串珠门帘消失不见了，响亮的哼声几乎湮没在串珠的嘎嘎声中。

杰斯皱眉道：“我听不懂她的言下之意。”

“真的，”克拉丽说，“在我看来，她说得一点儿不错。”他还没来得及回答，她就大踏步地穿过了串珠门帘。

客厅灯光昏暗，克拉丽眨了好几下眼睛才适应。幽暗的灯光勾勒出横挂在左侧整面墙壁上的黑色天鹅绒窗帘的轮廓。细细的绳子从天花板上垂下来，上面系着鼓囊囊的鸟和蝙蝠，闪亮的黑珠子应该是它们的眼睛。地板上铺着已经磨损的波斯地毯，脚印所到之处泛起阵阵灰尘。几张加有厚软垫的粉红色扶手椅围在一张矮桌子周围：桌子的一端放着一副绑着丝带的塔罗牌，另一端摆放着一个金质底座水晶球。桌子中央是一套摆放整齐的茶具：一盘整齐堆叠的三明治，一只蓝色的茶壶还冒着袅袅白烟，两套茶杯和茶托小心翼翼地摆放在两把扶手椅的面前。

“哇，”克拉丽淡淡地说，“看起来棒极了。”她在一把扶手椅上坐下来。坐下来的感觉真好。

多萝西娅微微一笑，眼睛闪烁着狡黠的幽默。“喝点茶，”她一边说一边举起茶壶，“要牛奶还是糖？”

克拉丽用眼角的余光看了看杰斯，他坐在她旁边，手里拿着装有三明治的盘子，正仔细地琢磨着。“糖。”她说道。

杰斯耸了耸肩，拿起一块三明治，放下盘子。克拉丽警觉地看着他咬下三明治。他又耸了耸肩。“黄瓜。”他以此回应她注视自己的眼神。

“我一直觉得黄瓜三明治是喝茶时的佳品，是不是？”多萝西娅夫人询问道，并没有针对任何人。

“我讨厌黄瓜。”杰斯说着把剩下的三明治递给克拉丽。她咬了一口——搭配得恰到好处的蛋黄酱和胡椒粉。她的胃感激得咕咕直叫，自从上次和西蒙一起吃饭时尝过一片烤脆饼之后她就没吃过东西。

“黄瓜和香柠檬，”克拉丽说，“还有什么东西是你讨厌而我应该知道的吗？”

杰斯从茶杯的边缘看着多萝西娅，说道：“骗子。”

老妇人平静地把茶壶放下来。“你爱叫我骗子，随你的便。说实话，我不是巫师，但我母亲曾经是。”

杰斯呛了一口茶。“那不可能。”

“为什么不可能？”克拉丽好奇地问。她呷了一口茶，有种浓郁的苦味，还有种泥炭似的烟熏味。

杰斯呼出一口气。“因为他们一半是人，一半是魔。所有的巫师都是混种。因为他们是混种，所以他们不可能有孩子。他们无法生育。”

“像骡子一样，”克拉丽思忖道，记起生物课上学过的内容，“骡子是无法生育的杂交种。”

“你对牲畜的了解令人惊骇，”杰斯说，“所有的暗影魅族在某种程度上都是恶魔，但只有巫师是恶魔父母之子。那就是为什么他们的魔力是最强大的。”

“吸血鬼和狼人——他们在某种程度上也是恶魔？还有小精灵？”

“吸血鬼和狼人是恶魔将疾病带到其发源地的结果。大多数恶魔的疾病对人类而言都是致命的，但在某些情况下，它们会给被感染的人带来奇怪的变化，同时又不至于真正杀死他们。而小精灵——”

“小精灵是堕落的天使，”多萝西娅说，“因为他们很傲慢，所以被驱逐出天堂。”

“那是传说，”杰斯说，“也有一种说法是他们是恶魔和天使的后代，这一点在我看来可能性更大。善和恶混杂在一起。小精灵很美丽，天使就应该是这个样子，但他们身上又有许多危害和残暴的特性。

克拉丽说：“‘应该’？你的意思是天使不——”

“天使到此为止，”多萝西娅说道，语气顿时变得实际起来，“巫师不能生育，这是事实。我母亲收养了我，因为她想确保她去世后这里有人照看。我本人不一定要掌握魔法。我只要留心和守卫即可。”

“守卫什么？”克拉丽问。

“到底是什么呢？”老妇人眨了眨眼睛，伸手准备从盘子上拿一块三明治，但盘子已经空了。克拉丽把它们全吃光了。多萝西娅咯咯地笑道：“看到年轻姑娘吃得饱饱的感觉真好。我年轻的时候姑娘们个个强壮健硕，不像现在的年轻人这样骨瘦如柴。”

“谢谢。”克拉丽说道。她想到伊莎贝尔的小蛮腰，突然有种强大的感觉。她咔嗒一声把空茶杯放了下来。

多萝西娅夫人立马抓住杯子，全神贯注地凝视着它，用眉笔描过的眉毛紧蹙在一起。

“怎么啦？”克拉丽紧张地问，“我打破杯子了，还是怎么了？”

“她在解读你的手在杯子上留下的痕迹。”杰斯说，听起来有些不耐烦，但多萝西娅皱着眉头用肥大的手指把杯子转过来转过去时，他和克拉丽一起靠了过来。

“很糟糕吗？”克拉丽问。

“既不坏也不好，令人困惑。”多萝西娅看着杰斯。“把你的杯子给我。”她命令道。

杰斯像是被冒犯了似的。“但是我还没——”

老妇人一把从他手里夺过杯子，把多余的茶倒进茶壶。她皱着眉头凝视着余下的茶水。“我看到你今后会遭遇暴力，你和其他人会流很多血。你爱上了不该爱的人。而且你还有个敌人。”

“只有一个？那倒是好消息。”杰斯仰靠到椅子上，多萝西娅把他的杯子放下，又拿起克拉丽的杯子。她摇摇头。

“这里我读不出什么来。各种影像混杂在一起，毫无意义，”她扫了一眼克拉丽，“有个封印挡住了你的思想吗？”

克拉丽迷惑不解。“一个什么？”

“比如，可能隐藏记忆或阻碍你洞见力的魔咒。”

克拉丽摇摇头。“不是，当然不是。”

杰斯警觉地探过身去，说道：“别那么草率下结论。这个星期前她确实声称不记得曾经有过洞见力。可能——”

“可能我只不过是这方面发育迟缓而已，”克拉丽打断道，“可别因为我这么说就斜眼看我。”

杰斯装出一副很受伤的表情。“我可不打算这么做。”

“你正酝酿着呢，我可看得出。”

“或许吧，”杰斯承认，“但那并不意味着我不对。有东西挡住了你的记忆，我几乎可以确信这一点。”

“很好，让我们试一试其他的。”多萝西娅放下杯子，伸手去拿丝带缠绕的塔罗牌。她把牌铺开呈半圆形，然后递给克拉丽。“把你的手滑过这些牌，直到你摸到让你觉得热或者冷，或者粘你手指的牌，然后抽出那一张给我看。”

克拉丽顺从地让手指划过塔罗牌。它们摸起来很冷，但没有一张感觉特别温暖或特别冷的，也没有一张粘住她的手指。最终她随意地挑选了一张，举了起来。

“圣杯首牌，”多萝西娅说，听起来茫然不知所措，“爱情之牌。”

克拉丽翻来覆去地看着这张牌，它在她手中沉甸甸的，正面图像有一层厚重的天然油彩，画的是一只手将杯子举向由金色涂层绘制的光芒四射的太阳。杯子由黄金做成，镌刻着较小的太阳图案，镶满了红宝石。这种艺术作品的风格对她而言就像呼吸那么熟悉。“这是张好牌，对吗？”

“并不一定。人们做的最可怕的事情是他们以爱的名义干的，”多萝西娅夫人说道，眼睛闪烁着微光，“但这是一张强大的牌。这对你意味着什么？”

“我妈妈画过，”克拉丽说道，然后把牌放在桌上，“她画的，是不是？”

多萝西娅点点头，脸上露出一种心满意足的表情。“她画了整副牌，是送给我的礼物。”

“是你这么说的嘛，”杰斯站起身，眼神冰冷，“你到底有多了解克拉丽的妈妈？”

克拉丽伸长脖子仰头看着他。“杰斯，你不必——”

多萝西娅仰躺在椅子上，牌在她宽阔的胸脯上摊开呈半圆状。“乔斯琳知道我的身份，我知道她的身份。我们不太谈论这些。有时候她给我帮个忙——像为我画一副牌——作为报答，我告诉她偶尔获得的暗影世界的流言蜚语。有个名字她请我多加留心，而我照办了。”

杰斯的表情深不可测。“什么名字？”

“瓦伦丁。”

克拉丽在椅子上直起身体。“但那是——”

“你说你知道乔斯琳的身份，你是什么意思？她是什么？”杰斯问道。

“乔斯琳就是乔斯琳，”多萝西娅说，“但过去她曾经像你一样，是暗影猎手，圣廷的一分子。”

“不可能。”克拉丽低语道。

多萝西娅带着近乎友善的悲伤眼神看着她。“这是真的，她选择住在这幢房子里，正是因为——”

“因为这是圣所，”杰斯对多萝西娅说，“是不是？你母亲是个巫师。她建造了这个地方，隐蔽而具有防护功能，很有可能守卫森严——这可是奔逃的暗影魅族完美的藏身之处。那就是你做的事情，是不是？你在这里藏匿罪犯。”

“就知道你会这么称呼他们，”多萝西娅说，“你很熟悉《盟约》的座右铭。”

“*Sed lex dura lex*，”杰斯自然地脱口而出。“不管法律有多严苛，仍然必须遵守。”

“有时候法律太严苛。我知道圣廷若有能力他们会将我从我母亲身边夺走。你希望我任由他们将同样的事情加诸在别人身上吗？”

“这么说你是个慈善家，”杰斯的嘴唇撅了起来，“你期望我相信暗影魅族为了获得你圣所的庇佑不会慷慨地给你一大笔钱吗？”

多萝西娅咧嘴一笑，嘴张得很大，金牙闪过一道寒光。“并不是所有人都能像你那样光靠外表过活。”

杰斯对这样的奉承不为所动。“我应该向圣廷汇报你——”

“你不能！”克拉丽现在站了起来，“你承诺过的。”

“我从不承诺任何事情。”杰斯没有改变主意的意思。他昂首阔步地走到墙边，撕开一片天鹅绒挂饰，逼问道：“你想告诉我这是什么吗？”

“是一扇门，杰斯。”克拉丽说。这里以前是一扇门，奇怪地嵌在两扇凸窗之间。显然，这不可能是通往任何地方的门，否则，从房子外面会看得见。看起来好像是用某种轻微发热的金属做成的，比黄铜更滑软，但却和铁一样沉重。把手浇铸成眼睛的形状。

“闭嘴，”杰斯生气地说，“这是移空门，是不是？”

“这是一扇五维门，”多萝西娅说着把塔罗牌放回到桌子上，“你知道，维度不全是直线。”看着克拉丽一脸茫然，她补充道：“有隐藏起来的凹陷、折叠、角落和裂缝。你没学过因次理论的话要解释清楚有点难，但，在本质上，那扇门会把你带向你想去的这一维度里的任何地方。这是——”

“应急舱口，”杰斯说，“那就是为什么你妈妈想要住在这里的原因，这样她总能一接到通知就能逃生。”

“那么为什么她没有——”克拉丽欲言又止，突然感到一阵惶恐。“因为我，”她说道，“那天晚上她不愿意丢下我一个人走，所以她留了下来。”

杰斯在摇头。“你不能责备自己。”

克拉丽感到眼泪呼之欲出，她推开杰斯走向那扇门。“我想看一看她本来想要去哪里，”她说着伸手去推门，“我想看一看她打算逃到哪里——”

“克拉丽，不要！”杰斯伸手去抓她，但她的手指已经紧紧握住了把手。把手在她的手下飞快地旋转，门倏地开了，仿佛她推过似的。多萝西娅大叫一声笨重地站了起来，克拉丽发现自己身体往前扑，翻滚着穿过一个空洞的空间。

第八章
首选兵器

她惊讶得忘记了尖叫。坠落的感觉最糟糕，她的心脏提到了嗓子眼，胃里像打翻了的五味瓶。她张开双手想要抓住什么，抓住可能使她下坠得慢一点的任何东西。

她的手抓住树枝。树叶被她抓得粉碎。她轰的一声跌落到地面，跌得不轻，臀部和肩膀击中夯实的土壤。她翻过身，将空气吸进肺里。她正准备坐起来时一个人正好落在她身上。

她被击倒在地。一个前额嘭的一声撞到她的头，她的膝盖砰的撞到另一人的膝盖。克拉丽在一堆缠绕在一起的胳膊和腿中咳嗽着吹开嘴巴里的头发，当然不是她自己的，挣扎着从感觉想要把她压扁的重量下爬出来。

“哎哟，”杰斯在她耳边愤怒地叫道，“你用胳膊肘顶我。”

“好吧，你落在我身上了。”

他用胳膊支撑起自己，温和地俯视着她。克拉丽看见他头顶上的蓝色天空，一小片树枝，一座用楔形护墙板覆盖外墙的灰房子的一角。“哦，你没有给我留多少选择余地，是不是？”他问道，“在你决定开心地像跳 F 列车似的穿过移空门之后，我别无选择。只不过你很幸运，没有把我们丢进东河[①]。”

“你没必要跟在我后面。”

“是的，我没必要，”他说道，“你涉世不深，没有我，在险境中你无法自保。”

“说得真好听。或许我会原谅你。”

“原谅我？为什么？”

“为你要我闭嘴。”

他眯起眼睛。“我没有……好吧，我确实说过，但你——”

“没关系。”她的胳膊压在她的后背下开始痉挛了。她为了挪出胳膊而侧翻时看见了无生气的草坪已经枯黄一片，用链子连在一起的篱笆，楔形护墙板覆盖外

---

① 东河，纽约市哈德逊河河湾，将曼哈顿区、布朗克斯区与布鲁克林区、皇后区分隔。

墙的灰房子的其他地方，熟悉得那么令人痛苦。

她僵在那里。“我知道我们在哪里了。”

杰斯不再气急败坏。“什么？”

“这是卢克的房子。”她坐起来，把杰斯丢在一边。他优雅地翻身站起来，伸出一只手准备把她扶起来。她没有理会，挣扎着站直，甩了甩麻木的胳膊。

他们站在一座矮小的灰房子前面，这座房子依偎在威廉斯堡河畔的一排低矮的房子中间。清风从东河吹拂而来，一阵轻轻的叹息声从正门砖砌的台阶飘过。克拉丽注视着杰斯大声地读着印刷体字母，“加洛维图书，完好无损，全新，绝版，星期六告罄。”他扫了一眼漆黑的正门，把手上缠绕着一个沉重的挂锁。门前地垫上堆积着好几天的信件，没有人碰过。他瞥了一眼克拉丽。“他住在书店里？”

“他住在书店后面。”克拉丽扫视着空荡荡的街道，一端与威廉斯堡大桥的拱跨交接，另一端是一座荒废的糖果厂。在潺潺流水的河对岸，夕阳沉入曼哈顿下城摩天大楼的背后，为它们镀上一层金色。“杰斯，我们怎么到这里的？”

“通过移空门，”杰斯说着检查挂锁，“它能带你去你正想着的任何地方。”

“但我想的不是这里，”克拉丽反驳道，“我没想过任何地方。”

“你肯定想过，”他不再讨论这个话题，似乎不感兴趣，“那么，既然我们已经到这里了……”

“是的？”

“你想做什么？”

“离开，我猜，”克拉丽苦涩地说道，“卢克叫我不要来这里。”

杰斯摇头。“那么你就打算接受这一切？”

克拉丽用胳膊抱住自己。尽管白天的余热仍在，她却感到很冷。“我有选择吗？”

“我们总有选择，”杰斯说，“倘若我是你，此刻我就会对卢克特别好奇。你有房子的钥匙吗？”

克拉丽摇了摇头。“没有，但有时候他不锁后门。”她用手指向卢克的联排式住房和隔壁一幢之间的狭窄小巷。塑料垃圾罐整齐地一字摆开，旁边是几堆折叠起来的报纸和一塑料桶空的苏打水瓶子。至少卢克还算是个负责任的回收员。

“你确定他不在家？”杰斯问。

她瞥了一眼空荡荡的路边石。“哦，他的卡车不在，书店关门，所有的灯都熄灭了。我得说很可能不在。”

“那么带路吧。”

两幢联排式住宅之间有条狭窄过道，尽头是链子连接的高篱笆墙，围绕着卢克的小后花园，在这里唯一欣欣向荣的植物似乎就是繁茂得穿过铺路石的野草，使铺路石开裂成布满灰尘的碎片。

“翻墙过去。”杰斯说着把靴子尖挤进篱笆上的一个缝隙。他开始攀爬。篱笆咯吱作响，声音大得使克拉丽紧张兮兮地四处张望，但邻居家房子的灯没有亮。杰斯爬上篱笆，纵身一跃跳到另一边，落在草丛中，同时传来一阵震耳欲聋的哀号声。

一开始克拉丽还以为他肯定落在一只流浪猫身上。她惊讶地听见杰斯向后仰倒时的大叫声。一个黑影——体型过大，不可能是狗——突然从灌木丛中窜了出来，飞快地跑过后院，一直弯着腰。杰斯翻滚着爬了起来，满面怒容地飞奔着追过去。

克拉丽开始攀爬，腿跨过篱笆时伊莎贝尔牛仔裤上的一个线圈被勾住了，一侧被撕破了。她跳到地上，鞋子摩擦着柔软的灰尘，就在这时杰斯胜利地大叫道：“抓到他了！”克拉丽转过身看见杰斯坐在这个平卧的入侵者身上，他的胳膊放在头顶上。杰斯抓住他的手腕：“来吧，让我们看看你的脸——”

“给我滚下来，你这个虚伪的混蛋。”入侵者低吼道，猛推杰斯。他终于挣扎着半坐了起来，破损的眼镜被敲歪了。

克拉丽一动不动地停在原地。“西蒙？”

“哦，天哪，”杰斯顺从地说道，“我还满心希望地以为自己抓住了个有趣的东西呢。”

“不过你躲在卢克家的灌木丛中干什么？”克拉丽一边问一边拂去西蒙头发上的树叶。他被拉扯得疼痛不已，不情愿地瞪眼怒视。不知怎地，当她描述完与西蒙重逢的始末，当这一切全都结束，他的情绪好转了。“那是我没弄明白的地方。”

“好了，够了，我能打理自己的头发，弗雷。”西蒙说，猛地挣脱她的触碰。他们坐在卢克家后廊的台阶上。杰斯靠在门廊的扶手上，竭尽全力地假装无视他们的存在，用石杖摩擦指甲边缘。克拉丽怀疑圣廷是否会批准他这么做。

“我的意思是，卢克知道你在那里吗？”她问道。

“他当然不知道我在那里，”西蒙不耐烦地说，“我没问过他，但我相信他对偶然潜伏在自家灌木丛中的青少年会相当严厉。”

“你并不是偶然在那儿的，他认识你，”她想伸手摸摸他的脸颊，树枝刮擦过的地方仍然稍微有血渗出来，“重要的是你没事。”

“我会没事吗？”西蒙大笑道，语气饱含尖刻与不悦，“克拉丽，你知道我这儿天到底是怎么熬过来的吗？上次我和你见面时，你像逃离地狱的蝙蝠一样跑出加瓦·琼斯，然后你……失踪了。你一直不接手机——而后你家的电话断线——然后卢克告诉我你到北部的亲戚家小住一段时间，而我知道你没有其他亲戚。我以为我做了什么事让你生气了。"

"你可能做什么样的事情呢？"克拉丽握住他的手，但他抽回去没看她一眼。

"我不知道，"他说，"某件事吧。"

杰斯仍然把玩着石杖，轻轻地暗自笑了起来。

"你是我最好的朋友，"克拉丽说，"我没生你的气。"

"是的，哦，你显然也懒得打电话给我，告诉我你可能正在和群魔殿邂逅的某个头发染成金色的哥特摇滚追星族同居，"西蒙酸溜溜地解释道，"而我过去三天一直怀疑你是不是死了。"

"我没同居。"克拉丽说，她羞红了脸，幸亏天色已暗。

"而且我的头发是天生的金色，"杰斯说，"顺便告诉你。"

"那么，这三天你都在做什么？"西蒙带着因怀疑而阴郁的眼神说道，"你真的有个叫马蒂尔达的姨奶奶得了禽流感需要人照料直到康复为止吗？"

"卢克真的那么说的吗？"

"没有，他只是说你去探望一个生病的亲戚，你的电话很可能在乡下不能用。我才不相信他呢。他把我从前廊轰走后，我在房子旁边转悠，从后窗往里面窥探，看到他拿着一个绿色的圆筒状旅行袋在打包，好像他要外出度周末似的。就在那时我决定留在这里静观其变。"

"为什么？就因为他在整理行装？"

"他往里面装的全是武器，"西蒙说着用T恤衫的袖口擦了擦脸上的血，"刀、两把匕首，甚至还有一柄剑。搞笑的是这些武器上的石头看起来闪闪发光。"他看了看克拉丽，又看了看杰斯，最后又看着克拉丽，语气像卢克的刀一样尖刻，"那么，你打算说我是胡诌的？"

"没有，"克拉丽说，"我不打算说这些。"她瞥了一眼杰斯。夕阳的最后一抹余光从他的眼睛里闪过。她说道："我打算跟他讲实话。"

"我知道。"

"你打算试图制止我吗？"

他低头看着手中的石杖，说道："对《盟约》的誓言约束着我，但你不受这种誓言的约束。"

她的目光回到西蒙身上，她深深地吸了口气，说道："好吧，事情是这样的。"

太阳完全从地平线上滑落下去，克拉丽讲完时后廊已经笼罩在一片漆黑中。西蒙听着她娓娓道来，从头到尾几乎无动于衷，只是当她讲到吞噬魔时才一阵畏缩。她解释完之后清了清干燥的嗓子，突然非常渴望喝杯水。“那么，你有问题要问吗？”

西蒙举起一只手。“哦，我有问题。有几个。”

克拉丽提防地呼了口气。“好的，问吧。”

他指着杰斯。“现在，他是一个——你又如何称呼像他那样的人呢？”

“他是暗影猎手。”克拉丽说。

“恶魔猎手，”杰斯澄清道，“我铲除恶魔。事情其实没那么复杂。”

西蒙又看着克拉丽。“当真？”他的眼睛眯了起来，仿佛期望她告诉他这些全都不是真的，杰斯实际上是脱逃的危险的疯子，她出于人道主义决定与之为友。

“当真。”

西蒙一脸专注。“也有吸血鬼啰？狼人，巫师，所有这些玩意儿？”

克拉丽咬住下嘴唇。“我听说是这样。”

“你也铲除他们？”西蒙问，把问题抛向杰斯，后者把石杖放回口袋，正在检查完美无瑕的指甲有无瑕疵。

“只有当他们作恶捣乱时。”

西蒙一开始只是坐在那里，低头盯着自己的脚。克拉丽怀疑使他承受这样的精神负担是否是个错误。在她认识的所有人当中，他几乎是生性最为务实的，他或许讨厌知道这样的事情，这种无法用逻辑解释的事情。西蒙抬起头时，她不安地前倾身体。“真是棒极了！”他说道。

杰斯和克拉丽的感觉如出一辙，面露惧色。“棒极了？”

西蒙热情地点点头，连前额上的黑色卷发都不断地跳动起来。“绝对。就像‘龙与地下城’一样，但却很真实。”

杰斯像看某种古怪离奇的昆虫一样看着西蒙。“像什么？”

“一种游戏，”克拉丽解释，她略感尴尬，“人们假装成巫师和小精灵，他们铲除恶魔和诸如此类的东西。”

杰斯很错愕。

西蒙咧嘴笑道：“你从没听说过‘龙与地下城’？”

“我听说过地下城堡，”杰斯说，“也听说过龙，尽管它们几乎已经绝迹。”

西蒙流露出失望的神色。“你从没杀过龙？”

“他很可能也从没遇见过高一米八身材火辣穿着皮草比基尼的仙女，”克拉丽不耐烦地说，“算了，西蒙。”

“真正的小精灵大概只有二十厘米那么高，”杰斯指出，“而且她们也咬人。”

“但吸血鬼很性感，对吗？”西蒙说，“我的意思是，有些吸血鬼像芭比娃娃，是不是？”

克拉丽有一刻担心杰斯可能会越过门廊，因为西蒙的一派胡言而掐住他的喉咙。相反，他认真地想了想这个问题。“有一些，可能吧。”

“棒极了。”西蒙重复道。克拉丽断定她宁愿他俩打一架。

杰斯滑下门廊扶手。“那么我们是不是要搜一下屋子？”

西蒙踉踉跄跄地站起来。“游戏开始了。我们要找什么？”

“我们？”杰斯带着一种微妙险恶的语气说道，“我不记得曾邀请你加入。”

“杰斯。”克拉丽生气道。

他扬起左唇角。“只是看一看，”他往旁边走了一步，让她畅通无阻地走到门口，“要不要？”

克拉丽在黑暗中摸索门把手。门开的同时也打开了门廊的灯，照亮了玄关。通往书店的门关着，克拉丽叮当作响地旋转把手。“锁住了。”

“让我来，盲呆。”杰斯说着把她轻轻推到一旁。他从口袋里抽出石杖，把它插进门里。西蒙略带憎恶地看着他。克拉丽猜想再多的吸血鬼芭比娃娃也不可能使他喜欢杰斯。

“他很难缠，是不是？”西蒙低声问，“你怎么受得了他？”

“他救了我的命。”

西蒙飞快地扫了她一眼。“怎么——”

门咔嗒一声开了。“来吧。”杰斯说着把石杖塞进口袋里。克拉丽看到门上的印记随着他们走进去逐渐消失了——就在他的头顶上。后门通向一个小的储藏室，光秃秃的墙壁油漆剥落。到处都是堆叠在一起的硬纸板箱，记号笔潦草的字迹显示里面的物品：“小说”“诗歌”“烹饪”“地方名胜”和“爱情故事”。

“穿过那里就是公寓。”克拉丽朝她示意的门走过去，就在屋子的另一端。

杰斯抓住她的胳膊。“等等。”

她紧张地看着他。“有问题吗？”

“我不知道。”他在两堆纸箱之间的狭窄空间里侧身移动，然后轻声说道：“克拉丽，你可能想过来看一看这个。”

她环顾四周，储藏室里光线昏暗，唯一的光源来自透过窗户的廊灯。“这么黑——”

灯突然亮了，整个屋子顿时亮堂堂的。西蒙别过头眨了眨眼。“哎哟。”

杰斯咯咯地笑了起来。他站在一个封好的纸箱上，手举了起来。手掌中有东西散发着光芒，光从他的指缝中逸出来。“巫光。”他说道。

西蒙低声咕哝着什么。克拉丽已经吃力地在纸箱中穿行，推开一条路走到杰斯身边。他站在一堆摇摇晃晃的神话故事书后面，魔法之光映在他的脸上显得很诡谲。“看看那个。”他说道，指的是墙壁上较高处的一块地方。起初她以为他指的地方看起来像一对装饰用的壁式烛台。她等眼睛适应光线之后才意识到它们实际上是系在短链上的金属圈，链子的一端嵌入墙壁。“那些是——”

“镣铐，”西蒙说，小心翼翼地在纸箱堆中穿行，“那是，啊……”

“别说‘变态’，”克拉丽警告地看了他一眼，“我们在讨论的可是卢克。”

杰斯踮起脚顺着一根金属圈的内侧摸了摸。他放下手时，手指粘上了一层红棕色的粉墨。“血，而且看，”他指着链子嵌进去的墙壁四周，灰泥看起来往外鼓了出来，“有人企图把这些东西从墙壁上拉出来。从外形判断，用力很猛。”

克拉丽的心怦怦直跳。“你认为卢克安然无恙吗？”

杰斯放低魔法之光。“我想我们最好弄清楚。”

通向公寓的门没有上锁，直接通往卢克的起居室。尽管书店里有成百上千本书，但公寓里的书更多。书架直抵天花板，上面一卷卷的书排成两排，一排遮挡住另一排。大多数都是诗歌和小说，中间夹杂着大量的魔幻小说和神话故事。克拉丽想起自己曾蜷缩在卢克的靠窗座椅里费劲地读完了整套《普利登传奇》，那时太阳在东河落山。

“我想他还在附近，”西蒙站在卢克的小厨房门边叫道，“咖啡壶的灯还是亮的，里面还有咖啡。而且是热的。”

克拉丽眯起眼睛看着厨房门。盘子堆放在水槽中。卢克的夹克衫整齐地挂在衣橱里面的挂钩上。她穿过走道，打开小卧室的门，看起来还是老样子，床上的灰色床单和平平的枕头没有整理好，五斗橱上放着零钱。她转过脸去。她内心深处曾认为他们走进来的时候肯定会发现这里一片狼藉，卢克被绑了起来，伤痕累累，或者情况更糟。但此刻她不知道该作何感想。

她麻木地穿过走道来到小客厅，妈妈外出到镇上办事时她总是待在这里。他们一起熬夜在一闪一闪的黑白电视机上看古老的恐怖电影。她甚至准备了一整背包的衣物，这样她就不用每次都背来背去了。

她跪下来，拉着橄榄绿的肩带把包从床底下拖出来。上面挂满了圆形徽章，大多数都是西蒙送给她的。玩家加油。重口味少女。尚未加冕。里面是一些折叠好的衣服，几件换洗的内衣，发刷，还有洗发水。谢天谢地，她想道，然后一脚踢上卧室的门。她麻利地换好衣服，扯下伊莎贝尔过大的衣服——现在已经沾满青草和汗液，然后套上一条自己的像破纸一样柔软的磨砂灯芯绒裤和一件胸前印着汉字图案的蓝色紧身背心。她把伊莎贝尔的衣服扔进背包，拉紧包带，走出卧室时背包在她的肩胛骨上晃来晃去，有种熟稔的感觉，再次拥有自己的东西感觉真棒。

她发现杰斯在卢克的办公室，里面一排排的全是书，他正查看着书桌上没拉拉链的绿色行李袋。正如西蒙所说，里面装满了武器——锋利的刀，卷成一团的鞭子，看起来像剃刀一样锋利的金属圆盘。

“这是轮盘，”杰斯看着克拉丽走进房间说道，“是锡克教武器。用食指转动后放开。这种武器很罕见，也很难使用。奇怪的是卢克居然有一个。它们曾经是霍奇年轻时的首选兵器，至少他是这么跟我说的。”

“卢克喜欢收藏……艺术品，你知道。”克拉丽说，她指的是书桌后面的架子，上面整齐地摆放着印度雕像和俄罗斯画像。她最喜欢的是印度毁灭女神迦利的小塑像，她挥舞着一柄剑和一个斩断的头颅，舞动时头往后仰，眼睛微睁。桌子侧面摆放着一架中国古董屏风，由光彩夺目的红木镌刻而成。“漂亮玩意儿。”

杰斯小心翼翼地把轮盘推到旁边，少量衣物从卢克尚未系紧的行李袋中散落出来，仿佛它们是后来添加进去的东西。“这是你的吗？”

他抽出藏在衣服里面的一个长方形物体，那是一个木制相框，一条长长的裂痕笔直地划过镜框。裂痕在克拉丽、卢克和她妈妈的笑脸上扩散开去，像一张蜘蛛网。“那是我的。”克拉丽说着从他手里拿过来。

“裂开了。”杰斯评论道。

“我知道，是我干的——我把它打碎了，那时我把它扔向吞噬魔，”她看着他，看见他脸上露出逐渐明白的表情，“那就意味着卢克在我遇袭后回过公寓。或许可能是今天——”

“他肯定是最后一个通过移空门的人，”杰斯说，“那就是为什么它把我们带到了这里。你当时什么也没想，所以它把我们送到了它最后一次去的地方。”

“多萝西娅为什么不告诉我们他去过那里？”克拉丽说。

“他或许付钱让她保密。要么是这样，要么就是跟我们相比，她更信任他。那就意味着他可能不是——”

“各位！”是西蒙，他慌慌张张地冲进办公室，“有人来了。”

克拉丽放下照片。“是卢克吗?”

西蒙眯着眼睛回头望着客厅，然后点了点头。“是他，但他不是一个人——有两个男的跟他一起。”

“男的?”杰斯三两步就跨过房间，从门缝往外望去，低声恶狠狠地诅咒道，“巫师。”

克拉丽目不转睛。“巫师?但——”

杰斯摇摇头，从门边退了回去。“这里还有其他出去的路吗?后门?”

克拉丽摇摇头。过道里的脚步声现在清晰可辨，她的心害怕得怦怦直跳。

杰斯不顾一切地四处张望。他的目光停留在红木屏风上。“躲到那个后面去，”他用手指着说道，“赶快。”

克拉丽把破裂的照片放在桌子上，溜到屏风后面，顺手把西蒙拉了过去。杰斯紧随其后，手里握着石杖。他刚一藏进来，克拉丽就听见门砰的一声被打开了，先是有人走进卢克办公室的声音——然后是说话声。三个男人在讲话。她紧张地看着脸色苍白的西蒙，然后又看着杰斯，他举起手中的石杖，轻轻地移动末端，在屏风后面画出一个正方形的轮廓。克拉丽目不转睛地看着，正方形变得清晰起来，像一面玻璃似的。她听见西蒙倒吸了一口气——细微得几乎听不见——杰斯对他们俩摇摇头，做出“他们从这里看不见我们，但我们能看见他们”的口型。

克拉丽咬着嘴唇移到正方形的边缘，透过它往外看，感受到西蒙在她耳畔的气息。她能清清楚楚地看见房间里的一切：书架、上面摊放着旅行袋的书桌——还有卢克，他衣冠不整，背部微弯，眼镜被推到额头上，站在门边。这种情形令人恐惧，即使她知道他看不见自己，杰斯做出来的窗户与警察局问询室的玻璃一样绝对是单向的。

卢克转过身，回头向门边望去。“请吧，随便到处看看，”他带着浓厚而沉重的挖苦语气，“既然你们表现出这般兴趣。”

一阵轻轻的低笑声从办公室的角落传来。杰斯的手腕不耐烦地抖动了一下，轻轻敲打他的“窗户”，窗户变得更宽了，能看到房间内更多的场景了。有两个男人跟卢克在一起，他们都穿着淡红色长袍，兜帽推到脑后。一个人身材消瘦，胡须灰白优雅，络腮胡子呈锥形。他微笑时露出洁白得令人炫目的牙齿。另一个魁梧健壮，像摔跤运动员那样肌肉结实，一头红发剪得很短。他的皮肤是深紫色的，脸颊发亮，好像拉得过紧似的。

“那两个人是巫师?”克拉丽轻声问。

杰斯没有回答。他全身紧绷，像一块铁一样僵硬。克拉丽心想，他担心我会逃跑，试图跑到卢克那里去。她希望自己能让他放心，告诉他自己不会这么做。那两个男人身上穿的厚长袍是动脉血液的颜色，令人毛骨悚然。“不是。”他轻声说。他脸色苍白得好像见鬼了一样。“是暗影猎手。他们穿着巫师的长袍。”

“把这当成是友好的随访，格雷马克。”灰白胡须的那个人说。

“你们来者不善，潘波恩。”卢克在书桌边缘坐下来，他倾斜身体以防那两个男人看见他的旅行袋和里面的东西。由于他靠得更近了，克拉丽看得出他的脸和手伤痕累累，指甲擦伤还流着血。脖子上有一道长长的伤口一直延伸到衣领下面。他到底出了什么事？

“布莱克韦尔，别碰那个——那很值钱。”卢克呵斥道。

那个大个子红发男人从书架顶端拿起迦利雕像，粗壮的手指认真地摩挲着它。“很漂亮。”他说。

“啊，”潘波恩说着从同伴手里接过雕像，“她被创造出来是为了与任何神或者人都无法消灭的恶魔作战。‘哦，迦利，我尽享福佑的母亲！万能的湿婆[①]女巫，你欣喜若狂地舞动身躯，拍打双手。你是众活动的推动者，我们只不过是你手中无助的玩偶。’”

“非常好，”卢克说，“我不知道你对印度神话有研究。”

“所有的故事都是真的，”潘波恩说，克拉丽感到背脊上一阵发凉，“还是说你已经忘记了一切？”

“我什么也没忘记。”卢克说。尽管他看起来很放松，克拉丽从他肩膀和嘴唇的轮廓看得出他很紧张。“我猜是瓦伦丁派你们来的？”

“是他派我们来的，”潘波恩说，“他以为你或许已经改变主意了。”

“没什么需要我改变主意。我已经告诉过你们我什么也不知道。顺便说一下，长袍很棒。”

“谢谢，”布莱克韦尔狡黠地笑道，“从几个巫师身上剥下来的。”

“这是官方《圣约》长袍，是不是？”卢克问道，“来自大叛乱吗？”

潘波恩轻声笑道：“战利品。”

“难道你们不担心有人会误认为你是真的吗？”

“毫不担心，”布莱克韦尔说，“一旦他们靠得很近。”

潘波恩抚弄着袍子的边缘。“你还记得大叛乱吗，卢西恩？”他轻声问道，“那可是伟大而可怕的一天啊。你还记得我们一起为战斗受训吗？”

---

① 湿婆，印度宗教中代表再生和毁灭力量的神。

卢克的脸扭曲了。“过去的已经过去了。绅士们，我不知道该告诉你们什么。我现在帮不了你们。我什么也不知道。”

“‘什么’是个非常宽泛的词，非常不确定，”潘波恩忧郁地说，“拥有那么多书的人肯定了解某些事情。”

“如果你们想知道春季在哪里可以找到跑得慢的燕子，我能指导你们找到正确的参考书名。倘若你们想要知道圣杯消失在何处……”

“消失可能表述得不是十分准确，”潘波恩咕哝道，“更像是被藏了起来。被乔斯琳藏了起来。”

“那也有可能，”卢克说，“那么难道她还没告诉你们它的藏身之处吗？”

“她尚未恢复知觉，”潘波恩说道，长长的手指在空中用力地挥舞，“瓦伦丁很失望。他一直盼望着团聚。”

“我确信她没有回应这样的感情。”卢克轻声咕哝道。

潘波恩咯咯地笑道：“嫉妒吧，格雷马克？或许你对她的感情不再如昨。”

克拉丽的手指不由地颤抖起来，动作那么明显，她紧紧地交织双手试图使它们停下来。乔斯琳？他们正在谈论我妈妈吗？

“我对她从来没有什么特别的感觉，”卢克说，“两个暗影猎手，遭到同类的放逐，你们能明白为什么我俩能联合在一起。但我不打算为了她干涉瓦伦丁的计划，如果那是他所担心的话。”

“我不觉得他会担心，”潘波恩说，“更像好奇吧，我们都想知道你是否还活着，是否还是辨认得出的人类。”

卢克紧蹙眉头。“然后呢？”

“你看起来够好的。”潘波恩勉强道。他把迦利雕像放在架子上。“还有个孩子，是不是？一个女孩。”

卢克一脸错愕。“什么？”

“别装蒜，”布莱克韦尔低吼道，“我们知道那个女人有个女儿。他们在公寓里发现了她的照片，卧室——”

“我还以为你们在问我的孩子呢，”卢克不着痕迹地打断他，“是的，乔斯琳有个女儿，克拉丽莎，我猜她逃走了。瓦伦丁派你们去找过她吗？”

“不是我们，”潘波恩说，“但他在找。”

“我们要搜一搜这个地方。”布莱克韦尔补充道。

“我不会让你们这么做。”卢克说完从桌子上滑了下来。他低头瞪视着那两个男人时脸上流露出一种冷酷的威胁，尽管他的表情没有改变。“什么让你们觉得她还活着？我以为瓦伦丁派吞噬魔搜遍了那个地方。足够的吞噬魔毒液，大多数人都会瓦解成灰烬，不留任何痕迹。”

“有个吞噬魔被杀了，”潘波恩说道，“这让瓦伦丁心生疑窦。”

“一切都令瓦伦丁怀疑，”卢克说，“或许乔斯琳杀死了它，她当然有这个能力。”

布莱克韦尔哼道：“可能吧。”

卢克耸了耸肩。“瞧，我不知道小姑娘在哪里，我猜她已经死了，否则她现在就会现身。不管怎样，她不构成什么威胁。她只有十五岁，从来没听说过瓦伦丁，她也不相信恶魔。”

潘波恩轻声笑道：“幸运的孩子。”

“不再如此了。”卢克说。

布莱克韦尔挑起眉毛。“你听起来很生气，卢西恩。”

“我不生气，我很恼怒。我不会干涉瓦伦丁的计划，你们明白这一点吗？我不是傻瓜。”

“当真？”布莱克韦尔说，“历经岁月的磨炼，你更尊重自己的本质了，看到这一点真好，卢西恩。你过去可不总是这么实际。”

“你得了解，”潘波恩带着对话的口吻说，“我们愿意拿她——乔斯琳，跟圣杯交换，安然无恙地交到你门口。那是瓦伦丁本人的承诺。”

“我知道，”卢克说，“我不感兴趣。我不知道你们宝贵的圣杯在哪里，我不想卷入你们的纷争。我讨厌瓦伦丁，”卢克补充道，“但我尊重他。我知道他会铲除每个挡道的人。如果这样的事情发生，我有意让道。他是魔鬼，是个杀人机器。”

“瞧瞧谁在讲话。”布莱克韦尔低吼道。

“我想这些就是你给瓦伦丁让道做的准备？”潘波恩说，手指向书桌上半隐藏的行李袋，“逃出城，卢西恩？”

卢克缓缓地点头。“到乡下去。我打算低调行事一段时间。”

“我们会制止你，”布莱克韦尔说，“强迫你待在这里。”

卢克微微一笑，然后变了脸。突然他不再是那个在公园里给克拉丽推秋千、教她骑三轮车、素有学养的男人。他的眼睛里闪过野兽般的神色，凶残而冷酷。“你试试看。”

潘波恩瞥了一眼布莱克韦尔，他摇了摇头，不过动作很慢。潘波恩又看着卢克。“如果你突然恢复记忆会通知我们吧？”

卢克仍然在微笑。“我会第一时间通知你们。”

潘波恩干脆地点了点头。“我想我们先告辞了，天使守护你，卢西恩。”

“天使不会守护我这类人。”卢克说。他拿起桌子上的旅行袋，把袋口系紧。“请吧，绅士们？”

这两个人拉上兜帽遮住脸离开了房间，过了一会儿卢克也走了。他在门口停了一会儿，四周张望了一下，仿佛在想是不是忘了什么东西似的。接着他小心翼翼地关上了门。

克拉丽呆若木鸡地待在原地，听见正门关上，卢克重新锁上挂锁时链子和钥匙的叮当声从远处传来。卢克说他对发生在她妈妈身上的事情不感兴趣时脸上的表情一而再再而三地在她眼前晃动。

她觉察到有一只手放在她的肩膀上。“克拉丽，”是西蒙，他的声音有些犹豫，几近温柔，“你还好吗？”

她摇摇头，没有出声。她感觉糟透了。实际上，她觉得自己再也不会好起来。

“她当然不好。”是杰斯，他的声音像冰凌一样尖刻而冷酷。他握住屏风，猛地把它推到一边。“至少我们现在知道谁派恶魔袭击你妈妈了。那些人认为她有生命之杯。”

克拉丽感到自己的嘴唇抿成了一条线。“那简直是无稽之谈，而且是空穴来风。”

“或许。”杰斯斜靠在卢克的书桌上。他目不转睛地看着她，视线模糊的像烟熏过的玻璃。“你以前见过那些人吗？”

“没有，”她摇头，“从来没有。”

“卢西恩似乎认识他们。对他们很友好。”

“我不觉得友好，”西蒙说，“我倒觉得他们都克制住了自己的敌意。”

“他们没有当场杀死他，”杰斯说，“他们认为他知情未报。”

“或许，”克拉丽说，“或者他们只是不愿意杀死另一个暗影猎手。”

杰斯大声笑了起来，近乎刺耳凶狠的噪音使克拉丽胳膊上直起鸡皮疙瘩。“对此我深表怀疑。”

她强硬地看着他。“什么使你如此笃定？你认识他们吗？”

他回答时笑意消失得无影无踪。“我认识他们吗？”他重复道，“你不妨这么说吧，他们俩正是谋杀我父亲的人。”

第九章

集团和兄弟会

克拉丽走过去想拍一拍杰斯的胳膊，说些什么，什么都可以——该说些什么安慰刚刚看见谋害父亲的凶手的人呢？她的犹豫被证明是无关紧要的，杰斯仿佛被蜇了一下似的抖落她的手。“我们该走了。”他说着大踏步地走出办公室，来到起居室。克拉丽和西蒙赶紧跟在他身后。“我们不知道卢克什么时候会回来。”

他们从后门离开，杰斯用石杖把门锁住，然后直奔寂静的街道。月亮像悬挂在城市上的小盒子，皎洁如珠的月光倒映在东河的水面上。威廉斯堡大桥上的汽车从远处传来嗡嗡的声音，宛如拍打翅膀的声音弥漫在潮湿的空气中。西蒙说：“有人告诉我，我们要去哪里吗？”

“到L车站。”杰斯平静地说。

“你在开玩笑吧，”西蒙眨了眨眼睛说道，“恶魔杀手乘地铁？”

“这比开车快。”

“我还以为是更酷的事情呢，比如外面油漆着‘恶魔必死’字样的面包车呢，或者……”

杰斯甚至懒得打断他。克拉丽用眼角的余光看了杰斯一眼。有时候，乔斯琳真的很生气，或者心情糟透了的话，她会表现出克拉丽称之为“恐怖的平静”的样子。这种平静使克拉丽联想到看上去坚硬发亮的冰面却在人踩上去之后立即破裂的假象。他面无表情，但他茶褐色的眼睛深处有东西在熊熊燃烧。

“西蒙，够了。”她说道。

西蒙看了她一眼，似乎在说：“你到底站在哪边？”但克拉丽没理睬他。他们拐弯来到肯特大街时，克拉丽还在注视杰斯。他们身后大桥的灯光使他的头发蒙上一层虚幻的光环。她有些高兴掳走她妈妈的人就是杀害杰斯父亲的人，她不知道这么想是不是错误的。但此刻，至少他不得不帮助她找到乔斯琳，不管他想不想。此刻，至少他不能丢下她不管。

“你住在这里？”西蒙站在那里，目不转睛地仰望着这座古老的大教堂，窗户断裂，门被黄色的警用胶带封住，“不过这里是教堂。”

杰斯把手伸进衬衣的颈口，从一根链子上拉出一把铜钥匙，外形很像用来开古老阁楼上的旧箱子的那种钥匙。克拉丽好奇地看着他——他们之前离开学院时没有锁门，只是砰的一声关上了。“我们发现居住在中空的地底下很有用。”

“我明白了，不过，没有冒犯之意，这个地方是垃圾场。”西蒙说，半信半疑地看着环绕这座古老建筑弯曲的铁栅栏，台阶旁边堆满了垃圾。

克拉丽让大脑放松。她想象着自己拿着母亲的松节油洗涤布，快速抹去面前的一幕，除去像旧油漆一样的魔法。

就是这样：真正的视觉，散发着光芒，像光穿透漆黑的玻璃一样穿透虚假的视觉。她看见大教堂的塔尖耸入云霄，昏暗的微光从铅框窗洒落出来，铜盘镶在门边的石墙上，学院的名字蚀刻在上面。她保持了一会儿这样的视觉，在它消失时几乎发出一声叹息。

“这是魔法，西蒙，”她说道，“实际上并不是这个样子。”

“如果你这么看待魔法，我倒要三思一下是否让你完全改变我。”

杰斯把钥匙插进锁孔，扭过头来看了西蒙一眼。“你还不明白我正给你何等的殊荣，”他说，“你将成为少数几个进入学院内部的盲呆之一。”

“很可能臭味会把其他人全都赶跑了。”

“别理他，”克拉丽对杰斯说，用胳膊肘顶了一下西蒙，“他说话总是不经大脑，不会过滤。”

“过滤是香烟和咖啡专用，”他们走进去时西蒙低声咕哝道，“碰巧是我现在能用上的两样东西。”

克拉丽也渴望咖啡，他们沿着曲曲折折的石阶拾级而上，每块石头上都雕刻着象形文字，她认出其中的一些——它们逗弄她的视觉，一如陌生语言中似听非听过的话语折磨她的听力，只要她努力集中注意力，还是能猜出大致的意思。

克拉丽和两个男孩抵达电梯，沉默不语地上楼。她仍然想着咖啡，她妈妈早上会为她俩准备大杯咖啡，其中一半是牛奶。有时候卢克会给她们带来几袋唐人街金马车饼屋家的小甜面包。一想到卢克，克拉丽的心里就不是滋味，胃口荡然无存。

电梯嘘的一声停下来，他们又来到克拉丽还记得的过道。杰斯耸动肩膀抖落身上的夹克，把它抛在附近的椅背上，轻声地吹起口哨。过了几秒钟丘奇出现了，它偷偷地紧贴地面，黄色的眼睛在布满尘埃的空气中闪烁着微光。“丘奇，”杰斯说，他跪下来摩挲它灰色的脑袋，“亚历克在哪儿，丘奇？霍奇在哪儿？”

丘奇弓起背，喵了一声。杰斯皱了皱鼻子，在别的情况下克拉丽或许会觉得这个动作很可爱。“他们在书房吗？”他站起来，丘奇摇晃身体，在走廊上小跑了一段距离，然后扭过头往回看。杰斯跟在猫后面，仿佛这是世界上再自然不过的事情了，同时挥手示意克拉丽和西蒙紧跟在他身后。

“我不喜欢猫。”西蒙说，穿过狭窄的过道时他的肩膀擦碰到克拉丽的。

“我了解丘奇，它也不可能喜欢你。”杰斯说。

他们穿过卧室一字排开的那条走廊，西蒙的眉毛扬了起来。“多少人住在这里，确切地说？”

“这里是学院，”克拉丽说，“暗影猎手在城里时落脚的地方，像那种集安全区与研究设备于一体的地方。”

“我以为这里是个教堂。”

“它在教堂里面。”

“因为那样不会混淆。”她听得出他轻率的语气中有些紧张。克拉丽没要他别出声，相反她走过去拉住他的手，握住他冰冷的手指。他的手黏糊糊的，不过他感激地捏了捏她的手。

“我知道这很离奇，”她平静地说，“但你不得不同意。相信我。”

西蒙乌黑的眼睛很严肃。“我相信你，”他说，“我不相信他。”他朝杰斯瞟了一眼，杰斯走在他们前面几步，很显然在跟猫交谈。克拉丽想知道他们在谈什么。政治？歌剧？金枪鱼很贵？

“哦，试一试吧，”她说，“现在他是我最有希望找到妈妈的选择了。”

一阵微妙的震颤涌遍西蒙的全身。“这个地方不适合我。”他轻声说道。

克拉丽想起今天早上她走过这里时的感觉——一切既陌生又熟悉。显然，对西蒙毫无熟悉感可言，只有陌生、不相容和敌意。“你没必要跟我待在一起。”她说道，尽管她在地铁上跟杰斯争取让西蒙跟她待在一起的权利时，指出他整整监视了卢克三天这一事实，一旦他们详细分析此事时，他或许知道某些对他们有用的信息。

“不，”西蒙说，“有必要。”他松开她的手，拐弯穿过入口，不经意发现自己来到了一间厨房。这间厨房很宽敞，不像学院的其他地方，这里的一切都很现代，不锈钢柜台式长桌，嵌入式玻璃架上摆放着一排排的瓷器。一个红色的铸铁炉子旁边站着伊莎贝尔，她手里拿着一个圆汤匙，黑发挽在头顶上。蒸汽从锅子里升腾起来，各种调料散落得到处都是——西红柿、剁碎的大蒜和洋葱、一串串黑乎乎的香草、搓碎的奶酪片、一些脱壳花生、一把橄榄和一整条鱼，鱼眼睛毫无生气地向外翻。

“我在煲汤，”伊莎贝尔说着向杰斯挥了挥汤匙，“你饿吗？”然后她扫了一眼他身后，黑色的眼眸看见了西蒙和克拉丽。“哦，我的天，”她斩钉截铁地说道，“你又把另一个盲呆带到这里来了？霍奇会杀了你。”

西蒙清清嗓子说道：“我是西蒙。”

伊莎贝尔没理会他。“杰斯·维兰德，”她说道，“说清楚是怎么回事。”

杰斯气愤地看着猫。“我让你把我带到亚历克那里去！在背后捅人一刀的犹大！”

丘奇四脚朝天地躺在地上，心满意足地咕噜直叫。

“别责备丘奇，”伊莎贝尔说，“霍奇要杀你可不是它的错。”她把汤匙重新插进锅子里。克拉丽不晓得花生橄榄西红柿鱼汤到底会是什么味道。

“我不得不带他来，”杰斯说，“伊莎贝尔——今天我看见了杀害我父亲的那两个男人。”

伊莎贝尔的肩膀绷紧了，不过，当她转过身时露出难过胜于惊讶的表情。“我猜他不是其中之一吧？”她问道，用汤匙指着西蒙。

令克拉丽惊讶的是，西蒙对此一言未发。他目不转睛地盯着伊莎贝尔，神情痴迷，嘴巴张开。当然，克拉丽意识到这一点时恼火地感到一阵揪心的刺痛。伊莎贝尔正是西蒙喜欢的类型——高挑，迷人，美丽。得了，想想吧，或许这是所有人都喜欢的类型。克拉丽不再想知道花生橄榄西红柿鱼汤的味道了，却开始想，要是她把锅子里的东西泼到伊莎贝尔的头上会发生什么样的事情。

“当然不是，”杰斯说，“如果他是的话现在还会活着吗？”

伊莎贝尔无动于衷地看了西蒙一眼。“我猜不会。”她说道，心不在焉地把一片鱼扔在地上，丘奇如饥似渴地扑了过去。

“难怪它把我们带到这里，”杰斯厌恶地说道，“我简直不敢相信你居然又开始用鱼塞饱它的肚子了。它本来就又矮又胖的了。”

“它看起来不矮也不胖，此外，你们都没吃过东西。我从切尔西市场上的一个水妖那里弄到这个食谱。他说很美味可口——”

“要是你知道怎么做饭的话，我或许会吃。”杰斯嘀咕道。

伊莎贝尔僵立在那里，手中的汤匙危险地悬浮在半空中。“你说什么？”

杰斯侧身向冰箱移动。“我说我准备找零食吃。”

“我权当那是你说过的话。”伊莎贝尔又专注煲汤去了。西蒙继续目不转睛地盯着伊莎贝尔。克拉丽心中有股无明业火，她把背包放在地上，跟着杰斯走到冰箱那里。

“我简直不敢相信你需要吃东西。”她嘘声道。

“不然的话我应该做什么呢？”他询问时平静的口吻令人抓狂。冰箱里面装满了保质期已过几个星期的牛奶纸盒，还有贴着遮蔽胶带的塑料特百惠[①]容器，上面用红色墨水写着“霍奇的，勿食”的字样。

“哇，他像是个疯狂的室友。”克拉丽评论道，注意力暂时移到了别处。

“什么，霍奇？他只是喜欢把东西摆放整齐，”杰斯从冰箱里拿出一个容器打开，“嗯，意大利细面条。”

“别坏了你的胃口。”伊莎贝尔喊道。

“那正好是我打算做的事情。”杰斯一边说，一边用脚把冰箱门踢上，从抽屉里抓了一把叉子。他看着克拉丽，问道：“想要一些吗？”

她摇了摇头。

“当然不，”他吃了一口说道，“你吃光了所有的三明治。”

“三明治本来就不是那么多，”她扭头看了一眼西蒙，他看起来成功地跟伊莎贝尔搭上讪了，“我们现在能去找霍奇吗？”

“你好像十分希望离开这里。”

“难道你不想告诉他我们看见的事情吗？”

“我还没决定，”杰斯放下容器，若有所思地把指关节上的意大利细面条舔掉，“不过如果你那么想去的话——”

“我确实想去。”

“好吧。”他似乎十分平静，她想道，跟之前令人恐惧的平静不一样，但克制得有些过头。她不知道他多久会让别人瞥见一次他真实的自我，那层假象就像她妈妈的一个日本盒子的罩面漆外壳一样既坚硬又光亮。

“我们要去哪里？”他们来到门口时西蒙抬头问道。参差不齐的几根黑头发戳进了他的眼睛里。他看起来傻头傻脑，一脸茫然，克拉丽不友善地想道，仿佛有人用宽四寸厚二尺的木板拍打过他的后脑勺似的。

“去找霍奇，”她说，“我要告诉他卢克家发生的事情。”

伊莎贝尔抬头问道：“你打算告诉他你看见了那两个人吗，杰斯？那两个——”

“我不知道，”他打断她，“暂时保密。”

---

① 特百惠，商标，塔珀家用塑料制品，主要用来储存食物的塑料容器。

她耸了耸肩。“好吧，你打算回来吗？你想喝点汤吗？”

“不。”杰斯说。

“你认为霍奇会想喝点汤吗？”

“没人想喝汤。”

“我想喝汤。”西蒙说。

“不，你不想，”杰斯说，“你只是想跟伊莎贝尔上床。”

西蒙一脸惊骇。“那不是真的。”

“多么会吹捧啊。”伊莎贝尔对着汤咕哝着，不过她脸上露出自鸣得意的微笑。

“哦，是的，是真的，”杰斯说，“上啊，问她——然后她会拒绝你，我们其他人就能继续生活，而你就会在悲惨的羞辱中越变越糟。”他打了个响指，“快点，盲呆男孩，我们要干活了。”

西蒙看向别处，尴尬地羞红了脸。克拉丽片刻之前还小气地觉得很高兴，但此刻突然很生杰斯的气。“别烦他，”她插话道，“没必要仅仅因为他不是你们当中的一分子你就施虐。”

“我们当中的一分子，”杰斯说，但他眼中尖刻的神色消失不见了，“我去找霍奇。来不来是你的事。”厨房的门在他身后砰的关上了，只留下克拉丽自己跟西蒙和伊莎贝尔在一起。

伊莎贝尔用勺子盛了一些汤到一只碗里，把它推到柜台式长桌对面给西蒙，看也没看他一眼。不过，她仍然在得意地笑——克拉丽感觉得到。汤是深绿色的，上面漂满棕色的东西。

“我和杰斯一块儿去，”克拉丽说，“西蒙……”

“我待在这儿。”西蒙看着他的脚嘟囔道。

“什么？”

“我要待在这里，”西蒙坐在凳子上，“我饿了。”

“好极了。”克拉丽喉咙发紧，好像吞下太烫或太冷的东西似的。她不高兴地大踏步走出厨房，丘奇像个模糊不清的灰影子在她的脚边偷偷溜走。

在过道里，杰斯用手指转动着一柄六翼天使。他看见她后就把它塞进了口袋。“你真是成人之美，让一对情侣独处。”

克拉丽皱着眉头对他说：“为什么你总是这么浑球呢？”

“浑球？”杰斯就快大笑出来。

“你对西蒙说的话——”

“我只不过是想让他少些痛苦。伊莎贝尔会切掉他的心，穿着高跟靴践踏而过。她就是那样对待那种男孩子的。”

“她是那么对你的吗？”克拉丽问，不过杰斯只是摇摇头，然后去看丘奇了。

“霍奇，”他说，“这次真的是霍奇。敢带我们去其他地方的话，我就把你做成网球拍。”

波斯猫哼了一声，悄悄地走在他们前面带路。克拉丽落在杰斯后面一点，看得出杰斯的肩膀显得紧张而疲惫。她不知道这种紧张是否有一刻曾远离他。“杰斯。”

他看着她。“怎么啦？”

“对不起，对你恶言相向。”

他轻声笑道：“哪一次？”

“你也对我说过狠话，你知道。”

“我知道，”他说道，这令她备感惊讶，“你身上有种东西如此——”

“令人恼火？”

“令人不安。”

她想问而没问他这么说的意思是好还是坏。她太担心他会拿这个问题的答案开玩笑。她话锋一转，问道：“伊莎贝尔经常给你们做饭吗？”

“不，谢天谢地。大多数时候莱特伍德一家都在这里，玛丽斯，伊莎贝尔的妈妈，为我们做饭。她厨艺精湛。”他露出出神的表情，和西蒙盯着伊莎贝尔煲汤时的样子一模一样。

“伊莎贝尔根本不想学做饭。她最感兴趣的是如何成为一名战士。她是女战士的后代，”他说，声音中带着些许自豪，“她是我认识的最好的暗影猎手之一。”

“比亚历克还好？”

丘奇无声地在他们前面偷偷穿过黑暗的过道，突然停了下来喵地叫了一声。它蹲在金属螺旋楼梯脚下，楼梯一直旋转到头顶上方雾霭朦胧的地方。“原来他在花房。”杰斯说。克拉丽过了一会儿才明白他在跟猫说话。“在那里一点儿也不让人感到意外。”

“花房？”克拉丽问。

杰斯纵身跳到第一级楼梯。“霍奇喜欢待在那里。他种一些我们能用的草药，这些草药大多数都是伊德里斯的特产。我想这会使他想起家乡。”

克拉丽跟着他，鞋子在金属台阶上咔嗒作响。杰斯走过时则没有声响。“他比伊莎贝尔更好吗？”她又问道，“我指的是亚历克。”

他停下来俯视着她，身体从台阶上往下倾斜，仿佛摆好要坠落的姿势一样。

她想起自己做过的梦：天使，往下坠落，熊熊燃烧。“更好？”他说道，“杀恶魔吗？没有，并没有。他从不杀恶魔。”

“真的吗？”

“我不知道为什么没有。或许因为他总是保护伊莎贝尔和我吧。”他们来到楼梯顶部。迎接他们的是两扇门，上面雕刻着叶和藤。杰斯用肩膀把门顶开。

克拉丽一穿过门，一阵气味扑鼻而来，那是一种刺鼻的绿色气味，生机盎然、茁壮成长的气味，泥土和生长在泥土中的根的气味。她满心期待的是更小的东西，像圣泽维尔后面那个小花房，在那里有生物系跳级生克隆豌豆荚，或者其他东西。但事实上这里是个巨大的玻璃墙屏障，一排排茂盛的枝叶吐出凉爽的绿色气息。浓密的矮树丛上挂满闪闪发光的浆果，红的，紫的，还有黑的，小树上挂着她从未见过的形状奇异的水果。

克拉丽惊呼道：“闻起来像……”春天，她想道，在酷热来临把叶子碾成浆，使花苞从花朵上凋零之前的春的气息。

杰斯说：“像家的味道，对我而言。”他推开悬挂着的蕨叶，猫起腰穿过去。克拉丽跟在他后面。

花房的布局在克拉丽未经训练的眼睛里显得无规则可言，但她目光所及之处都是色彩斑斓的海洋：蓝紫色的花朵从闪闪发光的绿树篱上泼洒下来，一条蔓延开去的葡萄架上星星点点，缀满宝石般的橘红色花蕾。他们来到一片空地，那里有一张花岗岩矮长凳顶着一棵枝叶葱葱郁郁、散发银光的弯树干。水在石头围成的石滩里微微发光。霍奇坐在矮长凳上，他的黑鸟栖息在他肩头。他若有所思地凝视着下面的水，不过当他们走近时他则仰望天空去了。克拉丽顺着他的目光望去，看见花房的玻璃屋顶在他们上方像倒置的湖面一样闪闪发光。

“你看起来像在等待什么。”杰斯评论道，折下附近一根树枝上的叶子在手指间旋转。对于如此有克制力的人来说，他有许多不安的习惯动作。或许他只是喜欢一直动个不停。

“我想得出神了。”霍奇从矮长凳上站起来，伸出胳膊去摸雨果。他看着他们的时候脸上的笑容消失了。“发生了什么事？你看起来像——”

“我们遭到袭击，”杰斯简洁地说，“弃魔。”

“弃魔战士？在这里？”

“战士，”杰斯说，“我们只看到一个。”

“但多萝西娅说还有更多。”克拉丽补充道。

“多萝西娅？”霍奇举起一只手，“如果你们有条理地叙述会更容易让我明白。”

“对。”杰斯抛给克拉丽一个警告的眼色，她还没来得及开口说话就被打断了。然后他开始讲述下午发生的事情，只留下一个细节没讲，即卢克公寓中的两个男人就是七年前杀害他父亲的人。“克拉丽妈妈的朋友——不管他真的是什么——名叫卢克·加洛维，”杰斯终于说完，“但我们在他家里时，那两个声称是瓦伦丁派来的特使叫他卢西恩·格雷马克。”

“那他们的名字是……”

“潘波恩，”杰斯说，“和布莱克韦尔。”

霍奇大惊失色，脸颊上的那道伤疤在灰色皮肤的映衬下宛若弯曲的红线。“正如我所担心的，”他半自言自语地说道，“集团又开始叛乱了。”

克拉丽看着杰斯希望他阐明，但他似乎跟她一样迷惑不解。“集团？”他问道。

霍奇摇摇头，仿佛努力使头脑清醒一下。“跟我来，”他说，“是时候给你看些东西了。”

书房的煤气灯亮了，家具抛过光的橡木表面似乎在焖烧，像灰黑色的宝石一样。暗影斑驳，举起巨大书桌的天使们，表情僵硬得似乎承受着巨大的痛苦，克拉丽在红色沙发上坐下，盘起腿，杰斯则焦躁不安地斜靠在她旁边的沙发扶手上。“霍奇，如果你需要帮忙——”

“不必，”霍奇从书桌后面直起身，拂去裤子膝盖处的灰尘，“我已经找到了。”

他拿着一本棕皮包扎的大书。他手指紧张不安地一页页翻过，眼睛在镜片后面像猫头鹰一样一眨一眨的，还咕咕唧唧道：“在哪里……在哪里……啊，找到了！”他清了清嗓子，然后大声读道：“我在此无条件服从集团及其原则……为了集团我时刻准备着献出生命，以维护伊德里斯血脉的纯洁和我们掌管的尘世的安危。”

杰斯做了个鬼脸。“那玩意儿是哪里来的？”

“这是拉结尔集团的效忠誓言，二十年前的。”霍奇说道，声音中有种不可思议的疲惫。

霍奇把书放在桌上，他的脸色像书桌下面的天使雕像一样既痛苦又严肃。“他们是个组织，”他缓慢地说道，“一个暗影猎手组织，由瓦伦丁领导，致力于铲除所有的暗影魅族，使世界回归到‘更纯洁的’状态。他们等待着暗影魅族抵达伊德里斯签署《圣约》，因为每隔十五年，《圣约》就会被再次签署以保持其魔力，”为了让克拉丽明白，他补充道，“然后，他们计划在那时把他们全部铲除，而他们手无寸铁，毫无防备。他们以为这一恐怖行径会挑起人类和暗影魅族之间的战争——一场他们势在必得的战争。”

“那就是大叛乱，”杰斯说，终于从霍奇的讲述中辨认出来原来这是他已经熟悉的故事，“我不知道瓦伦丁及其追随者还有名头。”

“这个名字现在不太被提起，”霍奇说，“他们的存在对圣廷来说是种耻辱。跟他们有关的大多数文件都已经被毁。”

“那么为什么你有一份誓言呢？”杰斯问。

霍奇犹豫了，不过只是一闪而过，但克拉丽看见了，并且感到一阵微弱莫名的恐惧传遍她的脊梁。“因为，”他说道，“我协助撰写了誓言。”

杰斯抬头看着那本书。“你加入了集团。”

“我加入了，我们许多人都加入了，”霍奇直勾勾地盯着前方，“克拉丽的妈妈也加入了。”

克拉丽猛地往后一退，仿佛被他扇了一巴掌似的。“什么？”

“我说——”

“我知道你说过什么！我妈妈绝不会属于那样的组织。某种——某种仇恨集团。”

“它不是——”杰斯开口道，但霍奇打断了他。

“我怀疑，”他一字一句地说道，仿佛这些词让他感到痛苦似的，“她有多少选择的余地。”

克拉丽生气地盯着他。“你在说什么？为什么她会没得选择？”

“因为，”霍奇说，“她是瓦伦丁的妻子。”

卷·二

通往地狱之路畅通无阻

坠入阿维尔诺轻而易举，
漆黑的冥界之门昼夜敞开。
但是你要走回头路，逃回到人间来，
可是千难万苦，费尽周折。①
——维吉尔②，《埃涅阿斯纪》

① 原文为拉丁文：*Facilis descensus Averno; Noctes atque dies patet atri ianua Ditis; Sed revocare gradum superasque evadere ad auras, Hoc opus, hic labor est*. 此段译文参考德莱顿的英译和杨周翰的汉译。

② 维吉尔（前 70—前 19），古罗马诗人。

第十章
骸骨之城

克拉丽和杰斯因为震惊而陷入了片刻的沉默，之后两人才又开了口。

“瓦伦丁有妻子？他结婚了？我以为——”

“这不可能！我妈妈不会——她只和我爸爸结过婚！她没有什么前夫！”

霍奇疲倦地抬起手。“孩子们——”

“我不是孩子，”克拉丽从书桌前离开，“而且我什么也不想听了。”

“克拉丽。”霍奇说，他声音中的关切让人不忍回绝。她转过身，从房间的另一端望着他。她想，灰色的头发和满脸的疤痕让他看上去比母亲年老许多，这真奇怪。可他们也曾是一群“年轻人”，共同加入那个集团，与瓦伦丁熟识。“我妈妈不会……”她开始说道，可没有讲下去。她不确定自己有多了解乔斯琳，她母亲对她而言变成了一个陌生人，一个骗子，一个藏有秘密的人。她有什么不会做的呢？

“你母亲离开了集团，”霍奇说，他没有朝她走过来，只是静静站在屋子另一边，用明亮的眼睛看着她，“一旦我们意识到瓦伦丁的观点有多么极端——一旦我们知道他准备做什么——我们中的许多人都离开了。卢西恩是第一个离开的，这对瓦伦丁是一个沉重的打击，他们的关系曾经很亲密。”霍奇摇了摇头，“之后是迈克尔·维兰德，你的父亲，杰斯。”

杰斯的眉毛扬了起来，可他什么也没说。

“也有人一直忠于他，比如潘波恩、布莱克韦尔和莱特伍德一家——”

“莱特伍德一家？你是说罗伯特和玛丽斯？”杰斯看上去大吃了一惊，“那你呢？你是什么时候离开的？”

“我没有，”霍奇轻声说，“他们也没有……我们很害怕，太害怕他可能会做出的事情。大叛乱之后，有些效忠他的人像布莱克韦尔和潘波恩都逃走了，而我们留下来配合圣廷，告诉他们都有哪些人，帮助追踪逃跑的人。因为这个我们被从轻发落。”

“从轻发落？”杰斯异样的神情一闪而过，可霍奇看到了。

他说："你是在想把我束缚在这里的魔咒，不是吗？你一直以为是发怒的恶魔或者巫师所施的复仇之咒，是我让你这样以为的。可这不是真相，束缚我的魔咒是圣廷所施。"

"因为曾加入集团？"杰斯一脸惊愕地问。

"因为在大叛乱之前没有脱离集团。"

"可莱特伍德一家没有受到惩罚，"克拉丽说，"为什么没有？他们和你所做的一样啊。"

"他们的境遇让责罚减轻了——他们结婚了，还有个孩子，可像这样漂泊在外，远离家园，并不是他们自己的选择。我们是被流放至此，我们三个——四个，应该说。我们离开玻璃之城的时候，亚历克还是个嗷嗷待哺的婴儿。他们只在有公事需要的情况下才能回到伊德里斯，而且只能停留很短的时间。我永远也不能回去，我再也看不到玻璃之城了。"

杰斯盯着他。克拉丽想，杰斯好像在用一双崭新的眼睛盯着自己的老师，尽管有所改变的并不是他。他说："《大律法》很严格，并且是唯一的律法。"

"是我教给你这个的，"霍奇说，语调中有一种不露声色的嘲弄，"而你现在把我教你的拿来训诫我，讲得还很有道理。"他看上去想坐进旁边的椅子，可无论如何，他努力让自己站着。克拉丽想，从他僵直的姿势上还能看出他曾经作为一个战士的气质。

"为什么之前你不告诉我？"克拉丽问，"说我妈妈曾和瓦伦丁结过婚，你知道她的名字——"

"我知道她叫乔斯琳·菲尔柴尔德，而不是乔斯琳·弗雷，"霍奇说，"而对于你母亲完全不知道暗影世界这一点，你非常地坚持。这说服了我，让我觉得不是我认识的那个乔斯琳——也许我也不愿去相信是她，没有人愿意相信瓦伦丁又回来了。"他又摇了摇头。"今天早晨，当我给骸骨之城的圣者写信时，我真不知道会给他们带去怎样的消息，"他说，"当圣廷知道瓦伦丁可能回来了，而且他正在寻找圣杯，那一定会引起一场骚动。我只希望这不会对《圣约》产生什么影响。"

"我敢说瓦伦丁就希望那样，"杰斯说，"可为什么他这么想得到圣杯？"

霍奇脸色铁青。"这不是很明显吗？"他说，"那样他就能为自己组建一支军队了。"

杰斯看上去一惊。"可那不可能——"

"晚餐好了！"是伊莎贝尔，她站在图书室门口，手里还拿着勺子，几缕头发从发髻中脱落下来，垂在脖子旁边。"很抱歉，如果我打扰了你们。"她想了想，补充了一句。

“天啊，”杰斯说，“可怕的时刻又来了。”

霍奇看上去也很警觉。“我——我——我早餐吃得很饱，”他结结巴巴地说，“我是说午餐，午餐吃得很饱。我不能再吃下——”

“我把汤倒掉了，”伊莎贝尔说，“然后从市区的那家饭店点了中餐。”

杰斯离开书桌，舒展了一下身体。“太好了，我饿死了。”

“我可能还可以吃一些。”霍奇顺势承认说。

“你们两个真的是很差劲的骗子，”伊莎贝尔阴沉着脸说，“瞧，我知道你们不喜欢我做饭——”

“所以别再做了，”杰斯给了她一个理智的建议，“你点木须肉了吗？你知道我喜欢这道菜。”

伊莎贝尔把眼睛向上一瞟。“当然，在厨房里。”

“棒极了。”杰斯飞快地从她身边走过，还拨弄了一下她的头发，霍奇也跟在后面，停下来拍了拍伊莎贝尔的肩膀——之后还抱歉地点点头，便消失不见了，这看上去很好笑。难道几分钟前克拉丽就是在他身上看到那个昔日战士的影子？

伊莎贝尔一边看着杰斯和霍奇的背影，一边用布满疤痕的白皙手指玩着勺子。克拉丽说：“他真的是吗？”

伊莎贝尔也不看她。“谁真的是什么？”

“杰斯。他真的是个很差劲的骗子吗？”

此时伊莎贝尔转而看着克拉丽，她的眼睛又黑又大，而且还出人意料地有所深思。“他压根不是个骗子，至少关于重要的事情不是。他会把可怕的真相告诉你，他不会说谎。”她停顿了一下，又静静地说了一句：“所以一般最好不要问他任何事情，除非你能够承受所听到的答案。”

厨房温暖而明亮，还飘散着外带中餐的味道，这个味道让克拉丽想起家。她坐下来，看着那盘闪着油光的面条，手里玩着叉子，尽量不去看西蒙。后者正盯着伊莎贝尔，眼神比那盘烧鸭还要油光发亮。

“那个，我觉得那非常浪漫。”伊莎贝尔说，她正用一根很粗的粉色吸管把奶茶里的珍珠吸上来。

“什么非常浪漫？”西蒙问，突然之间很警觉。

“就是克拉丽的妈妈和瓦伦丁结婚那整件事。”伊莎贝尔说。杰斯和霍奇又把事情跟她说了一遍，可克拉丽注意到他们两个把莱特伍德一家加入集团的事情略去了，还有圣廷施的魔咒也没提。“所以说现在他又从死人堆里回来了，又来找她了，也许他想重新跟她在一起。”

“我有点怀疑。他想‘重新跟她在一起’，却让一个吞噬魔去她家里。”亚历克说，食物一端上来，他就出现了。没人问他去哪儿了，而他也没说。他就坐在杰斯旁边，克拉丽的对面，可故意避开不去看她。

“如果是我的话，不会这么做，”杰斯表示同意，“首先要送些糖果和鲜花，再是一封致歉信，然后才是一大群吞噬魔，应该是这个顺序。”

“他也许给她送过糖果和鲜花，”伊莎贝尔说，“我们又不知道。”

“伊莎贝尔，”霍奇很有耐心地说，“这个人把从未有过的毁灭带到伊德里斯，他挑起暗影猎手和暗影魅族之间的斗争，让玻璃之城血流成河。”

“这很性感刺激，”伊莎贝尔争论道，“这种邪恶的事情。”

西蒙想让自己看起来邪恶一些，可当他发现克拉丽盯着他时便放弃了。“那为什么瓦伦丁这么迫切地想要得到圣杯？为什么他认为它在克拉丽的妈妈手中？”他问。

“那样他就能建立一支军队，这是你说的，”克拉丽说着转向霍奇，“你的意思是说可以利用圣杯创造出暗影猎手？”

“是的。”

“所以瓦伦丁可以到街上随便找到一个人，然后把他变成暗影猎手？就用圣杯？”西蒙俯身过来，“我可以吗？”

霍奇慎重而悠长地看了他一眼。“也许，”他说，“但之所以只有极少数人类能经过挑选变为拿非力人，是因为大多数人都无法在这种转变中幸存下来。这需要很强的力量与适应性。在变形之前，他们需要接受很多测试——可瓦伦丁不会费这些麻烦，他会在抓到的任何一个人类身上使用圣杯，然后把存活下来的百分之二十变成他的军队。一支他可以用来攻击圣廷的军队。”

亚历克惊恐地看着霍奇，与克拉丽一样。“你怎么知道他会这样做？”

“因为，”霍奇说，“在集团中的时候，那就是他的计划。他说这是建立起一支力量来保卫我们的世界的唯一方法。”

“可这是谋杀。”伊莎贝尔说，脸色有些发青。

“他说我们守护人类世界的安全已经有上千年了，”霍奇说，“现在是时候要他们牺牲一下自己来偿还我们了。”

“他们的生命？”杰斯问，他的脸颊有些泛红，“可这和我们所存在的一切原因和目的相悖啊。守望无助，保卫人类——”

霍奇把他的盘子推到一边。“瓦伦丁是不太正常，”他说，“他很聪明，可是精神不正常。他什么也不关心，只想杀死恶魔和暗影魅族，只想让世界变得更纯净。他甚至会为此牺牲他自己的儿子，而且还不理解为什么其他人不会这么做。”

“他有个儿子？”亚历克说。

“我只是打个比方。”霍奇说着拿出手绢，他擦了擦额头，又把手绢放回口袋里。克拉丽看到他的手微微有些发抖。“当他的府邸着了大火，家园被毁的时候，人们以为他把自己和圣杯都烧成了灰烬，因为他不愿意把任何一样交由圣廷发落。人们找到了他的骨灰，和他妻子的在一起。”

“可我妈妈还活着，”克拉丽说，“她没在那场大火中丧命。”

“而且现在看起来，瓦伦丁也没死，”霍奇说，“圣廷知道自己被愚弄了，肯定不会高兴。可更重要的是，他们将会想要拯救圣杯。而最最重要的是，他们希望确保瓦伦丁不会得到它。”

“在我看来，我们要做的第一件事似乎是找到克拉丽的妈妈，”杰斯说，“找到她，就找到了圣杯，然后在瓦伦丁之前得到它。”

克拉丽觉得这个主意听起来不错，但霍奇看着杰斯，好像他提出的解决方案像是正在剧烈晃动的硝化甘油。“这样肯定不行。”

“那我们怎么办？”

“什么也不做，”霍奇说，“这事最好交给能力出色、经验丰富的暗影猎手。”

“我的能力不错。”杰斯抗议，说着把手一挥。一枚戒指在他消瘦的手指上闪闪发光，克拉丽不记得此前曾见他戴过。“我经验丰富。”

霍奇的语气很坚定，几乎像是家长那般。“我知道，可你还是个孩子，或者几乎还是。”

杰斯眯起眼睛看着霍奇，他的睫毛很长，似乎能在棱角分明的颧骨上投下阴影。在一些人身上，这种表情可能会是害羞，甚至是有些抱歉，可在杰斯脸上却看上去十分骇人。“我不是孩子。”

“霍奇说得对。”亚历克看着杰斯说。克拉丽想，他似乎不害怕杰斯，而是为他感到害怕，世界上一定只有少数几个人能这样看着杰斯。“瓦伦丁很危险，我知道你是个很出色的暗影猎手。你可能是我们这个年龄中最优秀的，但瓦伦丁是有史以来最厉害的，当初把他扳倒一定经历了一场恶战。”

“而且准确地说，上次他也没倒下，”伊莎贝尔一边仔细地看着手里的叉子尖一边说，“这很明显。”

“可结果我们却到这儿来了，”杰斯说，“只有我们在这儿，而且因为《圣约》，别的人都不用来。如果我们不做点什么——"

"我们会做点什么，"霍奇说，"我今晚就会给圣廷送去消息，他们明天就可以派一群拿非力人过来，如果他们乐意的话。他们会处理这事，你做得已经够多了。"

杰斯不再争辩，可眼睛仍然闪烁着光亮。"我不喜欢这样。"

"你不需要喜欢，"亚历克说，"你只需要闭上嘴，不要做什么傻事。"

"可我妈妈怎么办？"克拉丽问，"她等不到什么圣廷的代表过来，她现在就在瓦伦丁手上——潘波恩和布莱克韦尔这么说的——而且他可能……"她无法把折磨两个字说出口，但克拉丽知道她不是唯一一个这样想的人，突然之间餐桌上没有一个人能直视她的眼睛。

除了西蒙。"伤害她，"他说，把她的话补充完整，"除此之外，克拉丽，他们还说她已经神志不清了，而瓦伦丁对此很不高兴，他似乎在等着她醒过来。"

"如果我是她的话，我就一直昏迷不醒。"伊莎贝尔嘀咕了一句。

"可那随时有可能……"克拉丽说，不理睬伊莎贝尔，"我以为圣廷发过誓要保护人类。难道现在不就该有暗影猎手出现吗？难道他们不该已经准备好去搜救她了吗？"

"如果，"亚历克插话说，"我们能稍微有点方向，事情就会容易些。"

"可我们有。"杰斯说。

"你有？"克拉丽看着他，既吃惊又急切，"哪里？"

"这里，"杰斯俯过身，用手指轻轻碰了一下她一侧的太阳穴，这下虽然很轻，可还是让她的脸颊微微泛红，"我们所要知道的一切都在你的脑袋里，在这些可爱的红色卷发下面。"

克拉丽伸手摸摸头发，像是要保护它们。"我不认为——"

"那你要做什么呢？"西蒙尖锐地问，"把她的脑袋打开，取出来看看吗？"

杰斯的眼里闪过一道光，可他平静地说："根本不是。无声使者能帮她找回记忆。"

"你痛恨无声使者。"伊莎贝尔抗议说。

"我不痛恨他们，"杰斯坦率地说，"我害怕他们，这不是一回事。"

"我想你说过他们是图书管理员。"克拉丽说。

"他们是。"

西蒙吹了声口哨说："那一定有什么杀手滞纳金之类的东西。"

"无声使者保管着档案，可这不是他们负责的全部内容，"霍奇插话说，他似乎已经没有耐心听下去了，“为了让他们的头脑拥有更强的能力，他们选择一些魔力最强的如尼文刻在自己身上。这些如尼文太强大了，应用之后就让他们——”他停了下来，克拉丽的脑海中响起亚历克的声音：他们自残，“那个，他们的外貌也变形扭曲了，他们和其他的暗影猎手不同，不是那种意义上的战士。他们的能力是心智上的，而不是肉体上的。”

“他们会读心术？”克拉丽小声说。

“只是其中一种。在所有恶魔最害怕的降魔者中，他们应该榜上有名。”

“我不知道，”西蒙说，“可听上去不是那么糟糕，我宁愿让什么人进入我的大脑，也好过把头整个砍掉。”

“那么你比看上去的还要傻。”杰斯说着轻蔑地看着他。

“杰斯说得对，”伊莎贝尔说，忽略掉了西蒙，“无声使者的确非常诡异。”

霍奇的手紧握拳头，放在桌上。“他们法力很强，”他说，“他们在黑暗中行走，而且不讲话，可他们能撬开人们的头脑，就像你敲开一个核桃那样——之后留下你一个人在黑暗中尖叫，如果他们想这么干的话。”

克拉丽惊恐地看着杰斯说：“你想把我交给他们？”

“我是想让他们来帮助你。”杰斯越过桌子俯下身来，他们之间的距离很近，她都能看清楚他瞳孔周围琥珀色的斑点。“也许我们不必去寻找圣杯，”他柔声说，“也许圣廷会去。可你脑袋里究竟有什么，这是你自己的问题。有人在那里面隐藏了许多秘密，你无法看透的秘密。难道你不想知道关于自己的真相吗？”

“可我不想有其他什么人进入我的大脑。”她无力地说。她知道他说得很对，但想到要把自己交给那些甚至连暗影猎手也感到恐惧的东西，就让她浑身一凉。

“我会和你一起去，”杰斯说，“他们施法的时候我会和你在一起。”

“够了，”西蒙从桌子旁边站起来，脸都气红了，“不要碰她。”

亚历克瞟了一眼西蒙，好像刚刚注意到他的存在。他把垂在眼睛前面的头发拨弄回去，眨着眼睛说：“你还待在这里做什么，盲呆？”

西蒙没有理睬他。“我说，不要碰她。”

杰斯缓缓看了他一眼，那眼神表面温柔，实则充满恶意。“亚历克说得对，”他说，“学院为暗影猎手提供庇护，而不是他们的盲呆朋友，特别是在他们待的时间太久，已经不再受到欢迎时。”

伊莎贝尔站起来抓住西蒙的胳膊说：“我来带他出去。”一时间他看上去要对此做出抵抗，可他又看到了桌子对面克拉丽的眼神，后者微微摇了摇头。他放弃了，抬头挺胸地让伊莎贝尔带他走出了房间。

克拉丽也站起来。“我累了，”她说，“我想去睡觉了。”

“你几乎没吃什么——”杰斯抗议说。

她把他伸过来的手推到一边，说：“我不饿。”

走廊上比厨房里要凉爽一些，克拉丽靠着墙，拉了拉沾满冰凉的汗水而黏在自己胸口上的衣服。在走廊的远端，她能看到伊莎贝尔和西蒙越走越远的身影慢慢被黑影吞没了。她安静地看着他们离开，心中涌起一股奇怪的感觉。什么时候伊莎贝尔要对西蒙负责，而不是她自己？如果她从这一切当中学到了一件事情的话，那就是失去那些曾经以为会永远拥有的东西，原来是那么轻而易举的事。

整个房间都是金色和白色的，高高的墙壁都闪烁着珐琅器般的光彩，上面高悬的屋顶纯净地闪耀着钻石般的光芒。克拉丽穿着一条绿色天鹅绒裙子，手里拿着一把金色折扇，头发挽成一个结之后还垂下几缕卷发，这让她每次回头的时候，都感觉脑袋沉甸甸的，这种感觉很奇怪。

“你看到了什么比我更有趣的人吗？”西蒙问。在梦里不知怎么回事，他非常会跳舞，带着她在人群中穿梭，就好像飘拂在流水上的一片树叶。他穿着一身黑衣，像一个暗影猎手，这很好地衬托出他的发色和肤色：深色的头发，浅棕色的皮肤，雪白的牙齿。他真英俊，克拉丽想，这让她有些吃惊。

“没什么人比你更有趣，”克拉丽说，“只是这个地方，我从没见过像这样的地方。”当他们经过一处香槟酒台，她又回了下头：一个巨大的银盘中央是一尊美人鱼雕像，充满气泡的香槟顺着她裸露的后背从肩上的罐子里流出。人们都走到银盘旁边来续杯，说着笑着。克拉丽经过的时候，美人鱼转过头朝她笑笑，露出像吸血鬼那样白色的尖牙。

“欢迎来到玻璃之城。”一个声音说，这不是西蒙。克拉丽发现西蒙消失了，现在和她跳舞的是杰斯。他穿着一件白色衬衫，透过薄薄的棉布能看到黑色的印记。他脖子上还挂着一条铜项链，头发和眼眸比以往任何时候都显得更加金灿灿的。她想着自己要怎么用暗金色来画出他的画像，就像有时候在俄罗斯圣像画中所看到的那样。

“西蒙去哪儿了？”他们又围着香槟酒台跳起舞，她问道。克拉丽看到伊莎贝尔在旁边，和亚历克一起，两人都穿着宝蓝色的衣服，他们像在神秘森林里的韩塞尔与葛雷特那样手拉着手。

“这个地方是属于活人的。”杰斯说。他的手触碰着她的，有些冰冷，她感觉他的手和西蒙的不同。

她眯起眼睛看着他。“你说的是什么意思?”

他靠得更近了，她能感觉他的嘴唇就在自己耳边，他的唇一点儿也不冰冷。“醒醒，克拉丽，”他耳语着，“醒醒，快醒醒。”

她一下从床上坐起来，喘着粗气，因为一身冷汗，头发都贴在了脖子上。有人紧紧抓住了她的手腕，她先是试图挣脱开，之后才意识到是谁抓着她。“杰斯?”

“是我。”他坐在床沿上——她是怎么睡到床上来的?她看上去头发乱蓬蓬的，还没有完全清醒，睡眼蒙眬。

“放开我。”

“对不起，”他的手指从她手腕上滑走了，“我叫你名字的时候，你就想一拳打过来。”

“我想我有点不安。”她四下看看，自己在一间小小的卧室里，这里摆放着深色的木质家具。透过半开的窗户射入淡淡的光亮，她想天刚刚亮，或者已经大亮了。她的背包靠墙放着。“我是怎么进来的?我不记得……”

“我发现你在走廊的地板上睡着了，”杰斯打趣地说，“霍奇帮我一起把你弄上床，我们想一间客房应该比医务室更舒适。”

“哇，我什么都不记得了，”她用手梳理了一下头发，把眼睛前面湿漉漉的头发拨开，“现在几点了?”

“大约五点。”

“凌晨五点?”她瞪着他，“这么早把我叫醒，你最好有个很好的理由。”

“为什么?你在做什么美梦吗?”

她仍然能听到耳边的音乐，感觉到脸颊边沉甸甸的珠宝。“我不记得了。”

他站起来。“一个无声使者来这里见你了，霍奇让我叫醒你。事实上，他本来说他要来叫你，可既然是凌晨五点，我想如果你看到的是赏心悦目的东西，可能脾气会好一些。”

“你是说你自己?”

“不然还有什么?”

“我还没同意，你知道，”她不耐烦地说，“关于无声使者的事。”

“你想找到母亲吗?”他说，“或者不想?”

她盯着他。

“你只是需要先见一下圣者耶利米，就这些。你甚至还有可能喜欢他呢，对于一个从不说话的人来说，他可是有很好的幽默感。”

她把头埋在手中。“出去。快出去，我好换衣服。”

门在他身后一关上，她就下了床。尽管才凌晨时分，屋里就已经开始升腾潮湿的热气了。她关上窗户，走进浴室洗了把脸，漱了漱口，嘴里只觉得干涩无味。

五分钟后她穿上了自己的那双绿色运动鞋，换上了一条短裤和一件纯黑的T恤衫。她真希望自己长着雀斑的瘦腿看上去更像伊莎贝尔的那样细长而光滑，可没什么办法能让她如愿。她把头发在脑后扎成马尾，来到走廊上找杰斯。

丘奇也和他一起在那儿，不安地低声叫着，来回打转。

“这只猫怎么了？”克拉丽问。

“无声使者让它感到不安。”

“听上去他们能让所有人觉得不安。”

杰斯勉强一笑。他们沿着走廊往前走去，丘奇喵地叫了一声，没有跟来。学院厚厚的石墙至少还保留了一丝夜晚的凉意：走廊里很凉快，而且黑漆漆的。

当他们到了图书室时，克拉丽吃惊地看到里面没有开灯，唯一的光线来自于从拱顶上的高窗透下来的乳白色光亮。霍奇穿着西装坐在宽敞的书桌后面，已经有些灰白的头发让清晨的光线镀上了一层银色。她开始觉得房间里只有他一个人：杰斯只是跟她开了个玩笑。可之后她看见一个人影从暗处走出来，意识到之前自己觉得只不过是稍稍暗了一些的地方其实有个人影。这个人很高，从头到脚穿着一件厚重的斗篷，把整个人都包了起来，他还戴着斗篷上的风帽，遮住了脸。斗篷是羊皮纸的颜色，褶边和袖子上都有精细的如尼文图案，看起来像是用风干的血迹画上去的。克拉丽胳膊上和脖子后面的汗毛都竖了起来，刺痒得几乎让人觉得疼痛。

“这位，”霍奇说，“是来自无声之城的圣者耶利米。”

他朝他们走过来，他移动起来时厚重的斗篷也随之摆动。克拉丽意识到是什么让她觉得来人非常奇怪了：他走路的时候一点声音都没有，连很轻微的脚步声都没有，就连他的斗篷，本来摆动起来应该有沙沙声的，可也没有动静。她几乎在想他是不是个幽灵——可不是，他在自己面前停下来的时候，她觉得他身上有一股奇怪的味道，很好闻，像是熏香和血肉之躯的味道，这是活物才有的味道。

“而这位，耶利米，”霍奇说着从书桌后面站起来，“就是我在信中提到的女孩，克拉丽莎·弗雷。”

戴着帽子的那张脸慢慢转向她，克拉丽觉得一阵冰凉直逼指尖。“你好。”她说。

没有回应。

“我觉得你是对的，杰斯。”霍奇说。

“我本来就是正确的，”杰斯说，“我通常都是。”

霍奇没有理睬他。“昨晚我给圣廷写了一封信，说明了一切，可克拉丽的记忆是她自己的，只有她能决定怎么处理自己头脑中的东西。如果她想得到无声使者的帮助，她可以有这个选择。”

克拉丽什么也没说。多萝西娅说她的头脑中有个东西隐藏了一些记忆，她当然想知道是什么，可这个幽灵一样的无声使者是这么的——怎么说呢，寂静无声。这种无声似乎是从他身上所散发出的黑色潮水，像墨水那样黑暗而且浓稠，让她感觉冰冷刺骨。

圣者耶利米的脸庞仍旧朝向她，斗篷下面除了一片漆黑什么都看不出。这就是乔斯琳的女儿？

克拉丽轻轻倒抽了一口气，后退了几步。这句话出现在她的脑海中，好像是她自己想到的一样——可她没有。

“是的，”霍奇说，又飞快地加了一句，“可她父亲是个普通人。”

“这没什么关系，”耶利米说，“圣廷的血液主导了一切。”

“为什么你称呼我的妈妈乔斯琳？”克拉丽说着想在斗篷下面找到一些脸孔的痕迹，可是徒劳无功，“你认识她吗？”

“圣者保留着圣廷所有成员的档案记录，”霍奇解释说，“详尽的记录——”

“也许没那么详尽，”杰斯说，“如果他们不知道她还活着这个事实的话。”

“她消失的时候如果有巫师的协助，我们就很可能不知道。大多数暗影猎手不可能这么轻易地逃离圣廷的控制。”耶利米的声音中毫无感情，听起来对于乔斯琳的举动，既不支持也不反对。

“这些事情我不理解，”克拉丽说，“为什么瓦伦丁认为我妈妈拿着圣杯？如果她费尽千辛万苦才消失不见，就像你说的那样，那么为什么她要带上圣杯呢？”

“为了不让他得到，”霍奇说，“在所有人中，她最清楚如果瓦伦丁得到圣杯会发生什么。而且我想她也不信任圣廷能确保它万无一失，特别是在一开始瓦伦丁从他们手里夺走圣杯之后。”

“我猜也许吧。”克拉丽的声音中有掩饰不住的疑惑，整件事情似乎让人难以置信。她试着想象母亲在夜色的掩护下出逃，外套的口袋里藏着一个金灿灿的大杯子，可她怎么也想不出那是一副什么样的场景。

“当乔斯琳发现自己的丈夫要利用圣杯做什么的时候，便背叛了他，”霍奇说，“由此推想，她会不遗余力地保护圣杯不要落入他的手中，这不是不合情理。如果圣廷知道她还活着，首先就会来找她。”

“在我看来，”克拉丽有些尖刻地说，“似乎所有圣廷以为已经死了的人，实际上都没有。也许他们应该调查一下牙科记录。”

“我父亲就死了，”杰斯说，语气中也有着同样的尖刻，“我不需要什么牙科记录来告诉我这一点。”

克拉丽有些恼火地转向他。“瞧，我的意思不是——”

“够了，”圣者耶利米打断了她，“如果你有足够的耐心去听，我这里有你想知道的真相。”

他迅速地一抬手，把头上的风帽摘掉了。克拉丽一下子把杰斯抛诸脑后，尽全力控制住自己想大叫出来的冲动。这位档案管理员没有头发的头颅像是鸡蛋那样光滑洁白，曾经长着眼睛的地方现在什么都没有，只是深陷下去的两块，黑漆漆的一团，嘴唇上布满深色的交叉线，像外科手术的伤口缝线那样。现在她明白伊莎贝尔所说的损伤是怎样的了。

“无声之城的圣者从不说谎，”耶利米说，“如果你想从我这里得到真相，你应该知道真相，可相应地，我也要从你那里得到相同的东西。”

克拉丽扬起头。“我也不是说谎的人。”

“大脑不会说谎，”耶利米朝她移动过来，“我想要的是你的记忆。”

一股血液和墨水的气味让人窒息，克拉丽感到惊慌失措。“等等——”

“克拉丽，”霍奇用温柔的声调说道，“你头脑里还有隐藏着的或者受到抑制的记忆，这完全有可能。这些记忆是在你非常小的时候所形成的，可是并没有进入意识的层面，而圣者耶利米能够触碰到这些记忆，这对我们非常有帮助。”

她什么也没说，紧紧咬着嘴唇。一想到有人要进入她的大脑，触碰那些私密的隐藏着的记忆，甚至是她自己都记不起来的东西，她就感到非常厌恶。

“她不必去做那些她不想做的事情，”杰斯突然说，“对吧？”

克拉丽在霍奇回答之前就打断了他。“没关系，我愿意。”

圣者耶利米微微点了下头，朝她移动过来，那种无声让她觉得脊柱后面冒出一股凉气。“会痛吗？”她小声说。

他没有回答，可是他细长的白色手指伸过来触碰到她的脸颊，那手上的皮肤像是羊皮纸那样薄，写满了如尼文。她能感受到其中的法力，像静电那样刺激着她的皮肤。她闭上了眼睛，可在那之前看到了霍奇脸上掠过的一丝不安。

闭上眼睛之后的黑暗中有许多色彩在不停地搅动，她感觉到一股力量，一股拉动她头部和四肢的力量，她握紧双手，竭力抵抗着这股力量和这种黑暗。她又感觉自己好像被压在什么坚硬的东西上，在慢慢被压碎。她听到自己在大口喘气，突然之间浑身冰凉，像冬天里那样。一瞬间，她看到了一条冰冷的街道，上方冒出灰色的建筑，有许多冰冷的白色颗粒涌来，刺痛了她的脸——

“够了。”冬季的寒冷中传来杰斯的声音，飘落的雪花消失了，只剩下一片白色的光点。克拉丽一下睁开了眼睛。

慢慢地，她又能看清图书室里的一切了——四周的墙壁摆满了书，霍奇和杰斯面露焦虑，圣者耶利米站着没有动，像是一尊象牙雕像，刻着红色的印记。克拉丽感觉到手掌上的刺痛，低头一看，上面布满了指甲划出的红色痕迹。

“杰斯。”霍奇责备地说。

“看看她的手。”杰斯指着克拉丽说，后者把手握了起来盖住受伤的掌心。

霍奇的大手放在了她的肩头。“你还好吗？”

她慢慢点了点头，那股逼人的力量消失了，可她感觉到汗水浸湿了头发，衣服像胶带一样黏在她背上。

“你的头脑中有个封印，”圣者耶利米说，“我无法触及你的记忆。”

“封印？”杰斯问，“你的意思是她抑制住了自己的记忆。”

“不，我是说有个咒语把她的部分记忆封印在她的意识之外，我没有办法在这儿解开咒语。她必须前往骸骨之城去面见圣者会。”

“有个咒语？”克拉丽难以置信地说，“谁会在我身上施咒语？”

没有人回答她的这个问题。杰斯看着老师，他的脸色出奇地苍白，克拉丽想，这可是他的主意。“霍奇，她不应该去，如果她不——”

“没关系，”克拉丽深吸了一口气，手掌上让指甲刮破的地方还很痛，她非常想找个光线暗些的地方躺下来，休息一下，“我会去，我想知道真相，我想知道自己脑袋里是什么。”

杰斯点了下头。“好吧，那么我陪你去。”

离开学院就好像爬进了一个又湿又热的帆布口袋，潮湿的空气笼罩着整座城市，好像是一锅肮脏的热汤。“我不明白为什么我们要这么着急地和圣者耶利米分开，”克拉丽嘀咕着，他们站在学院外面的街角，街道上没什么人，除了一辆垃圾车正沿街慢慢地前行，“难不成他觉得被人看到和暗影猎手在一起会很尴尬，或者有其他原因？”

“圣者也是暗影猎手。”杰斯说明了这一点，尽管天气很热，他还是尽力装出一副很酷的模样，这让克拉丽很想打他一拳。

“我猜他难道是去取车了？”克拉丽讽刺地问。

杰斯咧嘴一笑。“差不多是那样。”

她摇了摇头。“你知道，如果霍奇和我们一起来，我会感觉好很多。”

“什么，有我保护你还不够？”

“我现在所需要的不是保护——是个能帮助我思考的人，”突然想到什么，她用一只手拍了下自己的嘴唇，“哦——西蒙！”

“不，我是杰斯，”杰斯很有耐心地说，“西蒙是那个像黄鼠狼一样的小家伙，发型很丑，对时尚也是一窍不通。”

“哦，闭嘴，”她回应说，这个是出于自然反应而不是真心使然，“我本来要在睡觉前给他打个电话的，问问他有没有平安到家。”

摇了摇头，杰斯看着天空，好像上面要打开并揭示出宇宙的秘密一般。“在所有这些事情之外，你还在担心那只黄鼠狼？”

“别那么叫他。他看起来一点也不像黄鼠狼。”

“你也许是对的，”杰斯说，“我迄今为止是见过那么一两只长得还不错的黄鼠狼。他看上去更像只耗子。”

“他不——”

“他可能正在家里，躺在一摊自己的口水中，一直等到伊莎贝尔对他厌倦了，你还得去帮他收拾残局。”

“伊莎贝尔可能会厌倦吗？”克拉丽问。

杰斯想想了说：“会。”

克拉丽想也许伊莎贝尔比杰斯所认为的要聪明，也许她会意识到西蒙是怎样一个迷人的小伙子：风趣，机敏，还很酷。也许他们会开始约会，想到这些让她感到一种莫名的恐惧。

她陷入了沉思之中，这让她好一会儿才意识到杰斯在对她说话。她朝他眨了眨眼，看到那张脸上讥讽的笑容。“什么？”她不客气地问道。

“我希望你不要再像这样竭尽全力地想引起我的注意，”他说，“真让人尴尬。”

“讽刺只是想象力穷尽之前的最后一招。”她告诉他说。

“我只是忍不住要这样，我用自己犀利的智慧来掩饰内心的痛苦。”

“你的痛苦很快就能人尽皆知了，如果你不离开马路的话。你想让出租车撞上吗？”

“别傻了，”杰斯说，“这么早绝不可能在附近打到出租车的。”

似乎就在这时，一辆瘦长的黑色轿车停在了路边，就在杰斯身前，透过着色的车窗看不到里面，发动机嗡嗡响着。这辆车像是一辆加长款的豪华轿车，流线型的车身，低矮的底盘，弧形的车窗。

杰斯斜眼看着她，他的目光中有一丝顽皮，还有种迫切的敦促。她又看了看那辆车，让自己放松下来，让真实的力量刺穿这层光鲜的外衣。

此时这辆车看起来成了灰姑娘的马车，可是没有如复活节彩蛋那般交织着五颜六色，而是全身漆黑，车窗染成了深色，轮子是黑的，皮质的装饰也是黑的。圣者耶利米坐在黑色的金属质感的驾辕位子上，他戴着手套的手握着缰绳，而脸又隐藏在了羊皮纸颜色的斗篷下。在缰绳的另一端有两匹乌黑的马，一边甩着蹄子一边朝天嘶叫。

“上车。”杰斯说，可她仍站在原地吸着冷气，他一把拉住她的胳膊，把她推进马车敞着的门，随后自己也跳了上来。在他关上门之前，马车就前进了。他坐进座位——坐垫又软又滑，非常舒适——看着她。“这样将你护送至骸骨之城不至于让你那么皱紧眉头吧。”

“我没有皱眉头，只是很惊讶。我没想到……我是说，我以为这是辆车。”

“放松就好，”杰斯说，“好好享受这辆崭新的马车吧。”

克拉丽调转过视线，看向窗外。她原以为一辆马车不可能在曼哈顿的街道上穿行，可他们行进得很顺畅，他们无声的移动根本没有引起街上塞满的出租车、公交车和越野车的注意。前方一辆黄色的出租车变换了车道，挡住了他们的去路，克拉丽一紧张，担心马会受惊——可随后车厢向前一倾，马轻轻跃上出租车顶，车厢不是被拖着在地面上走，而是随着马轻巧而无声地爬上车顶，继而又滑向另一边。当车厢一震，又重新回到人行道上时，克拉丽回头看了一眼——出租车司机正吸着烟，两眼盯着前方，毫无察觉。“我一直以为出租车司机从来不会注意路上的行人和车辆，可这太奇怪了。”她轻声说。

“只是因为现在你能看穿表象下面的东西……”杰斯让后半句话微妙地停留在两人之间的半空中。

“我只有在集中精力的时候才能看到，”她说，“这让我有些头痛。”

“我敢说这是因为你头脑中的封印，圣者们能够对付它。”

“那之后呢？”

“之后你就能看清这个世界的本来面目——无限。”杰斯说着干巴巴地一笑。

“别跟我引用布莱克[①]。”

---

① 威廉·布莱克（1757—1827），英国诗人。杰斯简短引用了他的诗句：“如果知解力的门都打扫干净了，万物就会向人显示其本来面目——无限。”译文参见《天堂与地狱的婚姻——布莱克诗选》，张德明译，中国文联出版公司，一九八九年七月，第二十三页。

他的笑容不再那么干巴巴的了。“我没想到你能听出来，你没让我觉得是个读过很多诗的人。”

“因为大门乐队，所有人都知道这句诗。”

杰斯茫然地看着她。

“大门乐队，是个摇滚乐队。”

“你说是就是吧。”他说。

“我想你没有很多时间来听音乐吧，”克拉丽说着想到了西蒙，对于后者而言，音乐就是生命的全部，“在你的任务中。”

他耸耸肩。“也许有时候能听到那些受诅咒的家伙的哀号。”

克拉丽飞快地看了他一眼，想弄清楚他是不是在开玩笑，可他面无表情。

“可你昨天还在弹钢琴，”她又说了一句，“在学院里，所以你一定——”

马车又向上一跃，克拉丽抓住座位的边缘，瞪眼一看——他们正越过市中心一辆公交车的顶部。从这个有利的角度看过去，她能看到沿街老公寓房的上层精美地雕刻着兽首和装饰性的飞檐。

“我就是随便弹弹，”杰斯说，一眼也没有看她，“我父亲坚持让我学一样乐器。”

“他听上去很严厉，你的父亲。”

杰斯的语调听上去很尖锐。“一点也不，他很宠我，教会我所有东西——武器的使用、关于恶魔的知识、晦涩的传说、上古的语言，给我任何我想要的东西——马匹、武器、书，甚至是猎鹰。”

可武器和书确切来说不是大部分孩子想要的圣诞礼物，克拉丽这样想着，马车又回到了人行道上。“为什么不告诉霍奇你认识跟卢克说话的那两个人？为什么不告诉他，他们就是杀害你父亲的那些人？”

杰斯低头看看自己的手，那是一双纤细的手，像是艺术家的，而不是战士的。之前她就注意到的一个戒指在他的手指上闪着光。她以前觉得男生戴戒指会有些女里女气，可戴在杰斯手上一点儿也没有。这枚银质的戒指看起来很结实有分量，因为被火烧过而色泽暗淡，周围有一圈星星的图案，还刻有一个字母 W。“因为如果我告诉了他，”他说，“他就知道我想亲手杀了瓦伦丁，而他绝不会让我这么做。”

“你是说你想为了复仇而杀死他？”

“为了正义，”杰斯说，“我以前从不知道是谁杀死了我父亲，现在我知道了。这是我挽回一切的机会。”

克拉丽不明白杀死一个人如何能挽回另一个死去的人，可她知道没必要把这话说出来。“但是你已经知道是谁杀了他，”她说，“是那些人，你说……”

杰斯没有看她，于是克拉丽的声音也弱了下去。他们现在正穿过亚斯特坊广场，很惊险地避过了一辆开往纽约大学方向的紫色电车，路过的行人看上去都被一阵大风挤到了一边，像是压在玻璃板下面的昆虫标本。前方又出现一群无家可归的孩子，围在一个巨大的铜像底座下，讨钱的硬纸板标语折在一起。克拉丽看见一个跟自己差不多年纪的小女孩，头上剃得很光，靠在一个棕色皮肤的男孩身上，男孩留着长发绺，脸上穿了很多环。当马车经过的时候，他转过头来，似乎能看到他们一般，克拉丽瞥见了他的眼睛，其中一只看上去很浑浊，好像没有瞳孔。

“我那时十岁，”杰斯说，克拉丽转过头看着他，他面无表情，似乎每当谈起父亲的时候，他脸上的神采就会消失，“我们住在乡下的一处宅邸，我父亲总说远离人群会更安全。我听到他们沿着大路走来了，就跑去告诉父亲，父亲让我藏起来，于是我就藏了起来，在楼梯下面。我看到那两个人进来，还和其他一些人一起。应该说不是人，是弃魔。我父亲抵挡不住他们，让他们割破了喉咙，鲜血溅到地板上，浸湿了我的鞋子，我一动不动地站着。”

过了一会儿克拉丽才意识到他讲完了，又过了一会儿才说出了一句：“我很抱歉，杰斯。”

他的眼睛在黑暗中闪着光。“我真不明白为什么对于不是自己做错的事情，你们普通人总是要道歉。”

“我不是道歉，而是——表示同情，是说你这么不开心，我很抱歉。”

“我没有不开心，”他说，“只有茫无目标的人才会不开心，而我有。”

“你的意思是杀死恶魔，或者为你父亲报仇？”

“两者都是。”

“你父亲真的想让你杀死那些人吗？就为了复仇？”

“一个杀害自己兄弟的暗影猎手比恶魔还要可怕，而且也应该像恶魔一样被打倒。”杰斯说，听上去像是在背诵课本上的一句话。

“可所有的恶魔都很邪恶吗？”她说，“我是说如果不是所有的吸血鬼都很邪恶，还有狼人，那也许——”

杰斯转过身，看上去很恼火。“这根本就不是一回事。吸血鬼、狼人，甚至巫师，他们还有一部分是人，有一部分属于这个世界，诞生在这个世界上，存活在这里。可恶魔来自于其他的世界，它们是穿梭于时空维度之间的寄生虫，它们来到一个世界，就把其消耗殆尽。它们无法自己建立起一个世界，只能去毁灭——它们不会创造，只会利用。它们吸干一个地方，让它化成灰烬，然后再到下一个地方去。这就是它们想要的生活——不仅仅是你或者我的性命，而是这个世界上的所有东西，山川河流，城市乡村，所有的一切。而唯一能阻挡它们毁灭这一切的，”他指向窗外，挥舞着的手似乎在暗示城市中的一切，从市中心的摩天大楼到休斯顿大街上的交通堵塞，“是拿非力人。”

“哦，”克拉丽说，除此之外似乎没什么别的可说了，“还有多少个其他的世界呢？”

“没有人知道。成百上千？上千万，也许。”

“那它们都是——死掉的世界？消耗殆尽的？”克拉丽感到自己心中一沉，尽管这也许只是因为他们越过一辆小轿车时的颠簸而已，“这似乎真让人伤心。”

“我可没这么说过。”城市雾霾下暗黄色的光线透过车窗照进来，衬托出他俊朗的轮廓，“也许有像我们一样的其他生命世界，可只有恶魔能在不同的世界之间穿行，因为它们大部分是无形的，至少部分是无形的，可没有人确切知道为什么。地球上的任何东西都没有办法穿越世界间的通道，如果我们能，”他补充说，“也许就可以堵住不让它们过来，但没有人明白那要怎么做。事实上，出现的恶魔越来越多，以往只有小规模的恶魔入侵到这个世界，很容易就能控制住。可现在，就拿我所生活的这段时间来看，越来越多的恶魔穿过了通道，圣廷一直需要派遣暗影猎手出去，很多时候他们都有去无回。”

“但如果有了圣杯，就能够创造出更多暗影猎手，对吗？更多能够降魔的人？”克拉丽犹豫着问道。

“当然，”杰斯说，“可现在这么多年来我们都没有圣杯，而许多人年轻的时候就牺牲了，所以说我们的人数在慢慢减少。”

“你们不是，呃……”克拉丽寻找着合适的词语，“能生育下一代？”

杰斯大笑起来，就在这时马车突然一个左转，他有所准备，而克拉丽却被甩向他。他抓住了她，手虽然轻轻扶着她，但牢牢地与自己保持一定的距离。她感觉到他的戒指触碰在自己汗涔涔的皮肤上，那种凉凉的感觉像是碰到了一小片冰。“当然，”他说，“我们乐于生育下一代，这是我们最喜欢做的事情之一。”

克拉丽从他身边抽出身，她的脸颊在黑暗中有些发烫泛红，她转头看向窗外。他们正驶向一扇厚重的铁艺大门，上面攀附着浓密的葡萄藤。

“我们到了。”杰斯说，车轮从平整的人行道转向了颠簸的鹅卵石小路。当他们穿过拱门的时候，克拉丽一眼瞥见了上面的字：纽约大理石公墓。

"可一个世纪以前，他们在曼哈顿就停止接受更多的人安葬在这里了，因为没有空间了——不是吗？"她说。他们沿着一条狭窄的小巷前行，两边都是高高的石墙。

"骸骨之城在这里的时间比那个要长很多。"马车一个剧烈的晃动，停了下来，克拉丽也随之一晃，杰斯把手臂伸过来，可他只是越过克拉丽打开她那侧的车门，他的手臂上稍稍有些肌肉，金色的毛发像花粉那般细小。

"你没有其他的选择，是吗？"她问道，"成为一个暗影猎手，你不能选择退出。"

"可以选择退出，但没那么容易，且危险重重。"他说。门打开了，涌进一股闷热的空气。马车停在一片宽阔的草坪上，周围是长满青苔的大理石围墙。"可如果我能选择，这还将是我所选的生活。"

"为什么？"她问。

他扬起一边的眉毛，这立即让克拉丽非常嫉妒，她总是想也能这样。"因为，"他说，"这是我所擅长的。"

他跳下马车，克拉丽滑到座位边缘，两条腿悬空，离鹅卵石地面还有很高一段距离。她往下一跳，脚上受到了很大的冲击，可没有跌倒。她虽然前后摆动了几下，但还是觉得是个胜利。她发现杰斯正看着自己。"我本可以帮你下来的。"他说。

她眨了眨眼。"我很好，不用你帮忙。"

杰斯朝身后看了看，圣者耶利米也从马匹后面的座位上下来了，斗篷无声地落在地上。草地沐浴在阳光之下，可他身后没有影子。

"来吧。"他说着离开马车和第二大道上怡人的阳光，朝花园阴暗的中心走去。很显然，他希望两人跟上去。

草地很干燥，在脚下发出清脆的声响，两侧的大理石墙如珍珠般光洁，墙上刻着名字和日期。克拉丽过了一会儿才意识到这些是墓碑，顿时毛骨悚然。那些尸体在哪里？难道在墙里面，这样竖着埋葬就像他们活着的时候排成两排那样？

她忘了注意自己在往什么地方走，当分明撞到什么活物的时候，她大声尖叫了出来。

是杰斯。"别这样尖叫，你会把死人吵醒的。"

她朝他皱着眉头。"为什么我们停下了？"

他指了指圣者耶利米，后者在一尊雕像前停住了，雕像稍稍比他高一些，基座上长满了青苔。这是一尊天使雕像，光洁的大理石看上去几乎是透明的。天使的面容坚毅美丽，又有一丝悲伤，又长又白的手上握着一只杯子，边缘的一圈大理石钉象征着珠宝镶饰。雕像上的什么东西触碰着克拉丽的记忆，是一种熟悉的感觉，可又让人觉得不安。基座上刻着一个日期，1234，日期周围还有一行字：NEPHILIM：FACILIS DESCENSUS AVERNI。

“那个应该就是生命之杯吗？”她问道。

杰斯点点头。“而那个是拿非力人的箴言——也就是暗影猎手的——在基座上的那个。”

“那是什么意思？”

杰斯龇牙一笑，仿佛黑暗中的一道白光。“意思是‘暗影猎手穿一袭黑衫也比敌人的寡妇看上去好很多，1234 年’。”

“杰斯——”

“意思是，”耶利米说，“通往地狱之路畅通无阻。”

“很不错，很乐观。”克拉丽说，可尽管天气炎热，她浑身上下还是一个哆嗦。

“在这儿刻着这句话不过是圣者们的一个小玩笑，”杰斯说，“你一会儿就能明白了。”

她看着圣者耶利米，后者从斗篷里面的口袋中掏出微微发光的石杖，用杖尖沿着雕像基座上的如尼文痕迹刻画起来。随着一个无声的尖叫，天使的嘴突然大张开来，在耶利米脚下长满青草的地面上打开一个黑色的深洞，像是打开了一座坟墓。

克拉丽慢慢走到深洞边缘，往里小心看着。花岗岩的石阶通向下面，经年累月，石阶的边缘不再棱角分明，沿着石阶，每隔一段距离就有一个火把，闪烁着热情的绿火或者冰冷的蓝火，石阶的尽头消失在黑暗之中。

杰斯走下楼梯，十分轻松，不能说是因为感到舒适，只是熟悉这个场景而已。离第一个火把还有一段距离的地方，他就停了下来，向上看着克拉丽。“快下来。”他不耐烦地说。

克拉丽刚踩上第一个台阶，就感觉一只冰冷的大手紧紧抓住了自己的手臂，她惊恐地抬头一看，圣者耶利米抓住了自己的手腕，他冰冷的白色手指陷入自己的肌肤之中，她还看到在斗篷的风帽之下，他满是疤痕的瘦骨嶙峋的脸上闪过一道光。

“不要害怕，”他的声音在她脑海中回响起来，“一声人类的尖叫就能把这些死者全惊醒。”

他一松开她的手臂，克拉丽就在杰斯之后飞快地跑下楼梯，她的心脏在胸腔之内狂跳不止。他在楼梯的尽头等着她，他从支架上取下一个燃烧着的绿色火把，举至齐眉，火把在他脸上投下浅绿色的光芒。“你还好吗？”

她点了点头，不敢说话。楼梯尽头是一个平台，一条通道在他们前方延伸开去，又黑又长，还不时出现盘曲的树根，一缕微弱的蓝光闪耀在通道的尽头。“这里真……黑。”她无力地说了一句。

“你想让我拉着你的手吗？”

克拉丽像小孩子那样把两只手都放在了自己背后。“不要这样居高临下地对我讲话。”

“好吧，可我几乎没办法临上地对你讲话啊，你太矮了。”杰斯看向她身后，他一动，火把也闪出火星来。“没必要在公墓做过多停留吧，圣者耶利米，”他慢吞吞地说，“你来带路，我们会紧跟在后面。”

克拉丽一惊，她仍然不习惯这位档案管理员无声的来去。他之前还站在她的身后，稍后就悄无声息地朝通道里移动过去了。过了一会儿，克拉丽才跟了上去，一边走一边把杰斯伸过来的手用力地拨开了。

克拉丽第一眼所看到的无声之城是一排排在头顶上方高耸的大理石拱门，像是果园中一排排整齐的果树那样消失在远方。大理石本身就十分纯净，是苍白的象牙色，坚硬光洁，有些地方镶嵌着缟玛瑙、碧玉和翡翠质地的狭窄条带。当他们离开通道，进入这片拱门时，克拉丽看到地板上刻着如尼文，和杰斯皮肤上有时所出现的如尼文有着相同的线条和盘旋的花纹。

他们三个走过第一个拱门时，克拉丽看到在左手边出现了一个巨大的白色东西，仿佛是出现在泰坦尼克号船头旁的冰山一样。那是一块白色的石头，光滑平整，正面还有个门一样的东西。这让她想起儿童时期的游戏房，非常像，可是没有这么大，能让她整个人都站进去。

“这是个陵寝，”杰斯说着打过去一道光，克拉丽看到门上刻着如尼文，还有金属插销把门锁了起来，“就是坟墓，我们在这里埋葬逝者。”

“所有的逝者？”她说，还非常想问他父亲是不是也埋葬在这里，可他已经往前走去，听不到她讲话了。她匆匆跟上去，不想在这个诡异的地方和圣者耶利米单独待在一起。“我想你说过这里是座图书馆。”

“无声之城有很多层，”耶利米插话进来，“不是所有的逝者都埋在这里，在伊德里斯当然有其他存放尸骨的地方，而且更大。但这一层是安放陵寝和火化尸骨的地方。”

“火化尸骨的地方？”

"那些在战役中牺牲的人会被火化，他们的骨灰用来建造你所看到的这些大理石拱门，降魔者的血肉本身就是抵御邪恶最有利的武器。即便是死去，圣廷的成员也在继续奉献。"

如此鞠躬尽瘁，克拉丽想，一生都在为此斗争，然后即便生命结束了，也还要继续为之战斗。她用眼睛的余光看到，两侧都有一排排整齐的四方陵墓，洁白无瑕，每一扇门都从外面锁上了。现在她明白了为什么这里叫做无声之城：这里唯一的居民是不会发出声响的圣者和他们忠诚守护着的逝者。

他们来到另一个楼梯前，这个楼梯向下通往稍稍光亮些的地方。杰斯把火把向前一伸，在墙壁上留下两道黑影。"我们现在要去第二层，那里存放着档案，还是长老会的所在地。"他说，像是要打消她的顾虑。

"生活区在哪里？"克拉丽问，一方面是出于礼貌，一方面是因为真的很好奇，"圣者们在哪里睡觉呢？"

"睡觉？"

黑暗中，这个词语在他们的脑海中无声地回响着。杰斯笑了起来，手里的火焰摇曳着。"亏你问得出。"

楼梯的尽头又是一段通道，通道走到底的地方变得宽阔，通往一间正方形的大厅，大厅的每个角落都有一个骨头雕刻而成的尖塔，四周插在缟玛瑙支架上的火把熊熊燃烧着，空气中弥漫着烟尘的味道。大厅的正中央有一张黑色的长桌，玄武岩质地，夹杂着白色纹理。桌子后面昏暗的墙上悬挂着一把巨大的银剑，剑尖向下，剑柄雕刻成了展开的双翅。有一排无声使者坐在桌后面，每一个都穿着和耶利米一样的羊皮纸颜色的斗篷。

耶利米没有浪费一分一秒。"我们到了，克拉丽莎，请站在长老会面前。"

克拉丽看着杰斯，后者眨了眨眼，很明显感到困惑。圣者耶利米一定只是对着她的脑袋在讲话。她看着那张长桌，看着那一长排裹在厚重长袍下的无声人影。大厅的地板由两色相间的方块构成：黄棕色和暗红色，只是在桌子前有一块稍大些的白色大理石，上面有个银质的星星浮雕，寓意十足。

克拉丽走到中心那块白色的大理石上，就好像面对着一排行刑队员。她抬起头。"好的，"她说，"现在想怎么样？"

圣者们此时发出了一个声音，让克拉丽脖子上和手臂上的汗毛都竖了起来，那像是一声叹息或者低吟。他们同时抬起手摘掉了风帽，露出布满疤痕的面孔和没有眼睛的深坑。

尽管她已经见过圣者耶利米的脸，克拉丽的心头还是一拧，就仿佛是看着一排骷髅，又仿佛看着一幅中世纪的木版画，上面画着死者在一堆活人的身体上行走，讲话，舞蹈。他们缝线一般的嘴似乎在向她微笑。

“长老会向你致意，克拉丽莎·弗雷。”她听到了，只是在她脑海里这不是一个声音，而是许多声音，有的低沉而刺耳，有的圆润而单调，但都非常严苛，压迫着她头脑中脆弱的防线。

“停。”她说，让她吃惊的是，那个声音一下子很坚决地撤了出去，她头脑中的声响消失了，就像突然停止转动的唱片。“你们可以进入我的大脑，”她说，“但只有当我准备好了以后。”

“如果你不想要我们的帮助，就没有必要这么做。毕竟是你来请求我们的协助。”

“你们也像我一样想知道我脑袋里究竟有什么，”她说，“可这并不意味着你们不能小心一些。”

坐在中间的那位圣者在下巴上弹动着自己细长的白色手指。“必须承认，这是个很有趣的谜，”他说，她脑海里的这个声音不带有任何感情色彩，“可如果你不抵抗的话，没有必要使用暴力。”

她咬紧了牙关，想去抵抗他们，想赶走脑海中这些侵略性的声音。听任这种对自己最私密的自我的侵犯实在太——

但很可能这种事情已经发生过了，她提醒自己，这不过是重新发掘一个已经犯下的罪恶——对她记忆的盗取。如果这个奏效，从她身上被拿走的东西就有可能还回来。她闭上了眼睛。

“开始吧。”她说。

一开始只是她头脑中轻轻的一声耳语，像是落叶的触碰那般轻柔。“向长老会说出你的名字。”

“克拉丽莎·弗雷。”

又有其他的声音加入了进来。“你是谁？”

“我是克拉丽，我母亲是乔斯琳·弗雷，我住在布鲁克林伯克利广场 807 号，我十五岁，我父亲的名字是——”

她的思绪似乎自己断裂开了，像是一根橡皮筋那样，她无声地踉踉跄跄进入了一团满是画面的漩涡，这个漩涡就在她闭着的眼皮之下。她母亲匆匆忙忙走在一条漆黑的街道上，两边是堆积起来的积雪，看上去很脏。之后是低沉的铅灰色天空，一排排黑色的树木都掉光了叶子。地上有个四方的大坑，一口素面的棺材放了进去。尘归尘，土归土。乔斯琳裹着一条百衲被，泪水顺着脸颊淌下，当克拉丽走进房间的时候，她飞快地把一个盒子盖起来，塞到靠垫下面。她又一次看到了盒子上的大写字母：J.C.。

画面现在出现得更快了，就像飞快地翻动书页时，上面的画面似乎都活动起来一样。克拉丽站在一段楼梯的顶端，向下看着狭窄的走廊，卢克出现了，一个绿色露营包在他的脚边。乔斯琳站在他面前，摇着头。“为什么是现在，卢西恩？我以为你已经死了……”克拉丽眨了眨眼，卢克看起来不一样了，几乎是个陌生人，蓄着胡子，头发又长又乱——树枝挡住了她的视线，她又在一个公园里了，像牙签那样细小的绿色精灵围着红色的花朵飞舞，她高兴地伸手去抓，可母亲一下抱起她，恐惧地大叫了一声。之后又是冬天一条黑暗的街道上，她们打着一把伞，匆匆忙忙往前走，乔斯琳半推半拉着克拉丽走在两边厚厚的积雪中间。飘落的雪花后面出现了一个花岗岩的门廊，门上方刻着一行字：卓尔不群。之后她站在了门厅里面，那里闻上去有金属的气味，还有雪水融化的味道。她的手指已经冻得没有了知觉，下巴旁边的一只手指着上面让她看过去，她看到墙边有一行潦草的字。几个字跳到她面前，灼烧着她的眼睛：马格纳斯·贝恩。

突然一阵剧痛划过她的手臂，她尖叫起来，那些画面随之渐渐远去，她飞快地上升，像个潜水员一样，浮上来冲出意识的水面。有什么冰冷的东西贴着她的脸颊，她努力睁开眼睛，看到银质的星星，她眨了两下眼睛才意识到自己躺在大理石地面上，膝盖蜷缩到了胸口。她一动就感到手臂火辣辣地疼痛。

她小心翼翼地坐起来，她左手肘的皮肤割破了，流着血，她摔倒的时候一定是这里先着地。她的裙子上也有血迹，她四下看看，觉得晕头转向，她看见杰斯正看着自己，他没有动，可是嘴角紧绷。

马格纳斯·贝恩。这些字意味着什么东西，可到底是什么呢？在她大声问出这个问题前，圣者耶利米打断了她。

“你头脑里的封印比我们所预计的要强大许多，”他说，“只能由当初施法的人来解除才比较安全，而由我们来解开它将会令你丧命。”

她爬起来，捂着受伤的手臂。“可我不知道谁是施法的人，如果我知道，就不会来这里了。”

“答案已经浮现在你的思绪里了，”圣者耶利米说，“在你将要醒来时，你看到一行写下的字。”

“马格纳斯·贝恩？可——这甚至连个名字也不像！”

“已经足够了。”圣者耶利米站了起来，好像这是个信号似的，剩下的圣者也随之站了起来。在他们排成一队向立柱走去前，他们的头转向了杰斯，这个姿势应该是一个沉默的应允，之后他们便离开了，只有圣者耶利米留了下来。他无动于衷地看着杰斯，后者匆忙跑到克拉丽身旁。

“你的胳膊还好吗？让我看看。”他一边问，一边握住她的手腕。

“哎哟！我没事，别这样，你把它弄得更痛了。”克拉丽说着试图把手抽回来。

“你把血溅在会说话的星星上了，”他说，克拉丽看了看，他说得对，在白色和银色的大理石上有她的血迹，“我敢说有什么律法对这个有规定。”他转过她的手臂，比她所能想象到的还要温柔，他咬住下嘴唇，吹了个口哨，她往下一看，从肘部到手腕的一截小臂上全是鲜血，她的手臂感觉一阵阵疼痛和僵直。

“现在你是要把T恤衫撕成一条条给我包扎伤口了吗？”她开玩笑地说，她讨厌看到鲜血，尤其是她自己的。

“如果你想撕开我的衣服，你可以直说，”他在口袋里翻了一下，拿出石杖，“这会减少你的疼痛。”

还记得上次石杖接触她手腕时刺痛的感觉，这次她做好了准备，可当这个发光的东西轻轻划过她的伤口时，她所感觉到的只是一丝温热。“好了。”他说着直起身。克拉丽难以置信地活动了一下手臂——尽管上面还有血迹，可伤口不见了，也不觉得疼痛和僵直了。“下次你再计划通过让自己受伤来吸引我注意时，只需要记得稍微说些甜言蜜语就能取得神奇的效果。”

克拉丽觉得自己的嘴角扬起了笑容。“我会记住的。”她说，当他转过身时，她加了一句：“还有，谢谢。”

他把石杖插回后面的口袋，没有回头看她，可她从他肩膀的姿势上看出一丝喜悦。“圣者耶利米，”他说着搓了搓双手，“你这段时间一直很沉默。你一定有什么要和我们分享的想法吧？”

“我负责引导你们离开无声之城，就这些。”这位档案管理员说道。克拉丽想，不知道是自己想象出来的，还是他的“声音”中真的有那么一丝受到冒犯的感觉。

“我们总是自己离开，”杰斯满怀希望地提议说，“我确定自己记得——”

“无声之城的精妙是不被外行人所看透的，”耶利米说，他把后背转向他们，斗篷也不声不响地飞快摆动了过去，“这边走。”

当他们走出来的时候，克拉丽深吸了几口早晨湿重的空气，享受城市里的这种雾霾、灰尘和人类存在的气息。杰斯略有所思地四下看看。“要下雨了。”他说。

他是对的，克拉丽想，看了看阴沉的天空。“我们还坐马车回学院去吗？”

杰斯看看仍旧像是一尊雕塑的圣者耶利米，又看看停在拱门前的马车，那像是一片通往街道上的黑影，继而他咧嘴一笑。

“绝不要，”他说，“我讨厌这些东西，我们叫辆出租车吧。”

第十一章

马格纳斯·贝恩

杰斯向前俯身，有面隔板把他们和出租车司机分开，他的手重重捶在上面。“左转！左！我说从百老汇走，你这没脑子的笨蛋！”

出租车司机对此的回应是猛地把车转向了左边，克拉丽被甩向了杰斯。她怨恨地叫了一声。“可为什么我们要走百老汇？”

“我快饿死了，”杰斯说，“家里除了剩下的中餐，什么都没有。”他从口袋里掏出手机，开始拨号。“亚历克！快醒醒！”他大喊道，“到塔基来和我们碰头。吃早饭。对，我说的就是这个。早饭。什么？就只隔几个街区。快行动起来。”

他挂断了电话，把手机塞进无数个口袋中的一个。此时他们在路边停了下来，杰斯一边递给司机一沓钞票，一边把克拉丽推出车外。当在她身后的人行道上站定，他便像猫那样伸了伸懒腰。“欢迎来到纽约最棒的餐厅。”

这里看起来不大像那么回事——低矮的砖房夹在中间，像是垮掉的蛋奶酥。一块破旧不堪的霓虹灯招牌挂在一边，还噼啪作响，显示着饭店的名字。两个穿着长大衣的男人，压低了毡帽，无精打采地站在狭窄的门口。四周也没有窗户。

“这里看起来像监狱。”克拉丽说。

他指着她说：“但是在监狱里你能点到来自地狱的意大利面吗？好吃到让你想舔自己的手指。我想不会。”

“我不想吃意大利面。我只想知道马格纳斯·贝恩是什么东西。”

“那不是个东西。是个人，”杰斯说，“是一个人的名字。”

“你知道他是谁吗？”

“他是个巫师，”杰斯用相当理性的音调说，“只有巫师才能在你的脑子里像那样封存记忆。或者也可能是个无声使者，但显然不是他们。”

“是个你听说过的巫师吗？”克拉丽追问道，她很快就对杰斯那种头头是道的音调感到厌烦。

“这名字听起来的确有些耳熟——”

“嘿！”是亚历克，他看起来像是刚从床上起来，直接在睡衣外面套上了牛仔裤。头发也没梳，在脑袋上乱蓬蓬地四处翘着。他朝他们大步地走过来，眼睛看着杰斯，像往常一样忽略掉克拉丽。“伊莎在来的路上了，”他说，“她正带上那个盲呆一起过来。”

“西蒙？他是从哪儿冒出来的？”杰斯问。

“他是今天早晨出现的第一个东西。我猜他是离不开伊莎。真可怜，”亚历克的语气分明是在取笑西蒙，克拉丽真想踢他一脚，“不管怎么样，我们是要进去还是做什么？我很饿。”

“我也是，”杰斯说，“我真的能点份炸老鼠尾巴吃下去。”

“要点什么东西？”克拉丽问道，她确信自己是听错了。

杰斯朝她笑笑。“放轻松，”他说，“就是吃顿饭而已。”

他们来到门前，那里懒散地站着两个男人，其中一个挡住了他们。在他站直身体的瞬间，克拉丽瞥了一眼毡帽下的那张脸孔。他的肤色暗红，四方的大手上长着蓝黑色的指甲。克拉丽感觉自己全身一下子变得紧绷起来，而杰斯和亚历克却似乎不以为然。他们对那个男人说了些什么，后者点点头，退后一步，让他们进去了。

“杰斯，”克拉丽低声说，门在他们身后关上了，“那是谁？”

“你是说克朗西？”杰斯一边问，一边四下扫视着灯火通明的饭店。除了没有窗户，里面倒令人满意。温馨的木质卡座背对背紧挨着，每间里面都有色彩明快的靠垫。吧台上摆满了成排的餐具，风格极不统一，但又招人喜爱。吧台后面站着个金发的女孩，一身服务生的打扮，穿着粉白相间的围裙，正在敏捷地给一个穿法兰绒衬衫的矮壮男人找钱。她看到杰斯，打了个招呼，并比划着说他们可以随便坐。“克朗西只是负责不让那些不受欢迎的人进来。”杰斯说着把她推向一个卡座。

“他是个恶魔。”她低声说道。几个食客回头看向她——一个梳着蓝色的刺猬似的长发绺的男孩坐在一个漂亮的印第安女孩旁边，这个女孩头上长着黑色长发，背后却长着薄纱一样的金色翅膀。那个男孩眉头紧皱，脸色阴沉。饭店几乎是空的，这让克拉丽很高兴。

“不，他不是。”杰斯说着坐进卡座。克拉丽想坐到他旁边，但是亚历克已经坐在那里了。她小心翼翼地坐到了对面。尽管有杰斯的照料，可她的手臂还是觉得僵硬。她觉得自己体内有个空洞，好像无声使者也进入了她的身体，把里面的东西都掏了出去，只留给她轻飘飘的眩晕。“他是个魔人，”杰斯解释说，“是没有魔法的巫师，有一半是恶魔，但不知道什么原因不能施展魔法。”

“可怜的家伙。”亚历克一边说，一边拿起菜单。克拉丽也拿起菜单，盯着看起来。蝗虫和蜂蜜是特色菜，还有生肉、整条的生鱼和名为熏蝙蝠肉三明治的东西作为主菜。饮料的部分全是散装的不同血型——让克拉丽感到宽慰的是，都是不同种类的动物血，而不是A型、O型或者阴性B型。“谁会吃整条的生鱼啊？”她大声问。

“水妖，”亚历克说，“海豹人。可能有时候女水精也吃。”

“任何一种妖魔的食物都不要点，”杰斯一边越过自己的菜单看着她一边说，“那会让人有些不正常。上一分钟你还在大口吃妖魔话梅，下一分钟你可能就在麦迪逊大街上裸奔，头上还顶着鹿角。倒不是说，”他迅速补充道，“这种事曾发生在我身上。”

亚历克大笑起来。“你还记得吗——”他开始讲一个故事，里面有太多奇怪的人名和专有名词，克拉丽根本没有在听，否则就是自找麻烦。她反而看着亚历克，看着他对杰斯讲话的样子。他非常活跃，几乎是种躁动，一种从未在他身上出现过的精力。杰斯身上的某种东西让他机敏起来，让他成为焦点。如果要把两个人画在一起，她想，她会把杰斯画得模糊一点，而让亚历克凸显出来，让他线条清晰，棱角分明。

亚历克说话的时候，杰斯目光下移，微笑着，用手指甲敲着玻璃水杯。她感觉他在考虑其他事情。突然之间，她对亚历克有一丝同情，在意杰斯的喜好一定不是件容易的事情。我嘲笑你，因为爱的宣言让我感到好笑，特别是得不到回应的那种。

有服务生从他们身边经过时，杰斯抬起了头。“我们不准备点些咖啡吗？”他大声说，把亚历克讲到一半的话打断了。

亚历克平静下来，那股精力也消退下去。“我……”

克拉丽飞快地开了口：“所有这些生肉是做什么的呢？”她指着菜单的第三页问道。

“给狼人吃的，”杰斯说，“尽管我不介意有时候吃一下带血丝的牛排。”他隔着桌子伸手把克拉丽的菜单翻了过来，“人类的食物在背后。”

她仔细看着完全正常的菜单。真让人瞠目结舌，东西实在太多了。“这里竟然有水果冰沙？”

“这儿的杏梅冰沙，搭配野花蜜，绝对是极品啊。”伊莎贝尔一边说着，一边和身旁的西蒙一起出现了。“往里坐点。”她对克拉丽说。克拉丽一下移到了墙边，离墙很近，都能感到冰冷的墙砖紧靠着自己的胳膊。西蒙挤着在伊莎贝尔旁边坐下，朝克拉丽不好意思地笑笑，她没有回应。“你应该点一个。”

克拉丽不确定伊莎贝尔是在跟她讲话，还是对西蒙说，所以她什么也没回答。伊莎贝尔的头发触碰着克拉丽的脸颊，还有股香草香水的味道。克拉丽努力不让自己打喷嚏，她讨厌香草香水。她永远也不明白为什么有的女孩需要让自己闻起来像道甜点。

“事情在骸骨之城办得怎么样？”伊莎贝尔一边问，一边打开菜单，“你们弄清楚克拉丽脑袋里有什么了吗？”

“我们得到了一个名字，”杰斯说，“马格纳斯——”

“闭嘴。”亚历克低声说，并用合起来的菜单重重拍了杰斯一下。

杰斯看起来很受伤。“天啊，”他揉着自己的胳膊，“你怎么了？”

“这个地方到处都是暗影魅族，你知道的。我觉得应该尽量让我们的调查细节保密。”

“调查？”伊莎贝尔大笑起来，“现在我们是侦探吗？也许我们每个人都应该有个代号。”

“好主意，”杰斯说，“我应该叫做霍茨沙夫特·冯·胡根斯坦。”

亚历克一下把水吐回杯子里。就在这时，服务生过来点餐了，在近处细看，她仍然是个金发美女，可眼睛却让人觉得不舒服——全都是蓝色的，既没有眼白，也没有瞳孔。她笑起来露出尖尖的小牙齿。“知道要点什么了吗？”

杰斯咧嘴一笑。“老样子。”他说。服务生也相应地对他一笑。

“我也是。”亚历克也插嘴说，可他没得到服务生的微笑。伊莎贝尔十分讲究地点了个水果冰沙，西蒙要了一杯咖啡，而克拉丽犹豫了一下，点了一大杯咖啡和椰蓉饼。服务生朝她挤了一下蓝色的眼睛，转身走开了。

“她也是魔人吗？”克拉丽看着她离开的身影问道。

“凯莉吗？不是。我觉得她有一半是精灵。”杰斯说。

“可她有一双水妖的眼睛。”伊莎贝尔略有所思地说。

“你们当真不知道她是什么？”西蒙问。

杰斯摇摇头。“我尊重她的隐私，”他推了推亚历克，“嘿，让我出去一下。”

亚历克面露愠色，可还是挪到了一边。克拉丽看着杰斯走到凯莉旁边，后者正靠在吧台上，通过传菜口跟厨师讲话。克拉丽所能看到的厨师样貌，就只是弯曲的头颅，上面带着白色的厨师帽，帽子两侧剪了个洞，里面伸出来毛茸茸的长耳朵。

凯莉转身朝杰斯微笑着，后者把手搭在她肩上，她便顺势偎依过来。克拉丽想，难道这就是杰斯所说的尊重个人隐私。

伊莎贝尔转了两下眼睛。“他真不该那样调戏服务生。”

亚历克看着她说：“你觉得他不是认真的吧？我是说他喜欢她。”

伊莎贝尔耸了耸肩。“她是个暗影魅族。”她的这句话好像解释了一切。

“我没听明白。”克拉丽说。

伊莎贝尔毫无兴趣地瞟了她一眼。“没明白什么？”

“那些关于暗影魅族的事情。你们不追捕他们，因为他们不完全是恶魔，但他们也不完全是人。吸血鬼会杀人，他们喝人的血——”

“只有凶野的离群吸血鬼才喝活人的血，”亚历克插话说，“我们只能杀那些吸血鬼。”

“那狼人呢？就只是大一号的狗吗？”

“他们也会杀恶魔，”伊莎贝尔说，“所以如果他们不来惹我们，我们也不去惹他们。”

就像允许蜘蛛存在是因为它们吃蚊子，克拉丽想。“那就是说他们还不错，所以能活下来，能给你们做美食，还能跟他们调调情——但是并不是真的没问题？我是说像人类一样没问题。”

伊莎贝尔和亚历克看着她，就好像她刚才说的是乌尔都语一样。“只是和人类不同。”亚历克最终说道。

“比盲呆要好？”西蒙说。

“不，”伊莎贝尔肯定地说，“一个盲呆可以变成暗影猎手，我是说我们都曾是普通人。但永远不可能把一个来自于暗影世界的生物变成圣廷里的一员，他们承受不起如尼文的法力。”

“所以说他们很脆弱？”克拉丽问。

“我不会这么说。”杰斯说着坐回亚历克旁边的位子。他的头发有些凌乱，脖子上还有个唇印，“至少对仙女、精灵或者魔人不会这么说。天知道还有什么东西在听我们讲话。”他龇牙一笑。凯莉这时出现了，端上他们的食物。克拉丽仔细打量着自己的那份薄饼，看起来很不错：金黄色的饼上还有蜂蜜。凯莉踩着高跟鞋一摇一摆地走开了，克拉丽咬了一口饼。

味道很好。

“我跟你说过，这里是曼哈顿最好的餐厅。”杰斯一边说，一边用手拿起薯条吃。

她瞟了一眼西蒙，他低着头正在搅咖啡。

“嗯。”亚历克说，嘴里塞满了东西。

“对了，”杰斯说，他看着克拉丽，“那也不是单向的。我们可能一直不喜欢暗影魅族，但他们也总是不喜欢我们。几百年间的《圣约》不可能消除几千年来的敌对。”

“我确定她不知道《圣约》是什么，杰斯。”伊莎贝尔咬着勺子说。

“事实上，我知道。”克拉丽说。

“我不知道。”西蒙说。

“你是不知道，可没有人关心你知道什么，不知道什么，”杰斯在吃下那根薯条前，仔细地看了看它，“我喜欢在特定的时间，特定的场合，有一些特定的暗影魅族在身边。但是我们不可能受邀去参加他们的聚会。”

“等一下，”伊莎贝尔突然一下子站起来，“你们刚才说的名字是什么？”她朝杰斯问道，“克拉丽脑袋里的那个名字。”

“我没说过，”杰斯说，“至少，我没说完。是马格纳斯・贝恩。”他朝亚历克富有嘲讽意味地一笑，“和‘笨蛋小心，很疼’倒很押韵。”

亚历克嘟哝着一边回了句嘴，一边喝了口咖啡。那听起来感觉跟“避开玻璃，鼹鼠”更押韵，克拉丽暗暗一笑。

“这不会是真的吧——可我几乎确信——”伊莎贝尔在钱包里找了半天，拿出一张折起来的蓝色纸片。她用手指夹着纸片晃了晃。“看看这个。”

亚历克伸手拿过纸片，耸着肩瞟了一眼，递给了杰斯。“是个聚会邀请函。在布鲁克林的一个地方，”他说，“我讨厌布鲁克林。”

“别这么势利，”杰斯说着，就像伊莎贝尔刚才那样，一下站了起来，眼睛紧盯着纸片，“你从哪里拿到这个的，伊莎？”

她快活地挥挥手。“从群魔殿的那个水妖手里。他说这会是很棒的聚会。他有一厚叠邀请函呢。”

“那是什么？”克拉丽不耐烦地问，“要不要给我们其他人看看啊？”

杰斯把纸片一翻，这样所有人都能看到了。薄薄的纸上打着几行字，那像极了羊皮纸，字迹消瘦但很优雅。这条消息是说在伟大的巫师马格纳斯家将举办一个派对，并且向所有来宾承诺这将是“一个精彩绝伦的狂欢之夜，保证超出最夸张的想象之外”。

“马格纳斯，”西蒙说，“就是马格纳斯・贝恩的马格纳斯吗？”

“我怀疑在三州邻接的地区，叫马格纳斯的巫师没有几个。”杰斯说。

亚历克眨了眨眼睛。“这是不是意味着我们必须去参加这个聚会？”他并不是向特定的一个人发问。

“我们不用必须做什么事情，”杰斯一边说，一边看着邀请函上精美的字迹，“但是根据这个纸条上所说的，马格纳斯·贝恩是布鲁克林的大巫师。”他看着克拉丽，“从我个人角度来说，倒是对你脑袋里为什么会出现布鲁克林大巫师的名字有些好奇。”

聚会要到午夜才开始，所以有一整天的时间可以打发。杰斯和亚历克钻进了武器库，伊莎贝尔和西蒙说他们想去中央公园散散步，因为她能向西蒙展示一下精灵出没的地带。西蒙问克拉丽是不是要一起来。她压制住想杀掉他的愤怒，拒绝了他，推托自己太累了。

这不完全是个谎言——她的确很累，身体还受到毒药的持续影响，还有起得太早也令她虚弱。她躺在学院里自己的床上，脱掉了鞋子，希望能入睡，但就是睡不着。她血管当中的咖啡因就像苏打水中的气泡那样不安分，头脑中也全是闪烁的画面。她一直看到母亲的脸，母亲正向下望着自己，脸上全是惊慌的神情；一直看到会说话的星星，听到头脑中无声使者的声音。为什么她的头脑中有个封印？为什么一个法力强大的巫师要把一个封印放在她脑袋里，这是出于什么目的？她思忖着自己可能丢失的是怎样的记忆，怎样的经历，那些明明发生过，但她现在无法回忆起的东西。或者说，也许她认为自己真切记得的那些全是谎言……

她坐了起来，再不能容忍自己这样胡思乱想。光着脚，她蹑手蹑脚地来到走廊上，朝图书室走去。也许霍奇能帮助她。

但图书室里没人。午后的阳光透过窗帘斜照进来，在地板上留下几道金色的痕迹。桌子上放着霍奇之前读的书，破旧的皮质封面泛着金光。雨果在一旁的架子上睡觉，喙藏在翅膀下面。

我妈妈知道那本书，克拉丽想，她摸过它，读过它。她想去抓住一样东西，一样曾是母亲生命中一部分的东西，这种感觉暗暗折磨着她。她急匆匆地穿过房间，把手放在书上。书的封皮让阳光晒得很暖。她翻开书。

有个折起来的东西从书页间滑出，掉落在她脚边的地板上。她弯腰拾起来，本能地展开了它。

这是张合影，一群跟克拉丽差不多年纪的年轻人。她知道这张照片至少是二十年前拍的，并不是根据他们的服饰——跟大多数暗影猎手的服装一样，没什么特色，而且都是黑的——而是因为她一下就认出了自己的母亲：乔斯琳，不超过十七、八岁，留着披肩长发，脸要稍稍圆一些，下巴和嘴角的线条也柔和一些。她看起来跟我一样，克拉丽昏昏沉沉地想。

乔斯琳的手臂搭在一个克拉丽不认识的男孩肩上，这让她一惊。她从没想过母亲还会和除了父亲之外的其他男孩扯上关系，因为乔斯琳从来不去约会，也似乎对谈情说爱不感兴趣。她不像大多数单亲妈妈，在家长会上到处寻找可能成为孩子父亲的对象，或者是像西蒙妈妈那样，总查看她在交友征婚网站上的页面。那个男孩长得不错，发色很浅，几乎是白色的，眼睛倒是很黑。

"那就是瓦伦丁，"她的身边传来一个声音，"他十七岁的时候。"

她惊得退后了一步，照片几乎要从手中滑落。雨果也受了一惊，很不开心地叫了一声，之后又在架子上安定下来，但羽毛还是乱了。

是霍奇。他正好奇地看着她。

"我很抱歉，"她说着把照片放在桌上，急忙退到一边，"我不是要偷看你的东西。"

"没关系，"他用满是疤痕、饱经风霜的手抚摸着照片，他的手和一尘不染的整齐的粗花呢袖口形成了奇怪的对比，"毕竟这也是你过去的一部分。"

克拉丽又走回书桌旁，好像那张照片有磁性引力一般。那个浅色头发的男孩在朝着乔斯琳微笑，他的眼角眯了起来，那是当一个男孩真的喜欢你时流露出的神情。克拉丽想，没有人曾经像那样看着她。瓦伦丁长着一张冷酷而俊朗的脸庞，看起来跟自己的父亲一点也不像。她父亲笑容爽朗，有一头遗传给自己的浅色头发。"瓦伦丁看来……还不错。"

"他的为人可不是看起来那样，"霍奇说着勉强一笑，"但他很有魅力，而且聪明，善于说服人。你还认得出其他人吗？"

她又看了看。在瓦伦丁身后稍微靠左的地方站着一个瘦瘦的男孩，一头醒目的浅棕色头发。他有着宽阔的肩膀和粗壮的手腕，就像还没长到应有高度的年轻人那样。"那是你吗？"

霍奇点点头。"还有谁？"

她又看了两次才认出自己所熟悉的人：因为太年轻了，所以几乎认不出来。最终还是眼镜和藏在那后面的像海水一般湛蓝的一双眼睛透露出他的身份。"卢克。"她说。

"卢西恩。还有这里。"霍奇俯身在照片上，指着一对看起来十分优雅的年轻夫妇，他们都有着深色的头发，女孩比男孩高出半头。她身型瘦高，很有攻击性，甚至是有些凶残。"莱特伍德夫妇，"他说，"还有这儿，"手指着一个长着深色卷发的非常英俊的男孩，他四四方方的脸上还透着红润，“迈克尔·维兰德。”

“他看起来一点儿也不像杰斯。”

“杰斯更像他的母亲。”

“这是一张班级合照吗?”克拉丽问道。

“也不能这么说。这是我们那个圈子里的人的一张合影，就在我们一群人形成那个小圈子那年拍的。这就是为什么瓦伦丁站在前面，他是头儿，而卢克站在他右手边——他是瓦伦丁的副手。”

克拉丽移开自己的目光。“我还是不明白为什么我妈妈要加入这样的组织。”

“你必须明白——”

“你一直这样说，”克拉丽不高兴地说，“我弄不清为什么我必须明白那些事情。只有你告诉我真相，我才能明白，否则我就弄不清楚。”

霍奇的嘴角抽动了一下。“就像你说的那样，”他停了下来，伸出一只手抚摸着雨果，后者趾高气扬地在书桌边上走来走去，“《圣约》从没得到圣廷的完全支持。特别是很多位高权重的家族倾向于回归远古时代，那时所有的暗影魅族都要被杀掉。并不是出于憎恨，而是因为这让他们觉得更安全。面对威胁，把敌人归为一个群体更容易些，而不是面对不同的个体，一个一个进行评估……我们中的大多数都认识一些被暗影魅族伤害或杀死的人。就如同，”他补充道，“年轻人在道德上信奉绝对主义一样，像小孩子那样相信善与恶、黑与白的绝对划分。人很容易这样。瓦伦丁从未丧失这样的想法——他富有毁灭性的理想主义，还有对于所有他认为‘非人类’的东西的极度憎恶，也从未丧失。”

“但是他爱我的母亲。”克拉丽说。

“是的，”霍奇说，“他爱你的母亲。而且他也爱伊德里斯……”

“伊德里斯有什么好的?”克拉丽问，她都能听出自己语气中的不满。

“那曾是个好地方，”霍奇开始说道，继而又纠正自己说，“现在也还是。那是家园——对于拿非力人而言，在那里他们能做真正的自己，没必要躲躲藏藏，也不必费力炫耀什么。那里受到天使的庇佑。直到你看见阿利坎特的玻璃之塔，你才能说自己见识过真正的城市，比你所能想象到的还要美丽。”他的语气中透露出一种切肤之痛。

克拉丽突然想到自己的梦。“那里曾经……在玻璃之城有过舞会吗?”

霍奇朝她眨眨眼睛，好像刚从一场梦里醒来。“每周都有。我从没参加过，但是你妈妈去过，还有瓦伦丁，”他轻声笑了下，“我那时更像是个学者，整日待在阿利坎特的图书馆。你在这里所看到的书只占那里馆藏的一小部分。我曾经想也许有一天我能加入圣者会，但在我的那些所作所为之后，他们肯定不会要我了。”

“我很抱歉。”克拉丽笨拙地说。她脑子里还全是自己梦的记忆。他们跳舞的地方有个美人鱼雕像吗？瓦伦丁是穿着白色的衣服吗？那样我妈妈能透过衬衫看到他皮肤上的印记？

“我可以留下这个吗？”她指着照片问道。

一丝犹豫掠过霍奇的脸庞。“我希望你不要给杰斯看，”他说，“不算上死去的父亲的照片，他已经有足够多的问题需要应付了。”

“那当然，”她把照片抱入怀中，“谢谢。”

“没什么，”他诧异地看着她，“你到图书室是来见我的吗，还是有其他事情？”

“我在想你有没有从圣廷得到什么消息。关于圣杯的，还有——关于我妈妈的。”

“今天早晨我得到一个简短的回复。”

她能感觉到自己声音中的急切。“他们派人出去了吗？暗影猎手？”

霍奇把视线从她身上移开。“是的，他们已经派人了。”

“为什么他们不来这里呢？”她问道。

“可能考虑到学院已经被瓦伦丁监控了，让他知道得越少越好，”他看到了她难过的表情，叹了口气，“很抱歉我不能再告诉你更多的了，克拉丽莎。圣廷也不是十分信任我，即使是现在这样的时刻，他们告诉我的也很少。我希望能帮到你。”

他声音中的那股悲伤让她不忍心再逼问更多的消息。“你能，”她说，“我睡不着，一直在想很多画面。你能不能……”

“啊，无法平静的心，”他的声音中满是同情，“我可以给你些缓解的东西。在这里等等。”

霍奇给她的药剂闻起来是怡人的松柏和树叶味道。克拉丽让瓶子敞着口，一路闻着沿走廊往回走。可不幸的是，当她走进卧室的时候，瓶子还开着口。她发现杰斯躺在自己床上，在看她的素描本。吃惊之下，她把瓶子掉在了地上。瓶子弹了几下，飞到地板的另一端，浅绿色的液体都洒在了地板上。

“哦，亲爱的，”杰斯说着坐了起来，把素描本放在一边，“我希望不是什么重要的东西。”

“是睡眠药剂，”她生气地说，用运动鞋的鞋尖碰了碰瓶子，“现在全没了。”

“如果西蒙在这儿，他也许能让你无聊到睡着。”

克拉丽没有心情为西蒙辩护。相反，她坐上床，拿起素描本。“我通常不让别人看的。”

“为什么不？”杰斯看起来头发凌乱，好像他倒是睡了一觉，“你是个不错的艺术家，有时候甚至相当棒。”

“好吧，因为——这像是日记。只是我不用文字思考，而是用图像，所以这全是画。可这仍然是我的隐私。”她想自己的话是不是很疯癫，就如她所设想的一般人听到时的那种感觉。

杰斯看上去很受伤。“一本没有画我的日记？那种狂热的幻想在哪里啊？那种爱情小说的封面场景？还有——”

“你所遇见的所有女孩都会爱上你吗？”克拉丽平静地问道。

这个问题让他泄了气，就像有根针扎到了气球。“那不是爱，”他顿了一下，又说，“至少——”

“你不用每时每刻都试图装得很有魅力，”克拉丽说，“那对所有人都会是种解脱的。”

他低头看着自己的手。那双手已经像是霍奇的一样了，如雪花般布满细小的白色疤痕，尽管皮肤本身还很年轻，没有皱纹。“如果你真的累了，我可以让你睡着，”他说，“给你讲个睡前故事。”

她看着他说：“你是认真的？”

“我一直是认真的。”

她思索着是不是疲劳让他们两个都有些不正常。但是杰斯看起来一点儿不累，甚至几乎有种悲伤的表情。她把素描册放在床头柜上，侧身蜷曲地躺下，枕着枕头。“好吧。”

“闭上眼睛。”

她虽然闭上了，可还能隔着眼睑看到台灯的影子，像是星星状的光亮。

“从前有一个男孩。”杰斯说。

克拉丽立即插嘴说：“是个暗影猎手吗？”

“当然，”有那么一瞬间，他的语气中有一股冷冷的嘲讽味道，但很快就消失了，“当男孩六岁的时候，父亲给了他一只猎鹰让他驯服。猎鹰是种猛禽——会杀死其他的鸟类，他的父亲告诉他，那是空中的暗影猎手。

“这只猎鹰不喜欢男孩，男孩也不喜欢它。它尖尖的嘴巴让男孩感到紧张，明亮的眼睛似乎总在监视他。当男孩走近的时候，猎鹰就用尖嘴和利爪攻击他，所以几个星期以来，男孩的手腕和手掌一直在流血。他不知道父亲其实挑选了一只在野外生活了一年多的猎鹰，这种情况下，驯服几乎变得不可能。但是男孩努力尝试，因为父亲告诉他要让猎鹰变得服帖，他想要让父亲满意。

“他一直和猎鹰待在一起，跟它说话，甚至弹琴给它听，好让它一直醒着，不要睡觉，因为极度疲劳的猛禽更容易驯服。他学会使用很多工具：给猎鹰套上脚带，戴上头罩，使用网子，还有用皮带把鹰系在自己的手腕上。他应该要把鹰眼蒙起来，但是他不忍心那么做——相反，当他触碰鹰，抚摸它的翅膀时，尽量坐在鹰能看见的地方，希望得到它的信任。他用手给鹰喂食，起初它不肯吃。后来它吃起来肆无忌惮，嘴总是啄破他的掌心。但是男孩很高兴，因为有所进展。他希望猎鹰慢慢了解自己，尽管这建立在自己付出鲜血的基础上。

“他开始觉得这只猎鹰很漂亮，那对矫健的翅膀天生是为了飞翔的速度而生的，它强而有力，敏捷如风，器宇轩昂。当它向地面俯冲时，就像是一道闪电。当它在空中盘旋，落下来停在他的腕上时，他几乎高兴得要大叫起来。有时候鹰会跳上他的肩头，把嘴放在他的头发里。他知道鹰也喜爱他。当他确信猎鹰不仅仅是被驯服了，而且已经训练得十分出色时，他跑去找父亲，向他展示自己的成果，期望父亲能感到骄傲。

“但父亲接过现在已经十分温顺、对人十分信任的猎鹰，握在手里，拧断了它的脖子。‘我告诉你要驯服它，’父亲说着把已经断了气的鹰扔到地上，‘而你却教它爱上你。猎鹰绝不该是接受溺爱的宠物：它们凶残野蛮。这只鹰不是被驯服了，而是被折了锐气。’

“后来，当父亲离开之后，男孩趴在鹰身上哭了很久，直到最后父亲让一个仆人去把鹰的尸体取走埋了。男孩再也没哭过，也再没忘记自己所学到的：去爱就是去毁灭，被爱也意味着被毁灭。”

克拉丽静静躺着，几乎没有喘气，她一下翻过身，正面朝上，睁开了眼睛。“这个故事糟透了。”她愤愤不平地说。

杰斯蜷起腿，下巴顶着膝盖。“是吗？”他略有所思地说。

“男孩的父亲太可怕了。这就是个虐待儿童的故事。我应该想到对于暗影猎手来说睡前故事会是什么样子，肯定是所有能让你在噩梦中尖叫的那种——”

“有时候印记倒是会让你在噩梦中尖叫，”杰斯说，“如果你很小的时候就有了印记。”他似有所想地说道。下午的阳光透过窗帘照进来，衬托出他脸上沉思的神情。明暗对照绘画法，她想，那是光与影的艺术。“如果你仔细想想，这就是个不错的故事，”他说，“男孩的父亲只是想让他变得更强，不屈不挠。”

“但你必须学会稍稍能屈能伸一点。”克拉丽打了个哈欠说。除去故事的内容，杰斯讲故事时说话的节奏让她想睡觉。“否则就会折断。”

“如果你足够强大，就不会。”杰斯坚定地说。他伸手过来，她感到他的手背抚摸着自己的脸颊。她意识到自己的眼睛慢慢闭了起来。疲劳让她觉得浑身松软，像是化成了一摊水，感觉要随波消失一般。她渐渐入睡了，脑海中还依稀听到一些话。“我想要的所有东西，他都给我，马、武器、书，甚至是一只猎鹰。”

“杰斯。”她想张口说，但是睡梦已牢牢抓住了她，拉她一路往下沉。她安静地睡着了。

一个急促的声音把她惊醒：“快起床！”

克拉丽想慢慢睁开眼睛，可上下眼睑像是有胶水粘在一起。有什么东西在挠她的脸，是谁的头发。她一下坐起来，头重重地撞到了什么。

“噢！你撞到我的头了！”一个女孩子的声音叫道。是伊莎贝尔。她打开床边的灯，一边揉着头，一边生气地看着克拉丽。在灯光下，她似乎在闪闪发光——她穿了条银色的长裙和一件贴满闪光小圆片的上衣，指甲也涂得好像闪亮的硬币，几缕银色的珠子嵌在她深色的头发里，她看起来好似月光女神。克拉丽不喜欢她。

“没人让你像那样趴在我身上。你才吓得我要死，”克拉丽也揉着自己的脑袋说，她的眉毛上方那个地方很疼，“你到底想干什么？”

伊莎贝尔指了指外面已经全黑了的天色。“快到午夜了。我们得出发去派对了，而你还没打扮好呢。”

“我正准备穿这个呢，”她指了指自己那身牛仔裤和 T 恤衫的搭配，“有什么问题吗？”

“有什么问题？”伊莎贝尔看上去要晕过去了，“当然，这很成问题！没有一个暗影魅族会穿成那样。而且那是个派对。你会显得格格不入，如果穿得那样……随意。”她说完了整个句子，但似乎她原本想用的词要比“随意”严重得多。

“我没想到我们还需要精心打扮一番，”克拉丽酸溜溜地说，“我没把参加聚会的衣服带来。”

“你只能借我的穿了。”

“哦，不，”克拉丽想到了那身奇大无比的 T 恤衫和牛仔裤，“我是说，不合身。真的。”

伊莎贝尔一笑，像她的手指甲那样闪着光彩。“我坚持这样。”

“我还是穿自己的衣服吧。”克拉丽一边抗议，一边非常不舒服地挪动着，伊莎贝尔让她站在自己卧室里的一面落地镜前。

“这可不行，”伊莎贝尔说，“那样会让你看起来老了八岁，而且更糟的是，会让你看起来像个盲呆。”

克拉丽很不服气，下巴一沉。“你的衣服没一件适合我的。”

“让我们来看看。”

克拉丽从镜子里看着伊莎贝尔，后者在壁橱里乱翻了一通。她的房间看起来像是迪厅的吊顶灯在里面爆炸过一样。墙是黑色的，上面还涂有金色的螺旋状花纹。衣服扔得到处都是：在凌乱的黑色床上，挂在木椅子背上，从壁橱里露出来，靠墙还有一个很高的衣柜。她的梳妆台镜子四周布满了装饰着亮片的粉红色羽毛，台面上也放满了装饰用的亮闪闪的小东西和一瓶瓶的腮红和粉底。

“房间挺不错的。”克拉丽说着怀念起自己房间里橘红色的墙壁。

“谢谢。我自己刷的墙。”伊莎贝尔从壁橱里拿出一件黑色的紧身连衣裙，扔给克拉丽。

克拉丽接住衣服展开一看。“这看起来太小了。”

“有伸缩性的，”伊莎贝尔说，“快穿上。”

克拉丽匆匆退进狭小的浴室，这里的墙刷成了浅蓝色。她从头上把衣服套下来——很紧，还有很细的带子，她努力不让自己深呼吸。回到卧室，伊莎贝尔坐在床上，正把一套镶满珠宝的趾环戴在穿着凉鞋的脚上。“你有这种平胸真是幸运，”伊莎贝尔说，“我不穿内衣肯定没法穿这身。”

克拉丽生气地说：“这太短了。”

“一点不短，正好。”伊莎贝尔说着用脚在床下找什么东西。她把一双靴子和黑色渔网袜踢了出来。“给你，可以再配上这些。这样你能显得高一些。”

“好吧，我不但平胸，还是个侏儒。”克拉丽把裙子用力往下拉了拉，刚刚到她大腿的上部。她几乎不穿裙子，更不要说穿短裙了，所以能看到自己的大腿几乎全露在外面很是让她惊慌。“如果我穿都这么短了，那你穿的时候会有多短？”她把自己的想法大声地告诉伊莎贝尔。

伊莎贝尔一笑。“我穿是件上衣。”

克拉丽跳上床，把丝袜和靴子穿上。靴子在小腿的部分有些松，但是脚下却可以。她系好鞋带，站了起来，看着镜子里的自己。她必须承认黑色短裙、渔网袜和长靴的搭配确实不错。但有一样东西毁了这一切——

“你的头发，”伊莎贝尔说，“需要收拾一下。绝对有必要。坐下。”她专横地朝梳妆台一指。克拉丽坐下，紧闭起眼睛。伊莎贝尔把她的辫子拆开——下手绝对不轻——梳理了一番，随手给她戴上了一些发夹。她睁开眼的时候，一个粉扑正在她脸前，迎面就是一团亮闪闪的粉。克拉丽不住地咳嗽，责备地瞪了伊莎贝尔一眼。

另一个女孩笑了笑。“别看我，看看你自己。”

朝镜子里瞥了一眼，克拉丽看到自己的头发让伊莎贝尔很优雅地盘在头顶，还用亮闪闪的发夹固定住。她突然想起自己的梦，和西蒙跳舞的时候，头顶很重的头发让自己的脑袋不停地往下沉……她不安地站起来。

“别起来，”伊莎贝尔说，“还没有弄完呢。”她拿起一支眼线笔，“睁大眼睛。”

克拉丽睁大眼睛，因为睁得太大而想流泪。“伊莎贝尔，我能问你点事情吗？”

“当然。”伊莎贝尔一边说，一边熟练地画着眼线。

“亚历克是同性恋吗？”

伊莎贝尔的手腕一抖，眼线笔一滑，在克拉丽的眼角到发际线之间划出长长的一道黑。“哦，该死。”伊莎贝尔说着放下笔。

“没关系。”克拉丽说，把手伸到眼睛旁。

“不，有关系。”伊莎贝尔听上去快要哭出来了，她在梳妆台上一堆瓶瓶罐罐当中乱找了一通。最终，她找到一个棉球，递给克拉丽。“给你，用这个。”她在床沿边坐下，脚镯叮当作响，透过披下来的头发看着克拉丽。“你是怎么猜到的？”她终于说道。

“我——”

“你绝对不能告诉任何人。”伊莎贝尔说。

“连杰斯也不行吗？”

“尤其是杰斯！”

“好吧，”克拉丽听得出自己的声音相当生硬，“我没想到这事有那么严重。”

“对于我的父母而言，有那么严重，”伊莎贝尔平静地说，“他们会跟他断绝关系，把他赶出圣廷——”

“什么，你不能既是同性恋又是暗影猎手吗？”

“官方没有什么规定。但是人们不喜欢那样。我是说，我们这个年纪的人更能接受——我这么认为。”她很不确定地补充道。克拉丽想起来伊莎贝尔真正遇到过的她这个年纪的人没有几个。“但是对于年长的人来说，不行。如果事情真的发生了，也不会透露出去。”

“哦。”克拉丽说，她真希望自己没提起这个话题。

“我很爱我哥哥，”伊莎贝尔说，“我会为他做任何事情，但是我什么也做不了。”

“至少他还有你。”克拉丽笨拙地说。她一时间想到了杰斯，他认为爱是种会让人粉身碎骨的东西。“你真的认为杰斯会……介意?”

“我不知道，”伊莎贝尔说，从语气中听出她不想再继续这个话题了，“但这不是我需要做出的选择。”

“我想不是。”克拉丽说。她靠到镜子近前，用伊莎贝尔递来的棉球把多余的眼线擦掉。当她坐回原处，她几乎吃惊得要把棉球掉在地上：伊莎贝尔都把她的脸变成了什么？她看起来颧骨立体感十足，眼睛深邃有神，又充满神秘感，还有绿色闪光的眼影。

“我看起来就像是我母亲一样。”她惊讶地说。

伊莎贝尔眉头一扬。“什么？太像中年妇女了？也许要多用一点闪光粉。”

“不用了，”克拉丽赶紧说，“不是像中年妇女。是太棒了，我很喜欢。”

“很好，”伊莎贝尔从床上跳起来，脚镯又是一阵作响，“我们走吧。”

“我需要去下我的房间，取点东西，”克拉丽说着站起来，“还有——我需要带上什么武器吗？你呢?”

“我带了足够多的，”伊莎贝尔一笑，抬起了脚，那些脚镯叮叮当当的像是圣诞铃铛，“比如说这些。左边是琥珀金，对于恶魔来说有剧毒；右边是福佑铁，在我需要从任何不友好的吸血鬼甚至是妖精中间逃跑时用的，妖精也讨厌铁家伙。它们都刻有强效如尼文，所以我就带上这些必杀器了。”

“降魔和时尚，”克拉丽说，“我从来没想到这两者能混到一起去。”

伊莎贝尔大笑道：“你会感到吃惊的。”

男孩子们在门厅等着，他们都穿着黑色的衣服，甚至是西蒙也穿着一条有些大的黑色裤子和他自己的衬衫，只是为了遮掉乐队的标志而反穿着。他浑身不自在地站在一边，杰斯和亚历克没精神地一起靠墙站着，看上去很无聊的样子。当伊莎贝尔走进门厅的时候，西蒙正好抬眼看到，前者金色的鞭子缠在手腕上，金属的脚镯像铃铛般作响。克拉丽知道他会目瞪口呆——伊莎贝尔的确看起来非常迷人——但是他的眼睛掠过她看着克拉丽，满眼全是惊异的神情。

“那是什么？”他问道，一下子站直了，“我是说你穿的那个。”

克拉丽低头看着自己。她披了件薄夹克，好让自己觉得不太露骨，还从房间里拿了背包，背在肩上。此时背包正拍打着自己的肩胛骨，那是种很熟悉的感觉。但是西蒙不是看着她的背包，而是看着她的大腿，好像以前从来没见过似的。

“是条裙子，西蒙，”克拉丽干巴巴地说道，“我知道我不经常穿裙子，但这的确是条裙子。”

“这么短。”他很困惑地说。尽管穿着一半暗影猎手的衣服，克拉丽想，他看起来像是来家里接你去约会，会对父母很有礼貌，对你的宠物很友好的那种男孩子。

而相比之下，杰斯看起来是到你家里来，会为了寻欢作乐而把房子烧掉的那种男生。“我喜欢这裙子，”杰斯说着离开墙壁，目光在她身上慢慢地上下移动，像是猫在挠痒痒的爪子，“但还是需要一样小东西。”

“所以说现在你也是时尚达人了？”她的声音有些不安——他离她很近，近得能感觉到他的体温，嗅到刚刻上的印记所散发出的淡淡气味。

他从夹克中拿出了一样东西递给她。是装在皮鞘里的一把细长匕首。刀柄嵌着颗红色的石头，雕刻成玫瑰花的形状。

她摇了摇头。“我甚至不知道怎么用——”

他把匕首牢牢放在她掌心，又让她握紧刀柄。“你会掌握的，”他压低了声音，“那是你血液中流淌的东西。”

她慢慢抽回手。“好吧。”

“我给你根带子把它绑在大腿上吧，”伊莎贝尔说，“我有好多呢。”

“绝对不要。”西蒙说。

克拉丽生气地瞪了他一眼。“谢谢。但是我不能算是那种在大腿上绑东西的女孩。”她把匕首插进了背包外面的口袋里。

她拉上背包，抬头发现杰斯垂着眼睑看着她。“还有最后一件事。”他说着伸手把她头发上亮闪闪的发夹都扯了下来，卷曲的头发一沉，掉落到肩上，让她感觉一阵温暖，头发轻轻触碰到她裸露在外的肩膀，虽然是种不熟悉的奇怪感觉，但倒也让人舒服。

“好多了。”他说。她想这次或许他的声音也有些不安。

第十二章

死人的聚会

邀请函上的地址把他们带到了布鲁克林一片很广阔的工业区，街道两边都是工厂和仓库。克拉丽看出有些改建成了公寓或画廊，但赫然耸立的高大建筑，为数不多的窗户，还加有铁栅栏，依旧有种令人生畏的感觉。

他们从地铁站里出来，伊莎贝尔拿着感应仪带路，那家伙似乎还储存有地图。西蒙很喜欢这类小仪器，对感应仪很着迷——或者说，至少装出一副他是对感应仪很着迷的样子，而不是对其他人。克拉丽希望避开他们，所以就在穿过一个长满灌木丛的公园时故意落后。公园里的草地因为疏于管理而在夏日的炙烤下枯黄了。在她右边，教堂的尖顶在没有星星的夜空映衬下发出幽暗的光。

“快跟上。”她耳边响起一个不耐烦的声音。是杰斯，他留下来走在她旁边。“我可不想不停地回头看，好确定你没有出什么事情。”

“那就请不必回头，免得麻烦。”

“上一次我留下你一个人时，就有恶魔袭击了你。”他说。

“好吧，我当然不愿意突然死掉，以免打扰到你这次愉快的夜晚漫步。”

他眨了眨眼睛。“在嘲讽和赤裸裸的敌意之间有一条很微妙的界限，你似乎是跨过了界限。你怎么了？”

她咬着嘴唇。“今天早晨，一群奇怪又可怕的人钻进我的脑子。现在我又要去见那个一开始就钻进我脑子里的怪人。如果我讨厌他所发现的东西怎么办？”

“是什么让你觉得讨厌？”

克拉丽把黏在自己脖子上的头发弄开了些。“我讨厌你用另一个问题来回答我的问题。”

“不，你不是觉得讨厌，你觉得我很有魅力。不管怎么说，难道你不想知道真相吗？”

“不想。我是说，也许吧。我不知道，”她叹了口气，“你呢？”

“就是这条街！”伊莎贝尔大喊道。眼前是一个街区，他们在一条两边都是老仓库的狭窄街道上，尽管大部分都有被改建成住宅的痕迹：窗台上摆满了鲜花，蕾丝窗帘随着潮湿的夜风摆动，人行道上放着编了号的塑料垃圾桶。克拉丽努力地看了看，但是完全没办法判断这是不是她在骸骨之城看见的那条街——在她头脑中所看到的是一条几乎被白雪所覆盖的街道。

她感到杰斯的手指抚摸着她的肩膀。“绝对想。而且一直想。”他低声说。

她从一侧看着他，没理解他的话。“什么？”

“真相，”他说，“我想——”

“杰斯！”是亚历克在大叫，他站在不远处的人行道上。克拉丽思忖着为什么他的声音听起来这么响。

杰斯转过身，手从她的肩膀上滑落下来。“怎么了？”

“不觉得我们是找对地方了吗？”他指着一样克拉丽看不到的东西。那东西藏在一辆黑色的汽车身后。

“是什么？”杰斯来到亚历克旁边，克拉丽听到他也在笑。她转到汽车后面看见了他们正在看着的东西：几辆摩托车，线条流畅，闪着银光，还有很低的黑色底盘，看起来沾满油污的管线缠绕在四周，像是静脉一样。这些车子看起来似乎是有机体，让人感到不安，就像是齐格画作中的有机生物似的。

“吸血鬼。”杰斯说。

“在我看来它们像是摩托车。”克拉丽边说边朝着这些车子皱起眉头。西蒙也和身边的伊莎贝尔一起来到他们旁边。

“它们是摩托车，但是改装过了，它们有恶魔的引擎，”伊莎贝尔解释说，“吸血鬼会骑它们——好在夜晚行动得更快。《盟约》上没有严格规定，但是……”

“我听说有些车会飞，”亚历克急切地说，听起来像是西蒙得到一款新的电子游戏时的语气，“或者是一开开关就能隐身，或者能在水下骑。”

杰斯跳下人行道，围着摩托车打转，仔细看着它们。他伸出一只手，抚摸着其中富有流线型的一辆。车子的侧面刷了一行银色的字：NOX INVICTUS。“胜利的夜晚。”他翻译道。

亚历克奇怪地看着他。“你在干什么？”

克拉丽觉得自己看到杰斯把手伸进了口袋。“没什么。”

“好了，快点走吧，”伊莎贝尔说，“我穿得这么漂亮不是来看你们围着路边的几辆摩托车打转的。”

“它们很好看，”杰斯说，跳回了人行道，“你必须承认这一点。”

“我也很好看，”伊莎贝尔说，听上去不准备承认任何东西，“现在快点。”

杰斯看着克拉丽。“这幢楼，”他边说边指着一幢红色墙砖砌成的仓库，“是这幢吗?”

克拉丽出了一口气。“我想是吧,”她不确定地说,“周围这些看起来完全一样。”

“有个方法可以把它找出来。”伊莎贝尔说着步伐坚定地踏上台阶。其余的人也跟上了,都相互挤在有股臭味的门廊里。一个没有灯罩的灯泡由一根电线悬在头顶,照亮一扇巨大的铁皮门,还有左边墙上一排公寓门铃。只有一个门铃上面有名字:贝恩。

伊莎贝尔按了下门铃,没什么动静,她又按了一下。她正要按第三下的时候,亚历克拉住了她的手腕。“别这么粗鲁。”他说。

她瞪着他。“亚历克——”

门一下开了。

一个瘦瘦的男人站在门口好奇地看着他们。伊莎贝尔第一个回过神来,立即露出灿烂的笑容。“马格纳斯?马格纳斯·贝恩?”

“算是我吧。”堵在门口的这个男人又高又瘦,像是根杆子,满头浓密的头发全是黑色的尖刺。他是个亚洲人,颧骨高而优雅,面貌英俊,尽管身形消瘦,肩膀却很宽。他无疑穿着参加派对的行头,穿着一条牛仔裤和有很多金属搭扣的黑色衬衣。眼睛上戴着个有深灰色亮片的浣熊皮面具,嘴唇也涂成了深蓝色。他用一只戴满戒指的手理了一下尖刺状的头发,满脸猜疑地看着他们。“拿非力人的孩子,”他说,“好啊,好啊。我不记得邀请了你们。”

伊莎贝尔拿出邀请函挥了挥,像是拿了面白旗。“我有一张邀请函,他们——”她用手臂画了一个大圆圈,指着剩下的人,“是我的朋友们。”

马格纳斯从她手中夺过邀请函,带着厌恶认真看了看。“我一定是喝醉了,”他说着把门完全让开,“进来吧。尽量不要杀死我的任何一位客人。”

杰斯挤进门,用眼睛打量着马格纳斯。“甚至是有人在我的新鞋子上洒了酒也不行?”

“对。”马格纳斯的手飞快地一伸,快到几乎看不清他的动作。他把石杖从杰斯的手中夺了过来——克拉丽甚至都没有意识到石杖已经在他手中了——然后举了起来。杰斯看起来有些窘迫。“至于这个,”他说着把石杖插进杰斯的裤子口袋,“放在自己的裤子里,暗影猎手。”

马格纳斯咧嘴一笑,走上楼梯,把满脸震惊的杰斯留下扶着门。“来吧,”他说,招呼剩下的人进去,“在别人意识到这是我的聚会之前。”

他们从杰斯身旁走过去,神色紧张地笑笑。只有伊莎贝尔停下来摇了摇头说:

"请不要惹怒他，否则他就不会帮我们了。"

杰斯看起来很不耐烦。"我知道自己在做什么。"

"希望如此。"伊莎贝尔一甩裙子，从杰斯身边迅速走了过去。

马格纳斯的公寓在一条不是非常牢固的长长的楼梯尽头。西蒙快走几步跟上克拉丽，后者正在后悔为了保持平衡，用手扶了一下栏杆。那上面很黏，还有一层微微发光的绿色东西，让人觉得恶心。

"呃，"西蒙递上自己T恤衫的一角让她把手弄干净，她擦了擦，"你还好吗？你似乎有些——心不在焉。"

"只是他看起来很面熟。马格纳斯，我是说。"

"你觉得他也在圣泽维尔上学吗？"

"真有幽默感。"她生气地看着他。

"你说得对，他太老了，不会是个学生。我本以为去年跟他上过化学课。"

克拉丽一下笑出了声。伊莎贝尔立即来到她身旁，呼吸的气息就在她脖子边上。"我错过了什么有趣的事情吗？西蒙？"

西蒙看起来有些尴尬，但什么也没说，这点风度他还是有的。克拉丽嘀咕了一句："你什么也没错过。"她重新跟在两人后面，伊莎贝尔那双硬底的靴子开始让她的脚感到有些痛。当她上到楼梯顶端的时候，腿就有些瘸了，但是她一走进马格纳斯的家，就马上忘记了疼痛。

这层楼面很宽敞，而且几乎没什么家具。落地窗上积满了厚厚的一层污垢和颜料，把街上昏暗的灯光几乎全遮挡住了。巨大的金属柱子上缠绕着彩灯，支撑起拱形的炭黑色天花板。门连同合叶一起都拆了下来，放在满是凹陷的金属垃圾桶上，在房间的另一端形成了一个临时的吧台。一个淡紫肤色的女人穿着一件金属质感的紧身衣在吧台后面提供各种饮料，色彩耀眼的高脚杯晕染出里面液体的颜色：血红色、青紫色、毒药一般的绿色。即使和一个纽约的酒保相比，她上酒的速度也高效得惊人——这可能得益于除了正常的一双手臂之外，她还有一双细长而优雅的手臂。克拉丽想起了卢克的那尊印度神像。

剩下的人群也同样奇怪。一个长得还不错的男孩有一头湿漉漉的黑绿色头发，正越过一大盘看起来像是整条生鱼的东西朝自己微笑。他锯齿状的牙齿非常锋利，像是鲨鱼的。旁边站着一个女孩留着一头脏兮兮的金色长发，和花朵一起编成了辫子。在绿色短裙下面，她的脚像青蛙那样有蹼。还有一群脸色苍白的年轻女子，克拉丽想她们脸上是不是化了什么白色的舞台妆。她们正在从有凹槽的水晶杯里吸着红色的液体喝，那液体太浓稠了，不像是红酒。尽管克拉丽看不到有任何乐队，但是房间中部挤满了随着震天响的音乐舞动的人。

“你喜欢这个派对吗？”

她转头看到马格纳斯靠在一根柱子上，他的眼睛在黑暗中闪着光。四下一看，她发现杰斯和其他人都走开了，消失在人群中。

她努力一笑。“是为了什么而举办的吗？”

“我猫咪的生日。”

“哦，”她朝周围看看，“那你的猫呢？”

他从柱子边离开，看起来十分严肃。“我不知道。它跑了。”

由于杰斯和亚历克此时又出现了，克拉丽便不用对这个答案做出回应了。亚历克看起来像往常一样闷闷不乐。杰斯脖子上戴了一条很细的发光花环，似乎很自得其乐。“西蒙和伊莎贝尔呢？”克拉丽问。

“在跳舞。”他指着。她在那群拥挤的人群边缘看到了他们，西蒙像以往跳舞的时候那样，用前脚掌支撑着上下跳动，看起来让人很不舒服。伊莎贝尔围着他游走，扭动起来像是一条蛇，手指尖轻抚着他的胸部，而且看着他，好像要把他拉到一个角落去亲热。克拉丽抱起双臂，手镯碰在一起发出声音。如果他们再跳得更近一些，他们就不用到角落里去亲热了。

“对了，”杰斯说着转向马格纳斯，“我们真的需要和你谈——”

“马格纳斯·贝恩！”这低沉的隆隆声来自一个矮得出奇的男人。他看起来三十刚出头，肌肉发达，头剃得很光，一把山羊胡。他用颤抖的手指着马格纳斯。“有什么人刚刚在我车子的油箱里倒了圣水。全毁了。毁了。所有的管子都融化了。”

“融化了？”马格纳斯嘀咕了一句，“太可怕了。”

“我想知道是谁干的。”那男人龇着牙，露出长而尖的犬齿。克拉丽惊异地看着，那看起来一点儿也不像她想象中吸血鬼的獠牙：它们又细又尖，像针一样。“我记得你保证过今晚这里不会有狼人，贝恩。”

“我可一个月亮之子也没有邀请，”马格纳斯一边说，一边仔细地看着自己闪闪发光的手指甲，“全是因为你们之间那愚蠢而又微不足道的夙仇。如果他们中有人要破坏你的车子，那就不是我的客人，所以说……”他动人地一笑，“也不是我的责任。”

吸血鬼用手指着马格纳斯，生气地吼道：“你是要告诉我那个——”

马格纳斯把涂得亮闪闪的食指轻轻一晃，克拉丽觉得他几乎没有动，但吼到一半的吸血鬼立即捂住嘴，抓住喉咙。他的嘴巴一张一合，但是没了声音。

“你不再受欢迎了。”马格纳斯懒洋洋地说着睁大了眼睛。克拉丽吃惊地看到他的瞳孔是竖起来的一道缝隙，像猫那样。“现在走吧。”他张开手指一挥，吸血鬼自动转过身，像是有人抓着肩膀让他转了过去。他穿过人群，朝大门走去。

杰斯吹了个口哨。“真让人印象深刻。”

“你是说这个坏脾气的矮个子？”马格纳斯朝天花板看着，“我知道。”

亚历克发出了一声咳嗽一样的声音，过了片刻克拉丽才意识到他是笑了一下。他应该经常这样才好。

“是我们把圣水倒进了他的油箱。”他说。

“亚历克，”杰斯说，“闭嘴。”

“我猜到了，”马格纳斯说，觉得这十分好笑，“你们真是报复心强的小坏蛋，不是吗？你们明知道他们的摩托车装的是恶魔引擎。我怀疑他可能修不好了。”

“又少了一个有豪华坐骑的吸血家伙，”杰斯说，“我的心在流血啊。”

“我听说他们有的能让车子飞起来。”亚历克插话说，此时的他看起来很有兴致。他几乎笑起来。

“这只不过是老巫师们的故事，”马格纳斯说着那双像猫一样的眼睛里闪出光彩，“这就是你们要冲进我派对来的原因？就只是想毁掉几辆吸血鬼的车子？”

“不，”杰斯又一本正经起来，“我们要和你谈谈。最好在隐蔽点的地方。”

马格纳斯扬起一边的眉毛。该死，克拉丽想，又来了。“我和圣廷之间有什么麻烦吗？”

“没有。”杰斯说。

“也许没有，”亚历克说，“噢！”他瞪着杰斯，后者在他脚踝上重重踢了一脚。

“没有，”杰斯重复道，“我们能在《盟约》之下跟你谈谈。如果你帮助我们，你所说的一切都是保密的。”

“那如果我不帮助你们呢？”

杰斯摊开手掌，上面的如尼文显出醒目的黑色印记。“可能不会怎么样。也可能会去无声之城走一趟。”

马格纳斯的声音听上去像是在碎冰碴上浇了层蜂蜜。“你给我的选择题可真是不错，小暗影猎手。”

“应该说是别无选择。”杰斯说。

“是的，”巫师说，“我正是这个意思。”

马格纳斯的卧室色彩纷杂：淡黄色的床单和床罩铺在床垫上，而床垫直接放在了地板上，铁青色梳妆台上涂料和化妆品的小瓶子比伊莎贝尔的还要多，七彩的天鹅绒窗帘遮住了落地窗，手工复杂的羊毛地毯铺在地上。

“这地方不错，”杰斯说，把窗帘上厚重的垂饰拉了过来，“我猜做布鲁克林的大巫师应该收入不菲吧。”

“还不错，”马格纳斯说，“尽管没有很多福利，比如牙医的费用就不包括在内。”他在身后关上门，靠在上面。他抱起双臂的时候，T恤衫往上一提露出了一条平坦的金色肚皮，上面竟没有肚脐。“那么，”他说，“你们邪恶的小脑袋里想的是什么？”

“事实上，不是关于他们，”克拉丽在杰斯开口回答前说道，“我才是那个想和你谈谈的人。”

马格纳斯把他那双与人类不同的眼睛转向克拉丽。“你和他们不是一类，”他说，“不是圣廷的人。但是你能看到这个凡人不可见的隐形世界。”

“我妈妈是圣廷的人。”克拉丽说。这是她第一次大声讲出来，而且清楚地明白这一切是真的。“但她从没跟我说起过，她把这当成一个秘密，我不知道为什么。”

“那么去问她好了。”

“我没法问。她……”克拉丽犹豫着，“她走了。”

“那你的父亲呢？”

“在我出生前就去世了。”

马格纳斯生气地一声叹息。“就像奥斯卡·王尔德曾说过的那样，‘失去了父亲或母亲，还可以说是不幸；双亲都失去了就未免太大意了。’①”

克拉丽听到杰斯轻轻发出了嘶的一声，像是空气从他的牙齿中间吸过。她说：“我没有失去我母亲。她只是从我身边被抓走了。瓦伦丁抓走的。”

“我不知道什么瓦伦丁。”马格纳斯说，但他的眼睛像扑朔的烛光那样闪烁了一下。克拉丽知道他在说谎。“对于你的不幸遭遇，我很抱歉。但我看不出这和我有什么关系。如果你能告诉我——”

“她没法告诉你，因为她什么都不记得了，”杰斯尖锐地说道，“有人清除了她的记忆。所以我们去了无声之城，去试试看兄弟会能从她脑袋里掏出什么。他们得到了六个字，我想你能猜到是什么。”

---

① 引文出自奥斯卡·王尔德的喜剧《不可儿戏》第一幕巴夫人对白。译文参见余光中译《理想丈夫与不可儿戏：王尔德的两出喜剧》，沈阳：辽宁教育出版社，一九九八年三月，第一百二十三页。

有一瞬间大家都很安静。最后，马格纳斯嘴角一扬，笑容有些勉强。“我的名字，”他说，“我当初干这事的时候就知道会是件蠢事，是种狂妄自大啊……”

“是你封印了我的记忆？”克拉丽用一种难以置信的语气说。

马格纳斯抬起手，在空中画出一串火焰般的字母。当他放下手时，字母还悬在空中，滚烫的金黄色让他化了妆的眼睛和嘴角都闪烁出光彩。马格纳斯·贝恩。

“在你身上施展的法术让我非常引以为傲，”他看着克拉丽慢慢地说道，“非常干净，非常完美。你所看到的都将忘记，即便是你的确看到了什么。没有任何一种妖魔鬼怪会出现在你完美无缺的凡人的梦境中。这正是她所希望的样子。”

克拉丽的声音因为紧张而变得尖细。“是谁所希望的？”

马格纳斯叹了口气，火焰般的字母一接触到他的气息便化成了炙热的灰烬。他最终开口说——尽管她一点儿也不吃惊，尽管她确切地知道他要说出来的是什么，但她还是觉得那几个字像在她胸口重重地一击。

“你母亲。”他说。

第十三章

白色记忆

“我妈妈对我做了这一切?”克拉丽逼问道，但是她惊讶而气愤的语气即便是在她自己听起来，也没有一点质疑的力道。四下看了看，她在杰斯和亚历克眼里发现了一丝同情——即便是亚历克也猜到了，而且为她感到难过。“为什么?”

“我不知道，”马格纳斯摊开细长的白色手掌，“我的职责不是问问题，我只是拿钱办事。”

“在《盟约》限定的范围内。”杰斯提醒他说，声音轻柔得像是猫咪的毛。

马格纳斯歪过头。“在《盟约》限定的范围内，那当然。”

“所以说《盟约》规定这么做没问题——这种记忆掠夺?”克拉丽愤怒地问，没有人回答她。她身子一沉，坐在马格纳斯的床沿上。“只是一次吗?她是想让我忘记什么特定的东西吗?你知道是什么吗?”

马格纳斯不安地走到窗前。“我想你不会明白。我第一次见到你，你应该是两岁左右。我从这扇窗户望出去，”他敲了敲那块玻璃，落下一些灰尘和几块涂料，“我看见她匆匆忙忙沿街走过来，怀里抱着用毛毯裹起来的什么东西。看到她在我的门前停下来，让我非常吃惊。她看起来很平常，也很年轻。”

月光在他鹰一般的轮廓上洒下一层银色的光晕。“她进门的时候，打开了毛毯，你就在里面。她一把你放在地上，你就开始到处乱跑，捡起地上的东西，扯我猫咪的尾巴——猫要挠你的时候，你就像报丧女妖那样尖叫。所以我就问你的母亲，你是不是有部分女妖的血统。她一点也没有笑，”他顿了一下，他们此时都聚精会神地看着他，甚至是亚历克，“她告诉我，她是个暗影猎手。对于这个，她没有撒谎的必要。我看得出她身上的印记，尽管随着时光的流逝，印记变得很淡，看起来像是皮肤上有淡淡的银色疤痕，一动就若隐若现。”他擦了擦眼睛周围发亮的妆容，“她告诉我，她曾希望你生下来天眼就是盲的——有些暗影猎手必须经过教导才能看到暗影世界。但是那天下午她看到你在捉弄一只卡在篱笆上的小妖精。她知道你能够看见。所以她问我能不能遮蔽住你的天眼。”

克拉丽轻轻发出一个声音，是痛苦地长呼出一口气，但马格纳斯没有理睬，继续说了下去。

“我告诉她消除掉你的那部分能力可能会伤及大脑，也有可能精神失常。她没有哭，你的母亲不是那种会轻易掉眼泪的女人。她问我还有没有其他的方法，我告诉她也可以让你忘记你所看到的那部分暗影世界，即便是你真的看到了。唯一需要警惕的就是她每两年就要来找我一次，因为咒语的法力会减退。”

“她那么做了？”克拉丽问。

马格纳斯点点头。“从第一次之后，我每两年就见你一次——我是看着你长大的。你是唯一一个我以这种方式看着长大的孩子，你知道吗？在我的行当中，一般来说人们不会欢迎我们靠近孩子。”

“所以我们一进来你就认出了克拉丽，”杰斯说，“你一定认出来了。”

“当然，”马格纳斯听起来有些恼火，“而且我也非常震惊。但是你们究竟做了什么？她不认识我，她不应该认识我。一个很简单的事实是，她出现在这里就说明咒语开始减弱了——而且实际上，一个月以前我们就该再次见面的。当我从坦桑尼亚回来后，我曾去过你家，但乔斯琳说你们吵了一架之后，你跑了。她说等你回去后就来拜访我，可是，”他优雅地耸了下肩，“她没有来。”

一阵冰凉的记忆刺痛了克拉丽的肌肤。她记得在门厅自己站在西蒙的旁边，她努力回想起在脑海边缘跳动的画面……我以为看到的是多萝西娅的猫，但那只是光线问题。

多萝西娅没有猫。“是你在那儿，那天，”克拉丽说，“我看见你从多萝西娅的公寓里出来，我记得你的眼睛。”

马格纳斯看起来似乎要像猫那样发出呼噜噜的声音。“我是让人难以忘记，这点倒是真的。”他洋洋得意地说。继而他又摇了摇头。“你不该记得我，”他说，“我一看到你就施展法力把自己屏蔽起来，像一面墙那样牢固。你应该正好迎面撞上那面墙——从超自然的法力上来说。”

如果迎面撞上一面有法力的墙，那是不是也会在法力上有块淤青呢？克拉丽说：“如果你把我身上的咒语解除掉，我会记起来所有忘了的东西吗？所有让你偷走的记忆？”

“我不能帮你解除。”马格纳斯看起来很不自在。

“什么？”杰斯听上去很生气，“为什么不能？圣廷要求你——”

马格纳斯冷冷地看着他。“我不喜欢有人来指挥我做什么，小暗影猎手。”

克拉丽能看出杰斯有多么不乐意在称呼前被加了个“小”字，但是在他能给出一个有力的回击之前，亚历克说话了。他用轻柔的声音关切地问：“你不知道怎么去掉它吗？我是说咒语。”

马格纳斯叹了口气。“去除咒语远比一开始创造一个要困难得多。以这个咒语的复杂程度，我编制时耗费了不知多少精力——如果我解除的时候哪怕犯下一个小小的错误，她的脑袋就可能遭到永久性的破坏。另外，”他补充说，“咒语已经开始减弱了。法力会随时间自己消失的。”

克拉丽眼神犀利地看着他。“那时我就能找回全部的记忆了？我脑袋里还有什么被拿走了？”

“我不知道。它们可能一下子全都回来，也可能一步步地慢慢回来，也可能你永远不会记起这么多年来所忘记的东西。你母亲让我所做的是我从未经历过的事情，是唯一一次。我也不知道将来会发生什么。”

“可我不想等了，”克拉丽的双手在大腿上紧紧握住，手指绞在一起，因为太用力，指尖都发白了，“我一直觉得自己的生命中有什么事情不对劲，有什么东西丢掉了或者被毁掉了。现在我知道——”

“我没有毁掉你，”这次轮到马格纳斯打断她了，他的嘴唇生气地卷起来，露出白色的尖牙，“这世界上每一个十几岁的孩子都这样觉得，感觉受到了伤害或是有什么不对劲，有些格格不入，本是皇室血统却阴差阳错地生在了一户农夫家里。这种格格不入的感觉在你身上只不过是真实的。你就是与众不同，也许不是更好——但是不同，而且是种很大的不同。你想知道，当你碰巧生下来就带着恶魔的标记会是什么样子吗？”他张开手指，指着自己的眼睛，“如果你有一个因为生下了你——或者意识到自己身上发生的事而发了疯，把自己吊死在谷仓里的母亲，有一个看到你就不停地向后退缩的‘父亲’，那会是什么样子吗？我十岁的时候那个把我养大的男人想在小溪里把我淹死。他知道我不是他的儿子。我的亲生父亲是个恶魔。我用手里所有能抓到的东西打他——把他砸死在原地。最后我找到教堂的神父，请求庇护。他们把我藏起来，他们说怜悯是个苦涩的东西，但是比仇恨要好。当我知道自己究竟是什么时，我恨我自己。我只有一半是人类，任何事情都比这个要好。”

马格纳斯把话说完的时候，大家都很安静。让克拉丽吃惊的是，亚历克打破了沉默。“那不是你的错，”他说，“你决定不了你生下来是什么。”

马格纳斯表情凝重。“我说完了，”他说，“我觉得你明白了我的意思。不同并不意味着更好，克拉丽莎。你母亲只是试图保护你，别拒绝这一切。”

克拉丽的手松开了。“我不关心自己是不是与众不同，”她说，“我只是想做真正的自己。”

马格纳斯用一种她不知道的语言喃喃自语，听上去像是火焰发出的噼噼啪啪的声响。“好吧，听着，我不能解除所创造的咒语，但我可以给你点别的。如果按照一个真正的拿非力孩子来抚养你的话，这些东西会是你自己的。”他穿过整个房间来到书架前，取下一卷很厚重的书，外面还套着有些破烂的绿色天鹅绒。他翻开书页，灰尘和发黑的布头到处乱飞。书页很薄，几乎是半透明的蛋壳色羊皮纸，每张都醒目地标记着黑色的如尼文。

杰斯的眉毛扬了起来。“那是本《灰色格雷》吗？”

马格纳斯飞快地翻着书页，什么也没说。

“霍奇有一本，”亚历克看了看说，“他给我看过一次。”

“明明不是灰色的，”克拉丽觉得必须指出这一点，“书皮是绿色的。”

“如果有一种病是重度字面解读症，那你很小的时候就一定病死了，”杰斯一边说，一边把窗台上的灰尘都弄干净，又仔细看了看够不够干净，能不能坐上去，“‘灰色格雷’是‘格雷玛利’的又一种讲法，意思是‘魔法、隐藏的智慧’。书里记载着天使拉结尔在最早的约书中所写的每一句如尼文。世间没有几本，因为每一本都必须特制。有些如尼文法力太强会烧穿普通的纸。”

亚历克看起来很钦佩他。“我都不知道这些。”

杰斯跳上窗台，晃着两条腿。“不是所有人都会在上历史课的时候睡觉。”

“我没有——”

“哦，你有，还把口水流到桌子上。”

“闭嘴。”马格纳斯说，但是语气很和蔼。他的手指夹住两张书页，朝克拉丽走过来，并且把书小心地放在她腿上。“现在，当我打开书的时候，我希望你仔细地看这页。一直看到你觉得头脑里发生了一些变化。”

“会痛吗？”克拉丽紧张地问。

“所有的知识都让人痛苦。”他回答说，之后站到一边，让书在她腿上打开。克拉丽盯着干净的白色页面，上面显现出黑色的如尼文印记。那看起来像是长了翅膀的螺旋形东西，她向一边侧了下头，这时看起来又似乎是缠绕在一起的藤蔓。这些变幻的纹路就像是羽毛碰到了敏感的肌肤那样搔弄着她的大脑。她感到一阵颤抖，想把眼睛闭上，但她努力睁大眼睛，直到觉得刺痛，视线变得模糊。在就要眨眼的时候，她感觉到了：自己脑袋里轻轻一响，像是用钥匙打开了一把锁。

页面上的如尼文似乎一下清晰起来，她不由自主地想，记住。如果如尼文转化成文字的话，那就是这个，但是比所有她能想象到的文字都更具有深刻的意义。那是孩子对于第一次看到的透过婴儿床的护栏射进来的光亮的记忆，是对于雨水和城市街道气息的重拾，是让人无法忘怀的失去时的悲恸，是让人记忆犹新的受到羞辱时的刺痛，还有老年时无情的健忘，那时往往最古老的记忆格外恼人地清晰，而最近发生的事情却什么也记不起。

轻轻叹了一口气，她翻到下一页，接着又翻了一页，任凭图像和感觉涌现在脑海。悲伤、思想、力量、保护、恩惠——当马格纳斯把书从她腿上夺走时，她满是责备地惊叫了一声。

“够了。”他说，把书放回书架。他把手上的灰尘在牛仔裤上擦了擦，在上面留下了灰色的痕迹。“如果你一次读了所有的如尼文会头痛的。”

“可是——”

“大多数暗影猎手的小孩子们在成长的过程中几年才学一次如尼文，而且一次一个，”杰斯说，“《灰色格雷》里面甚至还有我也不会的如尼文。”

“想象一下。”马格纳斯说。

杰斯忽略了他。“马格纳斯给你看的是与理解和记忆有关的如尼文。这能打开你的头脑去阅读和识别剩下的印记。”

“还能引发你处于休眠中的记忆，”马格纳斯说，“会比没看之前更快地恢复。我已经尽力了。”

克拉丽低头看着自己的大腿。“我还是记不起来任何关于生命之杯的事情。”

“这就是一切事情的根源？”马格纳斯听上去真的很吃惊，“你们在找圣杯？瞧，我进入过你的记忆，但是没有什么关于致命秘器的线索。”

“致命秘器？”克拉丽困惑地重复说着，“我以为——”

“天使把三样东西给了第一代暗影猎手。圣杯、圣剑和圣镜。无声使者持有圣剑、圣杯和圣镜在伊德里斯，至少在瓦伦丁出现前。”

“没有人知道圣镜在哪里，”亚历克说，“几百年来都没有人知道。”

“我们所关心的是圣杯，”杰斯说，“瓦伦丁在找它。”

“你们想在他之前找到？”马格纳斯问，他的眉毛向上挑起来。

“我想你说过不知道瓦伦丁是谁。”克拉丽指出。

“我说了谎，”马格纳斯老实承认说，“可我不是精灵，你知道的。没人要求我一定要说真话。只有傻瓜才会挡在瓦伦丁和他要复仇的对象中间。”

“你觉得瓦伦丁会做这样的事情？复仇？”杰斯说。

“我这样猜测。他遭受了很惨痛的失败，他似乎不曾是——现在也似乎不是——那类能很优雅地接受失败的人。”

亚历克紧盯着马格纳斯。“大叛乱的时候你在场？”

马格纳斯的眼睛也盯着亚历克。“我在，还杀死了好几个你们的人。”

“瓦伦丁那个小圈子的人，”杰斯迅速说，“不是我们的人——”

“如果你坚持否认你们所做过的丑事，”马格纳斯说，仍旧盯着杰斯，“那你就永远无法吸取错误的教训。”

亚历克一只手揪着床罩，面露愠色。“听说瓦伦丁还活着，你似乎一点也不吃惊。”他说着避开了马格纳斯的目光。

马格纳斯摊开手掌说：“你吃惊吗？”

杰斯张了张嘴，又闭上了。他看起来真的很为难，最后他说：“所以你不会帮助我们寻找生命之杯？”

“如果我能找到也不会帮忙，”马格纳斯说，“顺便说下，我也找不到。我不知道那东西在哪儿，而且我也不关心这个问题。就像我说的，只有傻瓜才想去找。”

亚历克直直地站起来。“但是没有生命之杯，我们就不能——”

“造出更多你们这样的人。我知道，”马格纳斯说，“也许不是所有人都像你们一样把那个看成严重的灾难。提醒你一下，”他补充道，“如果我必须在圣廷和瓦伦丁之间做出选择的话，我会选择圣廷。至少他们没有公开宣称要铲除掉我这个种族。但是圣廷也没做出什么举动，能够赢得我坚定不移的忠诚。所以我会袖手旁观。现在，如果我们的事情都办完了，那在有客人吃掉对方之前，我要回到派对上去了。”

杰斯握紧了拳头，又松开了，看起来要很气愤地说些什么，但是亚历克站起来，把一只手按在他肩膀上。克拉丽在昏暗的灯光下看不清楚，但是亚历克似乎非常用力。“有可能出现那样的事情吗？”他问。

马格纳斯觉得很好笑地看看他。“以前发生过类似的事情。”

杰斯对亚历克低声说了句什么，亚历克松开了手。摆脱掉亚历克之后，杰斯走到克拉丽旁边。“你还好吗？”他低声问。

“我想还行。我没觉得有什么不同……”

马格纳斯站在门旁边，不耐烦地打了个响指。“快点，年轻人。能在这间卧室里卿卿我我的只有卓尔不群的本人。”

“卿卿我我？”克拉丽重复说，似乎以前从没听到过这个词。

“卓尔不群？”杰斯重复说，他前一分钟还非常不开心。马格纳斯大吼了一声，那声音听上去像是“出去”。

他们出去了，马格纳斯跟在他们后面，把卧室的门锁上。这场聚会在克拉丽看来发生了一些细微的变化。可能是因为她刚刚有所改观的洞察力：一切都似乎更清晰了，事物的轮廓也更明显了。她看到一群乐师在房间一角很小的舞台上，身穿深金色、紫色和绿色的服饰摆动着，他们又尖又高的声音很缥缈。

“我讨厌妖精乐队，”马格纳斯小声说，乐师们此时转入了另一首余音绕梁的曲目，这乐曲像水晶般精致透明，“他们所演奏的全都是这样舒缓的民谣。”

杰斯环视了一下房间，笑了。“伊莎贝尔呢？”

克拉丽心头忽然涌起一股罪恶感，她完全把西蒙给忘了。她匆忙四下转身寻找那个熟悉的瘦弱身材和那头深色的头发。“我没看到他。他们，我是说。”

“她在那儿，”亚历克看到了妹妹，一边招呼她过来，一边露出宽慰的神情，“这边。当心那个精灵。”

“当心精灵？”杰斯重复了一遍，瞟见一个瘦瘦的棕色皮肤的男人，他穿着一件绿色的涡旋纹花呢背心。当伊莎贝尔从这男人身边经过时，男人略有所思地看着她。

“之前我从他身边经过的时候，他拧了我一把，”亚历克很不自然地说，“在比较隐私的部位。”

“我讨厌要这样跟你说明白，但是如果他对你比较隐私的部位感兴趣，那么他可能对你妹妹不会感兴趣。”

“也不一定，”马格纳斯说，“妖精们可没什么一定的对象。”

杰斯朝巫师说话的方向轻蔑地撇了下嘴。“你还在这儿？”

在马格纳斯答话之前，伊莎贝尔就来到了他们旁边，脸色绯红，脏兮兮的，闻起来还有股很重的酒味。“杰斯！亚历克！你们去哪儿了？我一直在到处找——”

“西蒙在哪儿？”克拉丽打断了她。

伊莎贝尔摇晃着，阴沉沉地说：“他是只耗子。”

“他对你做了什么吗？”亚历克急切地问，对妹妹关心极了，“他碰了你吗？如果他想做什么——”

“没有，亚历克，”伊莎贝尔生气地说，“不是那样。他是只耗子。”

“她喝醉了。”杰斯说着厌恶地转过身。

“我没醉，”伊莎贝尔愤愤不平地说，“好吧，也许有点醉了，但这不是重点。重点是，西蒙喝了一杯蓝色的饮料——我跟他说了不要喝，但是他不听——然后他变成了一只耗子。”

“一只耗子？”克拉丽难以置信地又重复了一遍，“你不是在说……”

“我是说老鼠，”伊莎贝尔说，“小小的，褐色的，还长着恶心的尾巴。”

"圣廷知道这事不会高兴的，"亚历克用怀疑的语气说，"我相当确定，把盲呆变成老鼠是违反《大律法》的。"

"技术上讲，不是她把他变成老鼠的，"杰斯指出，"她最多就是遭到失职的指控。"

"谁在乎那愚蠢的律法？"克拉丽尖叫着，一把抓住伊莎贝尔的手腕，"我最好的朋友成了一只耗子！"

"噢！"伊莎贝尔想把手抽回来，"放开我！"

"只要你告诉我他在哪儿，"她从没像现在这样想扇伊莎贝尔一巴掌，"我真不敢相信，你就把他一个人丢下了——他可能吓坏了——"

"如果不是他跟过来的话。"杰斯这话帮不上一点儿忙。

"我没丢下他，他跑到吧台下面去了，"伊莎贝尔一边抗议，一边朝旁边一指，"放开我！你把我的手镯弄弯了。"

"混蛋。"克拉丽粗暴地说，把满脸惊讶的伊莎贝尔的手重重地甩开。她没等到伊莎贝尔有所反应，就朝吧台跑去。她膝盖跪地，朝下面黑色的空间里看去，那里有股腐臭的味道。绝望中，她觉得自己发现了一双微微闪光的圆溜溜的小眼睛。

"西蒙？"她叫道，声音有些哽咽，"是你吗？"

老鼠西蒙慢慢向前爬过来，胡须颤抖着。她看到了他圆圆的小耳朵，紧紧贴在头的两侧，还有尖尖的鼻子。她尽力克制住一股恶心的感觉——她一直不喜欢老鼠，它们突出的黄色牙齿总是时刻准备着去咬东西。她真希望他变成的是一只仓鼠。

"是我，克拉丽，"她缓缓说，"你还好吗？"

杰斯和其他人来到她身后，伊莎贝尔此时看起来一副恼怒的样子，而不再哭哭啼啼。"他在下面吗？"杰斯好奇地问。

克拉丽还是手脚着地，点了点头。"嘘。你会把他吓跑的。"她小心翼翼地把手伸到吧台下面，抖动着手指。"快出来吧，西蒙。我们会让马格纳斯解除咒语，会没事的。"

她听到吱的一声，老鼠把粉红色的鼻子伸出了吧台。安慰地大叫了一声，克拉丽把老鼠捧在手心。"西蒙！你听得懂我的话！"

老鼠蜷缩在她掌心里，幽怨地吱吱叫着。她非常高兴，把他拥在自己胸口。"哦，可怜的家伙！"她低声说着，好像他的确是只宠物，"可怜的西蒙，会好起来的，我保证——"

“对他我可不感到抱歉，”杰斯说，“这可能是他离你胸部最近的一次了。”

“闭嘴！”克拉丽生气地瞪着杰斯，但是她握紧老鼠的手的确放松了一些。他的胡须不停地颤抖，她说不出那是因为生气、焦虑，抑或仅仅是害怕。“快叫马格纳斯来，”她尖声说道，“我们得把他变回去。”

“别着急。”杰斯竟然在笑，这个混蛋。他朝西蒙伸出手，看上去想抚摸他。“他这样子挺可爱，看他那粉红色的小鼻子。”

西蒙朝杰斯露出长长的黄色牙齿，想上去咬他。杰斯把伸出去的手缩了回来。“伊莎，去把我们那位伟大的主人叫来。”

“为什么是我？”伊莎贝尔一副赌气的样子。

“因为这个盲呆变成老鼠全是你的错，笨蛋。”他说。克拉丽突然意识到除了伊莎贝尔之外，其他人几乎不讲西蒙原本的名字。“而且我们不能把他留在这儿。”

“如果不是因为她，你会很乐意把他留在这儿。”伊莎贝尔说，并且在她所强调的那个字里注入了足以毒死一头大象的恶意。她大步走开了，裙子在身后夸张地摆动着。

“她竟然让你喝了那杯蓝色的饮料，我真不敢相信，”克拉丽对老鼠西蒙说，“现在知道你的肤浅会让自己吃到什么苦头了吧。”

西蒙生气地吱吱叫着。克拉丽听到有人在轻声笑，抬头一看是马格纳斯在低头看着自己。伊莎贝尔站在他身后，满脸怒气。“褐色家鼠，”马格纳斯边说边盯着西蒙看，“就是只普通的棕色老鼠，没什么特别。”

“我不关心他是哪种老鼠，”克拉丽不高兴地说，“我只想让他变回去。”

马格纳斯思索着挠挠头，有些亮闪闪的东西掉落下来。“没必要。”他说。

“我也这么说。”杰斯看起来很得意。

“没必要？”克拉丽大叫道，她声音太大了，西蒙把脑袋藏在了她的拇指下面，“你怎么能说没必要呢？”

“因为过几个小时他自己就变回去了，”马格纳斯说，“鸡尾酒的法力只是暂时的。没必要再用变形咒，那会让他受伤。对于盲呆来说没法承受很多魔法，他们的身体系统对这些不适应。”

“我也很怀疑他的身体系统对变成老鼠适不适应，”克拉丽说，“你是个巫师，你不能把咒语解除吗？”

马格纳斯考虑了一下。“不能。”他说。

“你的意思是你不想。”

“亲爱的，免费的可不行，而且你承担不起我的费用。”

“那我也不能拿着只老鼠乘地铁回家啊，”克拉丽哀伤地说，“我会把他掉在地上，或者纽约的交通警察会因为我在地铁上携带宠物而把我抓起来。”西蒙恼怒地吱吱叫起来，“当然倒不是说你是只宠物。”

此时有个女孩在门口大喊大叫，又有其他六七个人加入了进去。他们生气的叫声盖过了派对嘈杂的声音和音乐声。马格纳斯转过去一看。“不好意思。”他说着回到人群中，一下子就融了进去，不见了。

伊莎贝尔踩在凉鞋上摇摇晃晃，深深叹了口气。“他能帮的就这么多了。”

“要我说，”亚历克说，“你总可以把老鼠放在背包里吧。”

克拉丽严肃地看着他，但是想不出这主意有什么不好。如果她有个衣服口袋，能把他塞进去，那就更好了。可伊莎贝尔给她的这身衣服不可能有口袋，因为太紧了。伊莎贝尔说她能穿上这件衣服已经让克拉丽够吃惊了。

她从肩上取下背包，给过去的西蒙，现在的棕色小老鼠找到一个藏身之处，就在她那件卷起来的毛衣和素描册之间。他在钱包上面蜷缩起来，看起来很不满意。“很抱歉。”她痛苦地说。

“别自找烦恼了，”杰斯说，“为什么你们凡人总坚持承担不是自己犯下的错误呢？真是让我想不通。你可没逼他这个白痴喝下那杯鸡尾酒。”

“如果不是因为我，他压根就不会来这里。”克拉丽小声说。

“别给自己脸上贴金了。他来这儿是因为伊莎贝尔。”

克拉丽生气地拉上背包上面的拉链，站了起来。“我们离开这儿吧。我受够这个地方了。”

门口那些大吵大叫的人其实是群吸血鬼，从他们惨白的脸色和乌黑的头发上就能很容易地认出。他们一定是染了头发，克拉丽想，他们不可能全部天生都是黑头发，还有，他们有些眉毛是金色的。他们在大声抱怨被毁掉的摩托车，还有一些朋友不见了，行踪不明。“他们可能喝醉了，在什么地方晕过去了，”马格纳斯说着很不耐烦地挥动白色的长手指，“你是知道的，你们喝多了血腥玛丽之后，有多容易变成蝙蝠或者一堆尘土。”

“他们是把伏特加和真的血混在一起喝。”杰斯在克拉丽耳边说。

他的气息让她一抖。“好吧，我听到了，谢谢！”

“那我们也不能把这儿所有的土都弄走，只因为明天一早那些土有可能变回格雷格。”一个女孩说，她嘴角带着怒气，眉毛描得很浓。

“格雷格会没事的。我很少打扫，”马格纳斯安慰她说，“我很乐意在明天把每个脱离大部队的人送回酒店去——当然是用一辆窗子全黑的车。”

“可我们的摩托车怎么办？”一个瘦瘦的男孩说，他的头发染得不怎么样，金黄色的发根都露在外面，左耳垂上还悬着一个火刑柱形状的金耳环，“要花很多时间才能修好。”

“在日出前你还有些时间，”马格纳斯说，脾气明显变差了，“我建议你现在就开始修。”他提高了音量，“好了，就这样吧！派对结束了！大家都走吧！”他挥舞着手臂，亮闪闪的东西不停地往下掉。

最后发出很大一下拨弦声，乐队停止了演奏。宾客们大声地抱怨着，但他们还是听话地朝门口移动。没有一个人停下来感谢马格纳斯。

“走吧。”杰斯把克拉丽往门口推。人群很拥挤，她把背包抱在前面，双手合拢保护着它。有人重重撞了一下她的肩膀，她尖叫了一声，被挤到一边，远离杰斯的一边。有一只手抚摸着她的背包。她抬头一看，只见一个戴着火刑柱形状耳环的吸血鬼朝她微笑。“你好，美女，”他说，“包里有什么吗？”

“圣水。”杰斯说着又出现在她身边，好像是个精灵那样一下子变出来似的，一个金发精灵，很爱嘲讽人，脾气又很差。

“哦——是个暗影猎手，”吸血鬼说，“好可怕。”他眨了下眼睛，退回到人群中不见了。

“吸血鬼就是这么爱闹小脾气，”马格纳斯站在门口叹着气说，“老实说，我真不知道自己为什么要举办这个聚会。”

“为了你的猫。”克拉丽提醒他说。

马格纳斯一下有了精神。“就是这样。喵大帅值得我为它付出所有的努力，”他飞快地看了她一眼，那群暗影猎手就在她身后，“你们准备走了吗？”

杰斯点点头。“我们可不想待到不受欢迎。”

“什么受不受欢迎？”马格纳斯问，“我会说很高兴遇见您，虽然事实并不是那样。倒不是说你们全都没什么魅力，而对于你——”他亮闪闪的眼睛朝亚历克眨了一下，后者看上去很惊愕，“打电话给我？”

亚历克脸红了，僵在原地，要不是杰斯抓着他的手肘，把他拉向门口，他说不定整晚都会站在那里，伊莎贝尔跟在他们后面。克拉丽正准备跟上去的时候，感到有人在她手臂上轻轻拍了一下，是马格纳斯。“我有个消息要告诉你，”他说，“来自你母亲。”

克拉丽非常吃惊，差点把包扔到地上。“来自我妈妈？她让你告诉我什么？”

“准确地说也不是。”马格纳斯说。他的猫眼让一道垂直的瞳孔分成两半，像是一堵黄绿色的墙上有了道裂隙，就在这时那双眼睛中有种十分严肃的神情。“但是我了解她，以一种你所不知道的方式。她做了所能做的一切让你远离那个她所憎恨的世界。她生命的全部，逃亡、躲藏——谎言，如果你愿意这么说的话——就是为了确保你的安全。不要去冒险，以免让她所有的牺牲都化为乌有，她不想那样。”

“她不想我去救她吗？”

“不想，如果那意味着让你自己身陷险境。”

“可我是唯一一个在乎她、关心她的人——”

“不，”马格纳斯说，“你不是唯一一个。”

克拉丽眨了眨眼说：“我不明白。有什么——马格纳斯，你是不是知道什么——”

他严厉地打断了她。“最后一件事，”他的目光闪向门口的方向，杰斯、亚历克和伊莎贝尔刚出去不见了，“记住，你母亲从暗影世界中逃出来，不是为了躲避妖魔，不是巫师、狼人或者精灵，甚至不是恶魔。而是他们，是暗影猎手。”

他们在仓库外面等着她。杰斯手插在口袋里，靠在楼梯扶手上，看着吸血鬼们围着摩托车走来走去，不停地咒骂，他脸上挂着一丝淡淡的笑容。亚历克和伊莎贝尔站在稍远的地方，伊莎贝尔抹着眼泪。克拉丽感到一阵不可控制的愤怒——伊莎贝尔几乎不认识西蒙，这不是她的灾难。她克拉丽才应该是那个该抱怨的人，而不是她这个暗影猎手。

克拉丽一出现，杰斯就离开扶手，走到她旁边，什么也没说，他似乎在想什么想得出了神。伊莎贝尔和亚历克在前头匆匆走着，听起来像是在相互争吵。克拉丽加快了脚步，伸长了脖子想听得更清楚。

“那不是你的错。”亚历克说。他听上去有些不耐烦，似乎他以前就曾处理过妹妹类似的情况。克拉丽想她曾把多少个男朋友不小心变成过老鼠。“但这足以给你个教训，让你不要总去暗影世界的派对，”他补充说，“那儿的麻烦总比乐子多。”

伊莎贝尔很响地抽了下鼻子。“如果他真出了什么事，我——我不知道自己会怎么办。”

“不论你之前做了什么，”亚历克很不耐烦地说，“似乎都是因为你不大了解他。”

“那并不意味着我不——”

“不什么？爱他？”亚历克抬高了声音，讥讽地说，“你需要先了解一个人，然后再去爱他。”

“可事情不全是这样，”伊莎贝尔听起来几乎伤心欲绝，“你难道没在聚会上找到点乐子吗，亚历克？”

“没有。”

“我以为你也许会喜欢马格纳斯。他很友善，不是吗？”

“友善？”亚历克看着她，似乎觉得她精神不正常，“小猫咪才称得上友善。巫师就——”他犹豫了一下，“不会。”他把句子说完了，但听起来自己都不是十分确信。

“我以为你和他很投缘，”伊莎贝尔看向她哥哥的时候，眼睛上涂的化妆品像泪水一样闪着光，“可以交个朋友。”

“我有朋友。”亚历克说，几乎是不由自主地回头朝杰斯望去。

可杰斯低着头，陷入沉思之中，根本没有注意到。

克拉丽不知怎地一时间就想伸手拉开背包，她朝下一看——皱起了眉头，包敞着口。她迅速回忆起在派对上的场景——她举起背包，拉紧了拉链，她确信这一点。她把包完全打开，心怦怦直跳。

她记起那次自己的钱包在地铁上被偷时的情景，她记得自己打开包，没看到钱包，吃惊地说不出话来——是掉在地上了？还是我放在哪里了？继而意识到：不见了。这次就像那时一样，只是情况更加糟糕。克拉丽完全说不出话，在背包里乱翻起来，把衣服和素描册都扒到一边，手指甲在包的底部刮来刮去。什么都没有。

她停下来不走了。杰斯在她前面也停住了，看上去很不耐烦，亚历克和伊莎贝尔已经走出去一个街区了。“出什么事了？”杰斯问，她能听得出他又要说出什么嘲讽的话了，但他一定是看到了她脸上的表情而没有说出口，“克拉丽？”

“他不见了，”她轻声说，“西蒙。他本来在我包里——”

“他爬出去了吗？”

这并不是个完全没道理的问题，但是克拉丽筋疲力尽又极度恐慌，不讲道理地尖叫着回应说：“他当然不会！你在想什么，他难道想被车压死，或者让猫抓去——”

“克拉丽——”

“闭嘴！”她高声叫着把背包朝他抡过去，“是你说不要自找麻烦把他变回去——”

他敏捷地把抡过来的背包接住了，又仔细检查了一遍。“拉链坏了，”他说，

“从外面打开的，有人把包扯开了。”

克拉丽迟缓地摇摇头，小声说：“我没有……”

“我知道。”他的声音很温柔。他用手聚拢声音大喊：“亚历克！伊莎贝尔！你们先走！我们会赶上来的。”

已经离他们很远的两个人影停了下来，亚历克犹豫了一下，但他妹妹拽着他的胳膊，把他笔直地拉向地铁站。有什么东西搭在克拉丽的后背：是杰斯的手轻轻地让她转过身来。她任凭他拉着自己往前走，磕磕绊绊地沿着人行道回到了马格纳斯家的那幢楼前。周围狭小的空间里弥漫着难闻的酒气和令人十分不舒服的香粉气，这让克拉丽想到了暗影魅族。杰斯的手从她后背抽开，按了下马格纳斯家的门铃。

“杰斯。”她说。

他低头看着她。“怎么了？”

她努力想着怎么说清楚自己的意思。“你觉得他还好吗？”

“西蒙？”他犹豫了片刻，而她想起了伊莎贝尔的话：最好不要问他任何事情，除非你能够承受所听到的答案。他什么也没说，而是又按了一下门铃，这次力道更重。

这次马格纳斯应门了，他的声音在门厅中回响：“谁敢打扰我休息？”

杰斯看起来有些紧张。“杰斯·维兰德。还记得吗？来自圣廷。”

“哦，对，”马格纳斯似乎一下子精神起来，“你是那个蓝眼睛的吗？”

“他是说亚历克。”克拉丽在一旁帮腔。

“不。一般人都说我的眼睛是金色的，”杰斯朝着对讲机说，“而且很明亮。”

“哦，你是那个。”马格纳斯听上去很失望。如果不是克拉丽现在很不安，她肯定会笑出来的。“我想你还是上来说吧。”

巫师穿着一身印着龙纹的和服，戴着金色的包头巾来开了门，勉强控制住自己厌烦的表情。

“我正在睡觉。”他傲慢地说。

杰斯看起来似乎又要说出什么粗鲁的话，可能是要攻击一下那条包头巾。于是克拉丽打断了他：“很抱歉打扰了你——”

有一个白色的小东西从巫师的脚踝处偷偷地往外看着。它身上有曲折的灰色纹路，还有一对尖尖的粉红耳朵，让它看起来更像是一只大老鼠，而不是一只小猫咪。

“喵大帅？”克拉丽猜测地问。

马格纳斯点点头。“它回来了。”

杰斯不屑地看看这只带斑纹的小猫。“这不是只猫，”他注意到，“而是只仓鼠的体型。”

“我会善意地忘记你所说的话，”马格纳斯说着用脚把喵大帅轻轻推到后面，“现在，你们究竟是为什么而来？”

克拉丽拿出被扯坏的背包。“是西蒙。不见了。”

“啊，”马格纳斯小心地说，“确切地说是什么看不见了？”

“不见了，”杰斯重复道，“就是消失了，找不到了，到处都没有他，无影无踪。”

“他可能是跑走了，躲在什么下面了，”马格纳斯建议说，“想要适应一只老鼠的生活可能不是件容易的事情，特别是对于那些开始就不太聪明的人。”

“西蒙不是不聪明。”克拉丽生气地抗议说。

“这话倒不假，”杰斯同意马格纳斯的说法，“他看起来是挺蠢的。说真的，他的智商也就是平均水平。”他的语调很轻松，但是他转向马格纳斯的时候，两个肩膀却没有放松下来，“我们离开的时候，你的一个客人撞上了克拉丽。我想就是他拉开了背包，偷走了老鼠。西蒙，我是说。”

马格纳斯看着他说：“那又怎么了？”

“那么我需要知道他是谁，”杰斯不紧不慢地说，“我猜你知道。你是布鲁克林的大巫师。我想在你自己家里发生的事情，没有你不知道的。”

马格纳斯仔细看着自己一个发亮的手指甲。“你猜得没错。”

“求求你告诉我们。”克拉丽说。杰斯的手抓住了她的手腕，她知道他不想让她说话，但是这不可能。“求求你。”

马格纳斯叹了口气，放下手。“好吧。我看到一个来自市郊老巢的吸血鬼少年，骑着摩托车，手里拿着一只棕色的老鼠离开了。老实说，我以为那是他们自己人。有时候这些黑夜之子喝醉的时候会变成老鼠或者蝙蝠。”

克拉丽的手在颤抖。“但现在你觉得那是西蒙？”

“只是个猜测，但似乎很可能。”

“还有件事，”杰斯用极为平静的语气说，但是此时他已经完全警戒起来，如同他在克拉丽家里发现弃魔之前的那副架势，“他们的老巢在哪里？”

“他们的什么？”

“吸血鬼的老巢。就是他们会回去的地方，是吗？”

“我想会是那样。”马格纳斯看起来像是真的希望他自己不在这里。

“我需要你告诉我是哪里。”

马格纳斯摇了摇戴着头巾的脑袋。“我不会为了一个我不认识的盲呆而和黑夜之子作对。”

“等一下，”克拉丽插话说，“他们想把西蒙怎么样？我以为伤害人类是不被允许的……”

“依照我的猜测？”马格纳斯毫无恶意地说，“他们会以为他是只温顺的小老鼠，然后觉得杀掉暗影猎手的宠物会很有趣。他们不喜欢你们，无论《圣约》是怎么规定的——《盟约》上可没有说不能杀动物。”

“他们会杀死他？”克拉丽目光呆滞地说。

“也不一定，”马格纳斯赶紧说，“他们也许会觉得他是自己人。”

“在这种情况下会怎么样？”克拉丽说。

“那当他变回人类的时候，他们还是会杀了他。但是也许你们能有更多时间。”

“那么你必须帮助我们，”克拉丽对巫师说，“否则西蒙就死定了。”

马格纳斯用一种医生才会有的同情，上下打量着她。“大家都会死，克拉丽，”他说，“你最好还是要习惯这一点。”

他开始关门了。杰斯伸出一只脚，让门关不上。马格纳斯叹了口气。“现在到底是要怎么样？”

“你还没告诉我们老巢在哪儿？”杰斯说。

“我不准备告诉你们。我跟你们说了——”

克拉丽打断了他，自己挤到杰斯前面。“是你把我的脑袋搞得一团糟，”她说，“偷走了我的记忆。你就不能补偿我一下吗？”

马格纳斯把发亮的猫眼眯缝了起来，从远处传来喵大帅的叫声。巫师慢慢低下头，在墙上重重撞了一下。“老迪蒙酒店，”他说，“在市郊。”

“我知道在哪里。”杰斯看起来很高兴。

“我们需要马上到那儿去。你这儿有移空门吗？”克拉丽问马格纳斯。

“没有，”他看起来有些厌烦了，“移空门结构很复杂，会给拥有者带来不小的风险。如果隔离得不好，会有讨厌的东西从里面钻出来。全纽约我就知道多萝西娅家有一个，伦维克家有一个。但是这两处都很远，没必要跑过去，即便你们确定主人会让你们使用。而且他们很可能不让你们用。听明白了吗？现在快走吧。”马格纳斯直直地盯着杰斯还抵在门上的脚。杰斯没有动。

“还有件事，”杰斯说，“附近有什么教堂吗？”

“是个好主意。如果你们准备自己去对付一窝吸血鬼的话，最好先去祈祷一下。"

"我们需要武器，"杰斯简短地说，"除了身上带的还需更多。"

马格纳斯用手一指。"在钻石大街上有个天主教堂。那个行吗？"

杰斯点点头，往后退了一步。"那——"

门在他们脸前重重地关上了。克拉丽像刚跑完步那样急促地喘着气，眼睛盯着门，直到杰斯抓起她的手臂，把她拉下台阶，消失在夜幕中。

第十四章

迪蒙酒店

晚上，钻石大街的教堂看上去阴森恐怖，哥特式的拱形窗户像银镜一般反射着月光。四周是锻铁护栏，刷成了暗黑色。克拉丽推了推栅栏，但上面挂了一把结实的锁。“锁住了。”她说着抬头看看杰斯。

他挥了挥石杖。“让我来。”

他摆弄起那把锁，她在旁边看着他后背结实的曲线，还有短袖 T 恤衫下露出的肌肉块。月光下他的发色更淡了，几乎变成了银色而不是金色。

挂锁当啷一声掉在地上，金属也变了形。杰斯看起来很得意。“像以往一样，”他说，“我非常擅长这个。”

克拉丽突然觉得很厌烦。“如果今晚这个自我庆贺的部分结束了的话，也许我们能回到拯救我好朋友的部分了，好让他不要血尽人亡。”

“血尽人亡，”杰斯用很钦佩的语气说，“这句不错。”

“你真是个大——”

“啧啧，”他打断了她，“在教堂里不要骂人。”

“我们还没进入教堂。”克拉丽一边小声说，一边跟随他沿着石头路来到两扇大门前。上方的拱门雕着精美的石刻，最高处是一位天使向下俯瞰，夜幕衬托出教堂尖顶高耸的轮廓，克拉丽意识到这里就是今晚早先时候她在麦卡伦公园里瞥过一眼的那座教堂。她咬住嘴唇说：“不管怎么样，弄开教堂门上的锁似乎不太对。”

月光下杰斯的身影看起来很安详。“我们不会那么做。”他说着把石杖放回口袋里。他伸出手，这只皮肤黝黑的手消瘦而布满细小的白色疤痕，像是戴了一层蕾丝纱巾。他把手放在木头大门的门闩上方。“以圣廷之名，”他说，“我请求进入这处圣所；以永恒之战的名义，我请求使用这里的武器；而以天使拉结尔之名，我请求保佑我这次与黑暗的战斗。”

克拉丽盯着他，他一动不动，尽管夜风把他的头发吹进了眼睛里，他也只眨了眨眼。就在她要开口讲话的时候，门咯噔一声开了，铰链吱吱呀呀地作响。门在他们面前缓缓向内打开，露出幽暗的空间，里面还点着几盏灯火。

杰斯向后退了一步说："你先请。"

克拉丽一踏进教堂里，迎面就感受到一阵凉爽的空气，还有石头与烛台的气息。一排排昏暗的长椅向祭坛延伸开去，远处墙边烛架上点着许多烛火。她意识到，继学院之后，那个还不能真的算数，她还是第一次真正走进一座教堂。她看过教堂的照片，在电影里、动画片里看到过，那里面经常出现。她最喜欢的一部动画片场景就是在教堂里，那里有一个可怕的吸血鬼牧师。在教堂里应该会有安全感，但她没有，她觉得似乎会有什么奇怪的东西突然从黑影里冒出扑到自己身上。她打了个哆嗦。

"石墙的隔热效果很好。"杰斯注意到了。

"不是因为这个，"她说，"你知道，我以前从没来过教堂。"

"你不是进过我们学院？"

"我是说一个真正的教堂，会有人来做礼拜，或者是那类仪式。"

"这倒是。好吧，这是中殿，长椅就放在这里，是礼拜的时候大家坐着的地方，"他们往前走着，声音在石墙间回荡，"前面是壁龛，就是我们现在站着的地方。那边是祭坛，牧师施圣餐的地方，一般在教堂的东面。"他在祭坛前跪下，她一时间以为他在祈祷。祭坛很高，由深色的花岗岩筑成，还铺着红色的台布。后面是一块华丽的金色围屏，画着圣人和殉道者，他们头上都有一轮金盘，象征着光环。

"杰斯，"她轻声说，"你在干什么？"

他把双手放在石板上，飞快地前后摸索着，好像在找什么东西，他的指尖扫起很多灰尘。"在找武器。"

"在这儿？"

"一般在祭坛周围藏着。为了在紧急情况下给我们使用。"

"那这算什么，你们和天主教堂之间的协约？"

"准确地说也不是。这世上有些恶魔和我们存在的时间一样长。它们遍布全球，只是名称不同——希腊语是半兽人，波斯语是邪神，在印度叫做阿修罗，在日本叫做鬼。大部分的信仰体系里都有它们的存在，还有与它们的斗争。暗影猎手不效忠于任何一种宗教信仰，但反过来所有的宗教都支持我们的战争。我能很容易地在一座犹太教堂或日本神道庙里寻求到帮助，或者——啊，在这儿。"他把灰尘扫到一边，克拉丽也在旁边蹲下来。在祭坛前一块八角形的石板上刻着如尼文，克拉丽一下就认了出来，几乎就像是她读英语那样容易。这个如尼文的意思是“拿非力”。

杰斯掏出石杖，轻轻碰着石板。随着一阵摩擦声，石板移开了，下面是个漆黑的隔层，里面有个长长的木头盒子。杰斯打开盒盖，满意地看着里面摆放得整整齐齐的物件。

“几瓶圣水、福佑之刀、铁剑和银剑，”杰斯说着把武器都堆放在旁边，“一些琥珀金——现在没什么用处，不过是不错的备选——银子弹、护身咒、十字架、大卫之星——”

“上帝啊。”克拉丽说。

“我很犹豫要不要带上他。”

“杰斯！”克拉丽惊愕地说。

“怎么了？”

“我不知道，但似乎不该在教堂里开这种玩笑。”

他耸了耸肩。“我不怎么信教。”

克拉丽吃惊地看着他。“你不信？”

他摇摇头，一绺头发掉了下来，但是他正在检查一瓶纯净的液体，没有伸手把头发弄回去。克拉丽的手指发痒，很想帮他弄一下。“你以为我很虔诚？”他说。

“那个，”她犹豫了一下，“如果有恶魔存在，那么也一定有……”

“一定有什么？”杰斯把瓶子放进口袋里。“啊，”他说，“你是说如果有这个，”他向下指指地板，“就一定有那个。”他又向上指了指房顶。

“这符合逻辑，不是吗？”

杰斯又拿起一把剑，检查了一下剑柄。“我来告诉你吧，”他说，“我一生中有三分之一的时间都在降服各种恶魔，我肯定打发了有五百个，让它们回到不管是什么样的罪恶空间里去，一开始它们就是从那里爬出来的。在所有那些时候——所有时候——我从没见过任何一个天使，也没听说谁见过。”

“但起先就是一个天使创造了暗影猎手，”克拉丽说，“霍奇是这么说的。”

“这只是个不错的故事。”杰斯用像猫一样眯起来的眼睛看着她，“我父亲相信上帝。”他说，“但我不信。”

“一点也不信？”她不确定自己为什么要这样刺激他——她从来也没考虑过自己是否相信有上帝和天使的存在。所以如果有人这么问自己，她也会说不相信。但杰斯身上有种让她想逼问下去的因素，她想打破他那层愤世嫉俗的外壳，让他承认相信一些东西，感受得到一些东西，真正关心一些东西。

“让我这么说吧。”他一边说一边把一对六翼天使插进腰带里。淡淡的月光透过彩色玻璃窗在他脸上投下一个个色块。“我父亲相信上帝是公正的。Deus Volt，这是他的座右铭——‘遵循神的旨意’。但当我看到他躺在自己的血泊之中垂死挣扎，我才发现我并不是不相信上帝的存在，我只是突然觉得他不在意我们。也许有上帝，克拉丽，也许没有，但是我觉得这不重要。因为不管怎样，我们都只能靠自己。”

他们是这节开往市郊的地铁里唯一的乘客。克拉丽坐着不说话，脑子里全是西蒙。每隔一段时间杰斯就看看她，像是要说什么，但随后就又陷入那不同寻常的沉默之中。

当他们走出地铁的时候，街上荒无人烟，空气很浑浊，还有一股金属的气味，酒馆、自助洗衣店和取现中心都在卷帘门后面很安静。他们最终在一个小时之后找到了酒店，在116号大街旁边的一条小路上。他们有两次都错过了，因为感觉那里只不过又是一处荒废了的公寓大楼，直到克拉丽看到了招牌。一颗钉子已经松了，招牌就悬在一颗长势不良的树后面。迪蒙酒店，招牌上应该是这个，但有人把字母N涂掉，改成了字母R。

当克拉丽指给他看时，他说道：“真有趣。”

克拉丽只学过两年法语，但是这足以让她明白这个玩笑。“Du mort，”她说，“法语里有死亡的意思。”

杰斯点点头。他一下警觉起来，像是一只看见了沙发后面有老鼠窜过去的猫。

“但这里不可能是酒店，”克拉丽说，“窗户全都用木板封起来了，门也用砖堵起来了——哦，”她说完之后看到了他的表情，“对了。吸血鬼就要这样。但是他们怎么进去的呢？”

“他们飞进去。”杰斯指着楼顶说。这里很明显曾经是座光鲜的高档酒店，石头外墙都装饰着精美的曲线和鸢尾花雕刻，因为常年暴露在浑浊的空气和酸雨之中，颜色都变深了，也有些腐蚀了。

“我们可不会飞。”克拉丽觉得必须指出这一点。

“是啊，”杰斯很赞同，“我们不会飞，我们要破门而入。”他准备穿过街道接近酒店。

“飞上去听上去更有趣。”克拉丽说着急忙赶上他。

“现在很多事情都听上去比这个更有趣。”她思忖着他话里的意思。克拉丽能感觉到他很兴奋，一种对狩猎的渴望，在她看来不像是他有什么不快。他杀死的恶魔比任何同龄人都多。能杀死那么多恶魔，绝不会在打斗中很不情愿，并退缩在后面。

一阵热风袭来，搅动着酒店门外那棵小树上的叶子，同时把阴沟里和街边上的垃圾都吹上了不平坦的人行道。这片区域荒凉得让人觉得诡异，克拉丽想——一般来说在曼哈顿，街上总有些人，即便是在凌晨四点。街边上的一排路灯有好几盏都不亮了，但最靠近酒店的一盏还是发出了昏黄的微弱的灯光，越过人行道照射着昔日的酒店大门。

“别待在灯光下。”杰斯说，扯着她的衣袖把她拉向自己。“他们可能正从窗户向外看。也别抬头。”他补充说，但是太晚了，克拉丽已然朝顶楼那几扇破旧的窗户瞟了一眼。一瞬间，她似乎瞥见了窗边有人影晃动，一道白光，可能是一张脸或者是拉开窗帘的一只手——

“过来。”杰斯把她拉向自己，隐藏在离酒店比较近的暗处。她感到一阵阵紧张刺穿了自己的脊柱，手腕上的脉搏快速跳动着，耳边也想起怦怦的心跳声。远处汽车微弱的嗡嗡声似乎在千里之外，她所能听到的唯一声音就是自己的鞋子踩在满是垃圾的人行道上的声音。她真希望自己走起路来没有声响，像暗影猎手那样，也许什么时候她能让杰斯教自己一下。

他们溜过酒店的转角进入一条小巷，这里也许曾经是卸货用的员工通道。巷子很窄，堆满了垃圾：腐烂的硬纸箱子、空玻璃瓶、塑料碎片，还有些散落在一旁的东西，克拉丽起先觉得是牙签，但走近一看像是——

“骨头，”杰斯平淡地说，“狗骨头，猫骨头。别仔细看了。翻开吸血鬼的垃圾很难看到什么像样的画面。”

她把一阵恶心压了下去。“好吧，”她说，“至少我们能确定来对了地方。”杰斯眼中闪现出一丝肯定，虽然很短暂，但也算作是种褒扬。

“哦，我们是来对了地方，”他说，“现在我们只需要想办法进去。”

这里以前很明显是有窗户的，但是现在堵了起来，也没有门或者逃生通道。“这儿还是酒店的时候，”杰斯缓慢地说，“他们一定是从这里卸货的。我是说他们肯定不是从正门把货物搬进去，也没有什么其他的地方能停卡车了。所以这儿一定有能进去的地方。”

克拉丽想起了在布鲁克林自己家附近的那些小商店和酒馆，她看到过他们卸货，就是自己清早走路上学的时候，那家韩国熟食店的老板把人行道上正门旁边的金属门打开，一箱箱纸巾和猫粮就这么被搬进地窖储藏起来。“我打赌门在地上，可能就埋在这些垃圾下面。”

杰斯在她身后突然说：“我也这么想。”他点点头，又叹了口气。“我想我们最好移开这些垃圾，可以从这个垃圾桶开始。”他指着那个垃圾桶，看起来非常不乐意。

“你更愿意去迎接一大群凶残的恶魔，不是吗？”克拉丽说。

“恶魔至少不会搞得到处都爬满蛆虫。好吧，”他略有所思地加了一句，“至少大多数情况下不会。有一次，有一个恶魔，我一路追击它到下水道里，在中央——”

“别说了，”克拉丽抬起一只手，算是个警告，“我现在没心情听故事。”

“这是第一次有女孩这么跟我说。”杰斯自言自语道。

“跟我在一起这不会是仅有的一次。”

杰斯嘴角一撇，说：“现在可不是开玩笑的时候，我们还有个垃圾桶要搬开呢。”他走到垃圾桶旁，抓住一边。“你负责另一边，我们把它斜着拉开。”

“拉开会发出很大的声音。”克拉丽站在巨大的垃圾桶的另一边争论道。这是城市里常见的那种垃圾桶，刷成了深绿色，上面全是奇怪的污点。这只垃圾桶比其他的都要更臭，混合着垃圾和其他什么东西的味道，更浓烈厚重，让她嗓子很难受，直想呕吐。“我们应该慢慢推开。”

“瞧——”杰斯正准备说话，突然他们身后的黑影中传来一个声音。

“你们真的想要这么做吗？”那个声音说道。

克拉丽僵在原地，盯着小巷入口处的黑影。慌乱中她一时间觉得是不是自己幻听了，但杰斯也僵住了，满脸惊愕。很少有东西让他这么吃惊，而更少见的是有人从背后偷袭了他。他离开垃圾桶几步，手滑向腰间，声音很平静。“是什么人？”

“哦，天啊。”是个男性的声音，很放松地用流利的西班牙语说了一句，继而又用带口音的英语问道：“你不在附近住，是吗？”

他向前走了几步，从黑影中走出来，慢慢现出了轮廓：一个男孩子，不比杰斯年龄大，但可能矮了十五厘米。他身形消瘦，深色的眼睛很大，皮肤像迪戈·里维拉[①] 画中人物的那种浅棕色。他穿着黑色的宽松长裤和白色衬衣，领口敞开着，脖子上戴着一条金链子，当他靠近灯光的时候闪烁出微弱的亮光。

“你可以这么说。”杰斯谨慎地回答道，手没有从腰际离开。

“你不该在这儿，”男孩用一只手梳理了一下落在额头的浓密黑色卷发，“这里很危险。”

---

① 迪戈·里维拉（1886—1957），墨西哥画家，墨西哥政治社会画派奠基人之一。

他的意思是说附近治安不好。克拉丽几乎想笑出来，尽管这一点儿也不好笑。“我们知道，”她说，“我们有点迷路了，就这样。”

男孩指着垃圾桶说：“你们要把那个怎么样？”

我真不擅长撒谎圆场，克拉丽想，她看着杰斯，希望他更擅长。

他立即就让她失望了。“我们想进入酒店，我们认为这个垃圾桶下面有个门通向地窖。”

男孩的眼睛因为不相信而睁大了。“见鬼——为什么你们要这么做？”

杰斯耸了耸肩。“就是个恶作剧，你知道的，找点乐子。”

“你不明白，这个地方闹鬼，被诅咒了，会带来厄运，”他用力摇着脑袋，然后用西班牙语说了一连串词语，克拉丽猜大体上应该跟被宠坏了的愚蠢的白人孩子有关，而他们这两个人尤其愚蠢，“跟我走吧，我把你们送去地铁站。”

“我们知道地铁站在哪儿。”杰斯说。

男孩轻轻一笑。“明白了。你们当然知道，但如果你们和我一起，就没人会来找你们麻烦。你们不想有麻烦，是吧？”

“那要看情况了，”杰斯说着往前走了一步，稍稍敞开了一些夹克衫，露出插在腰际的武器，“他们给你多少钱，让你在外面看着不让人靠近酒店？”

男孩朝身后看看，克拉丽神经一紧，想象着从巷子口涌来一群黑影，白色的脸，血红的唇，闪光的牙齿像是突然之间从人行道上出现一片耀眼的金光。当他又回头看着杰斯时，嘴紧绷成一条线。“谁给我多少钱，小家伙？”

“吸血鬼。他们给你多少钱？或者是给你其他什么好处——他们是不是告诉你会把你变成像他们一样，可以永生不死，没有痛苦，没有疾病，可以永远活着？这些都不值得。当你永世都见不得阳光时，生命只是无谓地延长，小家伙。”杰斯说。

男孩面无表情。“我的名字是拉斐尔，不是小家伙。”

“但你知道我们说的是什么，你知道吸血鬼？”克拉丽说。

拉斐尔把头转向旁边，啐了一口。当他转头回来的时候，眼睛里充满了仇恨的怒火。“是的，吸血鬼，那些吸血的畜生。在酒店封起来之前就有这样的传说了，深夜的时候有笑声，还有小动物会消失不见，还有那种声音——”他停了下来，摇了摇头，“这附近所有的人都知道要远离这里，但除此之外，你还能怎么办呢？你又不能把警察叫来，告诉他们你的烦恼是吸血鬼。”

“你见过他们吗？”杰斯问，“或者知道有什么人见过吗？”

拉斐尔慢慢地说：“曾经有几个男孩，是一群好伙伴。他们觉得自己有个好主意，就是进入酒店，把那些妖怪杀死在里面。他们带上枪，还有刀，都让一个牧师施过咒。可他们没能出来。我姨妈她后来在家门前发现了他们的衣服。”

“你姨妈的家？”杰斯说。

“是的。其中有个男孩是我哥哥，”拉斐尔干巴巴地说，“所以现在你知道为什么我有时半夜到这个地方来了吧，从我姨妈那儿回家去要路过这里。你也知道为什么我要提醒你们离开了吧。如果你们进去，就出不来了。”

“我朋友在里面，”克拉丽说，“我们来救他。”

“啊，”拉斐尔说，“那也许我不能让你们离开了。”

“你不能，”杰斯说，“但是别担心，你朋友们的事不会发生在我们身上。”他拿出腰上的一把六翼天使，举起来，武器发出微弱的光，他的脸颊被照亮了，可眼睛周围却显得更暗了，“我以前杀死过很多吸血鬼。虽然他们的心脏不会跳动，但他们还是会死的。”

拉斐尔深吸了一口气，飞快地低声说了几句西班牙语，克拉丽没来得及听明白。他走向他们，一时间太匆忙了，差点让一堆塑料包装纸绊倒。“我知道你们是什么——我听说过你们这类人，跟圣塞西莉亚教堂的老牧师一样。我以为那只是个传说。”

“所有的传说都是真的。”克拉丽说，但声音很轻，他似乎没有听到。他看着杰斯，紧握着拳头。

“我想跟你们一起去。”他说。

杰斯摇摇头。“不行，绝对不行。”

“我能告诉你们怎么进去。”拉斐尔说。

杰斯摇摆不定起来，脸上明显露出受到了诱惑的神情。“我们不能带上你。”

“好吧。”拉斐尔走到他身边，把一堆垃圾踢到墙边。那里露出一个栅栏，细细的铁条上布满红褐色的锈迹。他跪下去，抓住铁条把栅栏提了起来。“这里就是我哥哥和他朋友们进去的入口。我想能一直通到地下室。”他抬头看看走到身边来的杰斯和克拉丽。克拉丽屏住呼吸，因为垃圾的臭味太强烈了，即使在黑暗中也能看到那里爬满了蟑螂。

杰斯的嘴角露出一丝微笑，他手里还擎着六翼天使，魔法的光芒诡异地照在他的脸庞上。这让克拉丽想起十一岁的时候，西蒙拿手电筒照着下巴，讲鬼故事给她听的样子。“谢谢，”杰斯对拉斐尔说，“这个入口应该没问题。”

另一个男孩的脸色惨白。“你们进去为了朋友去做我未尽的事情吧，就是我没能为我哥哥所做的事情。”

杰斯把六翼天使插回腰间，看了克拉丽一眼。"跟我来。"他说着脚朝下，敏捷地钻进了栅栏入口。她屏住呼吸，等着听他痛苦的尖叫或者惊异的感叹，但只传来一声脚轻轻落在坚硬地板上的声音。"没问题，"他向上喊，声音有些含混，"跳下来，我会接住你。"

她看了拉斐尔一眼。"谢谢你的帮助。"

他什么也没说，只是伸出了自己的手。她握住他的手来保持平衡，找到了一个合适的姿势，准备跳下去。他的手很冷，当她跳下栅栏的时候，他的手就松开了。下落只是几秒钟的事情，杰斯在下面接住她，她的裙子在大腿上皱了起来，他的手先碰到了她的腿，继而她整个人滑入他的臂弯。他几乎马上就让她从自己怀里离开了。"你还好吧？"

她往下拉了拉裙子，很庆幸在黑暗中他看不到自己。"我还好。"

杰斯从腰际拿出微弱发光的六翼天使，高举起来，四下照着看了看。他们站在一个低矮的房间中，水泥地板上布满裂纹，一堆堆尘土显示出地板破碎的痕迹。克拉丽看到黑色的藤蔓沿着墙壁往上爬，旁边是个门廊，没有门，通往另一个房间。

身后一声很大的动静让她一惊，她回头一看，是拉斐尔跳了下来，他刚着地，膝盖弯曲着，就在她身后几步开外，他也跟随他们从栅栏入口下来了。他站直身体，兴奋地咧嘴一笑。

杰斯看起来很生气。"我告诉过你——"

"我听到了，"拉斐尔轻蔑地挥挥手，"你们能把我怎么样呢？我已经不能从我们下来的入口出去了，你也不能把我留在这里等死……你会吗？"

"我正考虑这么办。"杰斯说。克拉丽吃惊地发现他看起来很疲劳，眼睛下面的黑影更明显了。

拉斐尔用手指着说："我们得往那边走，朝楼梯走，他们在酒店上面的几层。你会明白的。"他挤过杰斯，穿过狭窄的门廊。杰斯看着他的背影，摇了摇头。

"我真的开始非常讨厌盲呆了。"他说。

酒店底层的走廊像是一片迷宫，四下不是空荡荡的储藏间，就是荒废的洗衣房——发霉的浴巾高高堆在腐烂的柳条筐里——还有个阴森森的厨房，里面长长的不锈钢台面一直延伸到黑暗处。大部分通往楼上的楼梯都不见了，不是烂掉了，而是被故意拆掉了，都变成了堆在墙边的木条，曾经奢华的波斯地毯也被一条条地扔在一边，长满了毛茸茸的霉菌。

这些被拆掉的楼梯让克拉丽感到很困惑。为什么吸血鬼这么讨厌楼梯？他们最后终于找到了一副完好的楼梯，隐蔽在洗衣房后面。在有电梯之前，服务员一定是用这个楼梯运送床单的。现在台阶上落满了厚厚的灰尘，像是铺了一层灰色的雪花，克拉丽不由得咳嗽起来。

“嘘，”拉斐尔小声说，“他们会听见的。我们离他们睡觉的地方很近了。”

“你是怎么知道的？”她小声地反问道，他不应该来过这里。是什么能让他有权利教训她不要出声？

“我感觉得到，”他的眼角一抽，她看到他也像她一样有疤痕，“你感觉不到吗？”

她摇摇头。她什么也感觉不到，除了周围诡异的寒冷，与外面夜晚的闷热相比，酒店里的阴冷更加刺骨。

在楼梯的尽头是一扇门，上面原本刷着的“大堂”两个字积满了多年的尘土，勉强能辨认出来。当杰斯推开门的时候，还有铁锈屑落下来。克拉丽抱紧自己的双臂——

可走进去的这间也是空的，他们站在宽敞的门厅，透过已经腐朽的地毯能看到下面一条条的木地板。这间房间的中央曾是一个大楼梯，优雅地盘旋而上，两侧有镀金扶手，还铺着金色和红色相间的华丽地毯。现在只有最上面几层台阶还保留着，通向远处的黑暗。那唯一留存的台阶就在他们头顶上方的半空中。这个场景仿佛乔斯琳所喜爱的马格里特的抽象画般超现实。这幅画，克拉丽想，可以叫做《通往乌有之梯》。

她的声音听起来十分干涩，就如同覆盖所有东西的尘土那么干涩。“为什么吸血鬼这么讨厌楼梯？”

“没什么，”杰斯说，“只是他们不需要楼梯。”

“那是显示这里是他们的地盘的一种方式。”拉斐尔的声音很响亮，听起来似乎十分兴奋。杰斯从旁边瞟了他一眼。

“你真的见过吸血鬼吗，拉斐尔？”杰斯问。

拉斐尔不怎么在意地看了他一眼。“我知道他们长什么样。他们比人类更白更瘦，但是非常强壮。他们走起路来像猫一样轻，弹跳起来像蛇一样敏捷。他们很美，但也很可怕，就像这所酒店。”

“你觉得他们很美？”克拉丽吃惊地问。

“因为你能看到多年以前的容貌。就像是一个曾经很美的老妇人，可时间夺走了她的美貌。你一定可以想象得出这个楼梯过去的样子，煤气灯把上上下下的楼梯点亮，像黑暗中的萤火虫，阳台上挤满了人。不像现在这个样子，这样——”他停了下来，在寻找合适的词语。

“被砍掉了。”杰斯很直接地提议说。

拉斐尔似乎一惊，像是杰斯打扰了他的梦境。他不安地笑笑，转身走开了。

克拉丽转向杰斯。“他们到底在哪儿？我是说吸血鬼。”

“可能在楼上吧。他们睡觉的时候喜欢在高处，就像蝙蝠。而且现在快到日出的时间了。”

就像头部有线牵着的木偶那样，克拉丽和拉斐尔同时抬起头，上面除了画了壁画的天花板，什么都没有，天花板似乎也经历过一场大火而发黑开裂。左手的拱门那边一片漆黑，两边的柱子上都雕刻着花草。拉斐尔低下头的一瞬间，他喉咙下面露出一道白色的疤痕，在棕色的皮肤上非常醒目，像眼睛那样闪过一道光。不由让克拉丽思索他是怎么有了那样一道疤痕。

“我想我们必须回去走服务员的那个楼梯，”她小声说，“在这儿我有种完全暴露在外的感觉。”

杰斯点点头。“你才意识到这点。一旦我们在这种地方，你难道想大声叫西蒙，希望他能听到你？”

克拉丽想是不是自己的恐惧已经完全显露在了脸上。“我——”

她的话让一声毛骨悚然的尖叫打断了，克拉丽一阵恍惚。

拉斐尔。他不见了，原本他该站着的地方空无一物——甚至没有被拖走的痕迹。她本能地伸手去拉杰斯，但是他已经飞快地跑向远处墙边张开大口的拱门，消失在拱门后面的黑暗当中。她看不到他，但跟上了他手中武器所发出的光，那道魔法的光亮飞快地移动，而她像是一个跟随邪恶的鬼火穿越沼泽的旅行者。

拱门后面以前是一个宽敞的舞厅，已经破损的地上铺着白色大理石，那无数的裂痕看起来像是漂着浮冰的北冰洋。沿墙四周有圆形的阳台，阳台的栏杆全都生满了锈迹。阳台之间的墙壁上还镶着带金边的镜子，顶端雕着镀金的丘比特头像。蜘蛛网飘荡在湿冷的空气中，像是古老的新娘面纱。

拉斐尔站在房间中央，双手垂在身体两侧。克拉丽跑过去，杰斯在后面慢慢跟着。“你还好吗？”她上气不接下气地问。

他慢慢点点头。“我以为这边暗处有动静，可什么都没有。”

“我们决定回到服务员的楼梯那里，”杰斯说，“这层没什么。”

拉斐尔点点头。“好主意。”

他朝门口走去，也不管他们是否跟上来。他刚走了几步，杰斯就叫道：“拉斐尔？”

拉斐尔转过身，好奇地睁大眼睛，杰斯突然把手里的刀扔了过去。

拉斐尔的反应已经很快了，但还是不够快。刀打中了他，力道之大让他脚下不稳，重重地摔在开裂的大理石地板上。在微弱的魔法光亮下，他的血看起来是黑色的。

“杰斯。”克拉丽难以置信地叫道，她心中一惊。他是说过讨厌盲呆，但是他绝不会——

她转身向拉斐尔跑去，可杰斯把她用力地推到旁边。他冲到那个男孩身边，想把刀从拉斐尔的胸口拔出来。

但是拉斐尔动作更快，他抓住了刀，当他的手触碰到十字架形状的刀柄时，不由得尖叫了出来。刀当啷一声掉在地上，刀刃上粘满了黑色的液体。杰斯一只手抓着拉斐尔的衬衫，一只手擎着六翼天使，它所发出的夺目光亮让克拉丽能看到四周的色彩：斑驳的宝蓝色墙纸，大理石地板上的金色斑点，还有拉斐尔胸口的红色血污。

可拉斐尔大笑起来。“你没刺中，”他说着，第一次露出笑容，也露出了白色的尖牙，“你没刺中我的心脏。”

杰斯的拳头握得更紧了。“你在最后一刻躲开了，”他说，“真是不配合。”

拉斐尔皱着眉，吐出一口红色的东西。克拉丽向后退了几步，惊恐地看着一切。

“你什么时候发现的？”他问，他的口音消失了，现在说话干脆利落。

“在巷子里的时候我就猜到了，”杰斯说，“但我想你会先带我们进入酒店，再对我们不利。一旦我们擅自进入你们的地盘，就不再受到《盟约》的保护，这很公平。但你迟迟没有动手，一度让我以为自己猜错了。但是后来我看到你喉咙上的疤痕。”他稍稍向后退了一些，但仍用剑抵着拉斐尔的喉咙，“我想我看到了一条链子，就是用来挂十字架的那种。而你的确挂过一个，不是吗，在你出去看望家人的时候？你们这类家伙伤口恢复得很快，那点小小的烫伤算什么？”

拉斐尔笑着说：“就这些？就是因为我的烫伤？”

“当你离开门厅的时候，地上没有留下任何痕迹。那时我就明白了。”

“不是你哥哥进来寻找恶魔再也没出去，对吗？”克拉丽恍然大悟，“而是你自己。”

“你们两个都很聪明，”拉斐尔说，“可还不是十分聪明。往上看。”他说着举起一只手指向天花板。

杰斯把他的手打下去，依旧目不转睛地盯着拉斐尔。“克拉丽，你看到什么？”

她慢慢抬起头，吓得身上的血液好似都凝固住了一般。

你一定可以想象得出这个楼梯曾经的样子，煤气灯把上上下下的楼梯点亮，像黑暗中的萤火虫，阳台上挤满了人。上面现在全是人影，一层层吸血鬼露出他们惨白的脸颊和血红的嘴唇，都茫然地往下看着。

杰斯还是盯着拉斐尔。“你呼唤了他们，不是吗？”

拉斐尔仍旧笑着，他胸口受伤的地方已经不再流血。“这重要吗？他们有很多人，即便对你来说，维兰德。”

杰斯什么也没说，尽管他一直没动，可仍急促地喘着气。克拉丽几乎能感觉到他想要杀死这个吸血鬼男孩的强烈愿望，想把剑直插进他的心脏，让他脸上的狞笑永远消失。“杰斯，”克拉丽提醒他说，“别杀他。”

“为什么不？”

“也许我们能把他当人质。”

杰斯的眼睛睁大了。“人质？”

她能看到他们，人数越来越多，挤满了拱形的门廊，像骸骨之城兄弟会的圣者那样无声地移动着。但是圣者们的脸色不像他们这样惨白，牙齿也不会像针一般锋利……

克拉丽舔了舔自己干燥的嘴唇。“我知道自己要做什么。让他站起来，杰斯。”

杰斯看了她一眼，耸了下肩。“好吧。”

拉斐尔厉声说：“这一点都不有趣。”

“所以也没有人笑。”杰斯站起来，把拉斐尔也拽起来，用剑尖抵着拉斐尔的后背。“我能从后背轻易地刺穿你的心脏，”他说，“如果我是你的话，就不会动。”

克拉丽转身朝向慢慢涌过来的黑影。她抬起一只手。“停在那里，”她说，“否则他就用那把剑刺穿拉斐尔的心脏。”

人群中响起一阵低语或者是笑声。“站住。”克拉丽又说了一遍，这次杰斯也做了点小动作，她虽然没看到，但是听到了拉斐尔痛苦的尖叫声。

其中一个吸血鬼抬起一条手臂，让其他人都停了下来。克拉丽认出他就是马格纳斯派对上那个戴耳环的金发男孩。“她是认真的，”他说，“他们是暗影猎手。”

另一个吸血鬼挤上前来，站在他旁边——这是个长着蓝色头发的漂亮亚裔女孩，穿着条银色的短裙。克拉丽想是不是没有长相丑陋的吸血鬼，或者是身材肥胖的吸血鬼，或许他们不会把不好看的人变成吸血鬼，又或许长得不好看的人不愿意永生不死。“暗影猎手擅自进入了我们的领地，”她说，“他们不再受到《盟约》的保护。我说我们还是杀死他们吧——他们杀了我们很多人。”

“你们这儿谁是主事？”杰斯说，他的声音很干脆，“让他出来说话。”

那女孩露出尖牙。“别用圣廷的那一套对付我们，暗影猎手。是你来到我们这儿，破坏了你们那宝贵的《盟约》，《大律法》不会保护你的。”

“够了，莉莉，”金发男孩严厉地说道，“我们当家的不在，她去伊德里斯了。”

“那也有人会顶替她的位子管着你们。”杰斯说。

他们沉默了一下。阳台上面的吸血鬼都跨过栏杆，侧身过来听着他们所说的一切。“拉斐尔是主事。”金发的吸血鬼说。

蓝色头发名叫莉莉的女孩不满意地喊了一声：“雅各布——”

“我提议做个交易，”克拉丽飞快地说，打断了莉莉的斥责和雅各布的回应，“你们今晚从派对上把很多人都带回了家，其中一个是我的朋友西蒙。”

雅各布扬起了眉毛。“你和吸血鬼是朋友？”

“他不是吸血鬼，也不是暗影猎手，”她补充了一句，看到莉莉浅色的眼睛眯缝了起来，“就是一个普通的人类男孩。”

“我们没有从马格纳斯的派对上把任何一个人类男孩带回来，那是有违《盟约》的。”

“他被变成了一只老鼠，一只褐色的小老鼠，”克拉丽说，“肯定是有人以为他是只宠物，或者……”

她的声音渐渐低下去。他们都以为她是疯子那样盯着她，一股冰冷的绝望钻进她的骨髓。

“让我直说了吧，”莉莉说，“你是要拿拉斐尔的命换一只老鼠？”

克拉丽无助地回头看看杰斯，他脸上的表情似乎在告诉她：这是你的主意，全要靠你自己。

“对，”她说着回头看向吸血鬼，“这就是我们提出的交易。”

他们盯着她，惨白的脸上几乎没有表情。如果在其他的情形下，克拉丽会把这种表情解读为茫然。

她能感觉到杰斯就站在她身后，因为听得到他有力的呼吸声。她思索着他是不是在绞尽脑汁地想为什么一开始会让她把他们两个人拉到这里来，他是不是开始讨厌她了。

“你是说这只老鼠吗？”

克拉丽眨了眨眼。另一个吸血鬼，一个留着长发绺的瘦瘦的黑人男孩，挤到人群前面。他手里拿着什么东西，一个不安地扭动着的褐色东西。“西蒙？”她轻声叫道。

那只老鼠吱吱叫着，开始在男孩手里疯狂地挣扎起来。男孩一脸厌恶地看着这只被俘的耗子。“嘿，我以为他是齐克，我还在想他为什么是这种态度呢，”他摇了摇头，长发绺随之来回晃动，“老兄，我说可以给她。他已经咬了我五次了。”

克拉丽伸手去接西蒙，她的手非常想接过他来。但在她还有一步就能走到他跟前的时候，莉莉走上前，挡在了中间。“等一下，”莉莉说，“我们怎么知道你拿了老鼠之后不会杀掉拉斐尔？”

“我们保证不食言。”克拉丽立即说，继而感到很紧张，等着他们嘲笑自己。

可没有人笑。拉斐尔用西班牙语轻声咒骂了一句，莉莉好奇地看向杰斯。

“克拉丽，”杰斯说，语气中隐隐有一种愤怒，“难道这真是一个——”

“不发誓就不交换，”莉莉马上说道，捕捉到了他语气中的不确定，“艾略特，拿好那只老鼠。”

那个留着长发绺的男孩抓紧了西蒙，后者用牙齿狠狠咬向艾略特的手。“嘿，”他闷闷不乐地说，“那很痛啊。”

克拉丽利用这个机会朝杰斯小声说：“快发誓啊！那有什么要紧的？”

“对我们来说，发誓跟你们盲呆的可不一样，”他生气地回嘴说，“我所发的任何一个誓言都会永远对我有效。”

“哦，是吗？如果你违背誓言会有什么后果？”

“我不会违背，这是重点——”

“莉莉说得对，”雅各布说，“必须要发誓。发誓说你不会伤害拉斐尔，即使是我们交出老鼠之后。”

“我不会伤害拉斐尔，”克拉丽立即说，“不论什么情况下。”

莉莉很有耐心地朝她笑笑。“我们所担心的并不是你。”她朝杰斯犀利地看了一眼，后者紧紧抓住拉斐尔，他的手关节都是白色的，衬衫被汗水浸湿的那部分比其他地方颜色都要深，就是后背中间的那块。

他说：“好吧，我发誓。”

“说出誓言，”莉莉敏捷地说，“向天使发誓，全都说出来。”

杰斯摇摇头。“你们先发誓。”

他的话像是掉入寂静之中的一颗小石子，在人群中激起一片低声的议论。雅各布看起来很担忧，而莉莉则十分愤怒。“绝不可能，暗影猎手。”

“你们的头儿在我们手上，”杰斯把剑尖向拉斐尔的喉咙更近了一步，“而你们手里的是什么？一只耗子。”

西蒙在艾略特手中扭动，愤怒地吱吱叫着。克拉丽非常想一把抓过他，但是她克制住了自己。“杰斯——”

莉莉看向拉斐尔。“主事？”

拉斐尔低下头，黑色的卷发掉下来挡住了脸。鲜血染红了他的衣领，顺着他棕色的肌肤向下流淌。“那是一只很重要的老鼠，”他说，“你们为了他一直追到这里来。我想是你，暗影猎手，必须先发誓。”

杰斯不由自主地又把他抓得更紧了。克拉丽能看见杰斯皮肤下鼓起的肌肉块，还有他发白的手指和嘴角努力克制住的怒火。“那只老鼠是人类，”他尖锐地指出，“如果你们杀了他，就要任凭《大律法》——”

“他在我们的地盘上，擅自闯入者不受《盟约》保护，你知道——”

“是你带他进来的，”克拉丽插嘴说，“他没有擅自闯进来。”

“都只是些技术性的细节，”拉斐尔说着朝她龇牙一笑，尽管喉咙上抵着一把剑，“另外，你以为我们没听说，暗影世界里难道没有传言和消息吗？我们的消息像血管里流动的血液。瓦伦丁回来了。很快什么《圣约》、《盟约》之类的就都不算数了。”

杰斯的头一下子抬了起来。“你从哪里听说的？”

拉斐尔轻蔑地皱了下眉。“暗影世界全都知道了。就在一周前，他还付钱给一个巫师，让他弄出一群吞噬魔来。他带领着一群弃魔在找生命之杯，在他找到之后，我们之间就不再有这种假惺惺的和平了，那时就只有战争。也没有什么《大律法》能阻止我让你暴尸街头了，暗影猎手——”

克拉丽听够了这些，她朝西蒙冲过去，用肩撞开莉莉，从艾略特手里夺过老鼠。西蒙爬上她的手臂，用爪子手忙脚乱地紧紧抓住她的衣袖。

“没事了，”她低声说，“没事了。”尽管她知道不可能没事。她转身就跑，感觉身后有手抓住了她的夹克衫。她挣扎着，想从抓住自己的手中挣脱出来——那是莉莉的手，长着黑色的指甲，又细又长的一只手——但同时她又害怕把西蒙甩出去，后者用爪子和牙齿抓住了她的裙子。“放开我！”她尖叫着，用力踢着这个吸血鬼女孩，她穿着靴子的脚重重踢到了她，莉莉痛苦而愤怒地叫了出来。她手臂一抡，打在克拉丽的脸颊上，那力道足够让她的头向后转一百八十度。

克拉丽一个踉跄，差点摔倒。她听到杰斯呼喊她的名字，转头看到他放开了拉斐尔，朝自己跑过来。克拉丽也努力朝他跑过去，可肩膀却让雅各布抓住了，他的手指深深嵌入她的肌肤中。

克拉丽大叫出来——可她的叫声淹没在一声更大的惨叫中，杰斯从外衣口袋中掏出一个玻璃瓶，把里面的液体朝她泼过来。她觉得脸上一阵冰凉，但当水接触到雅各布的皮肤时，他发出一阵尖叫。一股青烟从他的手指上冒出，他松开了克拉丽，像野兽那样号叫起来。莉莉冲到他身边，呼喊着他的名字。在一片混乱之中，克拉丽感到有人抓住了自己的手腕，她极力想挣脱开。

“快停下——你这个笨蛋——是我。”杰斯在她耳边说。

“哦！”她瞬间放松了下来，但继而又紧绷起来，因为看到一个熟悉的身影从杰斯身后冒了出来。她大叫一声，杰斯纵身一跃，躲开了拉斐尔的一个恶扑。后者龇着牙，敏捷得像只猫，用獠牙撕掉了杰斯衬衫肩膀处的一长条布料。杰斯还没站稳，他就又像一只捕食的蜘蛛一般缠了上来，牙齿直指杰斯的喉咙。克拉丽在背包里胡乱摸索着杰斯给她的那把匕首——

一道褐色的黑影从克拉丽两脚之间的地板上飞快地跑过去，扑向拉斐尔。

拉斐尔尖叫起来。西蒙牢牢悬在他的前臂上，尖利的鼠牙深陷进他的肉里。拉斐尔放开杰斯，向后退去，鲜血和他嘴里的西班牙语脏话一起飞溅出来。

杰斯张着嘴，目瞪口呆。“真他——”

拉斐尔重新站稳，把老鼠从手臂上拉掉，扔在大理石地板上。西蒙痛苦地吱吱一叫，飞快地跑向克拉丽。她弯下腰，抱起他，尽力把他紧紧搂在胸口。她的指尖能感觉到他那颗小心脏的跳动。“西蒙，”她低声唤道，“西蒙——”

“现在没时间了，抓牢他，”杰斯一手抓着她的右胳膊，十分用力，都有些弄痛她了，另一只手握着一把六翼天使，“快走。”

他把她半推半拉弄到那群吸血鬼边上，吸血鬼们看到六翼天使的光芒都向后退去。杰斯朝他们挥舞着剑，他们都像受伤的小猫一样发出嘶嘶的声音。

“都看够了吧。”是拉斐尔的声音。他的前臂还在流血，嘴唇在獠牙的上方。他盯着这群不知所措的吸血鬼，喊道：“抓住擅自闯入者，把他们两个都杀死——还有那只耗子！”

吸血鬼们朝杰斯和克拉丽靠过来，有些一步步走过来，有些滑行过来，还有些从阳台上像挥动着翅膀的黑色蝙蝠一样俯冲下来。他们一冲出人群，杰斯就加快了步伐，朝另一端的墙边跑去。克拉丽来回扭动着，回身看着他说：“我们不应该背靠背站着，或者采用其他方法吗？”

“什么？为什么？”

“我不知道。电影里遇到危险一般是……这样的。”

她感觉他一阵抖动，是因为害怕吗？不，他是在笑。“你啊，”他吸了口气，“你真是个——”

“真是什么?”她生气地问。他们仍然在往后退，小心翼翼地避开地板上的家具碎片和大理石裂痕。杰斯把六翼天使高举过两人的头顶，她能看到吸血鬼围绕着它所发出的光圈打转。她不知道这能让他们支撑多久。

“没什么，”他说，“这不算什么危险状况，好吗?我会等到事情真的很糟糕的时候才用那个词。”

“真的很糟糕?这还不算糟糕?你还想发生什么，核爆炸——”

她的话被自己的尖叫打断，莉莉冲破光亮，飞身来到杰斯身旁，猛地龇牙一声咆哮。杰斯从腰间拔出另一把剑，向空中挥去。莉莉尖叫着退后，胳膊上多了一道深深的刀口。她踉跄着退后，其他吸血鬼又涌了上来。他们人太多了，克拉丽想，太多了——

她笨手笨脚地在腰间摸到匕首，用手紧紧握住刀柄，感觉冰冷而异样。她不知道怎么用匕首。她从没和人打过架，更别提用匕首刺人了。甚至体育课教如何使用日常物品，比如车钥匙和铅笔，来击退抢劫犯和强奸犯那天，她都逃了课。她拔出匕首，颤抖着把它举起来——

突然一股外力把窗户冲破了，洒下一地碎玻璃。她听到自己叫出了声，也看到吸血鬼——就离她和杰斯一臂之遥——乱作一团，惊异和恐惧写在他们脸上。从破碎的窗户之中跃入一群矫健的身影，四脚着地，身形低矮，他们身上披着月光和一些碎玻璃，眼睛里闪烁着蓝色的火光，喉咙中发出低沉的叫声，听上去像瀑布落下时的隆隆声。

是狼。

“现在这个，”杰斯说，“可以说是种危险状况了。”

第十五章

绝处逢生

狼群蹲着身，咆哮着，而吸血鬼则看起来很吃惊，都向后撤退。只有拉斐尔站在原地没动，还握着自己受伤的手臂，衬衫上血迹斑斑，沾满灰尘。“月亮之子。”他用西班牙语咬牙切齿地说道。尽管克拉丽几乎不懂西班牙语，也明白他在说什么。月亮之子便是狼人。“我以为他们相互讨厌，”她轻声朝杰斯说，“吸血鬼和狼人。”

“对。他们从不到对方的老巢去。从不。《盟约》禁止他们这么做，”他听起来似乎有些气愤，“一定是发生了什么事情。情况很糟糕，非常糟糕。”

“可是情况怎么会比之前的更糟糕呢？”

“因为，”他说，“我们会夹在一场战斗的中间。”

“你们怎么胆敢闯入我们的地盘？”拉斐尔尖声说，他的脸色因为气血上涌而泛红起来。

最大的一头狼，有着灰色斑纹的一只怪兽，还长着如鲨鱼一般的牙齿，像狗一样喘了口气，向前走去，在他迈步的瞬间仿佛涌起了一道波浪，他处于变形中。片刻后，他成了一个浑身长满结实肌肉的男人，头上披下来灰色的长发，穿着牛仔裤和厚重的皮夹克，在他饱经风霜的瘦削的脸上仍旧有些野狼的气质。“我们不是为流血而来，”他说，“我们为一个女孩而来。”

拉斐尔似乎看起来既愤怒又吃惊。“是谁？”

“那个人类女孩。”狼人僵直地伸出手臂，指向克拉丽。

她非常吃惊，竟动弹不得。西蒙之前还在她手里扭动，此时也僵住了。在她身后，杰斯嘀咕了一声，听起来明显是句脏话。“你可没告诉我你认识狼人。”在他平缓的语调中，她还是听出了一丝异样——他像她一样惊讶。

“我不认识。”她说。

“情况更坏了。”杰斯说。

“你之前就这么说了。”

“必须要再重复一下。”

“好吧，没这个必要，”克拉丽挨近杰斯，“杰斯，他们都在看着我。”

每个人都看向她，大多数人脸上都写满惊异。拉斐尔的眼睛眯缝起来，他缓缓转头看向狼人。“你们不能带走她，”他说，“她擅自进入我们的领地，所以说她是我们的。”

狼人大笑起来。“我很高兴你这么说。”他说着向前一跃。半空中他的身体一下子变长，又成了一头狼，毛发抖擞，大嘴张开，随时准备冲上去撕碎敌人。他直扑向拉斐尔的胸口，两个人纠缠在一起，一时间吠声四起。吸血鬼也发出一阵愤怒的吼叫，冲向狼群，后者也在舞厅中央迎击上去。

这惊天动地的响声是克拉丽不曾听到过的。如果博斯所画的地狱配有声音的话，应该就是这样的。

杰斯吹了个口哨。“对拉斐尔来说，这个夜晚真是糟糕透顶了。”

“那又怎样？”克拉丽对吸血鬼可没有一点同情心，“接下来我们要做什么？”

他四下看看，那场混战把他们逼入一个角落。尽管现在没人注意到他们，但这种情况不会持续很久。克拉丽还没来得及说出这个想法，西蒙就突然从她手中挣脱，飞快地在地板上跑着。“西蒙！”她尖叫着，而他径直朝墙角跑去，那里有一堆腐烂的天鹅绒帷帘，“西蒙，快停下！”

杰斯的眉梢惊诧地挑起来。“他怎么——”他抓住她的胳膊，把她拉回来，“克拉丽，别去追那只耗子，他在逃命，耗子就会那样。”

她生气地瞪了他一眼。“他不是耗子，他是西蒙，而且他还为救你咬了拉斐尔，你这个不知道感恩的白痴。”她甩开胳膊，朝西蒙追过去，后者趴在那堆帷帘前，兴奋地一边吱吱叫，一边用爪子挠。过了一会儿她才明白他想告诉她什么，她把帷帘扔到一边，虽然那里因为发霉而有些黏糊糊的，但那后面是——

“一扇门，”她吸了一口气，“你真是只天才老鼠。”

她把西蒙抓起来的时候，他谦逊地吱吱叫了一声。杰斯也来到她身后。“是扇门啊？好吧，能打开吗？”

她握住门把手，而后转身垂头丧气地看着他。“锁住了，也可能卡住了。”

杰斯用力撞了撞，可门纹丝不动，他骂了一句。“我的肩膀刚刚受伤了，我还指望你能照顾我直到恢复呢。”

“还是专心把门打开吧，行吗？”

他睁大眼睛看着她。“克拉丽——”

她一回身，看到一头狼从混战中脱身，朝她冲过来，耳朵紧贴在窄窄的脑袋两侧。这头狼身形巨大，有着灰黑斑纹，长长的红舌头悬在血盆大口之外。克拉丽一声尖叫，杰斯又撞了一下门，嘴里还咒骂着。她的手伸向腰际，摸到了匕首，继而扔了出去。

过去她从没这样投掷过武器，甚至连想都没想过。这个星期之前她跟武器最亲密的接触就是曾经画过它们，所以克拉丽想此刻最惊讶的那个人应该就是自己。匕首飞了出去，虽然摇摇晃晃，但是真的飞了出去，而且插进了狼一边的肩上。

它尖叫了一声，放缓了速度，可是另外三头狼又冲了过来。一头在受伤的狼旁边停下来，另两头朝门冲过来。克拉丽又大叫起来，而杰斯第三次用身体撞向门。这次随着一声刺耳的生锈铁条和木头的断裂声，门开了。“撞了三次才开。”他一边喘着粗气，一边捂着肩膀。他钻进门后面的一片漆黑里，继而转身不耐烦地挥挥手。“克拉丽，快。”

她倒抽了一口冷气，跟着他冲了进去，并把门重重地关上了，就在那一瞬间，有两个大块头撞在门上，隆隆作响。她摸索着想找到门闩，但杰斯把门撞开的时候它就不知飞到哪儿去了。

“快闪开。”随着杰斯的喊声，她一个躲闪，只见石杖在她头顶上飞舞，在腐烂的木门上刻下黑色的线条。她伸长脖子看他所刻的字：那些线条像是一把镰刀，排成三行，还有一颗发出光芒的星星：抵御追兵。

“我把你的匕首丢出去了，”她坦白说，“很抱歉。”

“这种事常发生。”他收起石杖。她能听到狼人一次又一次用身体撞门时发出的微弱声响，但是门仍屹立不倒。“这个如尼文能让他们进不来，但不会坚持很久，我们最好快点。”

她向上看看，他们身处一条阴冷潮湿的走廊中，一条狭窄的楼梯通向黑暗。台阶是木头的，楼梯扶手覆盖着尘土。西蒙把鼻子从她的夹克衫口袋里伸出来，他小而圆的黑眼睛在微弱的光线下闪着光。“好的，”她朝杰斯点点头，“你先走。”

杰斯看起来似乎想咧嘴笑笑，但他太累了，已经笑不出来了。“你知道我是多想走在前面。但慢慢来，”他补充了一句，“我不确定这个楼梯是否能承受我们两个人的重量。”

克拉丽也不确定，他们往上爬的时候楼梯咯吱作响，发出痛苦的呻吟声，像是一位老婆婆在抱怨身上的病痛。克拉丽为了保持平衡，手抓着扶手，谁知一大块木头随即断裂在她手里。她一声尖叫，这倒让疲惫的杰斯笑了出来，他拉住她的手。“拉着我，稳住。”

西蒙出了一声，对于一只老鼠而言，听起来像是用鼻子哼了一声，杰斯似乎没听见。他们跌跌撞撞地往上爬，用他们最快的速度。这条逃生通道盘旋而上，直通楼顶。他们经过一个又一个楼梯平台，但一扇门也没看见。等他们到了第四个同样的转弯时，听到一声震动墙壁的沉闷声响，一阵尘土涌了上来。

“他们穿过门进来了，”杰斯厉声说，“见鬼——我原以为能坚持更长的时间。”

“现在我们要跑吗？”克拉丽问。

“等什么？快跑。”他说。他们踩着台阶向上跑，楼梯在他们的重压之下发出刺耳的声音，钉子像发射出的炮弹那样纷纷掉落。现在他们来到第五个平台——她能听到下面很远的地方传来的砰砰声，那是狼人的爪子踩在楼梯上所发出的声响，又或者这一切只是她的想象。她知道在自己脖子后面没有什么东西喘着热气，但咆哮声、嘶叫声越逼越近，越来越响，那声音如此真实，如此可怕。

第六个平台出现在他们面前了，他们一下子扑过去。克拉丽喘着粗气，气息在她的肺里粗暴地进进出出，但当她看见一扇门的时候，还是发出了一声轻轻的欢呼。那是扇沉重的铁门，钉满了铆钉，用一块砖撑开了一道口子。她几乎没有时间思考为什么门是开着的，杰斯就一脚把它踹开，一下把她推了出去，跟着杰斯也出来了，又把门重重关上。她听到干脆的一声，门在他们身后锁上了。谢天谢地，她想。

之后她转过身。

头顶的夜空悬着几颗星星，像是挂着宝石一般。天色不是黑的，而是纯净的深蓝，这是黎明前夕的颜色。他们站在铺着石板的光秃秃的屋顶，角落里矗立着砖砌的烟囱。一边的一个高台上，有个老水塔，由于疏于管理而漆黑一片；另一边一块厚厚的柏油帆布下面盖着一大堆东西。“这里一定是他们进进出出的地方。”杰斯说着回头看了门一眼。克拉丽此时能在微弱的光亮下看清他了，疲劳在他眼睛周围刻下许多浅纹，衣服上的血迹大部分是拉斐尔的，看起来全是黑的。“他们能飞到这里。这对我们可不是什么好事。”

“我们也许能走消防通道。”克拉丽提议说。他们一起小心翼翼地走到房顶边缘，克拉丽从来不喜欢高处，站在一幢十层楼的楼顶，她感到眩晕。他们看到了消防通道，一条变形了的破烂不堪的金属梯靠在酒店石头外墙的一侧，看到这个她更觉得头晕了。“或者不走这里。”她说着回头看看他们进来的那扇门，它在房顶中央的一个阁楼样的建筑上。此时它不住地颤抖，把手也不停地晃动，只能坚持几分钟了，或许更少的时间。

杰斯把手背按在眼睛上，闷热的空气压抑着他们，克拉丽的脖子后面有一阵刺痒，她也看到汗水流入杰斯的领口。她想，尽管现在看来无关紧要，但她还是希望能下一场雨。因为雨水能冲破这股闷热，就像刺破一颗水痘那样。

杰斯喃喃自语："快想想，维兰德，动动脑子——"

有什么东西在克拉丽的脑海深处慢慢成形，她眨眼的瞬间似乎看到一个如尼文：两个顶端向下的三角形，还有一横——像是一对翅膀的如尼文……

"就是它。"杰斯长出了一口气，放下手，克拉丽一惊，她思忖着杰斯是不是能知道自己的所思所想。他看起来很激动，金色的眼睛闪着光彩。"我真不敢相信之前竟没想到它。"他冲向房顶的另一边，继而又停下了，回头看着克拉丽。她仍呆呆地站着，脑袋里还全是闪着微弱光芒的各种形状。"快过来，克拉丽。"

她跟上他，把头脑中的如尼文都赶走。他来到柏油帆布旁，拉起一角。帆布掀开了，下面不是废品，而是发光的金属合金，加工精美的皮具和崭新的喷漆。"摩托车？"

杰斯走到最近的一台旁边，是深红色的大型哈雷摩托，油箱和护板上都喷着金色火焰花纹。他抬起一条腿跨了上去，回头看着她。"快上来。"

克拉丽盯着他。"你是在开玩笑吧？你甚至都不知道怎么开这玩意儿吧？你有钥匙吗？"

"我不需要钥匙。"他用极大的耐心解释说，"这车靠的是恶魔引擎。现在，你是要上来，还是要自己开一辆？"

克拉丽默默地爬上车，坐在他身后。在她头脑中的某处，有个极微弱的声音尖叫着说，这真是个糟糕透顶的主意。

"好，"杰斯说，"现在用手抱紧我。"她照着做了，她的手感觉到他结实的腹肌。他俯身向前，把石杖插进了点火器。让她惊讶不已的是，她竟感觉到摩托车在她身下发动了起来，西蒙在她口袋里尖声叫着。

"一切都很好。"她尽可能用安慰人的语气说。但随后——"杰斯！"她大喊道，压过了摩托车引擎的声音，"你要做什么？"

他向后吼了一声，听上去像是在说"按阻风门！"

克拉丽眨了眨眼。"好吧，快点！门——"

就在这时，房顶的门伴随着一声巨响打开了，连同合页也一起被撞飞了。一群狼人从里面涌出来，径直越过房顶冲向他们。在狼人头顶还飞过来一群吸血鬼，刺耳的嘶叫弥漫在夜空中。

她感觉杰斯的胳膊向后一撤，而摩托车则向前冲了出去，一下子她的前胸似乎要撞上后背，她不由自主地拉紧了杰斯的腰带。他们向前猛冲，轮胎在石板上一个侧滑，驱散了狼群，后者大叫着跃到一边。房顶的边缘飞快地迎面而来，快到让克拉丽想把眼睛闭起来，可不知为什么她的双眼反而睁大了。摩托车从防护矮墙上飞驰而出，像一颗石子那样从十层楼朝地面跌落下去。

即使克拉丽当时在尖叫，她之后也不记得了。那种感觉就像是坐过山车时的第一个俯冲，似乎要脱离轨道，整个人都被抛向空中，双手只能不受控制地顺势摆动，五脏六腑都要被倒出来。当啪的一声，一个上拉，让下落的弧线调整为上扬时，她几乎一点也不吃惊。他们此时朝向像钻石般闪烁的星空飞驰而去。

克拉丽回头看了一眼，只见一大群吸血鬼站在酒店的房顶，周围是狼人。她看向别处——即使她再想看看那所酒店，一瞬间也都不见了。

杰斯大叫着，充满了喜悦和解脱。克拉丽身体向前倾，手臂紧紧抱着他。"我妈妈总说，如果我和一个男孩一起骑摩托车，她就会杀了我。"她大喊道，风从她耳边呼呼地刮过，还有震耳欲聋的引擎声。

她听不到他的笑声，但能感觉到他身体的抖动。"她如果认识我的话就不会这么说了，"他十分自信地回头向她喊道，"我是个很棒的车手。"

过了一会儿，克拉丽才想起一件事情。"我以为你们说过并不是所有吸血鬼的摩托车都会飞。"

杰斯熟练地转过一个正在由红变绿的交通灯。克拉丽听到下面汽车的喇叭声、急救车的警报声，还有公交车的刹车声，可她不敢往下看。"是只有一些会飞！"

"那你怎么知道这台会飞?"

"我不知道！"他高兴地喊着，之后不知怎地让车子几乎垂直地飞向更高的空中。克拉丽尖叫起来，又抓住了他的腰带。

"你应该往下看看！"杰斯喊道，"那美极了！"

强烈的好奇心战胜了恐惧和眩晕，克拉丽用力咽了一下口水，睁开了眼睛。

他们比她想象中的还要高好多。大地在她脚下摇摆，让人头晕目眩，眼前只有一片模糊的光和影。他们朝东飞去，远离了公园，向着蜿蜒城市右岸的高速公路飞去。

克拉丽的双手感到麻木，胸口有些闷。但景色很迷人，她能看得出：城市在她身边像一片高耸的银色玻璃森林，一条东河闪烁着微弱的灰色水光，像一道疤痕把曼哈顿和其他区域划分开。吹在她头上的风很冷，但在许多天的闷热之后，这又让人觉得很舒服。她从没离开过地面，甚至没有坐过飞机，他们和地面之间广阔的空间还是让她觉得害怕。当他们飞过河流上方的时候，她不由自主地闭上了眼睛。就在皇后大桥下面，杰斯把车头转向了南面，朝岛的一角飞去。天空开始放亮，远处克拉丽能看到布鲁克林大桥发亮的拱顶，在更远处，还有地平线上模模糊糊的自由女神像。

“你还好吧？”杰斯喊道。

克拉丽什么都没说，只是把他抱得更紧了些。他转了个弯，之后他们朝大桥飞去。透过悬索，克拉丽能看到天上的星星。一列早班车从桥上隆隆驶过——载着一车清晨还没睡醒的上班族，她想起过去自己时常乘那班车。一阵眩晕袭来，她紧闭起眼睛，用力喘着气，感到一阵恶心。

“克拉丽？”杰斯叫道，“克拉丽，你还好吗？”

她摇摇头，眼睛仍旧闭着，在黑暗中，只听到呼啸的风声和自己的心跳声。有尖利的东西划了一下她的胸口，她没在意，直到又被划了一下，这次似乎更坚决。她把眼睛微微睁开一些，是西蒙，他把头伸出口袋，用爪子急促地挠着她的夹克衫。“没事的，西蒙，”她努力说道，不敢往下看，“只是大桥——”

他又抓了她一下，继而用爪子指向布鲁克林滨水的一面，就在他们左边。虽然觉得眩晕，不舒服，她还是看了一眼，在仓库和工厂之后，她看到一线金色的日出，像是金币的边缘。“是的，很美，”克拉丽说着又闭上了眼睛，“很美的日出。”

杰斯一下僵住了，好像被射了一枪似的。“日出？”他大叫一声，立即猛地向右一转。克拉丽睁开了眼睛，水面在即将到来的黎明照耀下泛着蓝光，他们向那里俯冲过去。

克拉丽尽可能地靠向杰斯，又不能挤着夹在中间的西蒙。“日出有什么问题？”

“我告诉过你！这车子是靠恶魔引擎发动的！”他向后一拉，他们和河面平行了，车轮掠过河面，激起水花，河水还溅到克拉丽脸上，“太阳一升起来——”

车子开始噼啪作响，杰斯一边咒骂，一边一拳捶向加速器。车子立即向前一冲，之后又像是给塞住了，在他们身下像是一匹野马上下跳跃。杰斯还在不停地咒骂，太阳越过布鲁克林的码头照射过来，耀眼的光芒照亮了整个世界。当他们越过河水朝岸边飞驰过去时，克拉丽可以看到脚下的每一块石头。他们身下现在是条主干道，已经挤满清晨的车辆。他们刚越过去，车轮就擦到了一辆飞驰而过的卡车顶棚。前面是一个大型超市的停车场。“抓紧我！”杰斯大喊着，身下的摩托车啪的一声往前一跌，“抓紧我，克拉丽，不要松——”

车子一斜，栽向停车场的柏油路面，前轮先着了地，向前滑去，在地上留下一道长长的划痕，并剧烈地左右摇摆，还在不平坦的路面上颠簸着，克拉丽的头随之前后摇晃，脖子似乎都要晃断了。空气中弥漫着一股燃烧的橡胶味道，但车子速度减慢了，滑行最终停止了——撞上了停车场的一个水泥护栏，那股力量让克拉丽一下飞到空中，被甩到了一边，还把杰斯的腰带扯了下来。当他们落地的时候，她根本来不及把身体蜷成球保护自己，只是尽可能僵硬地抱紧双臂，同时祈祷不要压着西蒙。

她重重摔在地上，胳膊疼痛难忍。有什么东西溅到了她脸上，她翻过身，后背着地，手抓着口袋。是空的。她想喊西蒙的名字，但接不上气来。她大口大口喘着气，脸上湿漉漉的，有股东西也淌进胸口。

那是血吗？她睁开眼睛，一片模糊，脸上感觉像是青了一大块，胳膊上也像有皮肉露在外面，一阵刺痛。她侧过身，原来自己有一半身体躺在一潭污水中。黎明已经到来了——她看到摩托车剩余的部分一接触到阳光，就化作了灰烬，根本辨认不出那曾是什么。

杰斯也痛苦地站起来，急急忙忙朝她走过来，来到她身边的时候才放慢了脚步。他衬衫的袖子都没了，左手臂有一道很长的擦伤，还渗着血，他的金发上沾满汗水、泥土和血迹，脸色像张白纸那样惨淡。她思索着为什么他看起来这副样子。自己是少了条腿吗？而且少了的那条腿是在停车场另一边的血泊里躺着吗？

她挣扎着想站起来，感到有只手搭在她肩膀上。“克拉丽？”

“西蒙！”

他跪在旁边，也难以置信地眨着眼睛。他的衣服皱皱巴巴，沾满污垢，他的眼镜不知道丢在了哪里，可他整个人看起来没什么大碍。不戴眼镜，他看起来年龄小了些，那样子像是完全不懂得怎么保护自己，一脸茫然。他伸手抚摸她的脸庞，可她一下缩了回去。“噢！”

“你还好吗？你看起来真美，”他说，声音有些颤抖，“是我见过的最美——”

“那是因为你没戴眼镜。”她虚弱地说。如果她原本期待的是一句机敏的回应，那她没有得到。作为回答，他双手抱住她，紧紧把她搂入怀中。他的衣服上有一股血汗和污垢混合的气味，他的心在狂跳不止，他还碰到了她受伤的地方。但无论如何，他的拥抱是种安慰，还真正意味着他一切安好。

“克拉丽，”他不知所措地说，“我以为——我以为你——”

“不会来救你？可我当然会来，”她说，“我当然会来。”

她也双手抱着他，这一切都让人感到熟悉，他洗过无数次的T恤衫和他锁骨的弧度，自己可以安心地把头放在上面。他呼唤着她的名字，而她轻轻拍着他的后背。有一瞬间，她向后瞟了一眼，正看到杰斯转过身去，好像耀眼的阳光刺痛了他的眼睛。

第十六章

坠落的天使

霍奇十分生气。克拉丽和男孩子们浑身上下都是污垢和血迹，一瘸一拐地走回来时，他就站在门厅，伊莎贝尔和亚历克躲在后面。他一看到他们，就立即开始说教起来，这番教训一定会符合克拉丽妈妈的心意。他还没有忘记训斥他们不该编造出门的理由——很显然，这事是杰斯干的——还有他再也不会相信杰斯了，甚至还添枝加叶地补充，像什么破坏了《大律法》会被逐出圣廷，会给维兰德古老而崇高的名字抹黑之类的。他走过来，死死盯着杰斯说："你的任性让其他人也身处险境。这次的事情我不会让你一甩手就没事的！"

"又不是我计划好的，"杰斯说，"而且我也不会一甩手就装作没发生过一样，因为我的肩膀脱臼了。"

"但愿身体上的疼痛能让你有所收敛，"霍奇冷冷说道，"接下来几天你都要待在医务室里，由亚历克和伊莎贝尔照顾你。你可以好好享受一下了。"

霍奇有三分之二说对了：杰斯和西蒙都住进了医务室，但刚开始只有伊莎贝尔在照顾他们两个，而克拉丽——先去把她自己收拾干净——过了几个小时之后才去的。霍奇处理好了她手臂上的淤肿，她冲了二十分钟的澡，才把皮肤上柏油之类的东西全都洗掉了，但她还是觉得浑身酸痛。

亚历克坐在窗台上，看起来一脸阴云，在克拉丽进门后就怒视着她。"哦，是你啊。"

她没有理睬。"霍奇说他正在过来的路上，他希望你们两个能在他到来前，尽量保持旺盛的生命力，"她对西蒙和杰斯说，"或者类似的状态。"

"我希望他能快点。"杰斯生气地说。他坐在床上，靠着两个蓬松的白色枕头，还穿着那身脏衣服。

"为什么？很疼吗？"克拉丽问。

"不。我对疼痛的定义门槛很高。事实上，不能说是门槛，而是一面装饰华丽的高墙。可是我却很容易觉得无聊，"他眯起眼睛看着她，"你还记得吗？在酒店里你不是承诺说，如果我们还活着，你就穿上护士装，给我来个海绵擦身浴吗？"

“事实上，我觉得你是听错了，”克拉丽说，“是西蒙承诺你的。”

杰斯不由自主地看向西蒙，后者朝他咧嘴笑着。“我一能下地就来给你洗，帅哥。”

“我就知道该让你继续做老鼠。”杰斯说。

克拉丽大笑起来，走到西蒙身边。西蒙似乎对周围都是枕头，腿上还盖着一堆毛毯感到十分的不适。

克拉丽在西蒙床边坐下。“你觉得怎么样？”

“像是有人用刮奶酪的工具给我浑身上下都刮了一遍，”西蒙说，他抬起腿的时候不由地撇了下嘴，“我腿上的骨头断了一根，全都肿了起来，伊莎贝尔不得不把我的鞋子都割开了。”

“她把你照顾得这样好，真让人高兴。”克拉丽的语气中暗含着一丝醋意。

西蒙向前俯身，眼睛仍盯着克拉丽说：“我想和你谈谈。”

克拉丽有些不情愿地点点头。“我一会儿就回我的房间，霍奇治好你之后来找我，好吗？”

“好。”让她很吃惊的是，他俯身过来吻了一下她的脸颊。这个吻只是蜻蜓点水，嘴唇很快地轻碰了下皮肤。但当她撤开身时，她知道自己脸红了。她想，也许自己该站起来，因为所有人都盯着他们看。

在外面的走廊上，她不解地摸着自己的脸颊。脸颊上轻轻一吻也没什么大不了的，但这实在不像西蒙的性格。也许他是做给伊莎贝尔看的？男人啊，克拉丽想，真让人搞不懂。而杰斯还是那副负伤王子的老样子，在他开始抱怨床单的质量之前她就离开了。

“克拉丽！”

她很吃惊地转过身，亚历克在她身后大步地走过来，急急忙忙赶上她。她停下脚步，他也停了下来。“我需要和你谈谈。”

她惊讶地看着他。“关于什么？”

他犹豫了一下。他有着雪白的肌肤和深蓝色的眼睛，和他妹妹一样好看，但是不像伊莎贝尔那样，对自己的容貌他竭尽所能保持低调。他穿着件旧毛衫，头发在黑暗中看起来也像是他自己剪的，这只是他保持低调的方法之一。他的神情看起来很不自在。“我觉得你最好离开，回家去。”他说。

她早知道他不欢迎自己，但这句话还是像打了她一个巴掌。“亚历克，上一次我回家的时候，那里有一大群弃魔，还有长着獠牙的吞噬魔。没有人比我更想回家，可——”

“你一定有能暂时住一下的亲戚家?”他的声音中有一丝绝望。

“没有。另外，霍奇希望我留下。”她简短地说。

“他也许不想了。我是说，在你的所作所为之后，他不——”

“我做了什么?”

他用力咽了下口水。“你几乎害杰斯被杀掉。”

“我几乎——你在说什么?”

“像那样去追踪你的朋友——你知道你把他置于什么样的危险之中吗?你知道——”

“他?你是说杰斯?”克拉丽打断了他，“告诉你，整件事情都是他的主意。是他问马格纳斯老巢在哪里的，他跑去教堂拿武器。如果我没跟着他，他一个人也会去的。”

“你不明白，”亚历克说，“你不了解他，而我了解。他觉得自己需要去拯救世界，他为了尝试连死都不怕，那反而让他高兴。有时我甚至想，他乐意去冒死亡的危险，但这不是说你应该鼓励他那么做。”

“我没听明白，”克拉丽说，“杰斯是拿非力人。你们就是做这些的，你们拯救人类，杀死恶魔，你们为此去冒险。昨天晚上有什么特别吗?”

亚历克一时间失去了控制。“因为他把我甩在了一边!”他大喊道，“通常我都和他在一起，为他掩护，为他提防后面的敌人，保护他的安全。可你——你就是个负担，是个盲呆。”他吐出那两个字，像是在说一句脏话。

“不，”克拉丽说，“我不是，我也是拿非力人——就和你们一样。”

他把嘴角一扬。“也许吧，”他说，“但没接受过训练，什么也不知道，你还是没什么用，不是吗?你妈妈把你在盲呆的世界中抚养长大，你属于那里，而不是这里。你让杰斯不再像——像我们中的一员，让他打破了与圣廷的誓言，让他违背《大律法》——”

“更正一下，”克拉丽打断了他，“不是我让他做什么，他要去做他想做的事情，你必须弄清这一点。”

他看着她，就像看着一个从没见过的极其令人厌恶的恶魔。“你们人类就是这样自私，不是吗?难道你不知道他都为你做了什么吗，不知道他一个人冒了多大的风险吗?我所说的不仅仅是他的安全，他还可能失去一切。他已经失去了父亲和母亲，难道你还想要他失去他所剩下的这个家庭吗?”

克拉丽退缩了，但怒火像黑色的潮水一般涌上心头——针对亚历克的怒火，因为他的话有一部分是对的，还有针对一切人、一切事的一股怒火：那条冰冷的道路在她出生前就夺走了父亲的生命，西蒙差点被杀死，杰斯要做个完全不顾及他自己死活的勇士。卢克在所有一切都是谎言的情况下还装出关心她的样子，母亲并不是个普通人，却总是装出一副索然无趣的样子或者做事缺少计划。她完全是另一个人：一个英勇果敢、令人佩服的母亲，可克拉丽根本就不认识她。这个人现在不在场，可克拉丽却迫切地需要她。

“你是该谈谈自私，”她发着嘘声说道，那股敌意让他退后了一步，“这个世界上除了你自己之外，你谁也不关心，亚历克·莱特伍德。难怪你从没杀死过一个恶魔，就是因为你害怕。”

亚历克看起来很吃惊。“谁告诉你这个的？”

“杰斯。”

他看起来像是让她扇了一巴掌。“他不会，他不会那么说的。”

“他说过。”她能看出自己给他带来的伤害，这让她很高兴。作为交换，其他人也应该感到她的那份痛苦。“你可以大声说什么关于荣誉和诚实的鬼话，还有盲呆根本不具备这些优点，但是如果你诚实，你就该承认这么耍脾气就是因为你爱上他了，跟其他的都没有关系——”

亚历克一下子飞快地移动过来，她的头脑中嗡地响了一下。他把她推到墙上，力气之大让她的后脑勺撞在了木板上，他的脸只离她几厘米远，他怒目圆睁，脸色阴沉。“你今后要是敢，”他嘴唇惨白地低声说，“敢对他说任何类似的话，我就杀了你。我向天使发誓，我就杀了你。”

被他抓住的手臂疼得厉害，她喘着粗气，虽然她不愿意这样。他眨了下眼睛——像是从一场梦中醒来一样——然后放开了她，一下把手甩开，像是她的皮肤会灼伤他。他什么话也没多说，转身匆忙朝医务室走去，可他脚下不稳，像是喝醉了酒或头晕似的。

克拉丽揉着酸痛的手臂，盯着他的背影，为自己的所作所为感到惊恐。干得好，克拉丽。现在你是真的让他憎恨你了。

她应该一躺上床就睡着的，可除了疲乏之外，她没有睡意。最后，她从背包里拿出素描本，支在膝盖上，开始画画。起初只是随手画画——那间吸血鬼酒店残破的外墙上长着獠牙、眼球突出的怪兽头。接着是一条空荡荡的街道，只有一盏路灯射出一线昏黄的灯光，一个黑影出现在灯光边缘。她画出拉斐尔穿着件雪白的衬衫，喉咙上还有个十字形的疤痕。继而她又画了一张杰斯站在屋顶，从十层楼高的地方向下看，他不害怕，似乎受到某种激励想要跳下去——似乎所有空间的高度他都能用信念填补，因为他相信自己战无不胜。像在她的梦里一样，她在他肩膀后画上翅膀，那对翅膀的弧线就像是在骸骨之城的天使才有的那样。

最后，她试图画出自己的母亲。她曾告诉杰斯说，在读过《灰色格雷》之后，自己没有觉得有什么改变，这是实话。可现在，当她尝试画出母亲的脸庞时，她意识到自己记忆当中的乔斯琳有了一点不同：她能看到母亲的疤痕，那细小的白色印记布满了她的后背和肩膀，仿佛她站在雪中。

她明白了自己生命中一贯所认识的那个母亲也不过是个谎言，这刺痛了她。她把素描本塞进枕头下面，眼睛觉得火辣辣的。

有人敲了敲门——很轻，还很犹豫。她急忙擦了下眼睛。“请进。”

是西蒙，她没有真正注意到他的情况有多糟糕。他还没冲澡，衣服都破了，沾满污垢，头发也是一团乱。他站在门口犹豫着没进来，一副很正式的样子，让人觉得奇怪。

她急忙往旁边挪了一下，在床上给他空出个位子。和西蒙一起坐在床上没什么好奇怪的，长久以来他们都互相在对方家里过夜，小时候还一起用毛毯支过帐篷，大一点的时候就一起熬夜看漫画。

“你找到眼镜了。”克拉丽说。可一个镜片已经碎了。

“在我口袋里。比我预期的受损程度要好很多。我要给亮视点眼镜店写封感谢信。”他小心翼翼地在她旁边坐下。

“霍奇把你治好了吗？”

他点点头。“是的。可我还是感觉自己好像刚撬过轮胎似的，但没什么骨折的地方了——现在没有了，”他转身看着她，碎掉的镜片后面是她记忆中的那双眼睛：深色而严肃的眸子，男生可能对他的长睫毛无所谓，但女生却非常着迷，“克拉丽，你为了我而回来——你冒着全部的风险——”

“别说了，”她笨拙地举起一只手，“你也会为我这么做的。”

“当然，”他说，绝对没有自恃清高或者半点虚情假意，“但我一直以为那才是事情应该有的样子，对我们两个来说，你知道的。”

她凑过来一些，面朝他，一脸的困惑。“你是什么意思？”

“我是说，”西蒙说，好像对于要解释这个很明显的事实而感到吃惊，“我总是那个需要你的人，比你需要我的时候要多。”

“情况不是这样。”克拉丽很震惊。

“是这样的，”西蒙依旧很平静地说，“你似乎从来不需要任何人，克拉丽。你总是那么……从容。你所需要的全部就是铅笔和你的想象世界。所以很多时候，我必须把事情说六、七遍，你才会回应，你总是在千里之外。之后你会朝着我笑笑，那种很有趣的微笑，我知道你把我全忘了，刚刚才又记起来——可我从来没生过你的气。有你一半的注意就比其他人全部的都还要好。”

她想拉住他的手，却抓住了手腕，她能感觉到他的脉搏。“在我生命中，我只爱三个人，”她说，“妈妈、卢克和你。除了你之外，我已经全失去了。不要再以为你对我来说不重要——这念头想都不要想。”

“我妈妈说一个人只需要三个能依靠的人就可以实现自我，”西蒙说，他的语调很轻松，但声音讲到一半就开始打颤了，“实现自我。她说，你似乎很好地达成了自己的目标。”

克拉丽朝他有些伤悲地笑笑。“你妈妈还说了什么充满哲理的话，关于我的？”

“还有一些，”他也苦笑了一下作为回应，“但我不告诉你。”

“保守秘密可不公平！”

“谁说这个世界公平了？”

最后，他们两个像孩提时那样相互靠着躺下了：肩并着肩，克拉丽的腿搭在西蒙的上面，她的脚趾头刚到他膝盖下面的地方。他们平躺着，一边说话，一边盯着天花板，这个习惯自从克拉丽在房间的天花板上涂满黑夜里闪烁的星星时就开始了。从杰斯身上也许会闻到像肥皂和橙子的味道，而西蒙则浑身是从超市停车场上刚滚过的味道，但克拉丽毫不介意。

“奇怪的是，”西蒙用手指卷起她的一缕发丝，“在一切发生之前，我还在和伊莎贝尔开着吸血鬼的玩笑，就是想让她一笑，你知道吗？‘什么能吓到犹太裔的吸血鬼？银质的大卫之星？剁碎的肝脏？还是十八美元的支票？’”

克拉丽大笑起来。

西蒙看起来很满意。“伊莎贝尔可没笑。”

克拉丽想到很多想说的东西，可她都没说出口。“我不确定那是不是伊莎贝尔式的幽默。”

西蒙透过睫毛侧面瞟了她一眼。“她和杰斯睡过吗？”

克拉丽的惊呼声最终变成了一阵咳嗽，她瞪着他。“呃，不。他们实际上算是亲人，他们不会那样的，”她顿了一下，“我想不会，不管怎么说。”

西蒙耸了下肩。“我才不关心。”他坚决地说。

“当然，你才不会关心。”

“我不会！”他侧过身，“你知道，一开始我以为伊莎贝尔似乎，我不知道怎么说——很酷，很让人着迷，非常与众不同。接着，在聚会上，我意识到她实际上很疯狂。”

克拉丽眯起眼睛看着他。“是她让你去喝那杯蓝色鸡尾酒的吗？”

他摇摇头。“都是我的主意。我看到你和杰斯、亚历克离开了，我不知道……你和平常看起来很不一样，你似乎非常不同。我禁不住想你已经改变了，而你们的这个新世界会把我拒之门外。我想做点什么事情，让我自己更加融入，成为其中的一部分。于是，当那个绿皮肤的小个子服务生托着一盘饮料经过的时候……”

克拉丽叹息了一声。“你这个白痴。”

“在其他事情上我可不会承认。”

“抱歉。那是不是很可怕？”

“做一只老鼠吗？不。开始觉得晕头转向，突然之间自己的视线和所有人的脚踝平行，我以为自己喝的是缩小药水。可我不明白自己为什么非常想去咬口香糖纸。”

克拉丽咯咯地笑起来。“不，我是说在吸血鬼酒店里——那很可怕吗？”

他的眼中闪现过一丝什么，他看向了别处。“不，我不大记得在派对上和在停车场着陆之间所发生的事情了。”

“也许这样更好。”

他又开始说什么，可讲到一半就打起哈欠，房间中的光线慢慢变暗了。克拉丽起身下床，把窗帘拉开了些。窗外，整个城市沐浴在红色的夕阳中，五十个街区开外的克莱斯勒大楼银顶像一根在火里烧了很久的拨火棍那样发着光。“太阳要落山了。也许我们得找点晚饭吃了。”

没人应答。她转身一看，西蒙已经睡着了，手枕在头下面，两条腿伸着。她叹了口气，走到床边，帮他把眼镜摘掉，放在床头柜上。她都数不清有多少次他戴着眼镜就睡着了，然后被镜片破碎的声音吵醒。

现在我要在哪儿睡觉呢？倒不是说她会介意和西蒙睡在一张床上，而是他没给自己留下什么空间。她考虑过把他弄醒，可他看起来睡得很安详。另外，她自己也不困。她正要从枕头下面拿出素描本的时候，传来一阵敲门声。

她光着脚走过房间，轻轻转动门把手。是杰斯，干干净净地穿着牛仔裤和灰色的衬衫，他洗过的金色头发还湿漉漉的，脸上的淤青已经由紫转淡，手背在身后。

“你在睡觉吗？”他问，语气中没有歉意，只是好奇。

“没有，”克拉丽来到走廊，把身后的门关上了，“为什么你那么认为？”

他看着她浅蓝色的棉质背心和睡觉穿的短裤套装。“没什么原因。”

“我几乎一天都躺在床上。”她说，从技术层面讲这倒是真的。看着他，她内心紧张不安的程度上升了一倍，可她找不到什么理由要和他分享这个信息。“你呢？不累吗？”

他摇摇头。“和邮政服务差不多，暗影猎手从不睡觉。‘无论风霜雨雪，还是酷暑暗夜，都无法阻止——’①”

“如果暗夜真能阻止你，那你肯定是有大麻烦了。”她说。

他咧嘴一笑，和他的头发不同，他的牙齿并不完美，上面的门牙稍稍缺了一块，倒也可爱。

她抱紧了双臂，走廊里有些冷，她手臂上起了鸡皮疙瘩。“可你在这里做什么呢？”

“‘这里’是指你的卧室，还是指那个伟大的哲学问题，就是我们在这个星球上，在这里的目的？如果你是说这一切不过是宇宙中的一个巧合，或者说生活有更伟大的形而上的意义，好吧，这是几个世纪以来的难题。我是说，单纯的本体论上的简化很显然是个错误，但——”

“我要回去睡觉了。”克拉丽伸手去拉门的把手。

他灵活地滑到她和门之间。“我来这里，”他说，“是因为霍奇提醒了我你的生日。”

克拉丽满是怒火地叫了一声。“要到明天才是。”

“为什么不现在就开始庆祝？”

她看着他。“你是要避开亚历克和伊莎贝尔吧。”

他点点头。“他们两个都想跟我吵架。”

“为了相同的原因？”

“我不知道，”他鬼鬼祟祟地朝走廊瞟了一眼，“还有霍奇。每个人都想和我谈谈，除了你。我打赌你不想和我说话。”

“不想，”克拉丽说，“我想吃东西，我快饿死了。”

他从背后伸出手，拿着一个有些皱的纸袋子。“趁伊莎贝尔不注意，我从厨房偷了些吃的出来。”

克拉丽笑笑。“野餐吗？去中央公园有些晚了，你不觉得吗？那里全是——”

---

① 此句为刻在纽约市詹姆斯·法雷邮政中心的铭文，全文为“无论风霜雨雪，还是酷暑暗夜，都无法阻止邮差敏捷地完成所指定的任务”。出自希罗多德的《历史》，原意指古波斯帝国的信差服务。

他一挥手。“精灵。我知道。”

“我本来准备说劫匪的，”克拉丽说，“但我会为跟在你身后的劫匪感到惋惜的。”

“这是个很明智的态度，我觉得你应该这样想，”杰斯说，看上去很满意，“可我不想去中央公园，去花房这么样？”

“现在？半夜去？那里不会——黑漆漆的吗？”

他露出一个微笑，像是有什么秘密。“来吧，我让你看看。”

第十七章
午夜之花

灯光半明半暗，他们在去楼顶的路上经过了几个空荡荡的大房间，看起来都像是舞台布景那样空寂，黑暗中会突然出现些盖着白布的家具，像是从浓雾中显露出的冰山。

杰斯打开花房的门，一阵香气扑面而来，如此柔软，像是猫咪爪子上长着的肉垫：既有泥土厚重的味道，也有夜晚所开放的花朵的浓郁芬芳——有月光花、白色木曼陀罗、紫茉莉——还有些她也认不出的花，比如开着星星形状黄色花朵的植物，花瓣上还悬着金色的花粉。透过四周的玻璃墙，她能看到曼哈顿的灯火像冰冷的宝石那般闪烁着光彩。

"哇，"她慢慢地转过身，深吸了一口气，"这里的夜晚真美。"

杰斯咧嘴一笑。"而且这个地方只属于我们。亚历克和伊莎贝尔讨厌上来，他们过敏。"

克拉丽哆嗦了一下，尽管她一点也不冷。"这些是什么花？"

杰斯耸耸肩，小心翼翼地在一片绿油油的灌木旁边坐了下来，灌木上还长满了紧闭着的花蕾。"不知道。你以为我在植物课上会注意听讲？我可不准备去保管档案。我不需要知道这些。"

"你只要知道怎么去打打杀杀就行了？"

他抬眼看看她，笑了笑。他看起来像是伦勃朗画作中一头金发的天使，除了那张恶毒的嘴。"对啊。"他从袋子里拿出一个餐巾纸包着的东西，递给她。"还有，"他补充说，"我知道怎么做很好吃的芝士三明治。尝一个。"

克拉丽不情愿地笑笑，在他对面坐下，她光着的腿碰到花房的石头地面感到有些冰冷，但酷热了这么多天这样倒也让人舒服。杰斯从纸袋里拿出几个苹果、一块夹有果肉和坚果的巧克力，还有一瓶水。"这些偷来的赃物还不错。"她充满敬意地说。

那个芝士三明治还是温热的，有些软了，但味道很好。杰斯从他夹克衫上无数个口袋中的一个里面拿出一把骨头柄的小刀，可看起来这把刀能让一只灰熊开膛破肚。他开始削苹果，又仔细地分成八块。“好了，这个虽然不是生日蛋糕，”他说着递给她一块，“但比什么都没有要好。”

“我以为会什么都没有，所以谢谢你。”她咬了一口，苹果吃起来酸酸的，很爽口。

“没有人会在生日的时候什么都收不到，”他开始削第二个苹果，果皮连成长长的一条，“生日应该是个特别的日子。我生日的那天，父亲总说我可以做任何想做的事，或者可以得到任何想要的东西。”

“任何事，任何东西？”她笑了，“你想要的是什么？”

“那个，在我五岁的时候，我想在意大利面里洗澡。”

“可他没让你那么做，对吧？”

“不，这才是关键，他允许了。他说这又不花很多钱，而且既然是我想要的，为什么不呢？他让仆人往浴缸里倒满开水和意大利面，等水凉了……”他耸了下肩，“我就在里面洗了个澡。”

仆人？克拉丽想。可她大声说出来的是：“感觉怎么样？”

“很滑。”

“我敢说肯定是那样。”她试着想象他还是个小男孩的样子，咯咯笑着，整个人都泡在意大利面里。可这个画面不会成立，杰斯当然不会咯咯地笑，甚至是在五岁的时候。“你还要过什么其他的东西？”

“大部分是武器，”他说，“我想这不会让你感到吃惊。还有书，我自己看了很多书。”

“你没上过学？”

“没有。”他说，现在他放慢了语速，似乎正在逼近一个他不想谈论的话题。

“可你的朋友们——”

“我没有朋友，”他说，“除了我父亲之外，他就是我所需要的全部。”

她盯着他。“一个朋友都没有？”

他也直视着她。“第一次我见到亚历克，”他说，“在我十岁的时候，那是我第一次看到同龄的孩子，也是第一次我有了一个朋友。”

她低下头，脑海中不由得浮现出一个图景：她想到了亚历克，想到了他看着自己的样子。他不会那么说的。

“不用为我感到难过，”杰斯说，似乎猜透了她的想法，尽管她并不是为他而感到难过，“他给了我最好的教育，最好的训练。他带我环游世界，伦敦、圣彼得堡、埃及，我们过去很喜欢旅行。”他的眼神变得暗淡起来，“从他去世后，我就再没去过任何地方。除了纽约。”

“你很幸运，”克拉丽说，“我长这么大从来没有出过这个州，我妈妈甚至都不让我去华盛顿远足，现在我知道是为什么了。”她伤心地加了一句。

“她担心你被吓坏？在白宫里看到恶魔？”

她咬了一小口巧克力。“白宫里有恶魔吗？”

“我只是开个玩笑，”杰斯说，他富有深意地耸了下肩，“不过我确定有人这么说过。”

“我觉得她只是不想我离她太远，我是说我母亲。在我父亲死后，她变了很多。”卢克的声音在她头脑中响起。自从这件事发生后你再也不是原来的你了，但是克拉丽不是乔纳森。

杰斯朝她挑起一边的眉毛。“你还记得你父亲？”

她摇摇头。“不。他在我出生前就去世了。”

“你很走运，”他说，“那样你就不会想念他。”

如果这话出自其他人之口，一定很难让人接受，可他的语气中没有苦楚，只饱含了失去父亲的孤寂。“那会减弱消失的速度吗？”她问，“我是说对他的想念？”

他斜眼看着她，却没直接回答。“你会想起你母亲吗？”

不，她不会以那种方式想起母亲。“会想到卢克，事实上。”

“那不是他真正的名字，”他沉思着咬了一口苹果，说道，“我也在考虑他的事情。他的所作所为似乎有些不合情理——”

“他是个懦夫，”克拉丽的声音中充满苦涩，“你听到了他的话，他不会和瓦伦丁对着干，甚至为了我母亲也不会。”

“可这正是——”一个响亮而悠长的声音打断了他，从某处传来了钟声，“午夜了。”杰斯说着把刀放下，他站起来，伸手把她也拉起来站在自己身边。他的手指上沾了苹果汁而有些黏。“现在，注意看。”

他的目光盯着他们身旁的绿色灌木丛，还有上面无数紧闭的小花蕾。她正要开口问他会看到什么，可他举起一只手阻止了她。他的眼里闪着光。“等着。”他说。

灌木丛的树叶一动不动，突然之间，一个紧闭着的花蕾开始微微颤动，继而鼓成原来的两倍大，一下子崩开了，这像是在看加快了速度的开花过程录影带：精致的绿色萼片向外展开，里面簇拥在一起的花瓣也散开了，上面布满浅金色的花粉，像爽身粉那般轻薄。

“哦！”克拉丽叫道，抬头发现杰斯正看着她，“它们每晚都开花吗？”

“只在午夜开，”杰斯说，“生日快乐，克拉丽莎·弗雷。”

她有种很受感动的异样感觉。“谢谢你。”

“我有东西送你。”他说着把手伸进口袋，拿出一个东西，放在她手上。是一块灰色的石头，形状稍稍有些不规则，有的地方被磨得很光滑。

“哈，”克拉丽用手指把玩着石头，“你知道，当大多数女孩说想要份像石头那样有分量的礼物时，她们其实并不是真的想要一块石头。”

“很好笑，你这个爱讽刺人的家伙。准确地说，这不是块石头。所有的暗影猎手都有一块刻有如尼文的巫光石。”

“哦。”她对石头有了新的兴趣，仔细看着，又双手合拢捧着它，就像杰斯在地窖时那样。她不确定，可是觉得能在指缝间看到一丝光亮。

“它会给你带来光明。”杰斯说，声音有些沙哑。

她把石头放进口袋。“好吧，谢谢。你能送我礼物真是太好了，”她说这句话时紧张的感觉像一股潮湿的空气那样让她喘不过气来，“比随便哪一天让我在意大利面里洗澡都要好。”

他阴沉着脸说：“如果你把我的这件私事告诉别人，我可能会杀了你。”

“好吧，我五岁的时候，想让妈妈把我放进烘干机里，跟衣服一起转啊转，”克拉丽说，“可不同的是，她没有允许。”

“那是因为进烘干机去转啊转会要了你的命，”杰斯说，“而意大利面不会，除非是伊莎贝尔做的。”

午夜之花的花瓣已经开始飘落了，花瓣落到地上，闪着银色的星光。“当我十二岁的时候，我想弄个文身，”克拉丽说，“我妈妈也没让我弄。”

杰斯没有笑。“大多数暗影猎手在十二岁的时候就会有第一个印记，你血液中一定流淌着那些东西。”

“也许吧。可我还是怀疑大部分暗影猎手会想在左肩上文个《忍者神龟》里的多纳泰罗吗？”

杰斯感到困惑。“你想在肩膀上文个乌龟？”

“我只是想遮住自己的水痘疤，”她把上衣稍稍拉开些，露出肩膀上星星形状的一个白色疤痕，“看到了吗？”

他看向了别处。“时间不早了，”他说，“我们得回到楼下去了。”

接下来一句话从她嘴里不由自主地吐出来：“你和伊莎贝尔曾经——约会过吗？”

此刻他直勾勾地看着她，月光下，他眼眸的颜色变得很淡，几乎是银色的，而不是金色的。“伊莎贝尔？”他茫然地问。

“我以为——”此时她甚至觉得更加尴尬了，“西蒙在想这事。”

“那也许他该自己问她。”

“我不确定他是不是想问，”克拉丽说，“无论如何，别在意。这不关我的事。”

他笑了笑，让人感到几分不安。“答案是没有。我是说，也许曾经有段时间我或者她考虑过，可她对我来说几乎就是家人。那样会很奇怪。”

“你是说伊莎贝尔和你从没——”

“从来没有。”杰斯说。

“可她讨厌我。”克拉丽说。

“不，她不讨厌你，”他这么说让她很吃惊，“你只是让她感到不安，因为一直以来她都是一群爱慕她的男孩子中间唯一的女生，现在她不是了。”

“可她长得非常漂亮。”

“你也是，”杰斯说，“而且和她非常不一样，她禁不住会注意你。她一直想变得娇小纤弱，而讨厌比大多数男孩子都要高。”

克拉丽没有回应，因为她没什么可说的。漂亮，他说她漂亮。没有人曾这样说过，除了她母亲之外，可那不能算数，妈妈都认为自己的孩子好看。她盯着他。

“我们可能得下楼去了。”他又说了一次。她知道自己一直盯着他看，让他觉得不舒服了，可她似乎停不下来。

“好吧。”她最后说。让她感到宽慰的是，自己的声音听起来还算正常。她转过身去，目光从他身上离开，这更加让她宽慰。月亮此时就在头顶上空，把所有的一切照得如同白昼。在抬脚往前迈步的时候，她看到地板上闪过一道白光：是杰斯用来切苹果的刀。她猛地往后一退，以免踩上去，可肩膀正撞上他——他伸出一只手扶住她，她转身过来想道歉，可不知怎地，她已在他的臂弯中，他吻了她。

一开始的时候，他似乎并不想吻她：他的嘴唇僵硬，不肯屈服。可后来他双手搂着她，把她拉近，嘴唇也变得柔软起来。她能感到他飞快的心跳，还有唇上留存着的苹果味道。她把手伸进他的头发中，从第一次见到他时，她就想这么做，发丝缠绕在她指间，如绸缎般丝滑。她的心也在狂跳，耳边响起嗡嗡的声音，像是有双翅膀在舞动——

杰斯抽出身，但手臂还搂着她，压低声音说：“别慌张，可旁边有个观众。”

克拉丽转过头，旁边的树枝上，雨果停在上面，用明亮的黑眼睛机警地看着他们。所以说她听到的声音真的就是翅膀的舞动，而不是奔涌的热情，这真让人失望。

“如果它在这儿，那说明霍奇也就在不远处，”杰斯屏住呼吸说，“我们该走了。”

“他在监视你吗？”克拉丽小声说，“我是指霍奇。”

“不。他只是喜欢到上面来思考问题，太不巧了——我们刚才的谈话多么妙趣横生啊。”他不出声地笑了笑。

他们按原路走下楼去，可这对于克拉丽来说像是完全不同的一段路程。杰斯一直拉着她的手，一阵阵细小的电波在她的血管中涌动，凡是他们相接触的地方都有：她的手指、手腕，还有手掌。她的脑袋里全是疑问，可她不敢去问，害怕破坏气氛。他说“太不巧了”，所以她猜测今晚应该就这样结束了，至少是接吻这个部分。

他们来到她房门口，她倚在旁边的墙上，抬眼看着他。“谢谢你的这个生日野餐。”她说，努力让自己的声调保持中立。

他似乎不愿放开她的手。“你要去睡觉了吗？”

他只是想礼貌些，她这样告诉自己。而之后他又会变成原来的杰斯，那个从来都没有礼貌的杰斯。她决定用另一个问题来回答这个问题：“你累吗？”

他的声音很低：“我从没有这样清醒过。”

他俯下身来吻她，一只手托着她的脸颊。他们的唇接触在一起，开始时轻轻的，而后更加用力。就在这时西蒙一下把卧室门打开，来到走廊上。

他眨着眼睛，头发乱蓬蓬的，也没有戴眼镜，可他仍能看得很真切。“这是怎么回事？”他问道，这个声音非常大，让克拉丽从杰斯身边一下跳开，似乎被他烫着了。

“西蒙！你怎么——我的意思是，我以为你在——”

“睡觉？我刚才是在睡。”他说着脸颊一下变红了，当他感到尴尬或不安的时候都会这样，“然后我醒了，你不在了，所以我想……”

克拉丽不知道该说什么。为什么她没想到会发生这种情况？为什么她没提议去杰斯的房间？答案既简单又可怕：她完全把西蒙给忘了。

“我很抱歉。”她甚至不确定自己说了这句话。她用眼角的余光瞥到杰斯一脸怒气地盯着她——可当她再看向他时，他像平常一样：表情轻松，自信满满，还稍稍有些不耐烦。

“以后，克拉丽莎，”他说，“最好先说明已经有个男人在你床上，以免再出现这种无趣的情况。”

“你邀请他上床?”西蒙问，他看起来很震惊。

“真可笑，不是吗?”杰斯说，“我们两个绝不可能全挤上去。”

“我没邀请他上床，”克拉丽怒气冲冲地说，“我们就只是接个吻。”

“只是接个吻?”杰斯模仿着她的音调，假装很受伤，“你这么轻易就抹杀了我们之间的爱。”

“杰斯……”

她看到他眼中闪烁的怨恨，声音低了下去，再反驳下去也没什么指望，她心中一沉。“西蒙，很晚了，”她疲倦地说，“很抱歉打扰了你。”

“我也是。”他退回卧室，重重把门关上。

杰斯的笑容像只涂了一层黄油的吐司，索然无味，无动于衷。“继续啊，在后面追他，拍着他的头，告诉他，他仍然是你最特别的小朋友。这不是你想做的吗?”

“别说了，”她说，“别再这个样子了。”

他的笑容扩大了。“什么样子?”

“如果你生气，就直接说出来。不要一副什么事情都无所谓的样子，就好像你什么都感觉不到。”

“也许你在吻我之前就该想到这个。”他说。

她难以置信地看着他。“我吻了你?”

他怨恨地看着她。“别担心，”他说，“这件事对我也不是那么记忆深刻。”

她看着他走开了，心中充满复杂的情绪，既有想哭的冲动，又想追上去直接踢他一脚。她知道这两种方法都不会让他平息，于是什么都没做，只是小心翼翼地回到卧室。

西蒙站在屋子中央，已经戴上了眼镜，可表情茫然。她的头脑中回响着杰斯的声音，充满恶意地说着：拍着他的头，告诉他，他仍然是你最特别的小朋友。

她朝他走上前一步，当她意识到他手里拿的是什么东西的时候，便停住了。她的素描本打开着，上面是她画的画，长着天使翅膀的杰斯。“很好，”他说，“那些提斯克艺术学院的课程都很有成效。”

通常情况下，克拉丽会让他不要翻看自己的素描本，可现在不是时候。“西蒙，你瞧——”

“我意识到跑回你的卧室生闷气可能不是最合适的事情，”他生硬地打断了她，把素描本扔回床上，“可我得来拿自己的东西。”

“你要去哪儿?”她问。

“回家。我来这里的时间太长了。像我这样的普通人不属于这个地方。”

她叹了口气。“瞧，我很抱歉，好吗？我不是有意要吻他，可就这样发生了。我知道你不喜欢他。”

“不，”西蒙更生硬地说道，“我不喜欢喝跑光气的苏打水，不喜欢很差的男生流行乐队，不喜欢堵车，不喜欢做数学家庭作业，可我讨厌杰斯。知道不同之处了吗？”

“他救了你的命。”克拉丽说，可感觉是在骗人——毕竟杰斯去迪蒙酒店只是担心她会死掉，如果她死了的话，会给他自己带来更多麻烦。

“那只是些鸡毛蒜皮的事，”西蒙不屑地说，“他是个混蛋，我以为你比他好一点。”

克拉丽的怒火一下燃起来。“哦，现在你可以盛气凌人地指责我的错误了，”她厉声说道，“你才是那个会邀请身材最‘摇滚火辣’的女生去秋季公演的人。”她模仿着埃里克慵懒的音调。西蒙的嘴唇因为生气而紧闭成一条线。“所以杰斯偶尔犯下混又怎么了？你又不是我哥哥，更不是我爸爸，你不需要喜欢他。我也从来都不喜欢你的那些女朋友，可至少我很有风度，从没说出来。”

“这个，”西蒙咬牙切齿地说，“不一样。”

“怎么不一样？有什么不同的？”

“因为我看见了你看他的样子！”他大声喊道，“而我从来没有这样看过那些女生中的任何一个！那些都只是小打小闹，锻炼一下我自己，直到——”

“直到什么？”克拉丽隐隐觉得自己太过火了，整件事情都有点失控了。他们只在树屋上争论过谁该吃最后一块夹心饼，从那之后就再没有如此认真地吵过架了。可她似乎就是不能让自己停下来。“直到伊莎贝尔的出现？我真不敢相信在你自己为她神魂颠倒之后，还因为杰斯而教训我！”她的音调提高为尖叫声。

“我只是为了让你嫉妒，”西蒙也立即高声叫道，身侧的两只手握紧了拳头，“你太笨了，克拉丽。你太笨了，难道你看不出来？”

她一脸困惑地盯着他，这到底是什么意思？“是为了让我嫉妒？为什么你要这么做？”

她立即明白这是她所问过的最蠢的一个问题了。

“因为，”他说，那种伤心的语调让她一惊，“我喜欢你十年了，所以我想是时候弄明白你是不是也对我有一样的感觉。可我猜不是。”

他像是在她腹部踢了一脚，让她讲不出话，喘不上气，只是盯着他，她想有所回应，随便什么回应都好。

他尖刻地打断了她："不用说。你没什么好说的。"她看着他走到门口，她很想过去拉住他，可自己好像瘫痪了一样，一动也不能动。她能说什么呢？我也爱你？可她没有——她能说得出口吗？

他在门口停住了，手握着门把手，转身看着她。他的眼睛在镜片后面看上去更疲惫，而不是气愤。"你真的想知道我妈妈还说了什么关于你的话吗？"他问。

她摇了摇头。

他似乎没有注意。"她说你会令我心碎。"他告诉她，然后离开了。门在他身后咯噔一声坚决地关了起来，只剩下克拉丽一个人。

他离开之后，她瘫坐在床上，拾起素描本，把它捧在胸前，不是想画画，而只是渴望触摸到熟悉的东西，闻到熟悉的气味：墨水、纸、画笔。

她想过要试着追上西蒙，可她说什么呢？她还能说什么呢？你太笨了，克拉丽，他对她说，难道你看不出来？

她想起了很多他说过做过的事情，埃里克和其他人开的关于他们两个人的玩笑，还有她一走进房间就安静下来的谈话。杰斯一开始就知道。我嘲笑你是因为那个爱的宣言让我觉得可笑，特别是在得不到回应的情况下。她一直在考虑他这话的意思，可现在她明白了。

她之前还跟西蒙说起她所爱的三个人：妈妈、卢克和他。她想，在一个星期之内，一个人是不是可能失去所有她爱的人。她想，这些是不是一个人所赖以生存的东西。也许不是——和杰斯在屋顶上的那段短暂时光中，她就忘记了妈妈，忘记了卢克，忘记了西蒙，而她很开心。这是最坏的部分，她竟然很开心。

也许，她想，失去西蒙可能是对我在母亲仍然失踪的情况下，还独自偷欢的惩罚，哪怕只是一小会儿。无论如何，那一切都不是真的。杰斯也许对接吻很在行，可他根本就不在乎她，他是这么说的。

她慢慢把素描本放下。西蒙是对的，这张杰斯的像是画得很好。她捕捉到了他嘴角刚毅的线条，还有和这很不相称的脆弱的眼神。那对翅膀看起来像真的一样，她想象着如果自己用手抚摸上去，那一定很柔软。她让自己的手指触摸着画面，头脑中那样想象着……

可她的手突然一抖，她盯着画面，自己的手指所接触的不是粗糙的纸面，而是轻柔的羽毛。她瞟到了自己在页面的一角草草写下的如尼文，那文字还在闪着光，就像她看到杰斯用石杖写下的如尼文那样闪着光。

她的心飞快地跳动着，如果一句如尼文能让画面活起来，那也许——

她眼睛一边盯着画纸，一边到处摸索自己的铅笔。她屏住呼吸，飞快地翻到一页干净的新画纸，匆忙画下脑海中最先浮现出的东西。是她床头柜上的一个咖啡杯。凭着她记忆中的静物写生课上所教的技巧，她尽量画出所有的细节：杯子边缘的污点，把手上的裂纹。当她完成的时候，这幅静物画已经是她所能达到的与实物最相似的程度了。被一种自己也无法理解的本能所驱使，她拿过杯子，放在画纸上，然后开始很仔细地在一旁写下如尼文。

第十八章

生命之杯

杰斯躺在床上，假装睡着了——是为了他自己，而不是为了别人——可敲门声太响了，让他忍无可忍。他强迫自己从床上起来，紧皱眉头，而且尽力伪装成身体没有任何问题的样子，就像在花房时那样，其实他浑身上下都还因为昨夜的伤在痛。

他开门前就知道会是谁，也许西蒙又把自己变成了一只老鼠。这次西蒙将永远是只该死的耗子，这是他，杰斯·维兰德，所准备做的全部。

克拉丽紧紧握着素描本，头发从辫子中滑落了几缕。他靠在门槛上，不去管自己因为看到她而兴奋起来的肾上腺素。这不是第一次了，他思忖着这是为什么。伊莎贝尔利用她的美貌就像使用自己的鞭子一样，可克拉丽根本意识不到自己的美丽，也许这就是原因。

他想她来这儿只能出于一个理由，尽管在对她说了那些话之后，她还能过来找他很没道理。语言就是武器，父亲这样教育过他，他想伤害克拉丽，比他曾想要伤害任何一个女孩的愿望都强烈。事实上，他不确定自己是否曾经想去伤害一个女孩。通常他只是想吸引女孩，然后就不想再让她们纠缠着他。

“别跟我说，”他用她所讨厌的那种语气说，“西蒙把自己变成了豹猫，而你想让我做点什么，好不让伊莎贝尔把他变成一件披肩。那个，你必须得等到明天，我现在不提供服务。”他指着自己说——他穿着件蓝色的睡衣，袖子上还有个洞，“看，穿着睡衣呢。”

克拉丽似乎没在听他说什么。“杰斯，”她说，“这很重要。”

“不要说，”他说，“你画画也出现紧急情况，需要个裸体模特。我可没这个心情。你可以问问霍奇。”他想了想补充道：“我听说他可以做任何事情，为了——”

“杰斯！”她打断了他，声音变成尖叫，“闭上嘴一秒钟，听我讲，行吗？”

他眨了眨眼。

她深吸了一口气，抬头看着他，目光中充满了不确定。他心中涌起一股不同寻常的冲动：想用手搂住她，告诉她一切都没问题。可他没有，以他的经验，没问题的时候很少见。“杰斯，”她说话的声音很轻，他必须俯下身来才能听清楚，“我想我知道我妈妈把圣杯藏在哪里了。在一幅画里。”

“什么？”杰斯仍旧盯着她，仿佛她在说发现一个无声使者在走廊里侧身翻筋斗，而且还没穿衣服，“你是说她把圣杯藏在一幅画后面？你家里所有的画都被从画框里撕下来了。”

“我知道，”克拉丽看向他身后的卧室，让她感到宽慰的是，里面似乎没有其他人，“瞧，我能进去吗？我想给你看样东西。”

他无精打采地离开门。“如果你必须的话。”

她坐在床上，把素描本放在膝盖上。之前他穿的衣服扔在床罩上，可剩下的地方都整洁得像是僧侣的房间。墙上没有一张图片、海报或者朋友和家人的照片，白色的毛毯平整地铺在床上，一点儿也不像一个十几岁男孩的房间。“这儿，”她说，飞快地翻到画着咖啡杯的那张，“看这个。”

杰斯在她旁边坐下，把脱下来的 T 恤衫挪到一边去。“是个咖啡杯。”

她能听出自己声音中的不耐烦：“我知道这是个咖啡杯。”

“我等不及你画出什么很复杂的东西了，像布鲁克林大桥或者一只龙虾。你也许应该给我发一条会唱歌的电报。”

她没理睬他。“看，这是我想让你看的东西。”她的手伸向画纸，接着猛地向里一伸，进入了纸里。片刻之后，她把手拉出来，手里拿着咖啡杯，杯子把手还挂在手指上摇晃着。

她曾想象杰斯会吃惊地从床上跳起来，嘴里说着类似于“老天！”的话。可这没有发生——她猜想，很大程度上是因为杰斯在他的生活中见过太多奇怪的事情了，而且还因为现在已经没人说“老天！”了。可他的眼睛还是睁大了。“你自己做的？”

她点点头。

“什么时候？”

“就刚才，在我卧室里，在——在西蒙离开后。”

他的目光突然锐利起来，可他没有继续下去。“你用了如尼文？哪一个？”

她摇摇头，摸着现在已经空白的画纸。“我不知道，就是出现在我脑海里的那个，我就照着一笔一划地写下来。”

“是你先前在《灰色格雷》中看到的吗？”

“我不知道，”她还是摇摇头，“我也说不清楚。”

“那没有人告诉过你怎么做？比如说，你妈妈？”

“没有，我之前告诉过你，我妈妈经常和我说根本没有法术这类东西——”

“我打赌她曾教过你，”杰斯打断了她，“然后强迫你忘记了。马格纳斯确实说过你的记忆会慢慢恢复。”

“也许。”

“当然会，”杰斯站起来，开始来回踱步，“像你这样使用如尼文，可能是违反《大律法》的，除非你获得了许可。可现在这不重要。你觉得你妈妈把圣杯放进了一幅画里？就像你刚才对那个咖啡杯所做的事那样？”

克拉丽点点头。“可不在家里。”

“其他什么地方？在画廊里？那可能是任何地方——”

“根本不是在画里，”克拉丽说，“而是一张牌里。”

杰斯停住了，回身朝向她。“一张牌？”

“你还记得多萝西娅家里的那套塔罗牌吗？就是我妈妈给她画的那套？”

他点点头。

“还记得我抽到了一张圣杯首牌吗？之后我看到天使的雕像，觉得那个圣杯看起来很熟悉。那是因为我之前看到过，就在那张首牌上。我妈妈把圣杯画在多萝西娅的塔罗牌上了。”

杰斯在她身后一步开外的地方说：“因为她知道它在这重重守卫之下很安全，而且她这样交给多萝西娅事实上既不用告诉她那是什么，也不用跟她说为什么要把它藏起来。”

“甚至都不用藏起来。多萝西娅从不出门，也不会把它交出去——”

“而且你母亲的位置也很理想，能盯着两者，圣杯和多萝西娅，”杰斯听上去几乎为之折服了，“是个高招。”

“我猜也是，”克拉丽努力控制住音调的起伏，“我真希望她没有藏得这么好。”

“你是什么意思？”

“我的意思是如果他们找到了圣杯，也许就会放了她。如果他们想要的仅仅是圣杯而已——”

“他们会杀了她，克拉丽，”杰斯说，她知道他说的是真的，“他们也是杀死我父亲的那些人。她现在能活着的唯一原因就是他们找不到圣杯，她藏得如此之妙真令人高兴。”

“我真不明白所有这些和我们有什么关系。”亚历克说，透过散乱的头发，他看起来睡眼惺忪。黎明时分，杰斯把学院里剩下的人都叫醒了，而且把他们拉到图书室，用他的话说，这叫“战术布置”。亚历克还穿着睡衣，伊莎贝尔穿着一套粉红色的便服，霍奇则穿着平常那套笔挺的花呢西装，拿着个蓝碎花的陶瓷杯喝咖啡。只有杰斯，尽管脸上还有未消退的淤伤，可双目放光，看起来是完全清醒的。“我认为对于圣杯的搜寻现在是圣廷的事情了。”

“可如果我们自己来做会更好，”杰斯没耐心地说道，“霍奇和我已经讨论过了，这是我们的决定。”

“那好，”伊莎贝尔把一条系着粉红丝带的辫子放到耳后，“算我一个。”

“我不参加，”亚历克说，“现在城里就有圣廷的人在搜寻圣杯。把消息告诉他们，让他们去取。”

“不是这么简单的事情。”杰斯说。

“这很简单，”亚历克皱着眉向前倾过来，“这和我们一点关系都没有，全是因为你——你对冒险的痴迷。”

杰斯摇摇头，明显很恼火，“我不明白你为什么在这件事情上要和我作对。”

因为他不想让你受到伤害，克拉丽想。她还想不明白为什么杰斯完全看不出亚历克的症结所在。而她也一样，看不出西蒙的问题，她又有什么资格去对杰斯指手画脚呢？“瞧，多萝西娅不信任圣廷。事实上，是厌恶他们，可她信任我们。”

“她信任我，”克拉丽说，“我不知道是不是信任你，我不确定她是否喜欢你。”

杰斯没理睬她。“加入吧，亚历克，那会很有趣的。而且想想我们把生命之杯带回伊德里斯去的那份荣耀！我们的名字永远都不会被遗忘。”

“我不关心什么荣耀，”亚历克说，他的目光从来没有离开杰斯的脸庞，“我只关心不要去做什么傻事。”

“在这件事情上，无论如何，杰斯是对的，”霍奇说，“如果圣廷到移空门的所在地去，那可能是场灾难。多萝西娅会带着圣杯逃走，也许永远都找不到她。不，乔斯琳很明显只希望一个人能找到圣杯，那就是克拉丽，只有克拉丽一个人。”

“那就让她一个人去。”亚历克说。

就连伊莎贝尔听到这话也吸了一口冷气。杰斯先前双手撑在椅背上，俯身向前，此时他站直了身体，冷冷地看着亚历克。只有杰斯，克拉丽想，即使在穿着一条睡裤和一件旧 T 恤的时候，还能看起来这样酷。可他克制住了那股情绪，也许是花了很大的意志力。“如果你害怕遇到几个弃魔，那待在家里当然没问题。”他轻声说。

亚历克脸色惨白。“我不害怕。”他说。

“很好，”杰斯说，“那就没什么问题了，是吗？”他朝房间周围看看，“我们一起干这事。”

亚历克小声嘟哝了一句“同意”，而伊莎贝尔则用力地点点头。“当然，”她说，“这听起来很有趣。”

“我不知道这有什么乐趣，”克拉丽说，“可我当然也加入。”

“但克拉丽，”霍奇飞快地说，“如果你担心有危险，就不必去了。我们可以通知圣廷——”

“不，”克拉丽说，这让她自己都很吃惊，“母亲想让我找到它，不是瓦伦丁，也不是他们。”她不是为了躲避妖魔，马格纳斯曾说过，“如果她一生都在努力不让瓦伦丁得手，那这至少是我能替她做的一点事情了。”

霍奇朝她笑笑。“我想她知道你会这么说。”他说。

“无论怎样，不用担心，”伊莎贝尔说，“你会没事的，几个弃魔我们能对付。它们有些疯狂，可不太聪明。”

“而且比其他恶魔都容易对付，”杰斯说，“不是很狡猾。哦，我们还需要一辆车，”他补充说，“可能还要辆大点的。”

“为什么？”伊莎贝尔说，“我们以前从没用过汽车。”

“以前我们身上从没有件价值连城的东西。我可不想带着它坐地铁。”杰斯解释说。

“有出租车啊，”伊莎贝尔说，“还可以租货车。”

杰斯摇摇头。“我想我们要能掌控外部环境，我可不愿我们做如此重要的事情时，还得跟出租车司机和一般的租车公司打交道。”

“你有驾照或者是一辆车吗？”亚历克问克拉丽，脸上隐隐显出一股厌恶的神情，“我想所有的盲呆都有那些。”

“要到十五岁才有，”克拉丽生气地说，“我今年应该可以拿驾照，可还没有。”

“你只有些不必要的用处。”

“至少我的朋友们会开车，”克拉丽回击说，“西蒙有驾照。”

她立即就后悔说了这话。

“他有吗？”杰斯有所深思地说。

“可他没有车。”她迅速补充道。

“那他开父母的车？”杰斯问。

克拉丽叹了口气。“不。通常他都开埃里克的面包车，像是去音乐会之类的。有时埃里克也为了其他事借给他用，比如他要去约会。”

杰斯用鼻子哼了一声。“他用面包车接约会对象？怪不得他会吓到女士们。”

“那也是辆车，”克拉丽说，“你只是气西蒙有你没有的东西。”

“他有很多我没有的东西，”杰斯说，“比如说近视、难看的坐姿，还有极其缺乏协调性。”

“你知道吗？”克拉丽说，“大多数心理学家都认为，敌意其实是性冲动转化而来的。”

“啊，”杰斯快活地说，“这也许可以解释为什么我总是碰到不喜欢我的人。”

“我没有不喜欢你。”亚历克飞快地说。

“那是因为我们之间有份兄弟情。”杰斯说着大步走到书桌前，拿起黑色的电话机，递给克拉丽。“给他打电话。”

“给谁打电话？”克拉丽这么说只是为了故意拖延时间，“埃里克？他从来不会把车借给我。”

“西蒙，”杰斯说，“打电话给西蒙，问问他愿不愿意载我们去你家。”

克拉丽最后努力了一次。“你不认识哪个暗影猎手有车吗？”

“在纽约？”杰斯的笑容消失了，“瞧，因为《圣约》，所有人都在伊德里斯，而且他们会坚持跟我们一起去的。只有这个办法了。”

有一瞬间，她接触到杰斯的目光，那其中有一种质疑，还有其他什么东西，他似乎是想让她为自己的不情愿做出解释。她满脸不悦地走到书桌旁边，从他手里一把夺过电话。

她拨号前连想都不用想，西蒙的电话号码就像她自己家的那样熟悉。她已经做好准备接电话的是他妈妈或姐姐了，可第二声铃声响起之后他本人接起了电话。“喂？”

“是西蒙吗？”

一阵沉默。

杰斯看着她，克拉丽紧紧闭上眼睛，假装他不在场。“是我，”她说，“克拉丽。”

“我知道你是谁，”他听起来有些生气，“我还在睡觉，你知道吗？”

“我知道。天还早，对不起，”她用手指卷起电话线，“我需要你帮个忙。”

又是一阵沉默，继而他冷冷一笑。“你在开玩笑吧。”

“我没在开玩笑，”她说，“我们知道生命之杯在哪里了，我们准备去取。可有一件事，我们需要一辆车。”

他又笑了一下。“对不起，你是跟我说，你那群除恶扬善的朋友又要去跟黑暗势力会面，而想让我妈妈开车送他们去？”

“事实上，我在想你可以问问埃里克能不能把面包车借给你。”

“克拉丽，如果你还认为我——”

“如果我们得到圣杯，我就有办法找回妈妈。那是瓦伦丁既没杀她也不放她走的唯一原因。”

西蒙长长地吁出一口气。“你以为做一笔交易是那么容易的事情吗？克拉丽，我不知道。”

“我也不知道，我只清楚这是个机会。”

“这个东西威力很大，是吗？在‘龙与地下城’里，你弄清楚一样武器的巨大威力之前，最好不要去乱用它。”

“我不是要去用它，而只是要换回我妈妈。”

“这讲不通，克拉丽。”

“这不是网游，西蒙！”她几乎尖叫起来，“这不是什么好玩的游戏，在游戏里面最糟糕的不过是你这轮的运气不好。而现在我们所说的是我妈妈，瓦伦丁可能在折磨她，也可能会杀了她。我必须要做些什么把她救出来——就像我为你所做的。”

一个停顿。“也许你是对的。我不知道，但那真的不是我熟悉的世界。瞧，我们是要开车去哪儿，确切地说？这样我才能告诉埃里克。”

“不要带上他。”她飞快地说。

“我知道，”他用颇为耐心的语气说，“我又不笨。”

“我们要开车去我家，就在我家那幢楼里。”

又是一阵沉默——这次是困惑。“在你家？我以为你家里全是僵尸。”

“它们是弃魔，不是僵尸。不管怎么说，杰斯和其他人会对付它们，而我去取圣杯。”

“为什么是你去取？”他的声音听上去很警惕。

“因为我是唯一一个能去取的人，”她说，“尽快到街角来接我们。”

他嘟哝了一句几乎听不清楚的话，然后说：“好。”

她睁开了眼睛，眼前的世界因为泪水而模糊。“谢谢，西蒙，”她说，“你真是个——”

可他挂了电话。

“我突然想到，”霍奇说，“权利的困境总是一样的。”

克拉丽侧眼看了他一下。“什么意思？”

她坐在图书室靠窗的位子上，霍奇坐在他自己的椅子里，雨果停在扶手上。剩下的早餐——黏稠的果酱、吐司碎屑、到处都是的黄油——都粘在一摞盘子上，这些放在矮桌上的盘子似乎也没有人想去清理干净。早餐过后，大家都各自去做准备了，而克拉丽是第一个回来的。这一点也不奇怪，因为她所要做的就只是穿上牛仔裤和衬衫，再梳几下头发，可其他人都要全副武装起来。把杰斯的匕首丢在酒店之后，她拥有的唯一一个跟法术沾边的东西就是口袋里的巫光石了。

“我在想你的西蒙，”霍奇说，“还有其他人，包括亚历克和杰斯。”

她朝窗外看去，下雨了，稠密的雨点打在玻璃窗上，天空是阴沉的灰色。“他们相互之间有什么关系？”

“如果有单方面的得不到回应的感情，”霍奇说，“就有权利上的不平衡。这种不平衡很容易被利用，但是那并不是明智之举。有爱的地方，就经常有恨，两者可以同时存在。”

“西蒙不恨我。”

“他也许会慢慢变得恨你，如果他感觉自己被你利用了，”霍奇抬起一只手，“我知道你不是有意的，可在一些情况下，必要性会压倒感情因素。现在的情景让我想起另一件相似的事。你还带着我给你的那张照片吗？”

克拉丽摇摇头。“没带在身上，在房间里。我可以去拿——”

“不用，”霍奇抚摸着雨果乌黑的羽毛，“当你妈妈还年轻的时候，她有个好朋友，就像你有西蒙这个朋友一样。他们像兄妹那样亲密，事实上，经常有人误以为他们就是兄妹。当他们长大些的时候，周围的人都看得很清楚，他爱上了她，可她从来不明白。她还是一直说他是个‘朋友’。”

克拉丽盯着霍奇说：“你是说卢克吗？”

“是的，”霍奇说，“卢西恩一直以为他会和乔斯琳在一起。所以当她遇见瓦伦丁，并爱上他时，卢西恩就无法忍受了。他们结婚之后，他就离开了我们这个圈子，消失不见了——让我们所有人都以为他死了。”

“他从没说过——甚至从没暗示过类似的事情，”克拉丽说，“这么多年了，他本可以问她——”

“他知道答案会是什么，”霍奇说，越过她看向落满雨水的天窗，“卢西恩是那种从来不会自欺欺人的家伙。不，他觉得在她身边就很满足了——想着，也许，时间会让她的感情发生变化。”

“可如果他爱她，为什么他要告诉那些人他不关心我妈妈发生了什么事？为什么不让他们告诉他我妈妈在哪儿？”

“就像我之前说的，有爱的地方也有恨，”霍奇说，“那么多年前，她曾重重地伤害过他，背叛了他。可在那之后他还是她身旁一条忠实的狗，从不抱怨，从不指责，从不在她面前袒露自己真实的感情。也许他把这次看作一个翻盘的机会，去伤害她，就像自己所受到的伤害那样。”

“卢克不会那样的。”可克拉丽记得他用冰冷的语气告诉自己不要再去请求他的帮助。她看到他面对瓦伦丁派来的人，脸上有种冷峻的神情。那不是她所认识的那个卢克，不是伴随她成长的那个卢克。那个卢克绝对不会因为母亲不够爱他或者爱他的方式不对而惩罚她。“可她的确爱他，”克拉丽说，用了自己也没意识到的很响的声音，“只是和他爱她的方式不同而已。这难道不够吗？”

“也许他不这样想。”

“我们得到圣杯后会怎么样？”她说，“我们怎么找到瓦伦丁，告诉他我们拿到了？”

“雨果会找到他。”

雨水冲刷着窗户。克拉丽打了个寒战。“我要去拿件外套。”她说着离开了窗边的座位。

她找到了塞在背包底部的那件绿粉相间的夹克衫。当她把衣服穿起来时，听到有什么东西被弄皱的声音。是那张他们一群人的照片，上面有她母亲和瓦伦丁。她拿着看了好久，之后又把它塞回包里。

她回到图书室的时候，其他人都到齐了：霍奇机警地坐着，肩上停着雨果；杰斯一身黑；伊莎贝尔穿着她那双专踩恶魔的靴子，手里拿着金鞭；亚历克肩上斜挎着箭筒，右手手腕到肘部戴着皮护套。除了霍奇之外每个人身上都刻有新印记，每一寸裸露的肌肤上都显示出缠绕的线条。杰斯正卷起左边的袖子，下巴抵着肩膀，皱着眉头想把一个八角形的印记刻在自己的上臂上。

亚历克看着他。“你弄得一团糟，”他说，“让我来吧。”

“我是左撇子。”杰斯声明，可他语气很柔和，并交出了石杖。亚历克接过来，看上去很宽慰，似乎现在他才确定自己之前的行为已经被原谅了。“就是简单的移除文。”杰斯说。亚历克俯身在杰斯的手臂上，仔细画出治愈系如尼文的线条。当石杖在他皮肤上划过的时候，杰斯不由地皱起眉头，半闭起眼睛，握紧拳头，左臂上的肌肉线条也显现出来。“以天使之名，亚历克——”

“我已经尽量小心了，”亚历克说着放开杰斯的手臂，退后一步欣赏着自己的手艺，“好了。”

杰斯松开拳头，放下手臂。“谢谢。”他此时似乎感觉到克拉丽来了，朝她看过去，金色的眼睛眯了起来。“克拉丽。”

“你们看上去准备好了。”她说。亚历克突然脸一红，从杰斯身边走开，忙着整理自己的箭。

“我们好了，”杰斯说，“我给你的匕首还在吗？”

“不在了。我把它丢在迪蒙酒店了，记得吗？”

“是的，”杰斯看着她，很高兴，“几乎用它杀死了一个狼人，我记得。”

伊莎贝尔站在窗边，转了下眼珠。“我忘了这是会让你兴奋起来的事，杰斯，女生杀死什么东西之类的。”

“任何人杀死什么我都喜欢，”他平静地说，“特别是我自己。”

克拉丽不安地朝书桌上的钟看了一眼。“我们该下楼去了，西蒙随时可能会到。”

霍奇从椅子上站起来，看上去很疲惫，克拉丽想他是不是几天没合眼了。

“愿天使保佑你们所有人。”他说，雨果也从他肩上飞起来，在空中大叫了几声，就在此刻中午的时钟也敲响了。

外面还下着蒙蒙细雨，西蒙把面包车停在街角，按了两下喇叭。克拉丽的心一阵狂跳——她原本担心他可能会不来。

透过雨水，杰斯眯着眼睛往外看，他们四个人在石头雕刻的飞檐下避雨。“那辆面包车就是？看起来像是烂掉的香蕉。”

不可否认——埃里克把车喷成了荧光黄色，上面凹凸不平的划痕和锈迹就像是腐烂的斑点。西蒙又按了下喇叭，克拉丽透过沾满雨水的车窗看到他模糊的人影。她叹了口气，把衣服后面的帽子戴上。“我们走吧。”

他们踩过人行道上那些肮脏的小水坑，伊莎贝尔那双大靴子每走一步都发出清脆的声响。西蒙一边让发动机开着，一边爬到后面把门拉开露出座位，坐垫已经烂了一半，凶相毕露的弹簧从缝隙中钻出来。伊莎贝尔皱起鼻子。“坐这里安全吗？”

“比绑在车顶上安全，”西蒙和蔼地说，“那可以是你的另外一个选择。”他朝杰斯和亚历克点点头，打了个招呼，而完全忽略掉克拉丽，“嘿。”

“嘿，”杰斯说着举起一个叮当作响的帆布口袋，里面装着他们的武器，“这个能放在哪儿？”

西蒙向后一指，他们几个男生经常把乐器放在后面。亚历克和伊莎贝尔钻进车里，小心地在位子上坐下。“武装押车！”克拉丽宣布说，杰斯正从后面回到车上。

亚历克伸手握住背上背着的弓。“坐哪儿？”

“她说她想坐前排的座位。”杰斯说着把湿漉漉的头发从眼睛前面拨开。

“真是把好弓。”西蒙说，朝亚历克一点头。

亚历克眨眨眼，雨水从睫毛上滚落。“你对射箭了解多少？”他问道，语调中暗示对此的怀疑。

“我在营地里射过箭，”西蒙说，“六年前了。”

他得到的回应是三个人茫然的眼神，还有克拉丽鼓励的微笑，西蒙直接忽略了后者。他抬头看看低沉的天空。“我们必须赶在雨再下大前出发。”

车的前排座位上全是薯片的包装袋和饼干屑，克拉丽把能弄掉的都打扫干净了。西蒙在她弄完之前就踩下了油门，把她一下甩到座位上。“哎哟。”她的语气中充满了责备。

“抱歉。”他也没有看她。

克拉丽能听到其他人在后面低声讲着话——也许是在讨论战术问题，或者是怎样才能斩掉恶魔的头而不会把脓液溅到新皮靴上。尽管没有什么把前排和后面的座位隔开，可克拉丽觉得她和西蒙相互间的沉默让人很尴尬，仿佛他们两个人在独处一样。

“那句‘嘿’是怎么回事？”她问西蒙，此时他正驾车驶入罗斯福林荫大道，就是东河沿岸的那条快速路。

“什么‘嘿’？”他一边回答着，一边超过了一辆黑色的越野车，司机是个正在打手机的穿西装的男人，他透过有色玻璃朝他们做了个气愤的手势。

“就是男生们总说的‘嘿’，就像你见到杰斯和亚历克的时候说‘嘿’，他们也回答说‘嘿’。说‘你好’有什么问题？”

她觉得自己看到他脸颊上的肌肉一抖。“‘你好’有点女里女气，”他告诉她，“真正的男人说话很简短，简明扼要。”

“所以你越有男子气概，说话就越少？”

“对。”西蒙点点头。在他身后，她能看到东河上升腾的水汽，码头也笼罩在一层灰蒙蒙的雾气中。河水本身就是铅灰色的，在风持续的搅动之下看上去像是奶油那样黏稠。“这就是为什么电影里真正的坏人相互打招呼的时候，从来不说话，就只是点点头。点头就是说‘我是个大坏蛋，而我也认出你同样是个坏蛋’。可他们从来不说话，因为他们是金刚狼和万磁王，如果有多余的解释，那就会破坏他们之间的心电感应。”

“我真不知道你们说的是什么。”杰斯从后座上说。

“很好。”克拉丽说，西蒙报以一个极小的微笑，把车转向曼哈顿大桥，朝着布鲁克林和家的方向驶去。

他们到了克拉丽家的时候，雨终于停了。几缕阳光透过仍未消散的雾气照射下来，人行道上的积水开始变干。杰斯、亚历克和伊莎贝尔让西蒙和克拉丽在面包车旁边等着，而他们跑去检测杰斯所谓的“恶魔活跃度”。

西蒙看着三个暗影猎手沿着种有玫瑰花的人行道接近房子。“恶魔活跃度？他们有仪器能测出房子里的恶魔是不是在做瑜伽吗？”

“不，”克拉丽说着拉下潮湿的帽子，这样她就可以让阳光照在她湿漉漉的头发上，“感应仪可以告诉他们恶魔有多厉害——如果有恶魔的话。”

西蒙对此表示很钦佩。“这个很有用。”

她转身过来。“西蒙，关于昨晚——”

他抬起一只手。“我们不需要再说起这事了。事实上，是我不想再提起。”

“我只说一句，”她飞快地说，“我知道当你说爱我的时候，我的回答不是你想听的。”

“的确。我经常想，当我最终对一个女孩说出‘我爱你’的时候，她会回答说‘我知道’，就像在《星球大战 3：绝地的归来》里，莱娅公主对汉·索罗所说的那样。”

“可那很怪。”克拉丽忍不住说。

他瞪了她一眼。

“对不起，”她说，“瞧，西蒙，我——”

“不用，”西蒙说，“你瞧着，克拉丽，你瞧着我，认真看着我。你能做到吗？”

她看着他，看着他深色的眼睛，看着那对边缘颜色渐淡的眸子，看着那熟悉的稍稍有些不对称的眼眉，还有长长的睫毛、深色的头发、有些迟疑的微笑、会弹奏乐器的优雅的双手，以及西蒙全身上上下下各个地方，那些也是她生命中的一部分。如果要她说出实情，她还会说她从来不知道他爱着自己吗？或者说她只是不知道如果他真的爱她，自己要怎么办？

她叹了口气。“看穿外在的魅力是件容易的事，可真正难懂的是人本身。”

“我们都只看见自己想看到的东西。”他静静地说。

“杰斯不是。”她想到那双清澈而不动声色的眼睛，不由自主地说。

“他比其他人更是那样。”

她一皱眉。“你说的是什么——”

“好了。”传来杰斯的声音，打断了他们。克拉丽急忙转过身。“我们检查了房子的四周——什么都没有，很低的活跃度。可能只有弃魔，如果我们不上楼去，它们甚至都不会妨碍我们。”

“而如果它们真的妨碍到了，”伊莎贝尔说，她的微笑像手中的鞭子那样闪光，“我们也做好准备了。”

亚历克把沉甸甸的帆布包从面包车后面拉出来，扔在人行道上。“准备出发，”他宣布说，“让我们干掉那些恶魔！”

杰斯看着他，觉得有点奇怪。“你还好吧？”

“我很好，”亚历克并没有看他，而是放下自己的弓和箭，拿起一个木质的东西，既光洁又轻巧，上面还有羽毛和两个刀刃，他用手指轻轻一碰就开始发亮，“这个更好。”

伊莎贝尔担忧地看着哥哥。“可弓是……”

亚历克打断了她：“我知道自己在做什么，伊莎贝尔。”

弓被扔在了后座上，在阳光下还闪闪发光。西蒙把手伸过去，可又缩了回来，因为有一群笑逐颜开的年轻妇女推着婴儿车经过。她们朝公园的方向走去，完全没有注意到有三个全副武装的青年蹲在一辆黄色的面包车旁边。“为什么我能看到你们呢？”西蒙问，“你们的隐身术呢？”

“你能看到我们，”杰斯说，“是因为现在你知道了所看到的东西的真相是什么。”

“不错，”西蒙说，“我猜我是知道的。”

当他们让他待在面包车上时，他稍微抗议了一下，可杰斯告诉他有一辆逃命用的工具停在路边待命是多么重要的事情。“阳光对恶魔来说是致命的，可不会伤害到弃魔。如果它们追来怎么办？如果车被拖住了怎么办？”

克拉丽最后一眼看到西蒙是她站在门口转身挥手的时候，只看到他一边把腿翘在仪表板上，一边在翻埃里克收藏的CD。她宽慰地长出了一口气，至少西蒙是安全的。

他们进门的那一刻，有股难闻的气味扑面而来。那种味道几乎无法形容，像臭鸡蛋、生蛆的肉和海藻烂在炎热的海滩上。伊莎贝尔捏起鼻子，亚历克脸色发绿，可杰斯看起来像是闻到了什么少见的香水。“有恶魔来过，”他说，语气中透着种喜悦，“而且是最近。”

克拉丽紧张地看着他。“但它们有活动——”

“不，”他摇摇头，“我们能测出来，很平静。”他用下巴指指多萝西娅的门。那扇门紧紧关着，下面没有一丝光亮透出来。“如果圣廷知道她曾招待过恶魔，那也许会来盘问她。”

“我怀疑圣廷知道了任何一件事都不会高兴，”伊莎贝尔说，“总的来说，她说不定比我们更容易摆脱责任。”

“只要我们最后拿到圣杯，他们不会计较的，”亚历克四下张望着，蓝色的眼睛扫视着宽敞的门厅、通往楼上的楼梯和沾满污点的墙壁，“特别是如果我们同时还干掉了一些弃魔。”

杰斯摇了摇头。“它们在楼上的公寓里，我猜除非我们进去，否则它们不会出动。”

伊莎贝尔吹了一下挡在自己脸前面的一缕黏在一起的头发，朝克拉丽皱着眉说：“你还在等什么？”

克拉丽不由得看向杰斯，后者朝她一笑。过去吧，他的眼睛说。

她穿过门厅，小心地走向多萝西娅的门口。天窗因为积满尘土而不再透光，门口的灯泡还是不亮，唯一的亮光来自杰斯施的法术。里面的空气又热又闷，影子在她眼前升起，像是噩梦中森林里会迅速长大的魔法植物。她来到多萝西娅门前，轻轻敲了一下，又稍微用了些力道再敲了一下。

门开了，一道金色的光束从室内洒到门厅中。身形高大的多萝西娅站在那儿，一大片黄黄绿绿的色彩蔚为壮观。今天她的头巾是荧光黄的，装饰着一只金丝雀标本和荷叶边，巨大的耳环垂在头发中间，那双大脚还光着。克拉丽很惊讶——她从没看到过多萝西娅光着脚，或者除了那双破旧的拖鞋之外，从没见她穿过其他鞋子。

她的脚上涂了很淡的贝壳粉色指甲油，很有格调。

“克拉丽！”她大叫道，一把拉过克拉丽，紧紧抱住她。一时间，克拉丽淹没在擦了香水的肌肤、天鹅绒衣服和多萝西娅的披肩流苏之中，她挣扎了一下。“天啊，孩子，”这位女巫一边说，一边摇晃着脑袋，耳环像暴风雨中的风铃一般来回摆动，“上次见你时，是你从我的移空门后消失了。你最后去哪儿了？”

“威廉斯堡。”克拉丽说，松了一口气。

多萝西娅的眉梢挑了起来。“还有人说布鲁克林的公共交通不便捷。”她把门敞开，打了个手势让他们都进来。

房间里和上次克拉丽所看到的没有什么变化：桌子上散落着同样一副塔罗牌和水晶球。她的手非常想去拿那副牌，想去看看精美的图片下可能隐藏着什么。

多萝西娅在一把扶手椅上优雅地坐下，打量着几个暗影猎手，圆圆的小眼睛和帽子上的那只金丝雀标本的眼睛一样。桌子两边的碟子里都点着熏香，可还是没办法遮住弥漫在屋子里每个角落的那股浓重恶臭。“我想你还没有找到你母亲吧？”她问克拉丽。

克拉丽摇摇头。“没有，可我知道谁抓走了她。”

多萝西娅的目光从克拉丽身上转移到亚历克和伊莎贝尔那里，他们两人正在研究墙上的命运之手。杰斯看起来对于自己保镖的职责很不尽心，懒洋洋地靠在椅子扶手上。多萝西娅很满意自己的任何东西都没有遭到破坏，便把目光又移回克拉丽身上。“那是——”

“瓦伦丁，”克拉丽确认道，“对，是他。”

多萝西娅叹了口气说：“我所担心的就是这个。”她往后一坐，靠在垫子上。“你知道他抓住她要做什么吗？”

“我知道她曾经嫁给他——”

女巫嘟哝了一句：“因爱生恨，最糟糕的情况。”

杰斯这时轻轻发出一个几乎听不到的声音——他笑了一下。多萝西娅的耳朵像猫那样竖起来。“有什么好笑的，孩子？”

“你知道什么？”他说，“爱情，我是说。”

多萝西娅把柔软白皙的双手握到一起，放在腿上。“比你想象中的要多，”她说，“我不是读过你的茶叶吗，暗影猎手？你还没有爱上那个不该爱的人吗？”

杰斯说：“很不幸，我唯一真正的爱人一直是我自己。”

多萝西娅听到这个大笑起来。“至少，”她说，“这样你不用担心会遭到拒绝，杰斯·维兰德。”

“也不一定，我偶尔会拒绝自己的请求，只是为了找点乐子。”

多萝西娅又笑起来。克拉丽打断了她：“您一定在想为什么我们会来，多萝西娅太太。”

多萝西娅平静下来，揉了揉眼睛。“你们来是因为和我在一起很开心，我错了吗？”

“我没有时间跟人寻开心。我必须帮助我妈妈，为了救她我有点事情需要您帮忙。”

“是什么？”

“有样叫做生命之杯的东西，”克拉丽说，“瓦伦丁认为我妈妈拥有它，这就是他抓走她的原因。”

多萝西娅看起来真的非常吃惊。“天使之杯？”她说，声音中充满疑惑，“拉结尔的天使之杯，就是他用来混合天使和人类血液的那个，然后他把混合在一起的血液让人喝下去，创造了第一个暗影猎手？”

“就是那个。”杰斯说，音调中有些干涩。

“到底为什么他觉得在她手里？”多萝西娅问，“在所有人当中，他觉得是乔斯琳？”在克拉丽开口之前，她脸上显出恍然大悟的神情。“当然，因为她根本不是乔斯琳·弗雷，”她说，“她是乔斯琳·菲尔柴尔德，他的妻子。所有人都以为她死了，可她拿了圣杯溜走了，是吗？”

一瞬间有什么东西在女巫目光深处闪烁了一下，可她迅速垂下了眼睑，克拉丽以为那可能只是自己的错觉。“所以，”多萝西娅说，“现在你知道自己要怎么办吗？无论她把东西藏到哪里，都不可能一下子就找到——如果你想去寻找的话。瓦伦丁在圣杯到手之后，就会利用它做出可怕的事情。”

“我想去寻找，”克拉丽说，“我们想——”

杰斯顺势打断了她。“我们知道东西在哪儿，”他说，“就只剩把它取走的问题了。”

多萝西娅的眼睛睁大了。“在哪儿？”

“这里。”杰斯说，他那种沾沾自喜的语气让伊莎贝尔和亚历克不再盯着书架仔细研究，而是走过来看到底发生了什么。

“这里？你的意思是说在你身上？”

“准确地说不是，”杰斯说，克拉丽觉得他正非常享受这种说话态度，可其实让人很不舒服，“我的意思是说在你这儿。”

多萝西娅的嘴巴紧闭起来。“这一点都不好玩。”她说，那种尖锐的语气让克拉丽开始担心事情要往非常不好的方向发展。为什么杰斯总能惹怒所有人？

“确实在您这儿，”克拉丽急忙打断，“可不是——”

多萝西娅从扶手椅上站起来，身材高大的她俯看着他们。“你们搞错了，”她冷冷地说，“以为我有圣杯，然后胆敢跑来说我是个骗子，这一切都错了。”

亚历克伸手握住那有羽毛的武器。“哦，不妙。”他屏住呼吸说。

克拉丽很为难，摇摇头。“不，”她飞快地说，“我没有说您是骗子，我发誓。我是说圣杯在这里，可您从来不知道。”

多萝西娅太太盯着克拉丽，她的那双眼睛几乎完全隐藏在脸上的皱纹里，像大理石那样无动于衷。“你把话说明白。”她说。

“我是说我妈妈把它藏在了这儿，”克拉丽说，“很多年以前。她从没告诉过您，因为她不想把您也卷入这件事情。”

“所以她把圣杯伪装好之后给了你，”杰斯解释说，“是作为礼物送给你。”

多萝西娅茫然地看着他。

她记起来了吗？克拉丽很困惑地想。“那副塔罗牌，”她说，“她给您画的那副牌。”

女巫的目光看向那副牌，用绸布包着躺在桌子上。“那副牌？”她的眼睛睁大了，克拉丽走到桌子旁边拿起牌。牌摸起来很滑，还有温度。现在通过指尖，她能感觉到牌背面传导上来的如尼文魔力，这在从前她是无法感知的。她一摸就找到了圣杯首牌，她抽出这张牌，把其余的放回桌上。

“找到了。”她说。

他们所有人都期待地看着她，一动也不动。她慢慢把牌翻过来，再一次看着母亲的杰作：一只纤细的手握着生命之杯金色的杯脚。

“杰斯，”她说，“把你的石杖给我。”

他把温热的充满生气的石杖递到她手里。她把牌翻过来，依照背面的如尼文画起来——这里的一个弯，那里的一条线，意义都截然不同。当她又把牌翻回正面，图画有了细微的改变：握在杯脚上的手指松开了，那只手似乎要把圣杯送给她，仿佛还在说：给你，拿去吧。

她把石杖放回口袋。尽管牌上的画框不比她的手大，可她一下把手伸进去，像是伸进了一道很宽的缝隙里。她的手抓住了杯子的底部——手指紧紧握住——当她抽回自己的手时，圣杯就牢牢地抓在了手中，她想自己听到了那张牌里一声轻轻的叹息。牌面现在空无一物，瞬间化为灰烬，从她的指缝间滑落至地毯上。

第十九章

阿班顿

克拉丽搞不清自己原来期待的是什么——快乐的惊呼，也许还有一点掌声。然而却只有沉默，最后是杰斯打破了这种沉默。“我还以为它会大一点呢。”

克拉丽看着自己手里的圣杯。它的大小就像普通的葡萄酒酒杯，只是要重得多。神力跳动着淌过杯子，就像血液涌过鲜活的血脉。“它大小合适，完美之至。”她气愤地说。

“哦，这足够大了，”他摆出更高一筹的样子说，“但我还是期待……你知道。”他用手比划着某种大概像家猫那么大的东西。

“这是生命之杯，杰斯，不是凡人的马桶，”伊莎贝尔说，“我们完成任务了吗？可以走了吗？”

多萝西娅的头歪到一边，珠子似的眼睛很明亮，显得兴致勃勃。“但是它损坏了！”她惊叫，“怎么回事？”

“损坏？”克拉丽迷惑地看着圣杯。它看上去很好啊。

“这儿，”这个女巫说，“让我指给你看。”她向克拉丽走近一步，伸出涂着红色指甲油的长手去拿圣杯。克拉丽不知什么原因向后退去。突然杰斯站在了她们中间，伸手去摸腰间的长剑。

“无意冒犯，”他平静地说，“但是除了我们之外谁都不能触摸生命之杯。”

多萝西娅看了他一会儿，杰斯也同样奇怪地直视她的眼睛。“这时候，”她说，“我们不要匆忙。如果圣杯出了什么事，瓦伦丁会不高兴的。”

随着一声轻柔的声响，杰斯腰上的长剑已经出鞘，剑尖在多萝西娅的下巴徘徊。杰斯表情坚定。“我不知道这是怎么回事，”他说，“但是我们要离开。”

这个老女人的眼睛闪着幽光。“当然，暗影猎手，”她说着，退到挂着帘子的墙边，“你想用移空门吗？”

杰斯疑惑地注视她片刻，剑尖颤抖了。然后克拉丽看见他的下巴收紧了。“不要碰那个——”

多萝西娅轻声笑了，然后她迅如闪电地扯下沿墙挂着的帘子。帘子掉落下来，发出轻柔的声响。帘子后面的移空门已经打开。

克拉丽听到后面的亚历克倒吸了口冷气。“那是什么?”克拉丽只向那儿瞥了一眼——红色的卷云夹带着闪电射过来，接着一个疾飞的可怕的黑色物体猛冲向他们——杰斯大叫着让他们趴下，并且猛拽着克拉丽和他一起倒在地上。克拉丽趴在地毯上，很快又抬起头，看见那个疾飞的黑东西击中了多萝西娅太太。多萝西娅尖叫着，向上举起双臂。那个黑东西并没有把她击倒，而是像裹尸布那样把她裹了起来，它的黑色似乎像墨水渗进纸张那样渗入她体内。她的背部可怕地隆起，随着她慢慢升到空中，整个身体拉伸得越来越长，变换着形状。有什么东西掉在地板上发出一声尖锐的咣当声，克拉丽朝下看去，是多萝西娅的手镯，已经变形摔断了。散落在珠宝中的是看起来像小小白色石头样的东西。克拉丽过了一会儿才意识到这是牙齿。

杰斯在她身边小声说着什么，听起来像难以置信的惊叹。在他身边，亚历克哽咽着声音说:“你说了没有多少恶魔活动度——你说活动水平低!”

“水平是低。”杰斯低声吼道。

“你对低的定义肯定和我的不一样!”亚历克喊叫道，这时那个曾经是多萝西娅的东西发出号叫，扭动着。它似乎在伸展，隆起，结节，化成丑陋怪诞的形状——

杰斯拉着她站起来，她才移开目光。伊莎贝尔和亚历克抓着他们的武器，也费力站了起来。伊莎贝尔握着鞭子的手在微微发抖。

“快走!”杰斯把克拉丽推向公寓的门口。她努力越过肩膀向后看，只见一团浓密的灰色像风暴中的云团在旋转，中心有一个黑色形状的东西……

伊莎贝尔在前，他们四个冲进前厅。她跑到门口，试着打开，却一脸沮丧地说:“打不开。肯定下了咒语——”

杰斯咒骂着在上衣里摸索。“我该死的石杖在哪儿?”

“在我这儿。”克拉丽想起来，说道。她把手伸向口袋，这时打雷一样的声音在房间里爆裂开来。她脚下的地板在剧烈起伏。她摇晃着，差点摔倒，赶紧抓着扶手以便支撑身体。她抬头看见墙上新裂开一个洞，把前厅和多萝西娅的公寓隔开，洞的边缘凹凸不平，都是木头和灰泥碎石。通过这个洞，什么东西正在攀爬——几乎是渗出来的——

“亚历克!”杰斯大叫起来，亚历克正站在洞前，脸都白了，一副怕极了的神色。杰斯一边骂着，一边跑过去抓住他，把他拖了回来。就在这时，渗出来的东西脱离了墙，进入前厅。

克拉丽听到自己屏住了呼吸。这个东西的肉体是乌青色的，看起来像淤青一样。骨头穿过渗漏着体液的皮肤伸出来——不是新生的白骨，而是那种在地下埋了千年的骨头，黑乎乎的，都开裂了，肮脏不堪。它的手指皮肉已经剥落，只剩骨骼，瘦骨嶙峋的胳膊上有滴着液体的黑色伤口，通过这些伤口，能看见更发黄的骨头。它的脸是一个骷髅头，鼻子和眼睛是凹陷的洞。它爪子似的手指扫过地板，手腕和肩上缠绕着鲜艳的布料：那些都是多萝西娅太太的丝质围巾和头巾。它至少有两米多高。

它低头用空空的眼洞看着四个十几岁的少年。“给我，”它说，声音像将垃圾吹过空荡荡道路的风，“生命之杯。把它给我，我会让你们活命。”

克拉丽惊慌地看着其他人。伊莎贝尔看到这个东西时的样子就仿佛肚子上挨了谁的一击。亚历克一动不动。就像一贯那样，只有杰斯开口说话了。“你是谁？”他问道，声音坚定，尽管此时他比克拉丽曾经见过的样子都要紧张。

这东西前倾着头。“我是阿班顿。我是深渊之魔。各界之间的空白是我的。风和号叫的黑暗是我的。我不同于那些呜呜咽咽被你们称为恶魔的东西，正如苍鹰不同于苍蝇。你无法击败我。给我圣杯，否则就只有死路一条。”

伊莎贝尔的鞭子颤抖了。“它是大恶魔，”她说，“杰斯，如果我们——”

“多萝西娅怎么了？”克拉丽忍不住声音尖利地问，“她出了什么事？”

恶魔空洞的眼睛转过来看着她。“她只是一个躯壳，”它说，“她打开了移空门，我附在她身上。她死得很快。”它的目光移到她手里的圣杯，“你死得可不会这样快。”

它开始移向她。杰斯挡住了它的路，一只手举起闪烁着寒光的长剑，另一只手拿着六翼天使。亚历克看着他，神色恐惧得要作呕。

“以天使的名义，”杰斯上下打量着恶魔说，“我知道大恶魔肯定丑陋无比，可没人提醒过我它的气味。”

阿班顿张开嘴，发出嘶嘶的声音。它的嘴里是两排玻璃一样尖利的锯齿状牙齿。

“我对风和号叫这些黑暗玩意儿可不那么在行，”杰斯接着说，“闻起来更像粪坑的气味。你确信你不是来自斯塔滕岛？”

恶魔朝杰斯扑去。杰斯用几乎让人惊骇的速度向上狂挥着两把武器。它们都刺进了恶魔最有肉的部位，它的腹部。它号叫着攻击他，把他掀到了一边，就像猫把小猫崽甩到了一旁。杰斯打了个滚，站了起来，但是克拉丽看到，他按着受伤的胳膊。

伊莎贝尔忍不住了。她冲向前，用她的鞭子朝恶魔挥去。鞭子打在恶魔灰色的皮上，现出一条红色的伤痕，向外涌着血。阿班顿没有理她，朝着杰斯前进。

杰斯用没有受伤的手抽出第二把六翼天使。他跟六翼天使小声说话，然后六翼天使弹了出来，明亮而闪耀。就在恶魔森然出现在他面前时，他举起了六翼天使。他在恶魔面前看起来不可思议的小，仿佛是站在巨人旁边的小孩。即使恶魔伸出手抓他，他还咧开嘴在笑。伊莎贝尔尖叫着向它挥鞭，迸溅的血液洒满了地板——

恶魔发起攻击，用它剃刀一样的手朝杰斯挥去。杰斯摇晃着退后，不过没有受伤。有什么东西扑到了他和恶魔中间：是一个细细的黑影，手里拿着武器，闪着幽光。亚历克。恶魔尖声高叫——亚历克的狼牙棒刺穿了它的皮。它怒吼着再一次攻击，用骨头嶙嶙的爪子给了亚历克狠毒的一拳，将他打倒，然后把他狠狠地摔到远处的墙上。他重重地撞在墙上，发出令人震惊的嘎吱声，然后滑落在地。

伊莎贝尔尖叫着哥哥的名字。他没有动。她放下鞭子，向他跑去。恶魔转身，向她反手一击，打得她滚落在地。伊莎贝尔咳着血，又站起来。阿班顿再一次击倒了她，这次她躺下来不动了。

恶魔朝克拉丽走去。

杰斯呆呆地站在那儿看着亚历克瘫倒的身体，像沉浸在梦中一样。阿班顿靠近了克拉丽，克拉丽尖叫了起来。她沿着楼梯后退，在损坏了的台阶上绊了一跤。石杖靠着她的皮肤发烫。只要她有个武器，不管是什么——

伊莎贝尔艰难地坐了起来。她把满是血污的头发推向后面，同时对着杰斯尖叫。克拉丽听到伊莎贝尔的尖叫声中有自己的名字，然后看见杰斯似乎被惊醒了，眨着眼睛冲向她。他开始跑。恶魔已经离得很近，足以让克拉丽看见它皮肤上黑色的伤口，看得见伤口里面有东西在爬动。它伸手来抓她——

但是杰斯在那儿，把阿班顿的手击开了。他将六翼天使猛掷向恶魔，刺进了这东西的胸膛，挨着已经扎在那里的另两把六翼天使。恶魔怒吼着，似乎这些六翼天使只不过是些小烦扰而已。“暗影猎手，”它咆哮道，“我很乐意杀死你，听你的骨头嘎吱作响，就像你的朋友那样——”

杰斯跳到扶手上，自己向阿班顿猛扑过去。他的跳跃力量把恶魔击得后退。它摇摇晃晃，杰斯则趴在它的后背上。杰斯从它的胸膛拔出一把六翼天使，一股腐液喷射而出。然后他把六翼天使一次又一次地向下扎进恶魔的后背。恶魔的两个肩膀也随之流淌着黑色的液体。

阿班顿咆哮着退向墙壁。杰斯必须下来，否则就会被压碎。他轻轻地落在地上，然后又举起了六翼天使。但是阿班顿的动作太迅速了，它的手挥了出去，把杰斯打翻在楼梯上。杰斯从楼梯上滚下，恶魔的爪子围成一个圈，扣在他的喉咙上。

“让他们把圣杯给我，”阿班顿怒吼道，它的爪子就在杰斯皮肤上方晃动，“让他们把它给我，我就让他们活命。”

杰斯咽了下口水。“克拉丽——”

但是克拉丽永远也没机会知道他要说什么，因为前面的门猛地开了。有一会儿她眼前只有一片光亮。然后她眨着眼，等强光造成的余像消失后，她看见西蒙站在开着的门口。西蒙。她已经忘了他在外面，几乎忘了有他存在。

他蹲伏在楼梯上，看到了她。然后他的目光移过，望向阿班顿和杰斯。他的手伸向肩后。她意识到，他拿着亚历克的弓，箭袋绑在他的背上。他从里面拔出一支箭，把它放在弓弦上，然后老练地举起弓，似乎他已经上百次地做过同样的动作。

箭射出来了，发出强烈的嗡嗡声，仿佛一只巨型大黄蜂。它越过阿班顿的头，射向屋顶——

天窗打碎了。黑色的脏玻璃如雨般落下，透过打碎了的窗框流淌而下的是阳光，大束的金色阳光倾泻而下，洒满前厅。

阿班顿尖叫起来，摇晃着向后退去，用手挡着畸形的头。杰斯一只手放到没有受伤的喉咙上，难以置信地盯着恶魔号叫着瘫倒在地。克拉丽有点期待它会爆发成火焰，可是它却缩叠起来。它的腿向着躯干折叠，头骨像燃烧的纸一样皱起来，不到一分钟，它就完全消失了，只留下烧灼的痕迹。

西蒙放低了弓。他的眼睛在镜片后面眨着，嘴微微张开。他和克拉丽的感受一样，看上去极为震惊。

杰斯还躺在楼梯上，正挣扎着坐起来，这时克拉丽跃下楼梯，跪在他身边。“杰斯——”

“我很好。”他坐起来，把血从嘴边擦去。他咳嗽着，吐了血。“亚历克——”

“你的石杖，”她打断了他，手伸向口袋，“你需要用它来疗伤吗？”

他看着她。从破碎的天窗倾泻下来的阳光照亮了他的脸庞。他看起来似乎正费极大的力气抑制着自己。“我很好。”他又说了一遍，把她推到一边，动作并不十分轻柔。他站起来，摇摇晃晃地，差点摔倒——这是她第一次见他做不优雅的事。“亚历克？”

克拉丽看着他一瘸一拐地穿过前厅，向他不省人事的朋友走去。她把圣杯放进她连帽上衣的口袋，然后拉上拉链，站了起来。伊莎贝尔爬到了她哥哥的身边，一边把他的头放在腿上轻轻摇着，一边抚摸着他的头发。他的胸部在起伏——缓慢地，但是他在呼吸。西蒙靠在墙上望着他们，显得精疲力竭。克拉丽走到他身边，捏了捏他的手。"谢谢，"她小声说，"真让人意想不到。"

"不要谢我，"他说，"谢布奈布里斯夏令营的射箭课程。"

"西蒙，我不——"

"克拉丽！"是杰斯喊她，"把我的石杖拿来。"

西蒙不情愿地放她走开。她在暗影猎手们身边跪下，圣杯在她肋部有力地抖动着。亚历克的脸很白，散落着血滴，眼睛呈不自然的蓝色。他抓着杰斯的手腕，抓握处留下血印。"我……"他说，看起来好像是第一次看见克拉丽一样。他的表情中有某种她始料不及的东西：胜利的喜悦。"我杀死它了吗？"

杰斯的脸痛苦地扭曲着。"你——"

"是的，"克拉丽说，"它死了。"

亚历克看着她笑了。鲜血从他嘴里涌出。杰斯抽出手腕，用手指抚摸着亚历克的双颊。"别，"他说，"别动，千万别动。"

亚历克闭上了眼睛。"做你要做的。"他小声说。

伊莎贝尔把她的石杖伸给杰斯。"拿着。"

他点点头，用石杖尖沿着亚历克衬衫的前面划下。衬衫划开了，好像是被刀切开一样。伊莎贝尔用热切的目光看着他扯开衬衫，让亚历克的胸膛裸露在外。他的皮肤极白，到处印着透明的旧伤痕。还有其他的伤：发暗的爪子印格，每个伤洞都有红色的血，还向外渗着。杰斯绷紧了下巴，把石杖放在亚历克的皮肤上，自如地来回移动，这是长期练习的结果。但是有什么不对劲。即使他画了愈合印记，这些印记都会消失，仿佛他在水面上写字一样。

杰斯把石杖扔到一边。"该死。"

伊莎贝尔的声音很尖利。"怎么了？"

"它用它的爪子抓伤他了，"杰斯说，"他体内有魔毒。印记不起作用。"他又摸摸亚历克的脸，动作很轻柔。"亚历克，"他说，"你听到我说话吗？"

亚历克没有动。他眼睛下面的阴影看起来是蓝色，暗如淤青。如果不是他在呼吸，克拉丽会以为他已经死了。

伊莎贝尔低下头，她的头发遮住了亚历克的脸。她的双臂抱着他。"也许，"她小声说，"我们能——"

“送他去医院，”是西蒙，他站在他们旁边，那把弓在他手里晃荡着，“我帮你们把他放到面包车上。第七大街有通道宗教会医院。”

“不去医院，”伊莎贝尔说，“我们要把他送到学院。”

“但是——”

“在医院里，他们不知道该怎么治疗他，”杰斯说，“他被一个大恶魔所伤。凡人医生没人知道怎么治那些伤。”

西蒙点点头。“好吧。我们把他放到车上。”

运气真好，面包车没有被拖走。伊莎贝尔在后座铺上一条脏毯子，他们把亚历克放在上面，让他的头枕着伊莎贝尔的大腿。杰斯蹲伏在他的朋友身边。他的衬衫袖子上沾满了深色的东西，胸部沾染着血迹，有恶魔的，也有人类的。他对着西蒙看时，克拉丽看到他眼睛里的金色似乎已消失，是一样她以前从来没在这双眼睛里看到过的东西：惊慌。

“快点开，盲呆，”他说，“就像地狱就在你身后那样开。”

西蒙发动了汽车。

他们沿着佛莱布什街猛冲，疾驰到桥上，与正呼啸着驶过蓝色水面的 Q 线列车保持同步。太阳明亮地照着克拉丽的眼睛，让她感觉刺痛，河面也反射着波光。西蒙以每小时八十公里的速度驶出下桥的弯曲匝道，她抓紧了座位。

她想起跟亚历克说的那些可怕的事情，他扑向阿班顿的情景，他脸上胜利的表情。她回头看到杰斯跪在他的朋友身边，鲜血正透过毯子往外渗。她想起了抱着死去的隼的小男孩。爱是毁灭。

克拉丽转回身，一个硬块卡在她喉咙的深处。从斜得厉害的后视镜中可以看到伊莎贝尔正用毯子裹住亚历克的喉咙。她抬头对着克拉丽的目光问：“还有多远？”

“也许十分钟。西蒙开得已经够快了。”

“我知道，”伊莎贝尔说，“西蒙——你这次真是不可思议。你行动得如此之快，我没料到一个凡人会想出那个办法。”

西蒙并没有因为被这样一个意想不到的人夸奖而惊慌失措，他始终盯着路面。“你指射破天窗？你们进去后我突然想起来的。我在想这个天窗，还有你们说过恶魔是不能被阳光直射的。所以，事实上，我花了一会儿工夫才采取行动的。不要感觉不好，”他又说，“你甚至都看不到那个天窗，除非知道那儿有。”

我知道那儿有，克拉丽想，我本来应该采取行动的。即使我不像西蒙那样有弓箭，我也可以拿什么东西扔过去，或者告诉杰斯那里有天窗。她觉得自己又蠢又笨又没用，仿佛她的头脑里满是棉花，事实是她被吓住了，太害怕了，没法清楚地思考。她感到一阵强烈的羞愧，好像有一个小太阳在她的眼皮后面炸开。

这时杰斯说话了。“干得漂亮。”他说。

西蒙眯了眯眼。“那么，如果你不介意告诉我——那个东西，那个恶魔——它从哪儿来的？”

“它是多萝西娅太太，”克拉丽说，“我的意思是，有几分是她。”

“她从来都不是什么美女，不过我不记得她的外貌有那么丑。”

“我想她被附身了，”克拉丽慢慢地说，努力在她自己的头脑中把事情连起来，“她想夺走圣杯。然后她打开了移空门……”

“很聪明，”杰斯说，“那恶魔附在她身上，然后把它大部分的虚形藏在移空门外边，那儿感应仪是测不出来的。所以我们进去，以为只要打几个弃魔。结果我们却发现自己面对着一个大恶魔：阿班顿——古老的恶魔之一，堕落世界的主人。”

“那看起来从现在开始堕落世界必须要接受没有它的存在了。”西蒙说着，转到了大街上。

“它没有死，”伊莎贝尔说，“几乎没有人杀死过大恶魔。必须同时杀死它们的肉体和虚体，它们才会死。我们只是吓跑了它。”

“哦，”西蒙看起来很失望，“多萝西娅太太怎么了？她会没事吗？既然——”

他停住了，因为亚历克开始窒息了，胸部的呼吸很急促。杰斯发狠地低声咒骂着。“我们怎么还没到那儿？”

“我们到了。我只是不想撞到墙上。”西蒙在角落小心停车时，克拉丽看见学院的门开着，霍奇站在拱门中间。面包车猛地一颠停下了，杰斯跳出来，伸手到车里把亚历克举起来，似乎他不过像个孩子一样重。伊莎贝尔拿着哥哥满是血污的狼牙棒，跟着他走进去。学院的门在他们身后关起来了。

克拉丽全身疲惫，她看看西蒙。“对不起。我不知道你要怎样向埃里克解释这些血迹。”

“去他的埃里克，”他自信地说，“你还好吗？”

“毫发无伤。其他人都受伤了，但是我没有。”

“这是他们的职责，克拉丽，”他温柔地说，“打恶魔——他们就是干这个的，不是你做的事情。”

“我能做什么，西蒙？”她在他的脸上寻找着答案，问道，“我能做什么？”

“呃——你拿到了圣杯，”他说，“不是吗？”

她点点头，然后拍拍她的口袋。“是的。”

他看起来放心了。“我差点都不想问，”他说，“它很好，对吧？”

“很好，”她说，她想起她的妈妈，抓紧了圣杯，“我知道它很好。”

丘奇像只雾角一样号叫着在楼梯的顶端迎接她，然后带她去了医务室。双层门开着，透过这门她能看见亚历克一动不动地躺在一张白色的床上。霍奇在他旁边俯着身，伊莎贝尔手里端着一个银托盘站在一边。

杰斯没有和他们在一起，因为他在医务室外面，斜倚着墙站着，他满是血污的双手在身体两侧蜷缩着。克拉丽在他面前停下，他睁开了眼睛。她看到他眼中的瞳孔张大了，金色已经被黑色完全吞噬。

“他怎么样？”她尽可能轻柔地问道。

“他失了很多血。恶魔毒很常见，但因为它是大恶魔，霍奇不确定平常用的解药会不会有效。”

她伸手去摸他的胳膊。“杰斯——”

他缩了回去。“别。”

她吸了口气。“我从来都不想亚历克出什么事。我很抱歉。”

他看看她，似乎第一次见到她。“不是你的错，”他说，“是我的。”

“你的？杰斯，不，这不是——”

“噢，这是，”他说道，声音像一片薄冰那么脆弱，“Mea culpa, mea maxima culpa.”

“那是什么意思？”

“我的错，”他说，“我自己的错，我最严重的错。那是拉丁语，”他漫不经心地把一绺头发从她额前拨回去，仿佛是个无意识的举动，“弥撒的一部分。”

“我以为你不信仰宗教。”

“我可能不相信原罪，”他说，“但是我真的感觉有罪。我们暗影猎手靠规则生存，而那个规则是没有弹性的。荣誉，过错，悔罪，那些对我们而言是真实的，与宗教无关。一切都和我们是谁有关。这就是‘我是谁’，克拉丽，”他绝望地说，“我是圣廷的一员。它浸入我的血液和骨头。所以告诉我，如果不是我的错，为什么我看到阿班顿时脑子中的第一个念头不是我的斗士伙伴而是你？”他的另一只手也上来了，他用双手的掌心捧着她的脸，“我知道——我早知道——亚历克有些反常。我早知道有什么不对。但是我能想到的只是你……”

他向前倾着头，因此他们的额头触碰在一起。她能感觉到他的呼吸撩拨着她的睫毛。她闭上眼睛，让他的靠近像潮水一样涌遍全身。“如果他死了，那就像是我杀了他，”他说，“我让我的父亲死了，而现在我还杀了曾拥有过的唯一的兄弟。”

“不是那样的。”她小声说。

“是的，是这样的。”他们近得能亲吻了。而他仍然紧紧抱着她，似乎除此以外什么都不能向他保证她是真实的。“克拉丽，”他说，“我这是怎么了？”

她搜肠刮肚地找答案——这时听到有人在清嗓子。她睁开眼睛。霍奇站在医务室门边，他整洁的衣服上沾着几块锈迹。“我已经做了能做的。他服了镇静剂，不是由于疼痛，而是……”他摇了摇头，“我必须联络无声使者，这超出了我的能力。”

杰斯慢慢地放开克拉丽。“他们到这儿要多长时间？”

“我不知道，”霍奇摇着头沿着走廊走开了，“我会立即派出雨果，但是由使者自行决定来的时间。”

“但是——”即使是杰斯要跟上霍奇的大步流星也有点吃力，克拉丽无望地落在他们两个后面，不得不竖起耳朵才能听见他说的话，“否则他可能会死。”

“可能。”霍奇的全部回应只有这个。

图书室很阴暗，有雨水的味道：其中的一扇窗开着，窗帘下已经聚集了一摊水。雨果唧唧喳喳地叫着，霍奇快步走过去，把书桌上的灯打开，这时雨果跃上它栖息的地方。“很遗憾，”霍奇说着，伸手去拿纸和钢笔，“你们没有拿到圣杯。我想，它会给亚历克带来一些宽慰，当然对他的——”

“可是我拿到了圣杯，”克拉丽惊讶地说，“你没有告诉他吗，杰斯？”

杰斯眨着眼睛，尽管克拉丽弄不清他的小动作是因为惊讶还是突然的亮光。“没有时间了——我要把亚历克带到楼上去……”

霍奇全身突然静止，指间的笔一动不动。“你有圣杯？”

“是的。”克拉丽从口袋里掏出圣杯：它仍然冰冷，似乎她的身体不能暖热这金属。红宝石像红色的眼睛一样闪烁着。“在我这儿呢。”

笔从霍奇的手里完全滑了出来，掉到他脚边的地板上。向上的灯光映出他狰狞的脸：每一条凶狠、担心和绝望的线条。“那是天使之杯？”

“这个，”杰斯说，“它是——”

“现在别管那个了。”霍奇说。他把纸放到书桌上，走向杰斯，抓着他的双肩。“杰斯·维兰德，你知道你做了些什么吗？”

杰斯吃惊地抬头看着霍奇。克拉丽注意到了这一对比：大人狰狞的脸和孩子平滑的脸，落在杰斯眼睛前的绺绺淡色头发甚至使他显得更小。“我不明白你是什么意思。”杰斯说。

霍奇从牙缝里嘘出口气。“你看起来和他真像。”

“像谁？”杰斯震惊地说，显然他以前从未听霍奇这样说过话。

“像你父亲。”霍奇说，然后抬眼看在他头顶潮湿的空气中拍打着黑色翅膀盘旋着的雨果。

霍奇眯起了眼睛。“雨金。”他说，然后这只鸟伴着令人毛骨悚然的一声尖叫，伸着爪子直直地向克拉丽的脸俯冲过来。

克拉丽听到杰斯大声叫喊，然后整个世界到处是旋转着的羽毛，鸟喙和爪子乱啄乱抓。她两颊生疼，本能地举起手遮住脸，高声尖叫着。

有人用力地从她怀里抢走圣怀。“不！”她叫道，伸手去抓。她的胳膊一阵钻心的疼痛，双腿似乎从身体下面离开了。她滑了一下摔倒了，膝盖重重地落在坚硬的地板上。鸟爪又扫过她的前额。

“够了，雨果。”霍奇用他平静的嗓音说。

这只鸟听话地飞离了克拉丽。她一阵作呕，从眼睛里滴出血来。她感觉自己的脸被撕碎了。

霍奇没有动过，他还站在原来的地方，拿着生命之杯。雨果焦躁地围着他绕圈，发出轻轻的叫声。还有杰斯——杰斯躺在霍奇的脚边，非常安静，仿佛睡着了。

所有的想法在她的头脑中都消失了。“杰斯！”说话让她很痛——脸颊痛得惊人，嘴里还有血腥味。杰斯没有动。

“他没有受伤。”霍奇说。克拉丽站起来，想要猛扑向他——然后她碰到某种看不见却像玻璃一样坚硬结实的东西，向后打了个趔趄，她挥拳打向空气。

“霍奇！”她大声喊叫。她用力踢，几乎在隐形墙上把脚都踢肿了。“别傻了。圣廷发现你的所作所为——”

“到那时我早就走了。”他跪在杰斯身边说。

“但是——”震惊仿佛一阵电波传遍她全身，让她意识到了什么，“你从来没有向圣廷传递过信息，是吗？这就是为什么我问起你时，你表现得那么怪异。你自己想要圣杯。”

“不是，”霍奇说，“为我自己。”

克拉丽的嗓子干如沙尘。“你为瓦伦丁效命。”她小声说。

“我不为瓦伦丁效命。”霍奇说。他举起杰斯的手，从上面拔掉一个东西，是杰斯戴在手上的一只雕花戒指。霍奇把它戴在自己的手指上。“但我是瓦伦丁的人，这是真的。”

他以很快的动作将戒指在手指上转了三转。有那么一会儿什么也没发生，然后克拉丽听到开门的声音，她本能地转身去看。霍奇身边的空气在发光，就像从远处看到的湖面。发光的空气墙像银色的帘子被拉开了，然后一个个子高高的男人站在霍奇旁边，他看上去像是潮湿的空气汇集而成。

“斯塔克韦德，”他说，“你拿到了圣杯？”

霍奇双手举着圣杯，但是没有说话。他看起来已经瘫痪了，说不出来是由于害怕还是震惊。克拉丽一直觉得他很高，可是现在他看起来很矮，还耸着肩。“我的主人瓦伦丁，”他最后说，“我没料到你这么快。”

瓦伦丁。他并不像照片上那个英俊的男孩，虽然他的眼睛还是黑色的。他的脸不是她想的样子：这是一张克制、紧绷、内敛的脸，那种教士的脸，有着悲伤的眼睛。他的衣服很合体，黑色的袖口下蔓延出凸起的白色伤痕，显示出他使用石杖已有多年。“我告诉过你我会通过移空门来找你。”他说。他声音洪亮，而且有种奇怪的熟悉感。“你不相信我吗？”

“相信。只是——我以为你会派潘波恩或布莱克韦尔来，而不是亲自来。”

“你认为我会派他们来取圣杯？我不是傻瓜。我知道它的诱惑，”瓦伦丁伸出手，克拉丽看见，一只和杰斯一样的戒指在他的手指上闪着光，“把它给我。”

但是霍奇紧紧地抱着圣杯。“我想先要得到你承诺我的东西。”

“先要？你不信任我，斯塔克韦德？”瓦伦丁笑了，笑中还透着幽默，“我会按你要求的做。交易就是交易。虽然我必须说得到你的消息我很震惊。我想不到你会介意闭关沉思的生活，这么说吧，你从来都不太喜欢上战场。”

“你不知道这是什么滋味，”霍奇呼出一口气说，“一直在害怕——”

“不错，我不知道。”瓦伦丁的嗓音像他的眼睛一样悲伤，似乎他同情霍奇。但是他的眼中也含有厌恶，一丝轻蔑。“如果你真不打算给我圣杯，”他说，“你就不会呼唤我到这里。”

霍奇的表情缓过来了。“背叛那些信任你的人并不容易。”

“你是指莱特伍德夫妇，或者他们的孩子？”

“两者都有。”霍奇说。

“啊，莱特伍德夫妇，”瓦伦丁伸出一只手，抚摸立在书桌上的铜地球仪，长长的手指划着大陆和海洋的边线，“可是你欠他们什么，真的？你受到的惩罚他们也应该受到。如果不是他们在圣廷高层有亲戚，他们会和你一道受到诅咒。事实是，他们可以自由来去，像普通人一样走在阳光下，他们可以自由地回家。”他说“家”时声音很激动，说出了这个字所有的意义。他的手指停止了在地球仪上的动作，克拉丽确信他摸到了伊德里斯所在的地方。

霍奇的目光瞥到一边。“他们做的事任何人都会做。”

“你不会这样做。我不会这样做。让朋友替我受罪？斯塔克韦德，他们如此轻易地将这种命运留给你，肯定会让你滋生愤懑的感觉……”

霍奇的肩膀抖动了。“但这不是孩子们的错，他们什么也没做——”

“我还从不知道你这么喜欢孩子，斯塔克韦德。”瓦伦丁说，似乎这个想法让他觉得好玩。

霍奇胸部的呼吸很急促。“杰斯——”

“你不要提杰斯。”第一次，瓦伦丁的声音听起来很生气。他看了一眼地板上静静躺着的身体。“他在流血，”他说道，“为什么？”

霍奇把圣杯搂在胸前。他的指节很白。“不是他的血。他昏迷了，但是没有受伤。”

瓦伦丁愉快地笑着，抬起头。“我想知道，”他说，“他醒来后会怎样想你。背叛从来不美，但是背叛一个孩子——那是双倍的背叛，你不这样认为吗？”

“你不会伤害他的，”霍奇小声说，“你发过誓不会伤害他。”

“我从来没有，”瓦伦丁说，“过来，现在。”他从书桌边走开，走向霍奇。而霍奇像只被捕获的小动物一样退后。克拉丽可以看到他的悲哀。“如果我说我确实打算伤害他，你会怎么做？你会跟我打吗？不给我圣杯？即使你能杀得了我，圣廷也永远不会解除你的诅咒。你将一直躲在这儿，直到死，哪怕只是把窗户开大点都会让你恐惧。为了不再害怕，有什么你不愿意交换？只要能再回到家，有什么你不愿意放弃？”

克拉丽移开了目光，霍奇脸上的表情让她无法忍受。他哽咽着说：“告诉我你不会伤害他，然后我就给你。”

“不，”瓦伦丁说，声音更柔和了，“无论如何你都要给我。”他伸出了手。

霍奇闭上了眼睛。有一瞬他的脸就像书桌下一个大理石天使的脸，在可怕的重压下痛苦而沉重。然后他无力地低声咒骂，将圣杯递给瓦伦丁，虽然他的手抖动得像大风中的一片叶子。

“谢谢。”瓦伦丁说。他拿过圣杯，若有所思地看着。“我真觉得你把边缘磕了个凹痕。”

霍奇没有说话，面如死灰。瓦伦丁弯腰抱起杰斯，他轻轻把他举起的时候，克拉丽看到，裁剪得无可挑剔的上衣紧紧裹住他的胳膊和背部。她意识到他很有欺骗性，是一个魁梧的人，躯体像一株橡树的树干。杰斯在他怀里软绵绵的，相比之下像个孩子。

“他将很快和他父亲在一起，”瓦伦丁低头看着杰斯苍白的脸说，“他属于那里。”

霍奇退缩了。瓦伦丁转身从他身边走开，向穿越而来的那条发光的帘子走去。克拉丽意识到，移空门肯定在那里开着。她看着帘子，就像看着阳光在镜面上反射出去。

霍奇伸出一只手哀求。“等等！”他叫道，“你给我的承诺呢？你发誓要结束我的诅咒。”

“那倒是真的。”瓦伦丁说。他停了一下，用力看着霍奇。霍奇气喘吁吁，后退几步，手迅速放到胸口，似乎什么东西打中了他的心脏。黑色的液体从他张开的手指周围渗了出来，滴到地板上。霍奇抬起带着伤疤的脸看着瓦伦丁。“好了吗？”他拼命地问，“诅咒——它解除了吗？”

“是的，”瓦伦丁说，“希望交易来的自由能带给你快乐。”说完他迈步穿过发光的空气。有一会儿他自己也显得闪闪发光，似乎站在水下，然后他就带着杰斯消失了。

第二十章
鼠巷危情

霍奇喘着气，拳头在身边握紧又张开，眼睛盯着瓦伦丁直到离开。他的左手上都是从胸口渗出的黑色液体，脸上的表情既有些得意，又有几分对自己的憎恶。

“霍奇！”克拉丽拍打着他们之间的隐形墙。疼痛顺着她的胳膊蹿上来，但是与她胸口的剧痛比起来，这算不了什么。她觉得心脏似乎就要猛地从胸廓里蹦出来了。杰斯，杰斯，杰斯——这个名字回响在她的脑中，想被大声尖叫出来，但她按捺住了。“霍奇，放我出去！”

霍奇转身，摇摇头。“我不能。”他一边说，一边用折叠得极整洁的手帕擦手。听起来他很遗憾。“你只会试图杀了我。”

“我不会，”她说，“我保证。”

“可你不是作为暗影猎手被抚养长大的，”他说，“你的保证没有意义。”手帕的边缘现在冒着烟，好像在酸里浸过一样，而他的手也同样染黑了。他皱着眉，不再擦手了。

“可是霍奇，”她绝望地说，“你没听到他说什么吗？他要杀杰斯。”

“他没有那样说。”这时霍奇坐到书桌前，打开抽屉，拿出一张纸。他从口袋里掏出一支笔，在桌子边使劲敲击，让墨水流下。克拉丽盯着他看。他是要写封信吗？

“霍奇，”她小心地说道，“瓦伦丁说杰斯很快将和他父亲在一起。杰斯的父亲已经死了。那还会是什么意思呢？”

霍奇伏案写字，没有抬头。“这很复杂。你不会明白的。”

“我明白得够多了，”她的愤懑让人觉得可能会烫了她的舌头，“我明白杰斯信任你，而你却把他交给了一个恨他父亲，而且很可能也恨他的人，这全都是因为你太胆怯了，不敢带着你应得的诅咒生活。”

霍奇的头猛地抬起来。“你是那样想的吗？”

“这是我所知道的。”

他摇着头放下笔。他看起来很累，而且如此苍老，比瓦伦丁看起来老很多，虽然他们年纪一样大。“你只知道一些零零碎碎的事情，克拉丽。你最好别那样想。”他把写好字的那张纸叠成整齐的方块，扔进火里，一朵明亮的绿色火焰迸出，然后消退了。

“你在干什么？”克拉丽问道。

“发送信息。”霍奇从火边走开了。他站得离她很近，中间只隔着那堵隐形墙。她的手指按在墙上，真希望能挖进他的眼睛——尽管他的眼神那么悲伤，相形之下瓦伦丁的眼神是那么愤怒。“你很年轻，”他说，“过去对你而言什么也不是，它不代表老人心中的故土，也不代表罪人的噩梦。圣廷给我下了诅咒是因为我协助了瓦伦丁，可我不是唯一一个为他服务的圣廷成员——莱特伍德夫妇不是和我一样有罪吗？维兰德家不是吗？但我却是唯一一个受到诅咒、在我有生之年不能迈出一脚到门外、不能伸出一手到窗外的人。”

“那不是我的错，”克拉丽说，“也不是杰斯的错。为什么要因为圣廷的所作所为而惩罚杰斯？我能理解你给瓦伦丁圣杯，可杰斯呢？他会杀了杰斯，就像他杀了杰斯的父亲——”

“瓦伦丁，”霍奇说，“没有杀杰斯的父亲。”

克拉丽胸中发出一声呜咽。“我不相信你！你撒谎！你说过的一切都是谎言！”

“啊，”他说，“年轻人的道德绝对主义不容忍有丝毫妥协。你难道看不到吗，克拉丽，我在用自己的方式尽力做个好人？”

她摇摇头。“事情不是那样的。你做的好事不能抵消掉那些坏事。但是——”她咬了一下嘴唇，“如果你告诉我瓦伦丁在哪儿——”

“不，”他吐出这个字，“据说拿非力人是人和天使的孩子，那些天使遗传给我们的是更长的坠落距离。”他用指尖触摸着那堵隐形墙，“你不是作为我们中的一员被抚育的。这种伤疤和杀戮的生活你没有份。你还能走开。离开学院，克拉丽，尽快。离开，永远不要回来。”

她摇头。“我不能，”她说，“我不能那么做。”

“那么我向你表示慰问。”他说，然后走出了房间。

门在霍奇身后关上了，留下克拉丽在一片寂静中。只有她自己粗重的呼吸声，还有指尖在那个坚硬的透明障碍上乱抓的声音。她告诉自己不要那么做，可她还是撞向隐形墙，一次又一次，直到精疲力竭，两肋疼痛。然后她滑坐在地上，努力让自己不哭。

在这个障碍另一边的某个地方，亚历克生命垂危，而伊莎贝尔等着霍奇来救他。在这个房间外面的某个地方，杰斯可能正被瓦伦丁粗鲁地摇醒。在某个地方，她妈妈获救的希望正一刻一刻、一秒一秒地变得渺茫。而她却困在这里，像小孩子一样没用而无助。

她想起在多萝西娅太太家时，杰斯曾把石杖放在她手里，她坐直起来。她把它还给他了吗？她屏住气，摸了摸左边的上衣口袋。是空的。她的手慢慢伸进右边的口袋，带有汗水的手指沾到了些小绒毛，然后滑过什么坚硬平滑的圆东西——石杖。

她跳了起来，用左手去摸那面隐形墙，心脏咚咚地跳个不停。摸到后，她站稳脚步，用另一只手小心翼翼地将石杖的尖往前移动，直到抵着光滑平坦的空气。她的脑海中一幅画面正在浮现，仿佛一尾穿过浊水浮起的鱼，随着它靠近水面，鳞片的样子越来越清晰。起初她慢慢地，然后越来越有信心地用石杖划过墙面，留下燃烧出的明亮灰白色线条在面前的空中旋转。

画完如尼文后，她感觉到了。于是她放低手，用力呼吸着。有一会儿一切都一动不动，寂静无声，如尼文像发光的霓虹灯一样刺眼。然后传来一声她有史以来听到过的最响的破碎声，仿佛站在石头瀑布下面听到石头从她四周砸落在地上。她画的如尼文变成了黑色，像灰一样飘走了。地板在她脚下抖动起来，然后抖动停止了，于是她确定无疑地知道，她自由了。

她手里仍然拿着石杖，快速跑到窗边，拉开窗帘。正是暮光时分，下面的街道沐浴在微红的紫色光芒中。她清楚地瞥见霍奇正穿过街道，灰色的头发在人群中上下飘动。

她把石杖塞到上衣口袋中冲出图书室，跑下楼梯。她冲到大街上，肚子都岔气了。她飞驰到东河边的人行道上，正在潮湿的暮光中遛狗的人们急忙跳到旁边。她飞跑着转过一个拐角，从一幢公寓楼变暗的窗户里看到了自己。汗湿的头发贴在她的额头上，脸上则是一层干了的血迹。

她跑到霍奇曾出现过的一个路口，有一阵她以为自己跟丢了他。她用膝盖和胳膊肘作为武器，把人们挤开，从地铁入口处的人群中飞跑过去。她浑身是汗，鼻青脸肿，终于来得及看见，一道粗花呢套服的身影在两栋楼之间小巷的转角处消失不见了。

她蜿蜒着绕过一只废料桶，进入巷口。她每呼吸一次，都感觉喉咙烧着了一般。虽然大街上还是暮光时分，这儿的巷子却像夜幕降临一样黑暗。她能看见霍奇站在巷子远处的尽头，那儿堵死了，是一家快餐店的后院。堆满了餐馆垃圾：堆积的食物袋、脏乱的纸盘，还有当他转身看她时，发出难听的嘎吱声的塑料餐具。她想起在英文课上读过的一首诗：我想我们是在耗子洞里，死人在这里丢了骨头。

“你跟踪我，”他说，“你不该这么做。”

“你只要告诉我瓦伦丁在哪儿，我就不管你。”

“我不能那么做，”他说，“他会知道是我告诉了你，那样我的自由和生命都将会很短暂。”

“在欺骗我们为你找到圣杯之后，当圣廷发现你把圣杯给了瓦伦丁时，你的自由和生命一样会很短暂，”克拉丽指出，“你知道他计划用它干什么，你怎么能容忍自己……”

他用短促的一笑打断了她。“跟圣廷相比，我更害怕瓦伦丁。如果你明智的话，你也会的，”他说，“最终他会找到圣杯，无论我是否帮他。”

他往前一步时脸上一阵痉挛，她看见他手里有什么东西在闪光。“这些对你真的有这么重要吗？”

“我之前告诉你了，”她说，“我不能就这样走开。”

“不错。”他说，然后她看见他举起了胳膊——突然想起杰斯说霍奇的兵器是轮盘。这个明亮的金属圆圈伴着响声向她的头部旋转而来，她及时躲开了。轮盘嗡嗡地呼啸而过，离她的脸只有几厘米，嵌到她左边的火灾逃生门上。

她抬起头。霍奇正注视着她，右手轻轻拿着第二个金属轮盘。“你仍然可以跑。”他说。

她本能地举起双手，虽然逻辑告诉她轮盘会把她的双手割成碎片。“霍奇——”

有什么东西冲到了她面前，某个巨大的、灰黑色的，而且是活的东西。她听到霍奇恐惧地大叫。克拉丽摇晃着向后退，那东西在她和霍奇之间迈步时，她看得更清楚了。这是一头狼，身长一米八，乌黑发亮的皮毛上，只有一道灰色条纹。

霍奇手里抓着金属轮盘，脸白如骨。“你。”他带着一种恍惚的震惊轻声说道。克拉丽意识到他在跟那只狼说话。“我以为你已经逃离——”

狼的嘴唇从牙上翻起，她看见它垂着的红色舌头。它看着霍奇时，眼睛中有股憎恨，一种纯粹的人类的憎恨。

“你为我而来吗，还是为这女孩？”霍奇说。汗水从他的太阳穴处淌下，但是他的手还很稳。

狼走向他，喉咙里发出低声怒吼。

“还有些时间，”霍奇说，“瓦伦丁就会把你带走——”

狼号叫着一跃而起。霍奇又叫起来，然后一道银光一闪，轮盘嵌入狼的肋部，发出令人作呕的声响。狼向后退去，就在它袭击霍奇的同时，克拉丽看见轮盘的边缘从狼毛中突伸出来。

狼的双颚紧咬着霍奇的肩膀，他倒下去时尖叫了一声。鲜血飞射到空中，就像从打破的油漆罐中喷射而出的油漆，一片红色溅到水泥墙上。狼的牙齿滴落着猩红的鲜血，从这位导师软趴趴的身体上抬起头，把它灰色的目光转向了克拉丽。

她没有尖叫。她的肺里没有空气可以呼出声音。她爬起来跑，跑向巷口和街上熟悉的霓虹灯，跑向安全无虞的真实世界。她能听见狼在她身后的吼叫，感觉到在她裸露的腿后它炙热的呼吸。她迸发出最后的速度，扑到大街上——

狼的双颚在她的腿上合起来，向后猛拉她。就在她的头碰到坚硬的路之前，她发现自己终于有足够的空气来尖叫了，但同时她也坠入一片黑暗之中。

滴水的声音吵醒了她。克拉丽慢慢地睁开了眼睛。没多少可看的，一个墙壁又黑又脏的小房间，地上放着一张宽宽的折叠床，她就躺在上面。一张摇摇晃晃的桌子靠墙支着，上面有一只廉价的烛台，点着一支粗壮的红烛，发出房间里唯一的光。天花板开裂了，很潮，潮气顺着石头中的裂缝渗漏出来。克拉丽模糊地感到，房间里少了什么东西，但是这种想法被强烈的湿狗的气味所淹没。

她坐了起来，然后立刻后悔了。强烈的疼痛像尖刺一样传过她的头，然后是一波痛苦不堪的恶心。她的胃里如果有东西的话，都会呕吐出来的。

一面镜子悬在床上方，挂在一根夹在两块石头中间的钉子上。她瞥了一眼，惊骇不已。难怪她的脸疼——平行的长抓痕从右眼角一直延伸到嘴边。右脸颊上一层的血，而且她的脖子以及衬衫和外衣的前面都涂抹着血。她突然一阵惊慌，去抓她的口袋，然后放心了，石杖仍然在那里。

到那时她才发现这个房间的奇怪之处。它的一面墙其实是栏杆：粗重的铁栏杆从地面一直伸到天花板。她在一个监狱的单间中。

克拉丽血管中的肾上腺素激增，她摇晃着站起来。一阵眩晕袭来，她扶住桌子让自己站稳。我不能晕倒，她坚定地告诉自己。然后她听到了脚步声。

单间外面有人正沿着过道过来，克拉丽后退过去靠着桌子。

是个人。他提着一盏灯，灯光比烛光更亮。这光让她眯起眼睛，也为他投下背光的影子。映入眼帘的是他的身高，宽阔的肩膀，蓬乱的头发。当他推开单间的门进来时，她才认出他是谁。

他看起来还是那样：破旧的牛仔裤，牛仔布衬衫，工作靴，不平滑的头发，眼镜推到鼻梁上。上次见到他时，她注意到的沿着喉咙的伤疤现在已经愈合了，发着亮光。

卢克。

克拉丽承受得太多了。筋疲力尽、缺乏睡眠和食物、恐惧和失血，此时都像急促的波浪一样向她袭来。她膝盖一软滑向地面。

卢克迅速穿过房间。她还没来得及滑到地上，他就接住了她，像她还是小女孩时那样把她举起来，放在折叠床上，然后退后，眼里满满都是焦虑。“克拉丽，”他说着，向她伸出手，“你好吗？”

她退缩，举起手挡开他。“不要碰我。”

一种深深受伤的表情出现在他脸上。他一只手疲惫地抚上他的额头。“我猜我活该那样。”

“是，你活该。”

他脸上的表情很忧虑。“我不指望你信任我——”

“那很好。因为我没有。”

“克拉丽……”他开始沿着房间踱步，“我做的事情……我不指望你理解。我知道你感觉我抛弃了你——”

“你确实抛弃了我，”她说，“你告诉我再也不要给你打电话。你从来不在乎我。你从来不在乎我妈妈。你对一切都撒谎。”

“不是，”他说，“对一切。”

“那么你的名字真的是卢克·加洛维？”

他的肩膀敏锐地垂了下来。“不是。”他说，然后目光下垂。一个暗红色的小块在他蓝色牛仔布衬衫上扩散开来。

克拉丽坐直了身体。“那是血吗？”她问。有一会儿她忘了生气。

“是的，”卢克说，手捂着肋部，“刚刚举起你时伤口肯定裂开了。”

“什么伤？”克拉丽忍不住问道。

他不慌不忙地说：“霍奇的轮盘还很锋利，虽然他投掷的臂力不如从前。我想他可能断了一根肋骨。”

“霍奇？”克拉丽说，“你什么时候……”

他看着她，什么也没说。她突然想起巷子里的那只狼，除了一道灰色的条纹伸到肋部外，全身黑色。而且她记得轮盘击中了它，然后她明白了。

“你是狼人。”

他把手从衬衫上拿开，他的手指都染红了。“是。”他简洁地说。他走到墙边，在上面猛敲：一次，两次，三次。然后他向她转回身。“我是。”

“你杀了霍奇。”她说。

“没有，”他摇头，“我想，我把他伤得相当重，可是等我回去找尸体时，却不见了。他肯定拖着身体离开了。”

“你撕扯他的肩膀，”她说，“我看到了你。”

“是的。这不算什么，当时他正要杀了你。他伤到别人了吗？”

克拉丽用牙齿咬着嘴唇。她尝到血味，但那是来自雨果袭击她的旧血。“杰斯，”她小声说道，“霍奇把他打晕了，然后把他交给了……交给了瓦伦丁。”

“交给瓦伦丁？”卢克震惊地说，“我知道霍奇把圣杯给了瓦伦丁，可我还没意识到——”

“你怎么知道的？”克拉丽没想起来，开口道。“你在巷子里听到我和霍奇说话，”她说，“在你跳向他前。”

“我跳向他，因为他就要把你的头割下。”卢克说。单间的门又开了，他抬起头看，一个高个子男人进来了，后面跟着一个娇小的女人，矮小得像个孩子。他们两人都穿着朴素随便的衣服：牛仔裤和棉衬衫。女人的头发是浅色的，而男人的头发却是灰黑色的，但是两人的头发都同样的凌乱，不整洁。两人有着同样年纪的脸，皮肤平滑，眼神却很疲惫。“克拉丽，”卢克说，“见见我的二号和三号，格雷泰尔和阿拉里克。”

阿拉里克对她点点硕大的头。“我们见过。”

克拉丽警觉地注视着他。“见过吗？”

“在迪蒙酒店，”他说，“你把刀插进我的肋骨。”

她靠墙一缩。“我，啊……对不起？”

“别，”他说，“很出色的投掷。”他一只手伸到胸部的口袋，拿出杰斯的短剑，上面的红眼闪着光芒。他递给她。“我想这是你的？”

克拉丽注视着短剑。“可是——”

“别担心，”他安慰她说，“我把剑刃弄干净了。”

她一言不发地接过来。卢克在低声轻笑。“回想起来，”他说，“也许对迪蒙的袭击计划不那么周全。我让我的一组狼看着你，如果你有任何危险，要跟着你。当你进入迪蒙时……”

“杰斯和我可以对付。”克拉丽把短剑插入皮带。

格雷泰尔宽容地对她微笑了一下。“你把我们召唤过来是为这件事吗，先生？”

“不。”卢克说。他摸摸肋部。“我的伤口开裂了，克拉丽也有伤，可以作一些护理。如果你不介意把补给拿过来……”

格雷泰尔点了下头。“我去把治疗用品拿过来。”她说完就离开了，阿拉里克像个超大号的影子跟着她。

“她称呼你‘先生’，”单间的门关上后，克拉丽说道，“还有你的二号和三号是什么意思？二号和三号什么？”

“首领，”卢克慢慢地说，“我是这个狼群的头。这就是格雷泰尔称呼我‘先生’的原因。相信我，我费了相当的力气才让她不再称呼我为‘主人’。”

“我妈妈知道吗？”

“知道什么？”

“知道你是个狼人。”

“是的。她从一开始就知道。”

“你们两个，当然，都没有想过告诉我这个。”

“我本来想告诉你的，”卢克说，“但是你妈妈很坚决，说你对暗影猎手或暗影世界一无所知。我没法把我是狼人这种事情孤立地跟你解释清楚，克拉丽。因为这都是你妈妈不想让你看到的更大的世界的一部分，我不知道你都知道了些什么——”

“很多，”克拉丽冷冷地说，“我知道我妈妈以前是暗影猎手。我知道她和瓦伦丁结了婚，从他那里偷走了圣杯，躲起来了。我知道她有了我之后，每两年去马格纳斯·贝恩那里抹掉我看到的暗影世界。我还知道当瓦伦丁想让你告诉他圣杯在哪里以换取我妈妈的性命时，你告诉他她对你无关紧要。”

卢克注视着墙壁。“我不知道圣杯在哪儿，”他说，“她从来没有告诉过我。”

“你可以试着去讨价还价——”

“瓦伦丁不讨价还价。他从来不。如果他不占据优势，他甚至都不会去谈判。他一意孤行，根本没有同情心，而且虽然他可能爱过你妈妈，但他也会毫不犹豫地杀了她。不，我不会和瓦伦丁讨价还价。”

“那你就决定抛弃她？”克拉丽气愤地问，“你是一整群狼人的首领，你就真的认为她不需要你的帮助吗？你知道吗？当我以为你也是个暗影猎手，而你因为某条愚蠢的暗影猎手誓言或什么东西对她置之不理，有多糟糕！但是现在我知道你只是个假惺惺的暗影魅族，甚至不在乎那么多年来她把你当朋友对待——当知己对待——而你就是这样回报她的！”

“听你说话，”卢克平静地说，“你像莱特伍德家的人。”

她眯起眼睛。“不要像你认识亚历克和伊莎贝尔似的谈论他们。”

“我是说他们的父母，”卢克说，“我确实认识他们，实际上非常熟悉，当我们一起都是暗影猎手的时候。”

她惊讶地舔舔嘴唇。“我知道你是集团里的，可是他们怎么没有发现你是狼人？他们不知道吗？”

“不，”卢克说，“因为我并不是天生就是狼人。我是后来变的。我已经看出来了，要想让你相信我，你就得听到整个故事。这是一个很长的故事，不过我觉得我们有时间来讲。”

卷·三

地狱在召唤

地狱在招手，

一如天堂的召唤。

——威廉·卡洛斯·威廉姆斯[①]，《堕落》

① 威廉·卡洛斯·威廉姆斯（1883—1963），二十世纪美国最负盛名的诗人之一。

第二十一章

狼人的故事

事情的真相是，我从孩提起就认识你妈妈，我们一起在伊德里斯长大。那是一个美丽的地方，你没见过，这总让我觉得遗憾。你会爱上那里冬天泛着光泽的松树，那黑色的土地，和那冰凉、如水晶般清澈的河流。那里有几座小镇，还有一个城市阿利坎特，圣廷就在这里相聚。他们称这座城为玻璃之城，因为那里的城塔，材质与驱逐恶魔的石杖相同，在阳光下闪耀着玻璃一样的光泽。

乔斯琳和我大些后，我们被送到阿利坎特上学，就是在那儿我们遇见了瓦伦丁。

他比我大一岁，是当时学校里最受欢迎的男生。他长得帅，聪明，有钱，执着，是一个不可思议的斗士。而我呢，微不足道，没钱，也不聪明，来自一个普通的乡下家庭。在学习上我很纠结。乔斯琳天生就是暗影猎手，我却不是。我忍受不了最轻微的印记，也学不会哪怕最简单的技艺。有时候我都想退学，羞耻地回家，甚至变成一个凡人也行。我是那么可怜。

是瓦伦丁救了我。他来找我——我甚至都想不到他会知道我的名字。他主动提出要教我。他说他知道我在纠结，但他在我身上看到了优秀暗影猎手的种子。在他的教导下我真的进步了。我通过了考试，刻了身上的第一个印记，杀了生命中的第一个恶魔。

我崇拜他，觉得太阳都在围着他转。当然了，我不是唯一一个他施以援手的可怜人，还有其他人，比如霍奇・斯塔克韦德，他更擅长和书而不是和人打交道；还有害怕印记的罗伯特・莱特伍德，瓦伦丁把他们都置于自己的羽翼之下。那时我以为是出于他的善意，现在看来，他是在建立自己的帮派。

有个想法困扰着瓦伦丁，就是暗影猎手一代一代越来越少——我们是一个逐渐灭绝的族群。他确信，只要圣廷对圣杯的使用更宽松些，就会造出更多的暗影猎手。对学校的老师来说，这个想法是种亵渎——任何人都无法选择谁能或谁不能成为暗影猎手。瓦伦丁会轻率地问道，为什么不把看到暗影世界的能力赋予所有人？为什么要把这种能力自私地占为己有？

老师们回答说，大多数人类在这种转换后会死去。瓦伦丁说老师撒谎，只是想把暗影猎手的力量局限在少数的精英中。这是他当时的说法——现在我想他很可能觉得，对最终结果而言，这种让人类附带的牺牲是值得的。不管怎样，他使我们的小团体相信他是正确的。我们组成集团，宣称我们的宗旨是拯救暗影猎手一族免于灭绝。当然，我们当时才十七岁，对于怎样才能做到这一点并不太肯定，只是确信我们最终会成就一番大事。

然后，在一次对狼人驻地的例行袭击中，瓦伦丁的父亲被杀。葬礼过后，瓦伦丁返回学校，身上刻了表示哀悼的红色印记。在其他方面他也变得跟以前不一样了，他的友好掺杂了近乎残酷的愤怒。我把他的新行为归结为悲伤，比以前更努力让他开心，从来没有以怒报怒。只是我让他很失望，这种感觉让我很难受。

唯一能抚平他的愤怒的就是你妈妈。她总是和我们的团体保持一点距离，有时还嘲笑地称我们是瓦伦丁的粉丝俱乐部。可瓦伦丁父亲的死让一切都变了。他的痛苦唤起了她的同情，他们相爱了。

我也爱他。他是我最亲密的朋友，看到乔斯琳和他在一起，我很高兴。我们毕业后，他们结婚了，住在乔斯琳家的庄园里。我也回了家，而集团仍然在活动。开始时就像某种学校里的冒险，但是随着集团的规模和力量的增长，瓦伦丁也和集团一起成长。集团的宗旨也变了，它仍然要求得到圣杯，但自从父亲死后，瓦伦丁变成了对所有暗影魅族发动战争的公开鼓吹者，而不只是针对那些违背《圣约》的人。他辩称，这个世界是人类的，而不是有恶魔血统者的。我们永远都不能完全信任恶魔。

我并不赞成集团的新目标，但我还是留了下来——部分原因是我仍然受不了让瓦伦丁失望，部分是乔斯琳让我继续留在集团。她抱有某种希望，希望我能让集团有所克制，但这是不可能的。瓦伦丁不会克制，罗伯特和玛丽斯——他们这时已经结婚了——差不多同样如此。只有迈克尔·维兰德像我一样有疑虑，但是虽然不太情愿，我们仍然跟随集团。我们一起不知疲倦地猎杀暗影魅族，追猎那些哪怕犯了最轻微过错的恶魔。瓦伦丁从没杀过未违反《圣约》的人，但他做别的事情。我看到他把银币扣在一个小狼人的眼皮上，要弄瞎她的眼睛，逼她说出她的哥哥在哪里……我看到他——不过你不需要听这些。不需要。我很抱歉。

接下来发生的事情就是乔斯琳怀孕了。她告诉我这件事的那天，也承认了她开始害怕自己的丈夫。他变得行为怪异，难以捉摸。有段时间，他会躲进地下室过夜，有时还会听到尖叫声透过墙壁传过来……

我去找他，他笑了，把她的恐惧解释为女人第一次怀孕时的紧张不安，轻易打发了这个话题。我们仍然在设法端掉几年前杀死他父亲的那些狼人的窝巢，那天晚上，他邀我和他一起去袭击狼人。我们是黄金两人组搭档，是可以为对方死的斗士。所以瓦伦丁跟我说那天晚上他会掩护我时，我相信了他。可是直到一只狼扑在我身上时，我才看到有狼。那天晚上我别的什么都不记得了，只记得狼的牙齿死死咬着我的肩膀。醒来时，我躺在瓦伦丁家，肩膀绑着绷带，乔斯琳在那儿。

被狼人咬并不都会导致变成狼人。我的伤口已经愈合，接下来的几周在等待的煎熬中度过。等待着圆月。如果圣廷知道我的事，肯定会把我关进观察室。但是瓦伦丁和乔斯琳什么都没说。三周后月亮又圆又亮，而我也开始有了变化。第一次转化总是最艰难的。我记得当时极度痛苦，感到迷惘困惑，一片黑暗，几小时后我在离城市数公里远的一块草坪上醒了过来。我浑身是血，一具林地动物撕烂的尸体在我的脚边。

我吃力地回到庄园，他们在门口遇见了我。乔斯琳倒在我身边哭泣，可是瓦伦丁拉开了她。我站起来，满身血污，不停地颤抖。我几乎无法思考，嘴里仍然残留着生肉的味道。我不知道会发生什么事，但我想我那时应该想到。

瓦伦丁把我拽下台阶，拖到树林里。他说他本应该亲自杀了我，但那时他看着我，却下不了手。他给了我原先属于他父亲的一把双刃短剑，说我应该自我了断，保全荣誉。他亲了亲那把短剑，递给我，然后回到庄园大宅中，闩上了门。

那天我整夜都在奔跑，有时是人，有时是狼，一直跑到越过人和狼之间的边界。我冲进狼人的窝巢，挥舞着短剑，要见那个在战斗中咬了我、把我变成他们一员的狼人。他们笑着指给我看他们部族的头。他站起来看着我，手上和牙齿上还血淋淋地沾着猎物的血。

我向来都不太喜欢单打独斗。我的武器是十字弓，我视力极好，瞄得很准。但是近身作战我一直都不怎么擅长，善于贴身对打的是瓦伦丁。但我一心求死，想和毁了我的家伙同归于尽。我猜我当时想，如果我能为自己报仇，又杀了杀死瓦伦丁父亲的那些狼人，瓦伦丁会悼念我的。我们有时是作为人，有时作为狼扭打在一起，而我发现他很惊讶于我的凶猛。夜色渐渐消退，他开始显露疲态，而我的愤怒却不曾减退。太阳落山时，我的短剑插进了他的脖子，他死了，我浑身上下浸满了他的血。

我以为狼群会攻击我，把我撕成碎片，但是他们在我脚边跪下，裸露着脖子，表示臣服。狼族有这样的规则：谁杀死部族的首领，谁就接替他的位置。我来到狼人的领地，没有死去，也没有谁向我复仇，相反开始了新的生活。

我不再是过去的我了，几乎忘记作为暗影猎手是什么样子。但是我没有忘记乔斯琳。我总是想着她，为她和瓦伦丁在一起感到担心。但我知道如果我靠近庄园宅子，集团会捕杀我。

最终她来找我。我正在营地睡觉，二首领过来告诉我有一个年轻的女暗影猎手等着要见我。我立即就知道了来人是谁。我冲出去见她，从二首领的目光中我可以看出他不赞成我这么做。他们当然都知道我曾经是暗影猎手，却认为这是一个羞耻的秘密，从来没说起过。瓦伦丁如果知道了，肯定会笑的。

她就在营地外等着我，已经不是怀孕的样子，看起来苍白而憔悴。她说，孩子已经生下来了，是个男孩，取名为乔纳森·克里斯托弗。看到我时她哭了。我没告诉她我还活着，这让她很生气。瓦伦丁已经告知集团我自杀了，但她不相信，她知道我不会做这样的事。我感觉她对我的信任有问题，可我又见到她，心放了下来，也就没有反驳她。

我问她是怎么找到我的。她说阿利坎特流传着一个谣言，有个狼人以前是暗影猎手。瓦伦丁也听到了这个谣言，于是她赶来提醒我。瓦伦丁不久就会来了，但我像狼人能做的那样躲着他，他没有流血就走了。

之后我开始和乔斯琳秘密会面。那年是签订《圣约》的时间，所有的暗影魅族都在议论着《圣约》和瓦伦丁可能进行的破坏计划。我听说他在圣廷激辩，反对签订《圣约》，但没有成功。因此集团制定了一个新计划，是秘密进行的。他们和恶魔——暗影猎手最大的敌人——结盟，为的是把武器偷偷运进天使大厅，而天使大厅正是即将签订《圣约》的地点。在一个恶魔的协助下，瓦伦丁已经偷走了圣杯，把一个复制品放在原处。几个月后圣廷才发现圣杯不见了，可那时已经太晚了。

乔斯琳想弄清楚瓦伦丁要用圣杯做什么，可是却没办法知道。但她知道集团计划袭击赤手空拳的暗影魅族，在天使大厅谋杀他们。如果出现这样的大杀戮，《圣约》就缔结不成了。

虽然一切都乱糟糟的，可是很奇怪，那段时间却是快乐的日子。乔斯琳和我秘密向精灵、巫师，甚至狼人的世仇吸血鬼传递消息，警示他们瓦伦丁的计划，并让他们做好战斗准备。我们，狼人和暗影猎手，携起手来，共同努力。

签订《圣约》的那天，我躲在隐蔽的地方，看着乔斯琳和瓦伦丁离开了庄园的宅子。我记得她俯身亲吻白白的儿子的金发，我记得阳光照耀在她的头发上，我还记得她的微笑。

他们乘着马车去阿利坎特。我用四只脚跟在他们后面跑，我的狼群跟着我跑。

天使大厅挤满了圣廷人员和许多暗影魅族。提交《圣约》就要签字时，瓦伦丁站了起来，集团的成员也跟着站了起来，拉开他们的披风，亮出了武器。天使大厅一片混乱，乔斯琳跑到大厅的双层大门那儿，推开了大门。

我的狼群最先出现在门口。我们冲进大厅，号叫声划破了黑夜。后面跟着的是带着玻璃武器和曲刺的精灵骑士，之后是龇着牙齿的黑夜之子，还有挥舞着火焰和铁器的巫师们。当慌乱的众人逃离大厅时，我们对集团成员发动了攻击。

天使大厅从来没有这样鲜血流淌过。我们尽量不去伤害那些不属于集团的暗影猎手，乔斯琳用巫师的咒语把他们一个一个地标了出来。可还是死了很多人，恐怕有些是我们造成的。当然，后来我们为多人的死亡饱受指责。至于集团，他们的成员比我们之前想象的要多得多，他们和暗影魅族发生了激烈的冲突。我一路杀到瓦伦丁跟前，我只想着他——我可能是杀死他的人，我也许有这份荣耀。最后我在巨大的天使雕像边找到了他，他正用那把沾着血的短剑杀一个精灵骑士。看到我的时候，他笑了，狂野而凶狠。“用刀剑作战的狼人，”他说，“就像用刀叉吃饭的狗一样怪异。”

“你认识这把长剑，也认识这把短剑，”我说，“你也知道我是谁。如果你非要称呼我，用我的名字。”

“我不知道只有一半算人的人的名字，”瓦伦丁说，“曾经我有个朋友，他是一个有尊严的人，宁愿死也不容许自己的血受到玷污。现在一个没有名字的怪物在我面前对着我。”他抬高剑刃，“过去有机会杀你时我应该杀了你。”他叫着扑向我。

我挡开他的剑，我们台上台下地厮杀起来。周围的战斗非常激烈，集团的成员一个个地倒下了。我看到莱特伍德夫妇丢下武器，逃走了；霍奇早走了，战斗刚开始他就溜了。然后我看见乔斯琳冲上楼梯找我，脸上装满恐惧。“瓦伦丁，住手！”她叫道，“这是卢克，你的朋友，就像你的弟弟一样——”

瓦伦丁大吼了一声抓住了她，把她拖到自己面前，用剑抵着她的喉咙。我放下了武器，不愿意冒险让瓦伦丁伤她。他看出来我的心思。“你一直想得到她，”他生气地喝道，“现在你们两个共同密谋背叛我。你们会为自己的行为后悔的，一辈子都会后悔。”

他一把抓住乔斯琳脖子上的项链坠，拽下来扔向我。银链像鞭子一样烧到我，我尖叫着倒下来。就在那时他消失在混乱的人群中，一路拖着乔斯琳。我跟着他，身上燃着火，鲜血直流。但是他太快了，穿过密集的人群，越过死人，杀出一条路来。

我跌跌撞撞地来到月光下。天使大厅燃烧着，火光照亮了天空。放眼望去，城市里绿色的草坪一直伸展到黑色的河水边，沿河的道路上人们正在逃入夜色之中。我最后在河岸边找到了乔斯琳。瓦伦丁已经不见了，乔斯琳非常担心乔纳森，拼命要赶回家。我们找到一匹马，她跃马疾驰而去。我变回狼形，跟在她后面。

虽然狼奔跑得很快，但是经过充足休息的马跑得更快。乔斯琳先到了庄园宅子，我远远落在后面。

我还没到宅子时就知道发生了可怕的事情。这里的空气中也飘着浓重的烟火的味道，而且还有其他味道，某种浓稠的甜甜的味道——恶魔魔法的恶臭。我又恢复人形，沿着长长的车道蹒跚前行。月光下，白色的车道像条银色的河……流向废墟。庄园的宅子已经化为一片灰烬，夜风吹起层层白灰，撒过草坪。只有宅子的地基，像烧过的骨头，仍然可见：这儿一个窗户，那儿一个倾斜的烟囱——但是房子、砖石砂浆、历代暗影猎手传下来的无价图书和古代挂毯，都化为尘土，在月光下飘荡。

瓦伦丁用魔火烧毁了宅子。肯定是他。尘世的火不可能燃烧得这样炙热，也不可能这样彻底，什么都没留下。

我走向余烬仍在闷燃的废墟，发现乔斯琳跪在以前可能是前门台阶的地方。火已经把台阶烧得黑糊糊的，那儿有些骨头。骨头已经烧焦变黑，但能辨认出是人骨，周围散落着衣服的碎片，还有几件大火没有烧掉的首饰。红色和金色的布条还挂在乔斯琳母亲的尸骨上，极高的温度也已经把她父亲的短剑熔进手部的骨架上。在另一堆骨头中瓦伦丁的银护身符闪着微光，在它上面，集团的徽章还在燃烧，发出炽热的白色火焰……散落在废墟中的，则是一个孩子的骨头，仿佛太弱小而无法凑在一起似的。

你们会为自己的行为后悔的，瓦伦丁说过。我和乔斯琳一起跪在被烧过的铺着石头的小路上，我知道他说得没错。我确实后悔，从那天起一直都后悔。

那天夜里，在熊熊火焰和尖叫的人群中，我们骑马穿过城市，来到黑暗的乡村。过了一星期，乔斯琳才又开口讲话。我带她离开了伊德里斯，逃到巴黎。我们没有钱，可乔斯琳不肯去那儿的学院寻求帮助。她告诉我，她和暗影猎手再也没有任何关系，和暗影世界也再也没有任何关系。

我们租住在一家便宜的小旅馆。我想要跟她讲道理，可没有用。她很固执。后来她告诉了我原因：她又怀了个孩子，刚知道几个星期。她想给自己和孩子新的生活，再也不想被任何有关圣廷或《圣约》的事毁了未来。她给我看从骨头堆里拿出来的护身符，在克里南柯的跳蚤市场上卖了，用得来的钱买了张机票。她不肯告诉我要去哪儿，说离伊德里斯越远越好。

我很清楚，抛开她以前的生活也就意味着离开我，于是我和她争论，但是没用。我知道如果不是为她肚子里的孩子，她会结束自己的生命。既然让她湮没于尘世比把她交给死亡好，我最终不情愿地同意了她的打算，到机场跟她告了别。乔斯琳在凄凉的机场跟我说的最后一句话让我毛骨悚然："瓦伦丁没有死。"

她走后，我回到了我的狼群，但是在那儿我却无法平静。我内心总有一种空虚的痛楚，每次醒来她的名字都停留在我的唇边。我也不再是以前的头领了，我很清楚这一点。我正直公正，但很孤冷，在狼人中我没有朋友，也没有伴侣。我终于还是太像人类了——太像暗影猎手——没办法在狼人中悠然自得。我也捕猎，可捕猎不能给我满足感。终于签订《圣约》的时间到了，我进城去签约。

在血迹已被洗净的天使大厅，暗影猎手和半人类的四大支重新坐下来签署将给我们带来和平的文件。看到莱特伍德夫妇，我十分震惊；他们看到我还活着，也同样震惊。他们说，他们夫妇，还有霍奇·斯塔克韦德和迈克尔·维兰德，是那天晚上在大厅中仅有的逃过一死的集团成员。迈克尔失去了妻子，痛苦不堪，和他幼小的儿子一起躲在乡下的住宅里。圣廷罚其他三人流放：他们就要去纽约管理那儿的学院。莱特伍德夫妇由于和圣廷最高层的家族有亲戚关系，所以得到的判决比霍奇轻得多。霍奇被下了诅咒：他将和他们夫妇一起去纽约，但一旦他走出学院神圣的地面，就会立即死亡。他们说，霍奇埋头于研究，会成为孩子们的好导师。

签好《圣约》后，我从椅子上站起来，走出大厅，一路来到河边，就是大叛乱的那天夜里找到乔斯琳的地方。我看着黑色的河水流淌，知道在家乡我永远得不到安宁：我必须和她在一起，否则就无处可去。我决定去找她。

我任命另一个狼人代理我，然后离开了狼群。我觉得他们看到我走也轻松了。我像一只失去狼群的孤狼那样行进：形单影只，夜晚沿着偏僻的支路和乡间的小路前行。我回到巴黎，但是找不到任何线索。然后我去了伦敦，从那儿我又乘了一艘船去波士顿。

我在几个城市逗留了一段时间，然后去了寒冷北方白雪皑皑的山区。我去了很多地方，但发现自己越来越想念纽约和流亡到那儿的暗影猎手。从某种程度上来说，乔斯琳其实也是一个流亡者。最后我只带着一个筒状帆布包到了纽约，不知道去哪儿找你妈妈。找个狼群加入进去对我易如反掌，但我不想这么做。就像在其他城市那样，我通过暗影世界发出信息，查找任何关于乔斯琳的消息，但一无所获，没有只字片语。她似乎就这样消失在尘世之中，不留任何痕迹。我开始绝望了。

最后一个偶然的机会我找到了她。我在苏荷区的街上踱步，漫无目的。当我站在布鲁姆街的鹅卵石上时，一幅挂在画廊里的油画引起了我的注意。

这是一幅风景画习作，我一眼就辨认出来，是她家庄园宅子从窗子望出去的风景，绿草如茵，伸展成行的树木掩映着远处的小路。我认出了她的风格，她的画技，认出了一切。我折回去看那幅画，这下看到了上面的签名。这是我第一次看到她的新名字：乔斯琳·弗雷。

那天入夜前，我找到了她。她住在艺术家的栖息地东村一座没有电梯的五层公寓里。我顺着光线昏暗、满是灰尘的楼梯上楼，心提到了嗓子眼。我敲了敲门，一个小女孩开的门，她梳着红褐色的发辫，用好奇的目光看着我。然后，在她的身后，我看到乔斯琳向我走来，手上沾着颜料，脸上的神色和小时候一模一样。

接下来的事情你都知道了。

第二十二章

伦维克废墟

卢克讲完后，好长时间房间里一片寂静。唯一的声音就是水顺着石墙滴落的微弱声响。最后，卢克说道：“说点什么吧，克拉丽。”

“你想让我说什么？”

他叹了口气。“也许说你明白了？”

克拉丽的耳朵里能听见自己血液的撞击声。她觉得自己的生活仿佛建立在薄如纸的一层冰上，现在冰裂开了，要把她抛入底下冰冷的黑暗中去。她妈妈所有的秘密都漂流在黑色的水流中，那儿有像船只的残骸那样已被人遗忘的生活。

她抬起头看着卢克。他似乎在晃动，看不清楚，好像隔着一块模糊的窗户。“我的父亲，”她说，“我妈妈总是放在炉台上的那幅照片——”

“那不是你父亲。”卢克说道。

“他真的存在过吗？”克拉丽提高了声音，“真的有约翰·克拉克这个人，还是他也是我妈妈编出来的？”

“真有这个人，不过他不是你父亲。他是你们住在东村时，两位邻居中一位的儿子。他死于一次车祸，跟你妈妈告诉你的一样，但她从来就不认识他。你妈妈有他的照片，是因为邻居让你妈妈画幅他穿着军装的肖像画。她把画给了邻居，却留下了照片，假装照片上的男人是你的父亲。我想她觉得这样更好些。毕竟，如果她说你父亲抛弃你们或不见了，你会想去寻找他。而一个死了的人——”

“不会让谎言揭穿，”克拉丽气愤地把他的话说完，“难道她不觉得这是不对的吗？这些年来，让我认为自己的父亲已经死了，在我真正的父亲——”

卢克一言不发，让她自己说完这句话，让她自己去想这个不可思议的想法。

“是瓦伦丁，”她的声音颤抖了，“这是你要告诉我的，对吧？那个瓦伦丁是——是——我父亲？”

卢克点点头，他的手痉挛起来，这是他紧张的唯一迹象。

“噢，我的上帝。”克拉丽跳了起来，再也坐不住了。她走到房间的铁栏边。“不可能，这是不可能的。”

“克拉丽，请不要难过。”

“不难过？你告诉我，说我的父亲根本就是个大魔头，而你想让我不要难过？”

“他并不是从一开始就邪恶的。”卢克说，听起来几乎是在道歉。

“噢，祈求让我和他不同吧。我认为他显然很邪恶。他喋喋不休声称的那些东西，什么保持人类种族的纯净和血统不被玷污的重要性——他像那些让人不寒而栗的强硬白人分子中的一员。而你们两个竟然完全信以为真。”

“就在几分钟前，我还在谈论‘虚伪’的暗影魅族，”卢克静静地说，“或是说他们是如何不能被人信任。”

“这不是一回事！”克拉丽能听到自己声音中的哭腔。“我有个哥哥，”她继续说道，声音很让人动容，“还有外祖父母。他们都死了？”

卢克点点头，低头看着自己摊开在膝上的大手。“他们都死了。”

“乔纳森，”她轻声说道，“如果他活着，他要比我大？大一岁？”

卢克没说话。

“我一直想要个哥哥。”她说。

“别，”他难过地说道，“别折磨自己。你能明白你妈妈为什么不让你知道这些，不是吗？知道你甚至还未出世就失去的东西对你有什么好处？”

“那只盒子，”克拉丽非常激动地说，“上面写着 J.C.。乔纳森·克里斯托弗。这就是她总是哭的原因，那头发也是他的头发——我哥哥的，不是我父亲的。”

“是的。”

“你说‘克拉丽不是乔纳森’，你指的是我哥哥。我妈妈之所以对我保护过多是因为她已经有个孩子死了。”

卢克还没答话，房间门咣的一声打开，格雷泰尔进来了。“医疗用品”在克拉丽的想象中应该是一个硬塑料壳箱子，上面有红十字的标记，而实际上它是一个大木制托盘，上面放着叠好的绷带、不知盛着什么液体的碗，还有发出浓烈柠檬味的草药。格雷泰尔把托盘放在折叠床旁边，示意克拉丽坐下来。克拉丽不情愿地坐了下来。

“这才是好孩子。”这位女狼人说，把一块布浸到其中的一只碗里，然后拿出来。轻轻地，她擦去克拉丽脸上已经干了的血迹。“你怎么回事？”她不以为然地问道，似乎怀疑克拉丽用奶酪磨碎器伤到了脸。

“我也觉得奇怪。”卢克说，抱着胳膊看着克拉丽擦脸。

“雨果袭击了我。”发出微苦而清新味道的液体蜇疼了克拉丽的伤口，她极力不因此而龇牙咧嘴。

“雨果?”卢克眨了眨眼睛。

“是霍奇的鸟。反正我觉得是他的鸟，不过也许是瓦伦丁的。”

“雨金，”卢克轻声说，“雨金和穆宁是瓦伦丁的宠物鸟。它们名字的意思是‘思想’和‘记忆’。”

“呃，它们的意思应该是‘袭击’和‘杀害’，”克拉丽说，“雨果把我的眼睛都快扯出来了。”

“它受的就是这样的训练，”卢克一只手的手指轻轻敲打着另一只手臂，“霍奇肯定是在大叛乱后带走它的，可它仍是瓦伦丁的畜生。”

“跟霍奇一样。”克拉丽说。格雷泰尔清洗了她胳膊上的长伤口，上面有一层污垢和干了的血迹，克拉丽痛得龇起了牙。清洗干净后，格雷泰尔开始包扎。

“克拉丽——”

“我不想再谈论过去的事了，”她气呼呼地说，“我想知道现在要做什么，瓦伦丁抓走了我妈妈、杰斯——还有圣杯。而我们什么都没有。”

“我不认为我们什么都没有，”卢克说，“我们有强大的狼群。问题是我们不知道瓦伦丁在哪儿。”

克拉丽摇了摇头。几缕干枯的头发落在她的眼睛前面，她不耐烦地把它们甩到了后面。上帝啊，她脏死了。她最想做的事——比任何其他事情几乎都要急切——是冲个澡。“瓦伦丁没有什么藏身之处吗?比如秘密窝巢?”

“如果他有，”卢克说，“也会极其隐秘。”

格雷泰尔松开了克拉丽。克拉丽小心翼翼地动了动胳膊，格雷泰尔敷在伤口上的绿色药膏已经减轻了伤口的疼痛，但她仍然感觉胳膊很僵硬，像木头一样。“等一下。”克拉丽说。

“我一直觉得这句话很奇怪，”卢克说道，并没有专门针对谁，“其实我哪儿也不会去。”

“瓦伦丁可能会在纽约什么地方吗?”

“可能吧。”

“我在学院看到他时，他是从一个移空门来的。马格纳斯说纽约只有两个移空门，一个在多萝西娅家，一个在伦维克家。多萝西娅家的那个已经被毁掉了，不管怎样，我觉得他不会藏在那儿的，所以——”

“伦维克家?”卢克很困惑，“伦维克不是暗影猎手的名字。”

“不过，如果伦维克不是一个人的名字，会是什么情况?”克拉丽说，“如果是个地名?伦维克，像一家餐厅，或是……或是一家旅馆什么的。”

卢克的眼睛突然睁大了。他转向正端着托盘走过来的格雷泰尔，说："给我找本电话簿。"

她站住脚，一副责备的样子把托盘递向他。"可是，先生，您的伤——"

"别提我的伤了，给我找本电话簿，"他厉声说道，"我们现在在一所警察局里，应该有许多旧电话簿。"

格雷泰尔脸上带着轻蔑的恼怒，把托盘放在地上，迈出了房间。卢克的眼镜都快滑落鼻子了，他透过眼镜上方看着克拉丽。"想得不错。"

她没答话。她的胃中间有一个硬结，她觉得自己在用力围绕着这个硬结呼吸。一种想法开始在她意识的边缘撩拨她，想要完全清晰地呈现出来，但她坚决地将之压下驱走了。她无法费神想别的事情，只能考虑眼前的问题。

格雷泰尔拿着发潮的黄页回来，塞给了卢克。他一边站着翻看，格雷泰尔一边用绷带和碗里黏稠的药膏为他包扎受伤的肋部。最后他说："电话簿里有七个伦维克。都是人名，没有一个是餐厅、旅馆，或别的什么场所。"他把眼镜推上去，可眼镜很快又滑了下来。"这些伦维克都不是暗影猎手，"他说，"在我看来，瓦伦丁不太可能会把他的指挥部设在一个凡人或暗影猎手的家里。虽然也许——"

"你有手机吗？"克拉丽打断了他的话。

"不在我身上。"卢克仍然捧着电话簿，透过电话簿他看着格雷泰尔，问："你能找个手机来吗？"

格雷泰尔不满地哼了一声，把抱着的一堆染有血污的衣物扔到地上，第二次走出了房间。卢克把电话簿放在桌子上，拿起绷带卷，开始缠绕斜跨肋部的伤口。克拉丽盯着看时，他说："不好意思，我知道很恶心。"

"如果我们抓到瓦伦丁，"她唐突地问道，"我们能杀了他吗？"

卢克手中的绷带差一点没掉下来。"什么？"

她摆弄着牛仔裤口袋里伸出来的散乱线头。"他害死了我的哥哥、我的外祖父母，不是吗？"

卢克把绷带放在桌子上，然后脱下了衬衫。"你认为杀了他就会怎样？抹去那些事情？"

克拉丽什么都还没来得及说，格雷泰尔回来了。她带着愁苦的神情，递给卢克一只笨重的老式手机。克拉丽在想是谁为这个手机买的单。

克拉丽伸出手。"让我打个电话。"

卢克看起来有些犹豫。"克拉丽……"

"是关于伦维克的电话，就几分钟。"

他小心翼翼地把手机递给她。克拉丽摁了号码，侧过半个身子，给自己一些想象中的私密性。

响到第三声时，西蒙拿起了电话。“喂？”

“是我。”

他的声音提高了八度。“你还好吗？”

“我很好。怎么了？你从伊莎贝尔那儿听到什么了？”

“没有。我会从伊莎贝尔那儿听到什么？出什么事了吗？是亚历克出什么事了？”

“不是，”克拉丽不想撒谎说亚历克没事，“不是亚历克。听着，我就是要你替我在谷歌上查点东西。”

西蒙哼道：“你开玩笑。他们那儿没有电脑吗？你知道吗？不要理会他们。”她听到开门的声音，还有把蜷在电脑键盘上的西蒙妈妈的猫赶走时发出的响声和猫叫声。她能在脑海中清晰地想象出西蒙坐下来，手指飞快地在键盘上移动的样子。“你想让我查什么？”

她告诉了西蒙。她通电话时，能感受到卢克看着她的担心的目光。这和她十一岁得了流感，发高烧时卢克看她的眼神一样。他那时带来冰块给她吸吮，还给她读她最喜欢的书，模仿书里所有角色的声音。

“你说得对，”西蒙说道，把她从想象中拉了回来，“这是个地方。或者至少过去是个地方，现在已经废弃了。”

她的手出汗了，顺着手机往下滑。她抓紧手机，说：“告诉我关于它的情况。”

“十九世纪罗斯福岛最著名的精神病院，欠债者的监狱，以及医院，”西蒙尽责地读道，“伦维克天花医院由建筑师雅各布·伦维克设计，用于隔离曼哈顿蔓延的天花疫情中最贫穷的感染者。在之后的一个世纪医院失修废弃，禁止公众进入。”

“好了，够了，”克拉丽说道，心脏咚咚地跳着，“就是这个。罗斯福岛？那里没人住吗？”

“不是谁都住在公园坡的，公主，”西蒙带着些嘲讽的语气说道，“不管怎样，你需要我再去开车载你，还是什么？”

“不！我很好，什么都不需要。我只想知道这些信息。”

“好吧。”克拉丽觉得他听起来有点受伤，不过她告诉自己这没关系。他安全地在家里，这才是重要的。

她挂了电话，转向卢克。“罗斯福岛南端有家废弃的医院叫伦维克。我想瓦伦丁在那儿。”

卢克又把眼镜扶上去。“布莱克韦尔的岛。应当是那儿。”

“你说布莱克韦尔，是什么意思？我说——”

他用手势打断了她。“那是罗斯福岛以前的名字。布莱克韦尔岛。一个古老的暗影猎手家族拥有它，我应该猜到的。”他转向格雷泰尔。“把阿拉里克找来。我需要大家都尽快回到这里，”他的嘴唇抿成似笑非笑的样子，让克拉丽想起杰斯在战斗中的冷笑，“告诉他们做好战斗准备。”

他们正要去大街上，这要穿过单间囚室和走廊组成的迂回曲折的迷宫。迷宫的尽头是旧时警察局的大堂，整幢大楼现在都已废弃了，傍晚的斜光给空荡荡的办公桌、黑乎乎的白蚁洞、落了挂锁的橱柜，以及裂缝的地板砖投上了诡异的阴影。地板砖拼出纽约市警察局的训言：Fidelis ad Mortem。

“忠诚至死。”卢克追随着她的目光，说道。

“让我猜猜，”克拉丽说，“从里面看这是一座废弃的警察局，从外面看，凡人只能看到一幢不宜居住的住宅危楼，或者一栋空楼，或者……”

“实际上从外面看起来它像一家中式餐厅，”卢克说，“只有外卖，没有堂食。”

“中式餐厅？”克拉丽怀疑地重复道。

他耸了耸肩。“嗯，我们在唐人街。这里以前是警察第二分局大楼。”

“没有电话号码订餐，人们肯定觉得这里很怪异。”

卢克咧嘴笑了。“有号码。我们只是不太接电话。有时，如果被电话吵烦了，有些小狼人会给人送些木须肉。”

“你在开玩笑。”

“一点也没有，小费还有用处呢。”他推开前门，一缕阳光照进室内。

克拉丽还是不确信卢克是不是在开玩笑。她跟着卢克穿过巴士大街到了他停车的地方。克拉丽熟知这辆皮卡车的内部布置得很舒适。木屑、废纸和肥皂发出淡淡的气味，一对褪色的镀金骰子是她十岁时送给卢克的，因为这对骰子看起来很像千年隼后视镜上悬挂着的黄金骰子，丢弃的口香糖包装纸和空咖啡杯滚落在车内的地板上。克拉丽一屁股坐在乘客席上，靠在椅背上，叹了口气。她比自己以为的还要疲惫。

卢克在她上车后关上了车门。“就待在这儿。”

格雷泰尔和阿拉里克站在老警察局大楼的台阶上，耐心地等待着。克拉丽看着卢克和他们谈话。她自找乐趣，变换着目光的焦距，看着影像出现又消失。首先是一个老警察局，然后是一个年久失修的店铺门面，门面上的黄色雨篷上写着“玉狼中国料理”。

卢克向他的二号和三号指着街道打手势。他的皮卡后出现了一队车，有厢式货车、摩托车、吉普车，甚至有一辆破旧不堪的旧校车。这些车辆排成列，绕着街道拐角处，在街区延伸开。一支狼人车队。克拉丽很奇怪他们是怎么在收到通知后这么短时间内恳求、借到、偷来或征用了这么多车辆。不过好的一面是，至少他们都不用搭乘空中电车了。

卢克从格雷泰尔手里接过一只白色纸袋。他点了点头，然后跳回到皮卡车边。他瘦高的身体挡在车边，把纸袋递给克拉丽。“你负责这个。”

克拉丽怀疑地盯着纸袋。“这是什么？武器？”

卢克摇摇肩，无声地笑了。“实际上，是包子，”他说着，把皮卡车开上街道，“还有咖啡。”

车子向前开着，克拉丽撕开纸袋。她的肚子咕咕叫得厉害。她掰开一只包子，享用咸味猪肉馅浓郁的美味，细细咀嚼着白面的包子皮。她喝了一口无糖超甜咖啡，和着包子咽了下去。她给卢克一只包子。“吃一个吗？”

“好。”她想，这就像以前，他们开车上卡纳尔大街前，从黄金马车面点店买了水饺，滚热地装在袋子里，在穿过曼哈顿桥回家的路上就吃掉了一半。

“跟我说说关于杰斯的事。”卢克说。

克拉丽差点被包子噎住了。她拿过咖啡，用热饮压住了咳嗽。“关于他的什么事？”

“你知道瓦伦丁想从他那儿得到什么吗？”

“不知道。”

夕阳照在卢克皱着的额头上。“我想杰斯是莱特伍德家的孩子？”

“不是，”克拉丽咬了第三只包子，“他姓维兰德。他父亲是——”

“迈克尔·维兰德？”

她点点头。“杰斯十岁时，瓦伦丁杀了他。我是说迈克尔。”

“听起来像他做的事。”卢克说，他的语调很中立，但声音里有种什么东西让克拉丽侧过来看着他。他不相信她的话吗？

“杰斯看着他死的。”她补充道，似乎是为了证实自己的话。

“那太可怕了，”卢克说，“受到创伤的可怜孩子。”

他们正驶过五十九街大桥。克拉丽往下瞟了一眼，看到夕阳照耀下，河水变成了金色和血色。她从这里能瞥见罗斯福岛的南端，虽然它只是北边看起来模模糊糊的一点。“他没那么糟糕，”她说，“莱特伍德夫妇把他照顾得很好。”

“我能想象得出来。他们和迈克尔的关系一直很亲密。”卢克说道，转入左边的巷子。从反光镜中克拉丽能看到后面跟着的车队也跟着他变更了车道。“他们会想要照顾他儿子的。”

“那么月亮升起来后会发生什么？”她问，“你们会突然变成狼，或者什么？”

卢克的嘴巴抽动了一下。“不完全是。只有小狼人，刚刚变成狼人的人，不能控制他们的变形。经过这么多年，我们大部分人都已经学会怎样控制了。现在月亮只有在最圆的时候才会迫使我变形。”

“那月亮不完全圆时，你只是感觉有点狼性？”克拉丽问道。

“你可以这么说。”

“那，如果你想的话，可以有狼性，而且可以把头伸到车窗外？”

卢克笑了。“我是狼人，又不是黄金猎犬。”

“你成为狼族首领有多长时间了？”她突然问。

卢克有些犹豫。“大概一星期。”

克拉丽转过身盯着他。“一星期？”

他叹了口气。“我知道瓦伦丁带走了你妈妈，”他语调没有什么变化地说着，“我清楚凭我自己的力量对抗他没什么胜算，我也不能指望圣廷会提供任何帮助。我用了一天的时间摸到最近的狼人部族。”

“你杀死了狼群的首领，以便能够取代他的位置？”

“要想在短时间内获得数量可观的同盟者，这是我能想到的最快的办法。”卢克说，口气中没有任何悔恨，尽管也没有任何骄傲。她想起在他家里偷窥他时，他手上和脸上有深深的抓痕，还有他动胳膊时眨眼的样子。“我以前也这样做过。我相当肯定我能再做到，”他耸耸肩，“你妈妈不见了，我也知道我让你很恨我。我没什么可失去的。”

克拉丽用她绿色的运动鞋蹬着仪表盘。透过破裂的挡风玻璃，在她脚尖的上方，月亮正升起在桥上方。“那，”她说，“现在你有了。”

罗斯福岛南端的这家医院晚上有泛光灯照明，在黑色河水和曼哈顿明亮灯光的映衬下，医院显现着鬼魅般的轮廓。卢克和克拉丽都沉默不语，皮卡顺着这座小岛边缘铺着的石板路前进，石板路后来转为石子路，最后则是成堆的泥土。这条路沿着一道高高的钢丝网眼栅栏伸展，栅栏的顶部缠绕着花饰样尖利的铁丝，形状像节日时用丝带绕成的环。

路渐渐颠簸得没法开车，卢克停下车，熄了灯。他看着克拉丽。“如果我让你在这儿等我，你愿意吗？”

她摇摇头。“在车里不一定更安全。谁知道瓦伦丁让什么来巡逻四周呢？”

卢克轻声笑了。“四周。听你的。”他自己先跳下卡车，然后来到她那一边帮她下车。她自己可以从卡车上跳下来的，可有他帮忙感觉很好。她小时候太小自己不能爬下来时，卢克就是这样帮她的。

她的脚碰到了干土堆，扬起阵阵尘土。他们的车辆接连停了下来，围着卢克的车大致摆成了个圆形。这些车的车灯扫过她的视线，把钢丝网眼栅栏照成银白色。在栅栏那边，医院本身在强光的照射下显示出它荒凉的景况：没有屋顶的墙壁从崎岖不平的地面上突起，就像打破的牙齿，设了城垛的石头防护墙上爬满了绿色的常青藤。“这是座废墟，”她听到自己轻声说道，声音中闪过一丝忧惧，“我不明白瓦伦丁怎么可能会藏在这儿。”

卢克的目光扫过克拉丽，然后望着医院。“这儿有很强的魔力，”他说，“试着越过灯光去看。”阿拉里克沿路向他们走来，微风吹起他的牛仔夹克，露出下面长着伤疤的胸膛。克拉丽想，这些走在他后面的狼人看起来完全和普通人一样。如果她在别处看到这个群体，也许会认为他们互相认识，因为他们有某种相像。这种相像不是长相上的相像：他们目光直接，表情强悍。他们和普通市民相比，更显得肤色黝黑，身材清瘦，骨骼粗大，所以，也许她会认为他们是农夫，或者把他们当作一群自行车爱好者。他们看起来倒一点也不像是怪物。

他们聚在卢克的卡车旁边快速地进行了协商，像足球运动员围在一起那样。克拉丽感觉自己不属于他们这个群体，就转过身去看那所医院。这次她努力看灯光四周，越过光线去看，就像你有时透过油漆外层去看下面会是什么样。和平时一样，想着她要怎样把它画出来。灯光好像消褪了，这时她看到，越过长满橡树的草坪，是一幢精美的文艺复兴时期哥特式建筑，仿佛一艘巨轮隐约浮现于树梢上。低层房间的窗户关闭着，黑洞洞的，三楼的窗户是斜着拼接的拱顶状，却倾泻出光来，宛若一束细细的火焰沿着遥远的山脊在燃烧。厚重的石头门廊对着外面，把前门隐藏了起来。

“你看到了？”是卢克，从后面静悄悄、优雅地——狼的优雅——走了过来。

她仍然凝望着医院。“看起来更像一座城堡而不是医院。”

卢克抓着她的双肩，让她转身看着自己。“克拉丽，听我说，”他抓得很紧，都抓疼她了，“我要你挨着我，我动了你再动。需要的话抓住我的袖子。其他人会把我们围在里面，保护我们。但是如果你出了这个圈，他们就没办法护卫你了。

他们会这样把我们移到门口。”他放开她的肩膀，开始准备。这时她看见他上衣里面有什么金属的闪光。她一直不知道卢克带着武器，随即却想起西蒙说的卢克往绿色的旧筒状帆布包里放了什么东西，这就对了。“你发誓会按我说的做?”

“我发誓。”

栅栏是真的，不是魔力的效果。阿拉里克还是站在前面，他试了一下，把栅栏撞得咣啷响，然后慢慢举起了手。长长的爪子从他的指甲下面长了出来，挥向结成网眼的钢丝，把钢丝撕成了碎条。碎条像拼搭玩具一样，哐啷响着掉到地上堆了起来。

“走。”阿拉里克示意别人进去。他们协调一致地前进，像一个人一样朝前涌去。克拉丽在卢克的前面，卢克抓着她的胳膊推着她，自己弯下身来跟在她后面。他们前行着到了栅栏里面，抬头看见那座天花医院。那里，黑影群集，集结在门廊上，正要开始走下台阶。

阿拉里克扬头吸着风吹来的空气。“空气中死亡的恶臭很浓厚。”

卢克吐了口气，急忙嘘道：“弃魔。”

他把克拉丽拉到他后面。她在高低不平的地面上有些趔趄地向前走着。狼群开始移向她和卢克。他们靠近时，弯下身来变成四条腿，嘴巴咆哮着，露出长长的獠牙，四肢伸长，长出皮毛，覆盖了衣服。克拉丽脑中某个本能的声音正在微弱地向她尖叫：狼！快跑！但是虽然她能感到手上神经的跳动和颤抖，她还是打消了这个念头，待在原地没动。

狼群面朝外环绕着他们，圆圈两翼的狼更多一些，克拉丽和卢克就像是一颗星的中心。他们就这样向医院门廊前进。克拉丽仍然躲在卢克后面，弃魔扑来时，她甚至都没看到最前的那个。她听到一只狼似乎由于疼痛而号叫，后来号叫声越来越响，很快就变成了咆哮。又一声重重的撞击声，然后是嗷嗷的嗥叫声和像撕裂纸张的声音——

克拉丽发现自己在想弃魔能不能吃的问题。

她抬头瞥了一眼卢克。他的脸紧绷着。她现在可以看见弃魔了。在狼人组成的圆环对面，泛光灯和曼哈顿闪烁的灯光照亮了整个场景：大批的弃魔，皮肤在月光下如死尸一样苍白，上面灼刻着破损样的咒符。它们目光空洞，扑向狼人，狼人则正面迎战，用爪子抓扯，用牙齿噬咬，撕拽。她看到一个弃魔女战士倒下来，脖子已经扭歪，胳膊还在抽动。另一个弃魔用一只胳膊向一个狼人砍去，另一只胳膊在一米开外的地上，血从残肢涌出。像沼泽水一样令人恶心的黑色血液汇成了溪流，流在草坪上。草坪都光溜起来，克拉丽脚下一滑，就要摔倒时，卢克抓住了她。“和我在一起。”

我在这儿呢。她想说话，但是却说不出。他们仍在沿着草坪艰难地向医院前进，非常缓慢。卢克紧紧地抓着她。克拉丽分辨不出哪方是赢家，如果有赢家的话。狼人这边的优势在于体格和速度，而弃魔这边也势不可挡，而且让人吃惊的是，它们很难被杀死。她看见一只带斑点的棕色大狼扯掉一个弃魔的腿，掀倒了它，然后跃上去咬住它的咽喉。原来是阿拉里克。即使他已经把它扯断，这个弃魔仍然在动，它挥舞着斧头在阿拉里克闪着光的狼皮上划开一道长长的红口子。

克拉丽心神迷乱，直到一个弃魔穿过保护圈出现在自己的面前，她几乎没有注意到它。它就像是从脚边的草地上冒出来似的，眼睛是白色的，头发湿脏，蓬乱缠结，举着一把还在滴血的刀。

她大声尖叫。卢克转过身，一把把她拉到身边，抓住这个东西的手腕扭转。她听到骨头的响声，然后刀掉到了草地上。弃魔的手无力地晃着，但是它仍不断向他们逼近，没有任何疼痛的迹象。卢克嗓音嘶哑地大声叫着阿拉里克。克拉丽想去够她腰带上的短剑，但是卢克把她的胳膊抓得太紧。她还没来得及让卢克放开她，一束纤细的银色火焰猛冲到他们之间。是格雷泰尔。她前爪抵着弃魔的胸部扑了过来，把它扑翻在地。格雷泰尔的喉中发出愤怒的大声哀号，可弃魔更强大，它像掷一个破旧的娃娃那样把格雷泰尔扔到一边，而自己则从地上爬了起来。

有什么东西把克拉丽抱离了地面。她叫了起来，是阿拉里克，半是狼形半是人形，用尖利的爪子抓着她。他用胳膊把她举高时，仍然非常轻柔。

卢克向他们挥手，大声叫喊：“带她离开这儿！带她到门那里！”

“卢克！”克拉丽在阿拉里克的怀抱中扭着身体。

“别看。”阿拉里克低声吼道。

但是她还是看了，而且看到了不少，她看到卢克手里拿着刀，冲到格雷泰尔身边，但是太晚了。那个弃魔拿起掉到浸血的草地上的刀，插进格雷泰尔的后背，捅了一刀又一刀。格雷泰尔撕扯挣扎着，终于倒下来了，她银色眼睛中的光芒渐渐褪为一片黑暗。卢克大叫一声把刀捅进弃魔的咽喉——

“我告诉你别看。”阿拉里克吼道，转过身，用他森然而立的身躯挡住她的目光。他们这时冲上台阶，阿拉里克的脚爪擦过花岗岩地面的声音，就像指甲划过黑板。

“阿拉里克。”克拉丽说。

“嗯？”

“我用刀扔你，对不起。”

“别。你扔的地方很对。”

她用力看他后面。“卢克在哪儿?”

“我在这儿。”卢克说。阿拉里克转过身，卢克正在上台阶，一边把剑插回到系在衣服下面的剑鞘里，剑刃还又黑又黏。

阿拉里克让克拉丽滑下站到门廊上。克拉丽下来后，转过身。她看不到格雷泰尔和杀死格雷泰尔的弃魔，只能看到一片起伏的尸体和闪着光亮的金属。她的脸庞湿了。她举起一只可以活动的手，看看是不是在流血，却意识到自己是在哭。卢克好奇地看着她。“她只是一个暗影魅族。”他说。

克拉丽的目光燃起了愤怒的火焰。“不要那么说。”

“我知道。”他转向阿拉里克。“谢谢你照顾她。我们接着——”

“我跟你们一起去。”阿拉里克说道，活动着留着长指甲的手。他已经变回大部分的人形，但眼睛还是狼眼，嘴唇已经从牙齿翻了上去，有牙签那么长。

卢克的眼睛布满了忧虑。“阿拉里克，不。”

阿拉里克低沉的声音很平静。“你是大家的首领。格雷泰尔死了，我就是你的二号，让你单独去是不合适的。”

“我——”卢克看看克拉丽，然后回头望望医院前面的战场，“我需要你在这儿待着，阿拉里克。对不起，但这是命令。”

阿拉里克的眼睛闪着愤怒，但他还是退到了一边。医院的大门是精美的木门，雕刻繁复。克拉丽很熟悉上面的花纹，有伊德里斯的玫瑰、蜷曲的如尼文、放着光芒的太阳。卢克用脚踢门，门闩噗地弹了出来。门开大时，他推克拉丽向前。“进去。”

她跌跌撞撞地从卢克身边走过，在门口转回头瞥到，阿拉里克正在掩护着他们，他的狼眼闪着微光。在他后面，是医院前面的草坪，那儿尸横遍野，血染大地，有红色的血，也有黑色的血。大门在她后面关起来，阻隔了她的视野，她很感激。

她和卢克站在光线昏暗的石头入口，只有一支火把点亮着。经历了刚才激战的嘈杂声，寂静就像一件让人窒息的披风。克拉丽大口喘气，呼吸着空气，没有浓重潮气和血腥味的空气。

卢克用手捏着她的肩膀。“你还好吗?”

她的双颊流下了泪水。“你不应该那样说。说格雷泰尔只是一个暗影魅族。我不这样想。”

“我很高兴听到你这样说，”他伸手从金属支架上去拿火把，“想到莱特伍德夫妇可能把你变得和他们一样，我就讨厌。”

“呃，他们没有。”

卢克用手拿不出来火把。他皱起了眉头。克拉丽探手到衣兜里，拿出杰斯在她生日时送给她的那块平滑的如尼石，高高地举起来。光从她的指间迸发出来，似乎是她击破了黑暗种子，把里面的光放出来的。卢克放弃了火把。

“巫光？”

“杰斯给我的。”她能感觉到巫光在她手中跳动，就像一只很小的鸟儿的心跳。她想要知道，在这些灰色石头堆成的房间里杰斯在哪儿，他有没有害怕，是否想过会再也见不到她。

“我已经有好几年不用巫光作战了。”卢克说着，开始上楼梯。楼梯在他的靴子下发出响亮的吱吱呀呀的声音。“跟着我。”

巫光耀眼的光亮把他们拉长了的影子投射在光滑的花岗岩墙上。他们在楼梯一处四周雕成拱形的石头平台上停了一下。在他们上面，她能看到有光。“这就是这个医院以前的样子，几百年前的样子？”克拉丽小声说。

“哦，建造伦维克的白骨仍然在这儿，”卢克说，“但是我想，瓦伦丁，布莱克韦尔，还有其他人已经把这个地方重新修葺成更符合他们品味的样子。看这儿。”他用一只靴子擦了擦地面。克拉丽低头看到他脚下的花岗岩上刻着一个如尼文：一个圆，中间有一句拉丁语箴言：In Hoc Signo Vinces。

“这是什么意思？”她问。

“它的意思是‘以此符号我们征服’。这是集团的口号。”

她抬头朝光亮的地方瞥了一眼。“所以他们在这儿。”

“他们在这儿，”卢克说道，语调里透着期待，“来。”

他们在亮光下绕圈，沿着旋转楼梯上楼，直到四周都亮堂堂的。他们来到了一个又窄又长的走廊的入口，走廊两侧的火把熊熊燃烧。克拉丽把巫光握在了手心里，巫光就像熄了的星星一样转眼间灭掉了。

沿着走廊，隔一段距离就会有一道房门，全部都关得紧紧的。她在想，这个地方以前是医院时，这些房间是不是都是病房，或者是单人房间。他们顺着走廊向前走的过程中，克拉丽看到靴子的鞋印，沾着外面草地的泥污，在走道上纵横交错。有人刚从这走过。

第一扇门他们很容易就推开了，但是门内的房间是空的：只有擦得发亮的木地板和石墙，月光穿过窗子洒进来，显得神秘又恐怖。外面战斗的厮杀声充斥着这个房间，像大海的波浪声一样节奏分明。第二个房间里到处都是武器：剑、狼牙棒、斧头。月光似水，照在一排排敞着的冰冷钢铁上。卢克小声吹起了口哨。“收藏真不少啊。”

“你认为瓦伦丁要用这么多的武器？”

“不可能。我怀疑是给他的军队的。”卢克转身走了。

第三个房间是个卧室。有四根柱子的床上挂着帐子，是蓝色的，上面还有蓝色、黑色和灰色的波斯地毯图案。家具漆成白色，像儿童房里的装饰那样。房间里有一层薄薄的、鬼魅的尘土，在月光下闪着微弱的光。

床上躺着乔斯琳，睡着了。

她平躺着，一只手随意地横在胸前，头发散落在枕头上。她穿着一条克拉丽从没见过的白色睡裙，呼吸均匀而平静。倾泻的月光下，克拉丽可以看见她妈妈做梦时眼皮的颤动。

克拉丽小声尖叫了一声扑向前——但是卢克的胳膊横在她的胸前挡住了她，像是一根铁杠。“等等，”他说，嗓音由于用力而发紧，“我们必须小心。”

克拉丽瞪着他，但是他却看着前面，表情愤怒而痛苦。她跟随他的目光，看到一些她不想看到的情况。乔斯琳的手腕上和脚上套着银镣铐，锁链的另一端直陷进床两边的石头地板下。床边的桌子上摆着一排怪异的试管和瓶子，还有玻璃罐和长长的、尖尖的邪恶器械，闪着手术器械的寒光。一根橡皮管从一只玻璃罐中扎入乔斯琳左臂的静脉中。

克拉丽挣脱卢克，扑到床边，伸开双臂抱着她妈妈没有回应的身体。但这就像去抱一个拼接得很差的玩偶一样，乔斯琳仍然一动不动，直直地躺着，缓慢的呼吸也没有任何变化。

一周前，克拉丽会哭，就像她发现妈妈不见了的第一个可怕的晚上，大哭大叫。但是现在已经没有眼泪了，她放开妈妈，站了起来。她现在没有恐惧和自怜，只有痛苦的愤怒，要把这样做的人找出来，对所有一切负责的人。

“瓦伦丁。”她说道。

“当然。”卢克在她旁边，轻轻抚摸着她妈妈的脸庞，抬起她的眼皮。眼皮下的眼睛白得像大理石一般。“她不是被下了药，”他说，“我想是某种魔法。”

克拉丽哽咽着吐了口气。“我们怎么能把她从这儿带走？”

“我不能碰这些镣铐，”卢克说，“银的，你有——”

“武器库，”克拉丽站起来说，“我看到那儿有一把斧子，几把斧子。我们可以砍断锁链——”

“那些锁链是砍不断的。”从门那儿传来低沉、坚定，又熟悉的声音。克拉丽转身看到了布莱克韦尔。他正咧着嘴笑，和以前一样穿着暗血色的长袍，帽子放下来，袍子边缘泥泞的靴子清晰可见。“格雷马克，”他说，“多棒的惊喜啊。”

卢克站直了身体。“如果你感到惊讶，你就是个白痴，”他说，“我可不是静悄悄地到达的。”

布莱克韦尔的两颊红成了比之前颜色更深的紫色，但是他并没有走近卢克。“又成了狼群首领了，对吧？”他说道，发出令人不舒服的笑声，“摆脱不了让暗影魅族为你肮脏的行为效力的习惯？瓦伦丁的军队正忙着在草坪上把它们的碎片扔得到处都是，而你却和你的女朋友安然无恙地到达这里。”他嘲笑地看着克拉丽，“那位看起来对你有点太小了，卢西恩。”

克拉丽气得脸红，手都握成了拳头。但是卢克答话时的声音却很礼貌。“我绝不会称那些为军队，布莱克韦尔，”他说，“它们是弃魔。一些曾经饱受酷刑的人类。如果我记得不错的话，圣廷对所有这些都相当反对——折磨人类，实行黑魔法。我想象不出圣廷会为此高兴。”

“去他妈的圣廷，”布莱克韦尔吼道，“我们不需要他们以及他们睁一只眼闭一只眼的方式。而且，弃魔用不了多久就不是弃魔了。一旦瓦伦丁在它们身上施加圣杯的魔力，它们很快就会成为和我们一样出色的暗影猎手——比现在通过圣廷的考核成为斗士的人更出色，他们不过是一群喜爱暗影魅族的胆小鬼。”他龇着并不锋利的牙齿。

“如果那是他对圣杯的计划，”卢克说，“为什么还没实行？他在等什么？”

布莱克韦尔的眉毛扬了起来。“你不知道吗？他已经得到他的——”

一阵轻轻的笑声打断了他的话，潘波恩出现在布莱克韦尔的身边。他全身都穿着黑色的衣服，肩上挎着一条皮带。“够了，布莱克韦尔，”他说，“你总是太多话。”他向卢克亮出他尖尖的牙齿。“有趣的行动，格雷马克。我没想到你有兴趣领着你最新的狼群执行自杀任务。”

卢克脸颊上的肌肉在抽动。“乔斯琳，”他说，“他对她做了什么？”

潘波恩的低声轻笑音乐一般。“我还以为你不在乎呢。”

“我不明白他现在还想要她干什么，”卢克接着说，没理会潘波恩的挖苦，“他已经得到了圣杯，她没有别的用处了。瓦伦丁从来不会没有原因地杀人，他杀人总有原因。也许现在不是那么回事了。”

潘波恩冷淡地耸耸肩。“对我们而言，他怎么对待她没什么两样，”他说，“她是他妻子。也许他恨她。那就是原因。”

“放她走，”卢克说，“我们会和她一起离开，撤退狼群。算我欠你个人情。”

“不！”克拉丽愤怒的喊叫使潘波恩和布莱克韦尔把目光转向了她。两人都流露出匪夷所思的神情，似乎她是一只在讲话的蟑螂。她看着卢克。“还有杰斯。他也在这儿的某个地方。”

布莱克韦尔轻声笑起来。“杰斯？从来没听说过什么杰斯，”他说，“其实，我可以让潘波恩放她出去。但是我情愿不这样做。对我来说，乔斯琳一直是个坏女人，凭着她的长相和家世，觉得自己比我们都强。她只是一个彻头彻尾的坏女人，这就是全部。她和他结婚只是想打个翻身仗，占我们所有人的上风——”

“你很失望自己没和她结婚吧，布莱克韦尔？”虽然克拉丽听得出来卢克声音中有冷冷的愤怒，但他只回了这一句。

布莱克韦尔的脸变紫了，生气地朝房间迈了一步。

卢克从床边的桌子上抓起一把手术刀就扔了出去，动作之快克拉丽几乎都没看到。手术刀在空中转了两圈，然后刀尖刺进布莱克韦尔的喉咙，打断了他咆哮着的反驳。他的话停住了，眼睛向上翻了白眼，跪在了地上，用手摸着喉咙。猩红的液体从他伸展的手指间涌了出来。他张开嘴，好像是要说话，但是只有一道细细的血淌出来。然后他的手从喉咙处滑落，倒在了地上，就像一棵树倒了下来。

“噢，天啊，”潘波恩带着大惊小怪的厌恶盯着他的拍档说，“多难看啊。”

布莱克韦尔割破的喉咙里流出的血在地板上淌成一片黏稠的红色血泊。卢克扶着克拉丽的肩膀，在她耳边小声说了些什么。但她什么也没听进去。她只听到自己头脑中一阵麻木的嗡嗡声。她想起英文课上另一首诗，好像说你看到过一次死亡后，其他的死亡就无所谓了。那个诗人根本就不知道他在说什么。

卢克让她离开。“钥匙，潘波恩。”他说道。

潘波恩用一只脚轻轻踢了踢布莱克韦尔，然后抬起头。他看起来很恼怒。“如果不给你会用注射器扔我？桌子上只有一把刀。不，”他把手伸向身后，从肩上抽出一把邪恶的长剑，补充道，“如果你想要钥匙，恐怕就要过来拿。不是因为我在意乔斯琳·摩根斯特恩，你懂的，只是因为我，是一个，一直盼望杀死你的人……好多年了。”

他吐出最后几个字，向前迈进房间，体味着欢愉的得意。他的剑刃闪亮着，在月光下似闪电之矛。克拉丽看到卢克向她伸出一只手——一只奇怪地拉长了的手，指尖的指甲像微小的匕首——她这才明白两件事：他就要变形了；他刚才在她耳边小声说的只有一个字。跑。

她跑起来。她绕过潘波恩，潘波恩几乎没有瞥她一眼，然后躲开布莱克韦尔的尸体，出了门，到了走廊，心一阵狂跳。这时卢克的变形还没全部完成。她没有回头看，但是听到一声尖利的长嚎、金属碰撞的声音，还有东西掉落打碎的声音。玻璃瓶打碎了，她想。也许他们撞翻了床边的桌子。

她沿着过道冲向武器库。她伸手去拿一把钢柄的旧斧头。但无论她怎样用力猛拽，斧头都牢牢地钉在墙上。她又试着去拿一把剑，然后是一根狼牙棒，甚至一把很小的匕首，但是一件武器也拿不下来。最后，指甲都破裂了，手指也由于用力流出了血，她只好放弃了。这间屋子被施了魔法，还不是如尼文的魔法：而是某种奇怪的野魔法，某种黑魔法。

她走出了这个房间，这里的任何东西都帮不上她的忙。她摇摇晃晃地在走廊里走着，开始感到腿和胳膊真的是疲惫不堪，疼痛无力。然后她发现自己到了楼梯口。向上还是向下？向下，她想起来，是一片黑暗，空无一人。当然了，她口袋里有巫光石，但是想到独自进入那些黑洞洞的空间，她内心就感到恐惧。向上她看到更多明亮的光，有什么东西让光线忽闪，她想可能是人的走动。

她向上走着。她的腿疼，胳膊疼，什么都疼。伤口扎起来了，却不能让它不疼。脸也疼，雨果抓伤了她的脸颊。嘴里还有股金属味和苦味。

她到了最后一个楼梯平台，这个平台像一艘船的船头那样有轻微的弧度。这里跟楼下一样寂静，耳朵听不到外面战斗的声音。另一条长长的走廊延伸在她面前，两边有着同样多的门，但是这儿有的门开着，更多的光洒进过道。她向前走去，某种直觉引她来到左边最后一扇门前，小心翼翼地朝里张望。

这个房间首先让她想起大都会艺术博物馆的一个时代复原展览，似乎她已经迈入过去了——镶板的墙壁洁白明亮，好像刚刚擦过，一张极长的餐桌，上面放着精美的瓷器，也隐约闪着幽光。较远的那面墙上，装饰着一面镶着华美金框的镜子，两边各有一幅肖像油画，装在厚重的画框中。在火把的照射下，一切都闪闪发光：餐桌上堆满了盘子，刻有花纹的马蹄莲状的酒杯，还有白得晃眼的亚麻桌布。房间的那头是两个很宽的窗户，垂着厚厚的天鹅绒装饰窗帘。杰斯就站在其中一个窗子边，一动不动，以至于有一会儿她想着这是不是一个雕像，直到她意识到自己能看见他头发上闪亮的光。他左手拨开窗帘，她看见房间内几十支蜡烛映在黑色的窗玻璃上，像是玻璃里面关着的萤火虫。

“杰斯。”她叫道，声音在她自己听来仿佛是从远方传过来的：震惊、感激、如此的期待竟至痛苦。杰斯转过身，放下窗帘。她看见杰斯脸上现出困惑的神情。

“杰斯！”她又叫道，然后跑去，扑向他的怀抱。他抱住了她，胳膊紧紧地环拥着她。

“克拉丽，”他的声音几乎都辨认不出来了，“克拉丽，你在这儿干吗？”

她靠着杰斯的衬衫，声音被压低了。“我来找你。”

“你不应该来。”他的拥抱突然松了。他向后退了退，把她推开一点抱着。“我的上帝，”他抚摸着她的脸庞说，“你这个傻瓜，在做什么事啊。”他的声音显得很生气，但是扫过她脸庞的目光，轻轻把她的头发拢到后面的手指，却非常温柔。她从来没有见过他有这样的神情，他看起来有些脆弱，似乎轻轻一碰就能伤到他。“你为什么就不想想呢？”

“我在想，”她说，“我在想你。”

他闭上一会儿眼睛。“万一你出什么事……”他的手轻轻滑过她的胳膊，一直滑到手腕，似乎是让自己确信她真的在那儿，“你是怎么找到我的？”

“卢克，”她回答，“我和卢克来的，来救你。”

他仍然抱着她，目光从她的脸上移到窗外，眉头微蹙，嘴角轻抿。“所以那些是——你和狼群一起来的？”他问道，声音里有种奇怪的语调。

“卢克的，”她说，“他是个狼人，而且——”

“我知道，”杰斯打断了她，“我应该猜到的——那些镣铐。”他看看门口，“他在哪儿？”

“楼下，”克拉丽慢吞吞地说，“他杀死了布莱克韦尔。我上来找你——”

“他必须叫他们撤退。”杰斯说。

她不能理解地看着他。“什么？”

“卢克，”杰斯说，“他必须要叫他的狼群撤退。有误会。”

“什么，你劫走了你自己？”她本想开个玩笑，但她的声音太细弱了，“别这样，杰斯。”

她要拉开他的手腕，但他不放手。他专注地看着她，她猛然意识到刚见到杰斯时未曾注意到的事情，光顾着自己安心了。

她最后一次见到他时，他被划伤，身上有淤肿，衣服沾满污垢和血迹，头发脏得都是脓水和灰尘。而现在他穿着宽松的白衬衫，黑裤子，洁净的金发飞扬着，披落在脸周围。他用纤细的手把几缕头发从眼前拨开，这时她看见他那枚粗重的银戒指又戴在他的手指上。

“这些是你的衣服吗？”她感到很疑惑，问道，“而且——你浑身都包扎起来的……”她的声音越来越小，“看起来瓦伦丁把你照顾得非常好。”

他带着一丝倦意，爱怜地冲她微笑着。“如果我告诉你真相，你会说我疯了。”他说。

她感到自己的心脏在胸腔里剧烈地跳动着，像蜂鸟在快速振翅。“不，我不会的。”

“我父亲给了我这些衣服。”他说。

现在振翅变成了急速击打。“杰斯，”她小心地说道，“你父亲已经死了。”

“不是的。”他摇摇头。她感觉他正压抑着某种强烈的感情，像恐惧或快乐——或者两者都有。“我以为他死了，但他没有。这都是错的。”

她想起霍奇说的关于瓦伦丁的事，还有瓦伦丁善于说蛊惑人心、让人信服的谎话。“这是瓦伦丁告诉你的吗？他在撒谎，杰斯。想想霍奇是怎么说的。如果他跟你说你父亲还活着，这是谎话，那是为了让你去做他想要你做的事情。”

“我看到我父亲了，”杰斯说，“我还跟他说话了。他给了我这个。”他拽了拽干净的新衬衫，似乎这是不容回避的证据，“我父亲没死。瓦伦丁没有杀他。霍奇跟我说了谎话。这么多年我一直以为他死了，但他没有。”

克拉丽使劲打量房间四周，只有闪亮的瓷器和摇曳的火把，以及空荡荡反射着光的镜子。“好吧，如果你父亲真在这个地方，那他在哪儿呢？瓦伦丁也把他绑走了吗？”

杰斯的眼睛闪闪发光。衬衫的领子开着，她能看见覆盖着锁骨的那些细小的白色疤痕，就像平滑的金黄色皮肤上的裂纹。“我父亲——”

房门在克拉丽进来时关上了，这时吱的一声开了，有个人走进了房间。

是瓦伦丁。他银色的头发剪得很短，如同一只擦得铮亮的钢盔般闪着微光，嘴巴紧绷着。腰里束着一根厚厚的皮带，上面别着一个刀鞘，还有一把长剑的剑柄从皮带上伸出来。“那，”他说，一只手放在剑柄上，“你收拾好你的东西了吗？我们的弃魔只能再阻挡那些狼人——”

看到克拉丽，他话没说完就停了下来。他不是那种会有一刻真正放松警惕的人，但她看到他眼中闪烁着震惊。“这是什么人？”他把目光转向杰斯问。

但是克拉丽已经往腰里摸短剑了。她抓着剑柄，从剑鞘里抽出来，然后移回手。愤怒在她眼睛后面撞击着，就像在击鼓。她能杀了这个人，她要杀了他。

杰斯挡住她的手腕。“不。”

她的怀疑无法抑制。“但是，杰斯——”

“克拉丽，”他坚定地说，“这是我父亲。”

第二十三章

瓦伦丁

“我想知道我是不是打扰了什么事，”瓦伦丁说，声音干燥得像沙漠的午后，“孩子，介意告诉我这是谁吗？莱特伍德的某个孩子，也许？”

“不是，”杰斯说，声音听起来疲倦而难过，但他抓着克拉丽手腕的手没有松开，“这是克拉丽。克拉丽莎·弗雷。她是我的一个朋友，她——”

瓦伦丁黑色的眼睛慢慢地扫过她全身，从凌乱的头发到磨坏的运动鞋里露出的脚趾头，最后盯着仍旧抓在她手里的短剑。

瓦伦丁的脸上掠过一种难以名状的神情——既好笑又恼怒。“你怎么有那把短剑的，小姑娘？”

克拉丽冷淡地答：“杰斯给我的。”

“当然是他给的，”瓦伦丁温和地说，“我可以看看吗？”

“不能！”克拉丽后退一步，似乎认为瓦伦丁可能会冲上来。她感到这把短剑被人从她手里拿走了。杰斯拿着短剑，抱歉地看着她。“杰斯。”她生气地低声叫道，他简短的名字中饱含了她体会到的每一丝背叛。

杰斯只是说：“你还不明白，克拉丽。”带着一种让克拉丽感到恶心的、小心翼翼的顺从，杰斯走到瓦伦丁身边，递给他那把短剑。“给您，父亲。”

瓦伦丁用他长长的大手接过短剑，认真看了起来。“这是一把高加索双刃剑，切尔克斯人的双刃剑。它以前是一副对剑中的一把。这儿，看这颗刻进剑刃的晨星，”他把剑翻转过来，指给杰斯看，“我很惊讶莱特伍德夫妇从来没注意到它。”

“我从来没给他们看过这把剑，”杰斯说，“他们允许我有自己的私人物品。他们不偷看。”

“他们当然不偷看，”瓦伦丁说，把双刃剑还给杰斯，“他们以为你是迈克尔·维兰德的儿子。”

杰斯把有着红色剑柄的这把短剑插到皮带上，抬起头。“我也这样以为。”他轻声说道。这时，克拉丽才明白这不是开玩笑，杰斯不是为了达到自己的目的假意顺从瓦伦丁。他真的认为瓦伦丁是又回到他身边的父亲。

一种冰冷的绝望传遍克拉丽的全身。杰斯生气了，杰斯不友好，怒气冲冲，她都能对付，但这个新杰斯，脆弱的、沉浸在在他自己生活奇迹中的杰斯，对她完全是个陌生人。

瓦伦丁越过杰斯褐色的头发看着克拉丽，目光冷静，觉得好笑。"也许，"他说，"坐下来对现在的你来说是个好主意，克拉丽？"

她固执地双臂交叉，抱在胸前。"不。"

"随便你。"瓦伦丁拉出一张椅子，在餐桌的一头坐下了。过了一会儿，杰斯也在一个还有半瓶葡萄酒的酒瓶边坐下了。"但是你将会听到一些事情，也许会让你觉得，要是坐下来就好了。"

"我会告诉你的，"克拉丽向瓦伦丁说，"如果是那样的话。"

"很好。"瓦伦丁靠着椅背，手放在脑后。他的领口张开了一点，露出长着伤疤的锁骨。伤疤，跟他儿子一样，跟所有暗影猎手一样。伤疤和杀戮的生活，霍奇曾经说过。"克拉丽，"他又开口，似乎在品味她名字的读音，"克拉丽莎的简称？不是我会选择的名字。"

他的唇抿起冷峻的弧线。他知道我是他的女儿，克拉丽想，不知道怎么回事，他知道。但他不说。他为什么不说？

因为杰斯，她明白了。杰斯会想——她无法想象他会怎么想。瓦伦丁走进房门时看见他们相拥。他肯定知道自己手里掌握着一个毁灭性的消息。他深不可测的黑眼睛后面的某个地方，敏锐的头脑正在快速运转，想要找出最好的利用他知道的事情的方法。

她向杰斯投去恳求的一瞥，但是他正低头凝视左手边的酒杯，酒杯里盛着半杯紫红色的液体。她能看到杰斯呼吸时胸部快速的起伏，他比表现出来的更难过。

"我真不在乎你会选什么名字。"克拉丽说。

"我肯定，"瓦伦丁身体前倾，回答说，"你不在乎。"

"你不是杰斯的父亲，"她说，"你想要欺骗我们。杰斯的父亲是迈克尔·维兰德。莱特伍德先生和太太知道，每个人都知道。"

"莱特伍德夫妇知道的是错的，"瓦伦丁说，"他们真的相信——相信杰斯是他们的朋友迈克尔的儿子，圣廷也是。甚至无声使者也不知道他是谁。虽然他们很快就会知道了。"

"但是维兰德的戒指——"

"戒指，"瓦伦丁看着杰斯的手说道，戒指在杰斯的手上像蛇鳞一样闪闪发光，"我看见这几天你又戴上了它，乔纳森。很有趣，不是吗，M倒过来很像一个

W？当然了，如果你费心思量一下，可能会觉得维兰德家族的标志是一个坠落的星星，这很奇怪。但是如果它象征着摩根斯特恩家族，就一点也不奇怪了。”

克拉丽盯着看。“我不明白你是什么意思。”

“我忘记了凡人的教育是多么让人遗憾，”瓦伦丁说，“摩根斯特恩的意思是‘晨星’。”

克拉丽不寒而栗。“你是说撒旦[①]。”

“或者任何伟大力量的堕落，”瓦伦丁说，“由于拒绝效力，正如我的过去。我不会效力于一个堕落的政权，因为这个原因，我失去了我的家庭，我的土地，几乎失去了我的生命——”

“大叛乱是你的错！”克拉丽厉声说道，“很多人在大叛乱中死去！像你一样的暗影猎手！”

“克拉丽，”杰斯向前倾着身体，几乎要碰翻肘边的酒杯，“听他说，好吗？不像你想的那样。霍奇撒了谎。”

“我知道，”克拉丽说，“他向瓦伦丁出卖了我们。他是瓦伦丁的爪牙。”

“不，”杰斯说，“不是的，霍奇是那个一直想要圣杯的人。他是那个派吞噬魔抓你妈妈的人。我父亲——瓦伦丁只是事后才知道，而且前来阻止他。他带你妈妈来这儿治疗，不是来伤害她。”

“你相信那些胡说八道？”克拉丽反感地说，“这不是真的。霍奇是为瓦伦丁效力的，他们是一伙的，一起参与夺取圣杯。他欺骗了我们，这不假，但他只是一个工具。”

“但是他需要圣杯，”杰斯说，“这样他可以摆脱加在他身上的诅咒，在我父亲告诉圣廷他做的一切之前逃走。”

“我所知道的不是这样的！”克拉丽气愤地说，“我在那儿！”她转身看着瓦伦丁，“你过来取圣杯时我在房间里。你看不到我，可我在那儿。我看到你了。你拿走圣杯，解除了霍奇身上的诅咒。他自己无法做到，他这样说的。”

“我确实解除了他的诅咒，”瓦伦丁克制地说，“我是动了恻隐之心。他看起来那么可怜。”

“你没有恻隐之心。你什么感情都没有。”

“够了，克拉丽！”是杰斯。她盯着他看，他的双颊红了，似乎他一直在喝肘边的葡萄酒，而使眼睛过于明亮了。“不要那样和我父亲说话。”

---

① 基督教著作中对堕落以前的撒旦称呼为晨星或明亮之星。

“他不是你父亲！”

杰斯的表情就像她掴了他掌似的。“你为什么就是不相信我们？”

“因为她爱你。”瓦伦丁说。

克拉丽感觉自己的脸没了血色。她看着瓦伦丁，不知道他接下来会说什么，但又害怕。她觉得自己似乎正在慢慢靠近悬崖，某种极速飞驰的东西跌下悬崖，落入万丈深渊。她感到一阵眩晕。

“什么？”杰斯看起来很讶异。

瓦伦丁得意地看着克拉丽，仿佛看得出来他已经把她像只蝴蝶一样钉在板上了。“她担心我欺骗你，”他说，“我把你洗脑。事情当然不是这样。如果你仔细回忆回忆，克拉丽，你就会明白的。”

“克拉丽。”杰斯看着她，起身站起来。她看得见他眼睛下面的黑眼圈，显示着他很疲惫。“我——”

“坐下，”瓦伦丁说，“让她自己去想明白，乔纳森。”

杰斯立即坐下来，靠着椅背。克拉丽在头昏脑涨的眩晕中，费力地想要弄明白。乔纳森？“我以为你的名字是杰斯，”她说，“你对这个也撒谎了吗？”

“不是。杰斯是昵称。”

她现在已经离悬崖很近了，近得几乎可以俯视深渊。“什么的昵称？”

他看着她，仿佛不明白她为什么在这么小的事情上小题大做。“我名字的首字母，”他说，“J.C.。”

悬崖已经完全呈现在她面前了，她看得见自己纵身坠入黑暗。“乔纳森，”她无力地说，“乔纳森·克里斯托弗。”

杰斯的眉毛皱成一团。“你怎么——”

瓦伦丁插话了，他宽慰地说：“杰斯，我本来不想告诉你的。我想，母亲死了的故事与母亲在你还不到一岁时就抛弃你的故事相比，前者对你的伤害更少些。”

杰斯纤细的手指痉挛地握紧了酒杯的杯脚，有一会儿克拉丽觉得酒杯可能要被捏碎了。“我妈妈活着？”

“她，”瓦伦丁说，“活着，此时此刻就在楼下的一个房间里睡着了。是的，”杰斯还没开口，瓦伦丁就打断了他，“乔斯琳是你的妈妈。而克拉丽——克拉丽是你的妹妹。”

杰斯猛地缩回了手，葡萄酒杯打翻了，猩红色液体起着小泡沫，洒在白色的桌布上。

“乔纳森。”瓦伦丁说。

杰斯脸色极差，某种绿绿的白色。“这不是真的，”他说，“这里面有问题。不可能是真的。”

瓦伦丁一直注视着他的儿子。“这是欢庆的理由，”他沉思着低声说道，“我会想。昨天你还是一个孤儿，乔纳森，现在却有爸爸、妈妈、妹妹。你从来不知道你有。”

“这是不可能的，”杰斯又说了一遍，“克拉丽不是我妹妹。如果她是……”

“那么怎样？”瓦伦丁说。

杰斯没有回答，但是他恐惧得要作呕的病容让克拉丽受不了了。她脚步有些踉跄地绕过桌子，跪在杰斯的椅子旁，伸手要去握他的手。“杰斯——”

他猛地把手缩了回去，手指在浸湿了的桌布上痉挛起来。“不要。”

对瓦伦丁的仇恨像没有流出的眼泪一样在她的喉中燃烧。他之前不露声色，不说出所知道的事情——她是他的女儿——使她在他的沉默不语中扮演了同谋的角色。现在，他把巨石一般重的真相压在了他们身上之后，自己却倚坐着，冷静地看着后果。杰斯怎么能看不出他有多么可恶？

“告诉我这不是真的。”杰斯盯着桌布说。

克拉丽咽下喉中燃烧着的仇恨。“我不能那样做。”

瓦伦丁的声音听起来似乎在笑。“那么你现在承认，我这次所说的全部都是真的了吧？”

“不，”她看都没看他，回过去，“你在说谎，里面掺进一点真相，这就是全部。”

“这真让人厌烦，”瓦伦丁说，“如果你想听到真相，克拉丽莎，这就是真相。你听说过大叛乱的事情，所以你认为我是个坏蛋。是这样吧？”

克拉丽正看着杰斯，没有说话。杰斯看起来像是难过欲呕，而瓦伦丁还在残酷地继续说着。“事情很简单，真的。你听到的事情有些部分是真的，但有的不是——掺进一点真相的谎话，就像你说的。事实是迈克尔·维兰德不是而且从来都不是杰斯的父亲。维兰德在大叛乱中被杀死了。我带着儿子逃到玻璃之城时冒用了迈克尔的名字和住宅。这非常容易。维兰德没有真正意义上的亲人，而他最亲密的朋友，莱特伍德夫妇，处于流放之中。他参与了大叛乱，本身很不光彩，所以我过着那种不光彩的生活，非常安宁，单独和杰斯住在维兰德的宅子里。我读书，抚养我的儿子，等待着时机。”他用手指触摸着一个酒杯的金边，若有所思。克拉丽看到他是左撇子，和杰斯一样。

“这样过了十年，我收到一封信。写信的人表示，他知道我真实的身份，如果我不打算按他说的做，他就会揭穿我。我不知道信是谁写的，但这也无关紧要。我没准备给写信人想要的东西。再说我知道我的安全已经陷入危险，除非他认为我死了，找不到我，否则会一直处于危险之中。在布莱克韦尔和潘波恩的帮助下，我第二次导演了我的死亡。为了杰斯的安全，我决定要把儿子送到这儿来，置于莱特伍德夫妇的保护之下。"

"所以你让杰斯以为你死了？你就让他以为你已经死了，一直这么多年？这真让人鄙视。"

"不要。"杰斯又说了一次。他举起手蒙住脸，手指掩着嘴唇，闷着声音说："别说了，克拉丽。"

瓦伦丁带着一丝杰斯看不到的微笑看着他的儿子。"乔纳森不得不认为我死了，是的。他不得不认为他是迈克尔·维兰德的儿子，否则莱特伍德夫妇是不会像那样保护他的。他们是欠迈克尔的情，不是我。他们是看在迈克尔的分上爱护他的，而不是看在我的分上。"

"也许他们是看在杰斯自己的分上爱护他的。"克拉丽说。

"值得称许的、充满感情的解释，"瓦伦丁说，"但是不可能。你不像我那么了解莱特伍德夫妇。"他似乎没有看见杰斯的畏缩，或者他看到了，而不去理会。"最终，这也没什么关系了，"瓦伦丁补充说，"让莱特伍德夫妇保护杰斯，不是作为替代的家人，你明白的。他有家人。他有父亲。"

杰斯喉咙中发出一点声音，从脸上移开双手。"我妈妈——"

"大叛乱后逃走了，"瓦伦丁说，"我是一个不光彩的男人。如果圣廷以为我活着，就会追捕我。她不能忍受和我联系在一起，跑了。"他话音中的痛苦显而易见——假装出来的，克拉丽愤恨地想。他的操控在加强。"我不知道她那时怀孕了，怀着克拉丽。"他微微笑了笑，手指慢慢向下滑过酒杯。"但是他们说，血脉相连，"他继续说道，"命运已经让我们会合了。我们一家，又在一起了。我们可以用移空门，"他说，目光转向杰斯，"去伊德里斯。回到我们的庄园里。"

杰斯有些颤抖，但是点点头，仍然呆呆地看着他的手。

"我们将一起在那儿，"瓦伦丁说，"像我们应该的那样。"

这听起来太美妙了，克拉丽想，只有你，你昏迷不醒的妻子，你受到惊吓的儿子，还有对你恨之入骨的女儿。更不用说你的两个孩子可能彼此相爱。是的，这听起来真像完美的家人团聚。但她说出来的只是："我不会和你去任何地方，我妈妈也不会。"

"他说得没错，克拉丽。"杰斯声音沙哑地说。他活动着双手，指尖沾染成了红色。“那是我们要去的唯一的地方，我们可以在那儿把事情理清楚。”

“你不会是认真的——”

楼下传来一声巨大的倒塌声，大得听起来好像医院的一堵墙坍塌了。卢克，克拉丽想，跳了起来。

虽然脸上是恐惧得要作呕的神情，杰斯还是下意识地做出反应。他从椅子上半站起来，手摸向皮带。“父亲，他们——”

“他们就要来了。”瓦伦丁站了起来。克拉丽听到脚步声，过了一会儿房门被猛地推开了，卢克站在门口。

克拉丽忍着没哭。他浑身是血，凝在牛仔裤和衬衫上黑乎乎的，下半边脸又是胡子，又是血。他的手一直红到手腕，上面的血还湿着，还在流。她不知道这血是不是有他自己的。她听到自己大叫着他的名字，然后穿过房间向他跑去，急切地抓着他衬衫的前面，挂靠着，几乎绊倒了。自从她八岁时，就再没这样做过了。

有一会儿他的大手举起来，罩着她的后脑勺，用一只胳膊把她熊抱在怀里。然后他轻轻推开她。“我全身是血，”他说，“别担心——不是我的。”

“那是谁的?”是瓦伦丁的声音。克拉丽转身去看，卢克的胳膊横过她的肩膀保护她。瓦伦丁看着他俩，眼睛眯起来算计着。杰斯已经站了起来，绕过桌子，犹豫地站在他父亲身后。克拉丽想不起来他以前什么时候做起事来有过犹豫。

“潘波恩的。”卢克说。

瓦伦丁一只手掠过脸部，这个消息好像让他感到痛苦。“我明白了。你用牙咬断了他的喉咙?”

“事实上，”卢克说，“我用这个杀死了他。”他用空着的手拿出他杀弃魔用的细长短剑。在光线下她能看见剑柄上蓝色的宝石。“你记得它吗?”

瓦伦丁看着短剑。克拉丽看见他的下巴收紧了。“我记得。”他说，克拉丽想他是否也记得他们以前的谈话。

这是一把高加索双刃剑，切尔克斯人的双刃剑。它以前是一副对剑中的一把。

“十七年前你把它递给我，让我用它结束自己的生命。”卢克说，紧紧握着这件武器。它的剑刃比杰斯皮带上红色剑柄的那把双刃剑要长，介于短剑和长剑之间，而且剑尖似针。“而我差点这样做了。”

“你以为我会否认吗?”瓦伦丁的声音透着记忆中久远悲伤的痛苦，“我努力想把你拯救出来，卢西恩。我犯了一个严重的错误。要是我当时有亲自杀死你的勇气，你还能作为一个人死去。”

“像你那样的人?”卢克问。这一刻，克拉丽发现卢克身上有某种她一直熟知的东西，那个看得出她撒谎或假装的人，那个在她傲慢或虚假时提醒她的人。从他愤恨的声音中，她听出他对瓦伦丁曾经的爱，已然凝结为疲惫的恨。“一个把他昏迷的妻子用银链锁在床上，折磨她以便她醒来后从她那里得到信息的男人?这就是你的勇气?”

杰斯望着他的父亲。克拉丽看到霎时愤怒扭曲了瓦伦丁的脸，继而愤怒不见了，他的表情平静下来。“我没有折磨她，”他说，“她被锁起来，是为了保护她。”

“保护她不受什么伤害?”卢克质问道，又向房间里迈了几步，“让她处于危险之中的人就是你。让她曾经处于危险之中的人也是你。她一生都在从你身边逃走，离开你。”

“我爱她，”瓦伦丁说，“我永远都不会伤害她。是你让她背叛我。”

卢克笑了。“她不需要我来让她背叛你。她自己学会恨你的。”

“一派胡言!”瓦伦丁突然残暴地吼道，从腰上的剑鞘里拔剑而出。这把剑呈扁平状，黑色亚光，上面有银星的设计图案。他将剑刃指着卢克的心脏。

杰斯往前向瓦伦丁迈了一步。“父亲——”

“乔纳森，别说话!”瓦伦丁大叫，但太迟了。克拉丽看到卢克盯着杰斯看时脸上震惊的表情。

“乔纳森?”他小声说。

杰斯撇起了嘴。“不许你那样叫我，”他凶狠地说，金黄的眼睛燃烧着愤怒的火焰，“如果你那样叫我，我会杀了你。”

卢克不理会指着他心脏的剑刃，仍然盯着杰斯。“你妈妈会很自豪。”他说，声音平静得甚至连站在他身边的克拉丽都要费力去听。

“我没有妈妈，”杰斯说，他的手在抖动，“那个给了我生命的女人在我还没记住她的脸时就离开了我。我对她什么都不是，所以她对我也什么都不是。”

“你的妈妈不是那个离开你的人。”卢克说，他的目光缓慢地转向瓦伦丁。“我原先以为即使是你，”他缓缓地说道，“也不会用你自己的骨肉当诱饵。我想我错了。”

“够了，”瓦伦丁的声音几乎变得无精打采，但仍带着凶狠，是渴望暴力的威胁，“放开我女儿，否则我会在你站着的地方杀了你。”

“我不是你的女儿。”克拉丽气愤地说，但是卢克把她推开，力气大得差点使她摔倒。

“离开这儿，”他说，“到安全的地方去。”

“我不要离开你！”

“克拉丽，我是说真的，离开这儿，”卢克已经举起他的短剑，“这不是你的战斗。”

克拉丽跌跌撞撞从他身边跑开，跑向通往楼梯平台的房门。也许她可以跑去找帮手，找阿拉里克——

就在那时杰斯出现在她面前，挡住了她的路。她已经忘了他行动起来是多么迅速，柔软似猫，迅疾如水。“你疯了吗？”他阻止她，“它们已经攻破前门，这个地方很快将到处是弃魔。”

她推开他。“让我出去——”

杰斯用钢铁一般的手拦住她。“难道让它们把你撕碎？绝不可以。”

克拉丽身后响起金属碰撞的响亮声音。她挣脱开杰斯，看到瓦伦丁挥剑向卢克击去，卢克则挡开他的剑，发出震耳欲聋的声响。他们各自用力移开武器，在地板上来回穿梭，虚晃佯攻，举剑挥砍，身影模糊，让人眼花缭乱。“噢，我的上帝，”她耳语道，“他们会互相杀死对方。”

杰斯的眼睛几乎变成黑色。“你不懂，”他说，“这是解决问题——”他停下来，吸了口气，这时卢克避开瓦伦丁的防卫，击中了他的肩膀。一时鲜血迸溅，染红了他白色的衬衫。

瓦伦丁扬了扬头，笑了。“真正的一击，”他说，“很难想到你身上带着它，卢西恩。”

卢克站得笔挺，他的刀挡住了克拉丽的视线，使她看不到他的脸。“是你教了我这招。”

“但那是多年以前了，”瓦伦丁用生丝般的声音说，“从那以后，你几乎不需要刀了，不是吗？在你可以用狼爪和獠牙时就不需要了。”

“用它们更容易把你的心剜出来。”

瓦伦丁摇摇头。“多年前你就把我的心剜出来了。”他说。甚至连克拉丽也分辨不出他声音中的悲伤是真还是假。“当你背叛我，抛弃我的时候。”卢克又向他击去，但是瓦伦丁敏捷地退后。相对他魁梧的身材而言，他的动作相当轻巧，让人惊讶。“是你让我的妻子与同族为敌。你在她最脆弱的时候，需要帮助的时候，带着你的热忱、你的那种一无是处的责任感来到她的身边。我很冷淡，于是她认为你爱她。她是个傻瓜。”

杰斯在克拉丽身边像根电线一样全身绷得紧紧的。她能感觉到他的紧张，就像耷拉下来的电缆发出的火花。“那就是瓦伦丁口中你的妈妈。”

“她遗弃了我，”杰斯说，“某种意义上的妈妈。”

“她以为你死了。想知道我是怎么知道的吗？因为她卧室里保存着一只盒子，上面有你名字的首字母 J.C.。”

“那么她有只盒子，”杰斯说，“很多人都有盒子。他们在盒子里放东西。这是发展趋势，我听说。”

“里面有你的一绺头发，婴儿时的头发。还有一张照片，也许两张。她以前每年都会拿出来对着哭，那种心碎般的哭——”

杰斯的手在身边握紧了拳头。“别说了。”他的话像从牙缝里吐出来一样。

“别说什么？别告诉你真相？她以为你死了——如果知道你活着，她永远都不可能离开你。你还以为你父亲死了呢——”

“我看到他死的！要么我以为我看到了。我不只是——只是听说然后选择去相信它！”

“她发现了你烧掉的骨头，”克拉丽平静地说，“在她房子的废墟中。和她父母亲的骨头一起发现的。”

最后杰斯看着她。她看到他眼中的疑惑和因为疑惑而睁大的眼睛。她能看到，对父亲的信任就像一副透明的盔甲，保护着他，使他远离真相。她想，在盔甲的某个地方存在着裂缝，如果她能找到合适的字眼，就可以将盔甲破开。“这很滑稽，”他说，“我没有死——不会有任何骨头。”

“有。”

“那它是种魔力。”他粗声粗气地说。

“问问你父亲他的岳父母怎么了。”克拉丽说。她伸出手去摸他的手。“问问他是否那也是魔力——”

“闭嘴！”杰斯控制不住了，狂怒地转身看着她。克拉丽看到卢克被这声喊叫惊了一下，目光瞥向他们。就在他分心的刹那，瓦伦丁避开他的防卫，一剑向前刺去，剑刃刺进卢克的胸膛，就在锁骨下面。

卢克的眼睛突然睁大了，似乎不是由于疼痛，而是由于震惊。瓦伦丁的剑猛地抽出，垂到地上，被鲜血染得一直红到剑柄。伴着一声尖笑，瓦伦丁又击出一剑，这次他打落了卢克手里的武器，空落落一声响，它掉到地上，又被瓦伦丁用力一踢，踢飞到桌子底下。而此时，卢克轰然倒地。

瓦伦丁将黑色的长剑举过卢克俯卧的躯体，准备进行致命的一击。镶嵌在剑刃上的银色星星闪着寒光，克拉丽一时吓呆了，她想，如此致命的东西怎么可能会如此美丽？

杰斯似乎知道克拉丽要做什么，转身对着她。“克拉丽——”

克拉丽从呆傻中清醒了过来。她躲过杰斯，挡开他伸出的双手，跑过石头地板，冲向卢克。卢克用一只胳膊支撑着身体趴在地板上，就在瓦伦丁的长剑挥向前时，克拉丽扑在了卢克的身体上。

剑挥向她时，她看见瓦伦丁的眼睛。虽然只是刹那之间，却感觉像几万年那么漫长。她看出如果他想，他可以停手；看出如果他不停手，就有可能会击中她；看出他打算无论如何都要挥剑过来。

她举起手，紧紧捂住双眼——

哐啷一声响。她听到瓦伦丁大叫一声，然后抬头看见他的手上，剑已经不见了，而手却在流血。红色剑柄的双刃剑躺在几米外的石头地面上，旁边是那把黑色长剑。她非常惊讶，转身看见杰斯就在门边，胳膊仍然向上举着，然后意识到他肯定用了很大力气把那把短剑投掷过去，才足以从他父亲手里打掉黑色的长剑。

杰斯慢慢放下胳膊，脸色非常苍白，眼睛看着瓦伦丁——睁得很大，满是恳求。“父亲，我……”

瓦伦丁看着流血的手。有一刻，克拉丽看见他脸上一阵愤怒的抽搐，像一盏灯忽闪忽灭。他开口说话时，声音很温和。“绝妙的一掷，杰斯。”

杰斯犹豫了。“但是您的手。我只是想——”

“我不会伤你妹妹的，”瓦伦丁说着，迅速从地上收起他的长剑和那把红色剑柄双刃剑，把它们都别在皮带上，“我会停手的。不过你对家人的关切值得赞赏。”

撒谎。但是克拉丽没工夫去理会瓦伦丁的说辞。她转身去看卢克，感到揪心的痛，非常难过。卢克躺在地上，眼睛半闭着，呼吸急促。鲜血从他破烂衬衫上的洞中喷涌而出。“我需要绷带，”克拉丽哽咽着说，“一些布，什么都行。”

“别动，乔纳森。”瓦伦丁用钢铁般强硬的声音说道。杰斯已经要伸手到口袋中去，顿时全身都凝固了。“克拉丽莎，”她父亲说，声音像抹了黄油的钢铁一样油滑，“这个人是我们家的敌人，圣廷的敌人。我们是猎手，这意味着有时我们是杀手。你肯定得理解这点。”

“魔鬼猎手，”克拉丽说，“魔鬼杀手。但不是谋杀犯。这是有差别的。”

“他是魔鬼，克拉丽莎，”瓦伦丁仍旧用同样柔和的声音说，“长着人脸的魔鬼。我知道这样的怪物可能会多么有欺骗性。别忘了，我曾经饶过他一次。”

“怪物？”克拉丽重复道。她想起五岁时推她荡秋千的卢克，她要他推得更高些，总是更高些；她中学毕业时的卢克，像位自豪的父亲一样摁下相机快门；整理送到书店的每箱书的卢克，总是把她可能喜欢的书放到一边；把她举起来，从他农场房子边的树上摘苹果的卢克。卢克，而她的父亲正要取代他的位置。“卢克不是怪物，”她硬碰硬，用可以和瓦伦丁相匹敌的声音说，“也不是谋杀犯。你是。”

“克拉丽！”是杰斯的声音。

克拉丽没理杰斯，眼睛用力盯着她父亲冰冷的黑眼睛。“你杀了你妻子的父母亲，不是在战斗中，而是出于冷血，”她说，“而且我打赌你还谋杀了迈克尔·维兰德和他幼小的儿子，把他们的骨头和我外祖父母的骨头扔在一起，以便让我妈妈以为你和杰斯死了。焚烧迈克尔·维兰德前，你还把自己的项链戴在他的脖子上，让大家都以为那些骨头是你的。毕竟你说过圣廷不受玷污的血——你杀他们时，根本不在乎他们的鲜血，不在乎他们是无辜的，不是吗？冷血地屠杀老人和孩子，那才是怪物的所作所为。”

另一阵愤怒的抽搐使瓦伦丁的脸变了形。“够了！”瓦伦丁举起镶有星星的黑剑怒吼道。克拉丽从他的声音中听出他究竟是什么人，听出驱使他一生的那种愤怒。永无止境翻滚着的愤怒。“乔纳森！把你妹妹从我面前拖开，否则我以天使的名义，会先击倒她再去杀她保护着的怪物！”

杰斯犹豫了极短的时间，然后扬起头。“当然，父亲。”他说，然后走过房间到克拉丽身边。她还没来得及伸出手把他挡开，他就粗暴地抓住了她的胳膊。他一把拽起她，从卢克身边拉开。

“杰斯。”她惊骇不已，小声叫着。

“不要。”他说。他的手指扎进她的胳膊，很痛。他闻起来一股酒味，还有金属味和汗味。“不要和我说话。”

“可是——”

“我说了，不要说话。”他用力摇摇她。她打了个趔趄，重新站好，抬头看见瓦伦丁站在那里，对着卢克瘫倒在地的身体幸灾乐祸。他伸出靴子的靴尖，踢了踢卢克。卢克发出哽咽的声音。

“别碰他！”克拉丽大声叫道，用力想挣脱杰斯，却是徒劳的——他太强壮了。

“别叫，”他在她耳边生气地小声说，“你只会让事情变得更糟。你不看会更好。”

“就像你一样？”她也生气地小声回过去，“闭上眼睛假装事情没有发生，并不会让现实反过来。你应该知道得更清楚——”

“克拉丽，住口。”他的语气几乎让她停下来了。他听起来很绝望。

瓦伦丁低声笑着。“如果我想到带把真正的银制武器，我就真正能用你的族类的方法杀死你了，卢西恩。”

卢克吼了些什么，克拉丽听不到，她希望他吼些难听的。她奋力想挣脱杰斯，脚下却一滑。杰斯抓住了她，用力把她拽回来，都拽疼了。此刻他的双臂环抱着她，但不是她曾经希望的方式，和她曾想象过的方式都不一样。

“至少让我站起来，”卢克说，“让我站着死。”

瓦伦丁沿着剑刃看着他，耸了耸肩。“你可以躺着死或跪着死，”他说，“但只有人类才配站着死，而你不是人类。”

“不！”克拉丽大叫起来，卢克没有看她，开始痛苦地爬起来，变成跪着的姿势。

“为什么你要让事情变得对你更糟？”杰斯着急地低声质问，“我跟你说了不要看。”

她由于使劲和疼痛而气喘吁吁。“你为什么非要跟自己撒谎？”

“我没撒谎！”虽然她这时没有挣扎，他还是野蛮地把她抓得更紧了，“我只是想要我生活中美好的东西——我父亲——我的家人——我不能再次全都失去了。”

卢克现在正跪着直起身体，瓦伦丁已经举起沾着血迹的长剑。卢克的眼睛闭着，在念叨着什么：词语，祈祷。克拉丽不知道。她在杰斯的怀里扭来扭去以便能抬头仔细看看他的脸。他的嘴唇抿了起来，下巴紧绷着，但是他的眼睛——

那层脆弱的铠甲正在破碎，只需要她最后一推。她努力找着合适的话语。

“你有家人，”她说，“家人就是那些爱你的人，像莱特伍德先生和太太爱你，亚历克，伊莎贝尔——”她的声音沙哑了，“卢克是我的家人，而你打算让我看着他死去，和你曾经以为的那样，在你十岁时看着你的父亲死去？这是你想要的吗，杰斯？你想要成为这样的人吗？像——”

她停下来，突然害怕自己已经说得太过分了。

“像我父亲。”他说。

他的声音冰冷，漠然，平淡，如同一把刀的刀刃。

我失去了他，她绝望地想。

“趴下。”他说着，用力推她。她摇晃了一下，倒在地上，屈起身体单膝跪地。跪直着身体，她看见瓦伦丁把剑高举过头顶。上面枝形吊灯明亮的光照射在剑刃上，反射出灿烂的光点，刺痛着她的双眼。“卢克！”她尖叫道。

长剑重重地扎进去了——扎进地面。卢克已经不在那儿了，杰斯已经把他从面前掀开，使他趴在一边，动作极其迅速，甚至超出克拉丽所能想象的暗影猎手的速度。杰斯站在那里，越过剑柄闪烁的寒光，面对着他的父亲。他脸色苍白，但目光坚定。

“我想您应该走开。”杰斯说。

瓦伦丁无法相信地瞪着他的儿子。“你说什么？”

卢克自己坐起来了，鲜血染红了他的衬衫。他看着杰斯伸出手，轻柔地、几乎是漠然地摸着扎进地面的剑柄。“我想您听到我的话了，父亲。”

瓦伦丁的声音利如鞭抽。“乔纳森·摩根斯特恩——”

杰斯迅如闪电，抓住剑柄，从地板上抽了出来，然后举起来。他轻轻平举着剑，剑尖颤动，离他父亲下巴下方仅几寸之遥。“那不是我的名字，”他说，“我的名字是杰斯·维兰德。”

瓦伦丁仍盯着杰斯，他似乎没注意到指着他喉咙的剑。“维兰德？”他怒吼着，“你身上没有维兰德的血液！迈克尔·维兰德对你而言就是个陌生人——”

“那么，”杰斯平静地说，“您也是。”他把剑向左猛挥过去，“现在快走。”

瓦伦丁摇着头。“绝不。我不会听从一个孩子的命令。”

剑尖亲吻着瓦伦丁的喉咙，克拉丽既兴奋又害怕地看着。“我是一个训练有素的孩子，”杰斯说，“您亲自教我精确杀人的技艺。我只需要动两个手指就能割破您的喉咙，您知道吗？”他目光冰冷，“我想您知道。”

“你技艺绝对高超，”瓦伦丁说，他的语气很轻蔑，但是克拉丽注意到，他确实站得一动不动，“可是你不会杀我。你总是心肠很软。”

“也许他不会，”是卢克的声音，他现在站起来了，脸色苍白，浑身是血，但是站直了，“但是我会。而且我不完全肯定他能阻止我。”

瓦伦丁焦虑的眼睛瞟了一眼卢克，然后又盯着他的儿子。卢克发话时杰斯没有转身看，而是静静地站着，仿佛一尊塑像，手里的剑也纹丝未动。“你听到那个怪物在威胁我，乔纳森，”瓦伦丁说，“你站在他那一边？”

“说得不错，”杰斯温和地说，“如果他想伤您，我不完全肯定我能阻止他。狼人痊愈得如此之快。”

瓦伦丁抿起了嘴唇。“所以，”他怒叱道，“像你的母亲那样，你更喜欢这个畜生，这个杂种魔鬼，而不是你自己的血亲，你自己的家人？”

第一次，杰斯手里的剑好像在颤抖。“我还是个孩子时您就离开了我，”他克制着嗓音说，“您让我认为您死了，把我送走，和陌生人住在一起。您从来没有告诉我，我有母亲和妹妹，只留下我孤单一人。”最后几个字带着哭腔。

“我是为了你这样做的——为了你的安全。”瓦伦丁争辩道。

“如果你在乎杰斯，如果你在乎血亲，你就不会杀了他的外祖父母。你杀害无辜的人们。”克拉丽愤怒地插了话。

“无辜？”瓦伦丁厉声说，“战争中没有人是无辜的！他们站在乔斯琳一边和我作对！他们会让她把我儿子从我身边带走！”

卢克长吁了一口气。“你知道她打算离开你，”他说，“甚至在大叛乱之前你就知道她打算跑掉？”

“我当然知道！”瓦伦丁怒吼道。他自我控制的冰层已经破裂，克拉丽能看见融化了的狂怒在冰层下面翻涌，使他脖子上青筋迸出，手握成拳。“我是为了保护自己不得已而为之，而且最终我给他们的，是他们从来都不配享用的：只授予圣廷最伟大斗士的火葬！”

“你烧死了他们。”克拉丽直截了当地说。

“是！”瓦伦丁叫道，“我烧死了他们！”

杰斯发出哽咽的声音。“我的外祖父母——”

“你根本不认识他们，”瓦伦丁说，“不要假装悲伤。”

剑尖现在颤抖得更厉害了。卢克把一只手放在杰斯的肩膀上。“稳住。”他说。

杰斯没有看他。他好像一直在跑步似的呼吸急促。克拉丽能看见汗水在他突出的锁骨上闪光，头发也粘在太阳穴上。他手背上的青筋也清晰可见。他要杀了他，她想，他要杀了瓦伦丁。

她匆忙迈步向前。“杰斯——我们需要圣杯。或者你知道他要用圣杯干什么。”

杰斯舔了舔干燥的嘴唇。“圣杯，父亲，在哪儿？”

“在伊德里斯，”瓦伦丁平静地说，“在你永远找不到的地方。”

杰斯的手在发抖。“告诉我——”

“给我剑，乔纳森。”是卢克，他的声音很平静，甚至和蔼。

杰斯的声音好像是从井底传过来的。“什么？”

克拉丽向前迈了一步。“把剑给卢克。让他拿着，杰斯。”

他摇摇头。“我不能那么做。”

她又向前迈了一步，又一步，现在她已经距离杰斯非常近，摸得到他了。“是的，你能，”她温柔地说，“拜托。”

他没有看她，目光盯着他父亲的眼睛。时间一点点地绵延着，漫无止境。最后他点头了，点得很快很轻，手也没有放下来。可他确实任卢克过来站在他身边，让他把手放在剑柄上自己的手上面。“你可以松手了，乔纳森，”卢克说——看到克拉丽的脸色，又改口道，“杰斯。”

杰斯似乎没有听见他的话。他松开了剑柄，从他父亲身边走开了。杰斯的脸色恢复了些，他现在的脸更像油灰色，嘴唇咬着的地方淌着血。克拉丽渴望抚摸他，用双臂环绕着他，却知道他永远也不会让她这样做的。

“我有个建议。”瓦伦丁对卢克说，语气出人意料地平静。

“让我猜猜，”卢克说，“是‘别杀我’，对吗？”

瓦伦丁笑了，笑声中没有任何幽默感。“我才不会屈尊求你饶命。”他说。

“好，”卢克说，用剑轻触着瓦伦丁的下颌，“除非你逼迫我，我不会杀你，瓦伦丁。我给自己设了限，不会在你的孩子们面前杀你。我想要的是圣杯。”

楼下的咆哮声现在更大了，克拉丽觉得像是外面走廊里的脚步声。“卢克——”

“我听到了。”他厉声说。

“圣杯在伊德里斯，我告诉你了。”瓦伦丁的目光闪过卢克，说道。

卢克在出汗。“如果在伊德里斯，你用移空门把它带过来。我跟你一起去。把它带回来。”卢克的眼睛瞥向外面。现在外面动静更大了，叫喊的声音，还有什么东西破碎的声音。“克拉丽，和你哥哥待在一起。我们走后，你用移空门去个安全的地方。”

“我不离开这儿。”杰斯说。

“不，你要离开。”什么东西正在重重地击着房门。卢克提高声音说：“瓦伦丁，移空门，快。”

“要么怎样？”瓦伦丁若有所思地盯着房门。

“如果你逼迫我，我会杀了你，”卢克说，“当着他们的面，或不当着他们的面。移空门，瓦伦丁，现在。”

瓦伦丁张开两臂。“如果你想要。”

他轻轻后退几步，就在这时房门被撞开，门上的铰链散落一地。卢克手里仍然握着剑，转身朝旁边一闪，躲开翻落的房门，以免被压着。

一只狼站在门口，山一样咆哮着，斑驳的棕色皮毛，向前耸着肩，嘴唇翻开，露出龇着的牙，浑身上下，伤口无数，往外流着血。

杰斯轻声咒骂着，手里已经抓着一把六翼天使。克拉丽按着他的手腕。“不要——他是朋友。”

杰斯向她投去匪夷所思的一瞥，但是放下了手。

“阿拉里克——”卢克用一种克拉丽听不懂的语言大声嚷着什么。阿拉里克又龇着牙吼叫起来，蜷伏得更靠近地面，一阵混乱中，她还以为他就要扑向卢克。

然后她看见瓦伦丁的手摸着皮带，看到红色宝石的光芒，才想到她忘了，杰斯的短剑还在瓦伦丁手里。

她听到一个声音大叫着卢克的名字，起初以为是她自己叫的——然后意识到她的喉咙似乎粘起来了，而大叫的人是杰斯。

卢克急转过身。短剑离开瓦伦丁的手，像只银色的蝴蝶飞向卢克，似乎极其缓慢，在空中转了又转。卢克举起他的剑——某个巨大的棕灰色东西冲在他和瓦伦丁之间。她听见阿拉里克咆哮着，站起来，又突然倒下，还听见兵刃相击的声音。她喘着气，想要向前跑，可是杰斯把她拉了回来。

那只狼就倒在卢克的脚下，鲜血溅满了他的皮毛。阿拉里克虚弱地用爪子抓着从胸膛里伸出的刀把。

瓦伦丁笑了起来。“这就是你对轻易买来的忠诚的回报，卢西恩，”他说，“让他们为你而死。”他向后退着，眼睛仍盯着卢克。

卢克脸色苍白，看看他，然后又低头看看阿拉里克，摇了摇头，然后跪下来，俯身在倒地的狼人身上。杰斯仍然抓着克拉丽的肩膀，嘘道：“待在这儿，你听到我的话了吗？待在这儿。”然后迈步去追瓦伦丁。瓦伦丁正莫名其妙地匆忙走向远处的那面墙。他打算从窗户跳出去吗？他走近那面金框的大镜子时，克拉丽能在镜子里看见他。他脸上的表情——一种放松的表情，带着讥讽——让她内心充满想杀死他的愤怒。

“我才不要待在这儿。”她小声嘟囔着跟着杰斯，中间停下来从桌子底下拿起那把蓝柄的双刃剑，瓦伦丁之前把它踢到这儿的。剑在她自己手里让她感觉拿得很舒服，也很放心。同时，她把一把翻了的椅子从面前推开，朝镜子走去。

杰斯拿出了六翼天使，向上投射出强光，映暗了他眼睛下面的黑眼圈和双颊凹下的地方。瓦伦丁转过身背靠着镜子站着，六翼天使的光照出他的轮廓。在镜面上，克拉丽能看见卢克在他们身后。他已经放下长剑，正在温柔地、小心翼翼地从阿拉里克的胸中拔出那把红柄双刃剑。她觉得有些想吐，把自己的双刃剑握得更紧了。“杰斯——”她开口道。

他并没有转身看她，虽然他可以从镜子中看到她。“克拉丽，我告诉过你让你等着。”

“她跟她妈妈一样。”瓦伦丁说。他一只手在身后，正顺着镜子厚重的镀金框架边缘摸索着。“不喜欢被人发号施令。”

杰斯不再像刚才那样发抖了，但是克拉丽能感觉到他的自我控制已经接近极限，就像一面鼓上的鼓皮般被拉升得非常纤薄。“我要和你一起去伊德里斯。我要把圣杯拿回来。”

“不，你不能。”克拉丽开口说道，在镜子里看见他的脸扭曲成了什么样子。

“你有更好的想法吗？”他问道。

“但是卢克——”

“卢西恩，”瓦伦丁的声音像丝绸一般，“正在照顾一个倒下来的同伴。至于圣杯和伊德里斯，它们并不远。也许可以说，通过这面镜子就是。”

杰斯眯起了眼睛。“镜子是移空门？”

瓦伦丁抿起了嘴唇，松开手，从镜子里向后退去。这时，镜子里的映像旋转、变换，仿佛是一幅画中的水彩在流动。现在，克拉丽能看到的不是有深色木家具和蜡烛的房间，而是绿色的田野、苍翠的树叶，还有宽阔的草坪一直延伸到远处一处石头砌成的大房子。她能听见蜜蜂嗡嗡的叫声，还有风中树叶的沙沙声，闻见风中飘荡着的忍冬花的甜味。

“我跟你们说了不远。”瓦伦丁站在有着镀金拱顶的门道上，头发被吹乱，远处的树叶也同样被风吹得凌乱，“这儿是你记忆中的样子吗，乔纳森？什么都没变吗？”

克拉丽的心在胸膛里提紧了。她毫不怀疑，这就是杰斯儿时的家，此刻展现在他的面前来诱惑他，就像你可能会用糖果或玩具来诱惑一个孩子一样。她向杰斯望去，而他好像根本没有看她。他正盯着移空门看，看那边绿色的田野和庄园的宅子。她看见他的脸色缓和起来，嘴唇现出神往的弧度，仿佛他正看着心爱的人。

“你还可以回家。”他的父亲说。杰斯拿着的六翼天使发出的光在他的身后投下影子，所以看起来像跨过了移空门，压暗了明亮的田野和远处的草坪。

杰斯唇边的微笑褪去了。“那不是我的家，”他说，“现在这是我的家。”

瓦伦丁看着他的儿子，愤怒的抽搐使他的脸变了形。克拉丽永远都不会忘记那种表情——那种表情使她突然极度想念她的妈妈。因为无论她妈妈对她生多大的气，从来都没有像那样看着她。她的目光总是那么慈爱。

她从来没像现在这样为杰斯感到难过。

“很好。”瓦伦丁说着，迅速穿过移空门后退一步，以使双脚踏上伊德里斯的土地。他的嘴唇上扬，微笑起来。“啊，”他说，“家。”

杰斯摇晃着走到移空门边，停下脚步，一只手扶着镀金的镜框。伊德里斯如同沙漠里的海市蜃楼在他的眼前闪闪发光，他心头涌起一种奇怪的犹豫不决。只需要迈一步——

“杰斯，不要，”克拉丽急忙说，“不要跟着他去。”

“但是圣杯——”杰斯说。她不知道他在想什么，但是他手里的刀随着他的手抖动得厉害。

“让圣廷去取！杰斯，拜托。”如果你穿过那个移空门，你可能永远都不会回来了。瓦伦丁会杀了你的。你不想相信，但他会的。

“你妹妹说得对。”瓦伦丁站在绿草和野花中，刀剑就在他的脚边挥舞着。克拉丽意识到，虽然他和他们只相距几寸远，但他们处在不同的国度。“你真的以为你能赢吗？虽然你有六翼天使，而我手无寸铁？但我不仅比你更强壮，而且我怀疑你是否真心想要杀我。而要想得到圣杯，必须先杀了我。”

杰斯握紧了六翼天使。“我能——”

“不，你不能。”瓦伦丁把手伸出来穿过移空门，抓住杰斯的手腕往回拉，直到六翼天使的刃尖触到自己的胸口。杰斯穿过移空门的手和手腕，看起来像被投入水中一样闪着光。“那么，杀我，”瓦伦丁说，“把刀刺进来，三寸——也许四寸。”他把刀往前猛拽，刀尖割破了衬衫。一个红色的圆圈仿佛一朵罂粟开在瓦伦丁的心脏处。杰斯喘了口气，猛地缩回了胳膊，晃了回来。

“和我想的一样，”瓦伦丁说，“心太软。”然后他极其突然地朝杰斯挥了一拳。克拉丽大叫一声，但拳头并未打到杰斯，而是击到他们之间的移空门上，发出仿佛千件易碎物品打碎的声音。似镜非镜的移空门表面出现蛛网状的裂纹，在碎成一地不规则的碎片前，克拉丽最后听到的是瓦伦丁嘲讽的笑声。

玻璃像冰雨一样涌过地板，银色的碎片酷似有着一种奇异之美的瀑布。克拉丽向后退，而杰斯在玻璃倾泻而来时，盯着镜子的空框，一动不动地站着。

克拉丽原以为他会对他的父亲叫骂、大喊或诅咒，但他却只是等着碎片不再落下。碎片不落了，他在一片狼藉的碎玻璃片中默默地小心地跪下来，捡起较大的一片，拿在手里翻过来。

“不要，”克拉丽跪在他旁边，把一直拿着的刀放下来，这把刀不再能给她宽慰了，“没什么你能做的。”

“不，有。”他仍在低头看着这片玻璃。玻璃的碎片在他头发上蒙了一层粉尘。“我本来可以杀了他。”他把玻璃片递给她。“看。”他说。

她看了。在这个玻璃碎片中他仍然能看见一丝伊德里斯——一丝蓝天，绿叶的影子。她痛苦地吸了口气。“杰斯——”

“你们还好吗？”

克拉丽抬起头，看见卢克站在旁边。他手里没有武器，由于疲惫，眼睛深陷，眼周都是黑眼圈。“我们没事。”她说。她看见卢克身后躺着一个人，身上半盖着瓦伦丁的长外衣。一只手从长外衣旁边伸了出来，指尖是爪子的样子。“阿拉里克……”

“死了。”卢克尽量克制着声音中的痛苦说道。虽然他对阿拉里克了解甚少，但是克拉丽知道内疚的重负将会一直伴随着他。而这就是你对轻易买来的忠诚的回报，让他们为你而死。

“我父亲走了，”杰斯说，“带着圣杯。”他的声音很淡，“我们亲手给他的。我很失败。”

卢克将一只手放在杰斯的头上，为他拂去头发上的玻璃。卢克的手还是狼爪的样子，手指沾染着鲜血，但杰斯让他触摸着自己，似乎并不介意，什么也没说。“这不是你的错。”卢克说道，低头看着克拉丽。他的蓝眼睛目光坚定，说：“你哥哥需要你，和他待在一起。”

她点点头，卢克于是离开他们向窗户走去。他推开窗户，一阵气流涌进房间，吹得烛光摇曳不定。克拉丽听见他在向下大声喊叫楼下的狼群。

她在杰斯的身边跪下。“没事的。”她有些迟疑地说道，尽管显然并不是这样，而且也许永远都不再是这样。她把手放在他的肩上，手下的衬衫一点也不柔滑，浸透了汗，但奇怪地反而让她感到宽慰。“我们救回了我妈妈。我们有你。我们有所有重要的东西。”

“他说得对。这就是为什么我没办法让自己穿过移空门，”杰斯小声说，“我做不到。我不会杀他。”

“你杀了他，才是你的失败。”她说。

他没说话，只是小声嘟哝了些什么。她不太听得清他嘟哝了什么，却伸出手从他手里拿走了那块玻璃。他拿玻璃的地方在流血，有两处细细的小口子。她放下玻璃片，拿过他的手，把手指握起来，握在受伤的手掌上。“说实话，杰斯，”她说，声音像她触摸他的动作那么温柔，“你不知道不能玩碎玻璃吗?”

他发出一声像是噎着的笑声，然后伸出手揽她入怀。她知道卢克还在窗户那边看着他们，但她还是下了决心闭上眼睛，把脸埋在杰斯的肩膀上。他身上有股咸咸的血的味道，只有在他的嘴唇靠近她的耳朵时她才明白他之前一直在嘟哝什么，是最最简单的祈祷：她的名字，只是她的名字。

后记

上界在招手

医院的门厅白得刺眼。经过这么多天靠火把、油灯和怪异的巫光照亮的日子，荧光灯的照明让事物看起来不自然。克拉丽在服务台签名时，注意到递给她写字夹板的那位护士的皮肤在明亮的光线下显得奇怪地发黄。也许她是一个恶魔，克拉丽想着，把写字夹板递还给她。“门厅尽头最后一个门。”护士说着，向她投来一丝友好的微笑。或者可能是我要疯了。

“我知道，”克拉丽说，“昨天我就在这儿了。”还有前天、大前天。还是早晨，门厅人不多。一位老年男子趿拉着拖鞋，穿着一件袍子，身后还拖着一个氧气瓶。两个医生身上罩着绿色的手术服，拿着舒泰龙泡沫塑料杯盛着的咖啡，热气从咖啡表面升腾上去，消失在寒冷的空气中。虽然外面的天气才开始转入秋天，但是医院里面的暖气已经开得很足。

克拉丽找到了门厅尽头的门。门开着，她仔细朝里面看了看，如果卢克在床边的椅子上睡着的话，她不想吵醒他。前两次她来的时候就吵醒他了。但这次卢克没有睡，正和一个身穿羊皮纸颜色长袍的高个子无声使者商讨着什么。他似乎感觉到克拉丽来了，转过身来。她于是看到是圣者耶利米。

她双臂抱在胸前。“发生什么事了？”

卢克三天没刮胡子了，乱糟糟的显得很疲惫，眼镜推高到了头顶上。她能看见，在宽松的法兰绒衬衫下包裹着他胸部上方的层层绷带。“圣者耶利米就要走了。”他说。

耶利米戴上他的风帽，向门口走去，但克拉丽挡住了他的路。“那么，”她质问他，“你打算帮我妈妈吗？”

耶利米向她靠得更近。她都能感觉到飘荡在他身体里的寒气，就像从冰山上冒出的。若想救人，须先救己，一个声音在她头脑中响着。

“这套求签算命的说法太老土了，”克拉丽说，“我妈妈怎么了？你知道吗？无声使者能像帮助亚历克那样帮助我妈妈吗？”

“我们谁也没帮，”耶利米说，“帮助那些自愿脱离圣廷的人不是我们应该做的事情。”

她退开让耶利米从她身边走过，走入过道。她看他混入人群中，没有一个人看他第二眼。她半闭着眼睛时，看见环绕着他的一层闪闪发光的光晕，于是很疑惑别人看到的是什么：另一个病人？身穿手术服匆忙走路的医生？悲伤的探视人？

“他说得不错，”卢克在她身后说，“他没有救治亚历克，救他的是马格纳斯·贝恩。而且他也不知道你妈妈怎么了。”

“我知道。”克拉丽说，转身回到房间，小心翼翼地走到床边。很难把浑身上下插满了一堆管子、躺在床上的这个苍白的小小躯体和她活力四射、火红头发的妈妈联系起来。当然了，她的头发还是红色，铺散在枕头上，仿佛一件铜线织成的披肩，但是她的皮肤非常苍白，让克拉丽想起杜莎夫人蜡像馆中的睡美人。只是由于齿轮发条的驱动，睡美人的胸部才上下起伏。

像前两天那样，她拿过妈妈瘦弱的手，握在手里。她能感觉到乔斯琳腕部持续而稳定的脉搏跳动。她想要醒过来，克拉丽想，我知道她想。

“她当然想，”卢克说，克拉丽意识到她刚才说出声了，“她有一切理由要好起来，甚至比她所能知道的理由更多。”

克拉丽轻柔地把妈妈的手放在床上。“你是说杰斯。”

“我当然是指杰斯，”卢克说，“她悼念了他十七年。如果我能告诉她，她不需要再悼念——”他停了下来。

“他们说昏迷的人有时能听见。”克拉丽说。当然，医生也说过，这不是普通的昏迷——不是受伤、缺氧或突然的心脏或脑部疾病造成的。似乎她只是睡着了，不能被唤醒。

“我知道，”卢克说，“我一直在跟她说话，几乎没停。”他脸上闪过一丝疲倦的微笑，“我告诉她你有多么勇敢。她会为你感到自豪，她的斗士女儿。”

某种强烈而又痛苦的东西涌到她喉咙深处。她把它吞咽了下去，目光从卢克身上移到窗户。透过窗户，她可以看见对面大楼光秃秃的砖墙。这儿没有树木、河流等美丽景色的点缀。“我买了你让我买的东西，”她说，“我从福图纳托兄弟蛋糕房买了花生奶油、牛奶、麦片，还有面包。”她伸手到她的牛仔裤口袋里，“还找了我零钱——”

“拿着它，”卢克说，“你可以用作回去的出租车钱。”

“西蒙开车送我回来的，”克拉丽说，她看了看悬挂在她钥匙链上的蝴蝶手表，“实际上，他现在很可能在楼下。”

“很好，我很高兴你可以和他一起待一段时间，”卢克看上去很放心，“总之留着那钱，晚上买点外卖。”

她张嘴想争辩，然后又闭起了嘴。就像她妈妈总是说的那样，在遇到麻烦的时候，卢克是块岩石——坚固，可以依赖，而又不可动摇。“最好还是回家吧，好吗？你也需要睡眠。”

“睡眠？谁需要睡眠？”他嗤之以鼻。但是他回去坐在她妈妈的床边时，克拉丽看到他脸上布满疲惫。他伸出手，温柔地将一缕头发从乔斯琳的脸上拨开。克拉丽转过身，眼睛被刺疼了。

她走出医院的主出口时，埃里克的面包车停在路沿。头顶上，天空似穹窿，呈现出一只瓷碗那样完美的蓝色，哈德逊河的上空则是浓烈的宝蓝色，那儿是太阳落山的地方。西蒙斜身来为她打开门，然后她爬上车坐在他旁边。“谢谢。”

“去哪儿？回家？”他问，挂一挡把面包车开上路。

克拉丽叹了口气。“我甚至都不知道那是哪里了。”

西蒙斜眼瞥了她一下。“为自己感到难过，弗雷？”他语带嘲讽，但是很温和。如果她看车子的后座，仍然可以看到深色的污渍，曾经亚历克流着血，在那儿躺在伊莎贝尔的腿上。

“是的。不是。我不知道，”她一边拽拽她铜红色头发上一个倔强的发卷，一边又叹了口气，“一切都变了。一切都不同了。有时我希望事情能变回原来的样子。”

“我不希望，”西蒙说，这让她很吃惊，“再问一次，我们去哪儿？至少告诉我进城还是出城。”

“去学院，”克拉丽说，“对不起。”他违规回转车辆时，她补充道。面包车的两个车轮转动着，发出刺耳的抗议。“我应该刚才告诉你。”

“呃，”西蒙说，“你还没有回去过呢，对吧？自从——”

“对，没有，”克拉丽说，“杰斯打电话告诉我亚历克和伊莎贝尔很好，他们的父母正急速从伊德里斯赶回来，因为终于有人确实告诉了他们发生了什么事。他们几天后就会到这儿。”

“接杰斯的电话感觉怪异吗？”西蒙用平静的声音小心翼翼地问道，“我的意思是，自从你发现……”

他的话音越来越小，最后听不见了。

“嗯？”克拉丽说，声音很尖刻，“自从我发现什么？他是一个虐待猫的异装癖杀手？”

“怪不得他的那只猫恨所有的人。”

“哦，闭嘴，西蒙，”克拉丽气愤地说，“我知道你是什么意思。不，不怪异。反正我们之间什么事都没发生过。”

“什么都没有？”西蒙重复道，语气明显透出不相信。

“什么都没有。”克拉丽又坚定地说道。她看着车窗外，这样西蒙就不会看到她发红的双颊。他们正开过一排餐馆，在渐浓的暮光中，她能看见多喜餐馆里灯火辉煌。

太阳消失在学院的圆花窗后面时，他们刚好转过弯，掠过下面的街道，街道上点着只有他们看得见的贝壳灯。西蒙在门前停车熄火，手里把弄着钥匙。“你想要我跟你上去吗？”

她犹豫了。“不。我应该自己做这件事。”

她看到失望的表情在他脸上闪现，但很快就消失了。西蒙，她想，在过去的两周中已经长大了，正和她一样。这是好事，她不想把他落在后面。他是她的一部分，正像她的绘画才能、布鲁克林飞扬着尘土的空气、她妈妈的笑声和她自己暗影猎手的血液。“好吧，”他说，“等会儿你会需要用车吗？”

她摇摇头。“卢克给了我乘出租车的钱。不过，明天想要过来吗？”她又说，“我们可以看日本动漫《枪神》，再买些爆米花。在沙发上消磨些时光。”

他点点头。“听起来很好。”然后他倾身向前，在她的颧骨上扫了一个吻。这个吻轻得像一片吹落的叶子，但是她却感到一阵战栗直入骨头。她看着他。

“你认为是巧合吗？”她问。

“什么是巧合？”

“我们在群魔殿的那个晚上，杰斯和其他人碰巧也在那里追捕一个恶魔？就是瓦伦丁来抓我妈妈的前一天晚上？”

西蒙摇摇头。“我不相信巧合。”他说。

“我也不。”

“但是我必须承认，”西蒙补充道，“无论是不是巧合，事实证明都是偶然事件。”

“偶然事件，”克拉丽说，“现在你有一个新代号了。”

“比我们想出来的大多数代号都好。”西蒙承认说。

“绝对的。”她跳下面包车，在身后碰上车门。她沿着小路跑到草坪中间的门，她听到他按了按喇叭，但没有转身，只向他挥了挥手。

教堂里面阴凉昏暗，有股雨水和潮湿纸张的味道。她的脚步声在石地板上发出很大的回响。她想起在布鲁克林教堂里的杰斯：可能有上帝，克拉丽，也可能没有。无论有没有，我们都要靠我们自己。

乘电梯时，随着电梯门在她身后咔的一声碰上，她偷偷在镜子中瞄了一眼自己。淤青和刮擦大多都已愈合，看不见了。她在想杰斯有没有看到过她打扮得像今天这样庄重——为了去医院，她穿了一条黑色的打褶裙，涂了粉红的唇彩，还有一件经典的海军领衬衫。她觉得自己看起来像八岁。

她提醒自己，不管现在还是将来，杰斯对她的穿着有什么看法根本无关紧要。她想，他们会不会像西蒙和他妹妹的关系那样：彼此既厌烦恼怒，又互相爱护。她无法想象。

电梯门甚至还没开，她就听到了响亮的喵呜声。"嗨，丘奇，"她说着，在地板上扭来动去的灰色圆球边跪了下来，"大家都在哪里？"

丘奇显然想要人抚摸它的肚子，不乐意地咕哝着。克拉丽叹了口气，屈服了。"疯猫，"她说，用力地抚摸着，"哪里——"

"克拉丽！"是伊莎贝尔，她向下冲向前厅，穿着一条红色的长裙，头发用镶着珠宝的发夹盘在头顶上，"见到你真高兴！"

她俯身拥抱克拉丽，几乎让她没站稳。

"伊莎贝尔，"克拉丽喘了口气，"见到你我也很高兴。"她让伊莎贝尔把她拉好站稳，又说道。

"我担心死你了，"伊莎贝尔轻快地说，"你们和霍奇一起离开去图书室后，我和亚历克在一起。我听到巨大的爆炸声，当我到图书室时，你已经不见了，东西扔了一地。而且到处是血和黑乎乎的黏稠东西。"她打了个寒战，"那东西是什么？"

"一种诅咒，"克拉丽平静地说，"霍奇的诅咒。"

"哦，对，"伊莎贝尔说，"杰斯跟我说了霍奇的事。"

"他说了？"

"说他被破除了诅咒然后离开了？是，他说了。我本来还以为他会留下来说再见呢，"伊莎贝尔又说，"我对他有些失望。不过我猜他是害怕圣廷。他最终会和我们联系的，我打赌。"

那么杰斯没有告诉他们霍奇已经背叛了他们，克拉丽想，拿不准伊莎贝尔对此会是什么感受。同样，如果杰斯努力不让伊莎贝尔感到迷惑和失望，她也不该多加干涉。

"总之，"伊莎贝尔接着说，"太可怕了，如果马格纳斯没有出现，为亚历克施魔法让他恢复健康，我都不知道该怎么办。是这个词吗，‘施魔法’？”她皱起眉头，“杰斯告诉我们之后发生在岛上的所有事情。实际上，我们其实早就知道了，因为马格纳斯整晚都在通电话谈论这件事。暗影魅族的每个人都在议论。要知道，你现在很出名。”

“我？”

“当然。瓦伦丁的女儿。”

克拉丽颤抖了一下。“那么我猜杰斯也出名了。”

“你们两个都很出名，”伊莎贝尔用同样过于轻快的语调说，“出名的哥哥和妹妹。”

克拉丽好奇地看着伊莎贝尔。“我得承认，我没料到你见到我会这么高兴。”

伊莎贝尔愤愤地将手叉腰说：“为什么？”

“我以为你没那么喜欢我。”

伊莎贝尔的轻快褪去了。她看着自己银色的脚趾。“我本来也这样以为，”她承认道，“但是当我去找你和杰斯，而你们不见了……”她的声音越来越小，渐渐听不见了，“我不光是担心他，我也担心你。你身上有种如此……让人安心的东西。而且有你在旁边时，杰斯要好多了。”

克拉丽的眼睛睁大了。“是吗？”

“是的，真的。不那么尖刻，某种程度上。不是说他更和善，但是他可以让人看到他身上的善意，”她停了一下，“我猜刚开始我不喜欢你，但是我认识到那是愚蠢的。因为我从没有过一个女性朋友，但这并不意味着我学不会交一个女朋友。”

“实际上，我也是，”克拉丽说，“伊莎贝尔？”

“嗯？”

“你没必要假装温和。我更喜欢你本来的样子。”

“你的意思是强悍？”伊莎贝尔说，然后笑了。

克拉丽正要抗议，这时亚历克拄着一双拐杖晃入了通道。他的一条腿绑着绷带，牛仔裤向上卷到膝盖，黑发下的太阳穴处还有另一条绷带。除此之外，对于一个四天前几乎死掉的人来说，他看上去相当健康。他挥了挥拐杖作为问候。

“嗨，”克拉丽说道，看到他没有卧床而可以四处走动感到很惊讶，“你……”

“好吗？我很好，”亚历克说，“要不了几天我连这个都用不着了。”

愧疚感在喉咙中弥漫开来。如果不是为了她，亚历克根本就不用拄着拐杖了。“你没事我真的很高兴，亚历克。”她用自己所能聚集起来的最大的真诚说道。

亚历克眨了眨眼。“谢谢。”

“那么马格纳斯治好了你？”克拉丽说，“卢克说——”

“是他！”伊莎贝尔说，“太吓人了！他过来，命令所有人从房间出去，然后关上门。蓝色和红色的火花不停地从门里迸到过道里。”

“我什么也不记得了。”亚历克说。

“然后他整晚坐在亚历克床边，一直到第二天早上，确保他安好地醒来。”伊莎贝尔说。

“我也不记得这个。”亚历克急忙补充说。

伊莎贝尔的红唇弯成一个微笑。“我奇怪马格纳斯怎么会来？我问他，他却不肯说。”

克拉丽想起瓦伦丁走后霍奇扔到火中的那些折叠起来的纸张。他是个怪人，她想，背叛他曾经在乎的所有人——以及所有的事情——的同时，为救亚历克做了他所能做的事。“我不知道。”她说。

伊莎贝尔耸耸肩。“我猜他从什么地方听说了这件事。他似乎连在一张巨大的流言网中。他那么女里女气。”

“他是布鲁克林的大巫师，伊莎贝尔。”亚历克提醒她，不过带着好玩的语气。他转身向克拉丽。“如果你想看看杰斯，他在上面的花房里，”他说，“我送你去。”

“你？”

“当然，”亚历克看上去只有轻微的不舒服，“为什么不行？”

克拉丽瞥了瞥伊莎贝尔，伊莎贝尔耸了耸肩。不管亚历克干什么，他都不告诉妹妹。“走吧，”伊莎贝尔说，“反正我也有事。”她向他们挥了下手，“走啊。”

他们一起沿着过道出发了。亚历克即使拄着拐杖，步子也迈得很快，克拉丽不得不小跑才能跟上。“我腿短。”她提醒他。

“对不起。”他懊悔地放慢了步子。“喂，”他开口道，“你对我说的那些事情，就是我对你吼出关于杰斯的话时……”

“我记得。”她低声说。

“当你告诉我，呃，我是——那是因为——”他似乎难以组成一个完整的句子。他又试了试：“当你说我是……”

“亚历克，别说了。”

“好吧。别介意，”他紧闭嘴唇，“你不想说这件事。”

“不是那样的。是我对我的话感到很难过。太过分了。那根本不对——”

“可它是对的，”亚历克说，“每个字都对。”

“那些话不合适，”她说，“并不是所有的真话都需要说出来。这很阴暗。我说杰斯告诉我你从没杀过一个恶魔时，他其实是说因为你总是在保护他和伊莎贝尔。他说你的是好话。杰斯可能是个混球，但是他——”爱你，她正要说出来，但是停住了，“从没对我说过你一句坏话，从来没有。我发誓。”

“你不需要发誓，”他说，“我已经知道了。”他听起来很平静，甚至有一种她从未在他的声音里听到过的自信。她惊讶地看着他。“我也知道我没有杀死阿班顿。但我很感谢你告诉我杀死了。”

她摇摇头笑了。“你谢我向你说谎？”

“你是出于好心这样做的，”他说，“这意味着很多，意味着你会友好地对我，甚至在知道我是怎么对待你之后。”

“如果杰斯当时不是那么难过，他肯定会因为我撒谎而对我非常气愤，”克拉丽说，“当然如果他知道了我以前和你说过什么会更生气。”

“我有个主意，”亚历克说，他努努嘴，“我们不要告诉他。我的意思是，也许杰斯在五十米外，只用一个开瓶器和一只橡皮圈就能将一个杜辛恶魔斩首，但是有时我觉得他对人了解不多。”

“我觉得是这样。”克拉丽咧嘴笑了。

他们来到了通往屋顶的旋转楼梯的下面。“我上不去。”亚历克用拐杖敲了敲金属台阶，发出尖脆的声音。

“没事的，我能找到路。”

他似乎转身要走开，又回头瞥了她一眼。“我应该猜出来你是杰斯的妹妹，”他说，“你们两个都有绘画天才。”

克拉丽的脚登上最低一级台阶，停住了。她吓了一跳。“杰斯会画画？”

“不是，”亚历克笑时，眼睛像蓝色的灯一样发光，马格纳斯发现了他这一迷人之处，克拉丽也发现了，“我只是开个玩笑。他一条直线也不会画。”他轻轻笑了，拄着拐杖晃远了。克拉丽困惑地看着他走远。她能习惯开玩笑和嘲弄杰斯的亚历克，虽然他的幽默感令人有点无法理解。

花房和她记忆中的一样，虽然现在玻璃屋顶上面的天空湛蓝湛蓝的。花儿清新而带有肥皂味的气味使她的头脑清醒了。她深深地吸着气，推开繁茂的枝叶向前走去。

她发现杰斯坐在花房中间的大理石长凳上。他低着头，似乎手里在漫不经心地转着一个东西。她从下面躲开一根树枝的时候，他抬起头，然后赶快把那个东西握在手里。“克拉丽，”他听起来很惊讶，“你在这儿干什么？”

“我来看看你，”她说，“我想知道你怎么样。”

“我很好。”他穿着牛仔裤和白T恤。她能看见那些仍在渐渐消退的伤，像是苹果白色果肉上的深色斑点。当然，她想，真正的伤在内心，只有他自己能看见。

“那是什么？”她指着他握着的手问。

他张开手指。一片参差不齐的银色碎片平放在他的手心，边缘处闪着蓝色和绿色。“一片移空门镜子。”

她在长凳上坐下，坐在他身边。“你能从里面看到什么吗？”

他把它转过来一点，让光线像水一样洒在上面。“一点天空。树木，一条小路……我不停变换角度，想要看到庄园的房子。我父亲。”

“瓦伦丁，”她纠正道，“为什么你想看到他？”

“我想也许我能看到他用圣杯在干什么，”他不情愿地说，“圣杯在哪儿。”

“杰斯，那不再是我们的责任了。不是我们的事情。既然圣廷终于知道发生了什么，莱特伍德夫妇正在赶回来。让他们处理吧。”

现在他真的在看着她。她奇怪他们怎么可能是兄妹，看起来一点不像，难道不能让她有卷曲的睫毛或棱角分明的颧骨吗？看起来一点也不公平。他说：“当我通过移空门看到伊德里斯，我就知道瓦伦丁想要做什么，他想看看我会不会受不了。这没关系——我仍然想回家，比我本来想象中的更想。”

她摇了摇头。“我不明白伊德里斯有什么了不起。它只是个地方。你和霍奇谈论它的样子——”她停住了。

他又把那个碎片握在手心。“我在那儿很快乐。它是能令我那样快乐的唯一一个地方。”

克拉丽从附近的灌木折了一根小枝，剥去它的叶子。“你为霍奇感到难过，所以你没有告诉亚历克和伊莎贝尔他真正做了些什么。”

他耸了耸肩。

“他们最终会发现的，你知道。”

“我知道，但我不会是告诉他们的那个人。”

“杰斯……”池塘的表面绿绿的，漂浮着掉落的叶子，“你在那儿怎么会快乐？我知道你以前的感觉，但是瓦伦丁是一个糟糕的父亲。他杀死你的宠物，跟你撒谎，而且我还知道他打你——不用假装他没有。”

一丝微弱的笑容无声地掠过杰斯的脸。“只有在不一样的星期四。”

“那么怎么能——”

“那是我唯一能确定我是谁的时候。我属于哪里。听起来很愚蠢，但是……”

他耸耸肩，“我杀恶魔是因为那是我擅长的，而且是我被教导要做的事情，但我不是生来就是这样的。我之所以擅长，部分是因为我认为父亲死了之后，我——没人管了。不会有什么后果。没有人可以让我悲伤。没有人因为给了我生命而在我的生命中至关重要。”他的脸似乎是用什么坚硬的东西雕刻出来的，“现在我不再有那种感觉了。”

小枝的叶子全剥光了，克拉丽把它扔到了一边。“为什么不再有了？”

“因为你，”他说，“如果不是你，我会和我父亲一起穿过那道移空门。如果不是你，我现在就会追随他而去。”

克拉丽低头凝视着堵塞住了的池塘。她的喉咙发烫。“我还以为我让你感觉不安。”

“好长时间了，”他只是说，“我觉得自己是因为对什么地方都没有归属感才觉得不安的。但是你让我有归属感。”

“我想让你和我去一个地方。”她突兀地说。

他斜着看她。他浅黄色的头发落在眼睛上的某种样子让她感觉悲伤得不能自持。“哪里？”

“我希望你能和我一起去医院。”

“我知道，”他眯起眼睛，直到眼睛变得像硬币的边缘，“克拉丽，那个女人——”

“她也是你的妈妈。”

“我知道，”他说，“但她对我来说是个陌生人。我向来只有一个父亲，却离开了。比死去还要糟糕。”

“我知道。我也知道跟你讲我妈妈多么伟大，她是一个多么让人意想不到，多么棒，多么出色的人，而认识她是你的幸运等等这样的话，都没有意义。我不是为了你求你的，而是为了我。我想如果她听到你的声音……”

“然后怎样？”

“她也许会醒来。”她坚定地看着他。

他直视她的凝视，然后微笑着打破了这个局面——有些受伤和不自然，却是真实的微笑。“好吧，我跟你去。”他站起来。“你不用跟我讲你妈妈好的事情，”他又说，“我已经知道了。”

“你知道？”

他微微耸耸肩。“她养育了你，不是吗？”他向上看了看玻璃屋顶，“太阳几乎落山了。”

克拉丽站了起来。"我们应该去医院。我来付出租车费，"她补充说，"卢克给了我一些钱。"

"那没必要，"杰斯的笑容更多了，"来，我有东西给你看。"

"可是你从哪儿得来的？"克拉丽瞪着停在教堂屋顶边的摩托车问。车的颜色是明亮的毒药绿，还有银色的车轮，座位上则喷有明亮的火焰。

"上次马格纳斯举办派对时，有人把它落在他家外面了，"杰斯说，"我说服他给我了。"

"你开着它飞到这儿的？"她仍然瞪着摩托车。

"呃，嗯。我开得相当好，"他一条腿跨过座位，然后示意她过来坐在后面，"过来，我演示给你看。"

"那，至少你要确定这次开得起来，"她说着，在他后面坐上去，"如果我们掉进基福超市的停车场，我会杀了你，知道吗？"

"别犯傻了，"杰斯说，"上东区没有停车场。食品杂货能送货上门，为什么要开车呢？"摩托车怒吼着发动了，声音盖过了他的笑声。克拉丽尖叫着抓住他的腰带，车子沿着学院倾斜的屋顶猛冲，然后飞到了空中。

他们飞起来时，风撕扯着她的头发。他们飞过教堂上空，飞过附近的高楼和公寓楼。在空中，一切像一个不经意打开的珠宝盒那样在她面前铺展开来，这个城市比她曾经想象的更密集，更令人惊叹：那儿是中央公园青翠的广场，仲夏的夜晚，仙女的王室在这儿聚集；那儿是市中心俱乐部和酒吧的灯光，吸血鬼在群魔殿跳整晚的舞；那儿是唐人街的小巷，晚上狼人在这儿躲闪着走路，他们的皮毛反射着城市的灯光。那儿有巫师带着他们引以为荣的蝙蝠翅膀和猫一样的眼睛，而这儿，当他们飞越到河流上方时，她看见闪着银光的水面下，各种颜色的尾巴疾速闪过，缀满珍珠的长发闪闪发光，还听到了美人鱼美妙而响亮的笑声。

杰斯转身越过肩膀朝后看，风把他的头发吹得纷乱。"你在想什么？"他朝后向她喊道。

"只是在想下面的一切现在是多么不一样，要知道，既然现在我能看见了。"

"下面的一切没有任何不同。"他说着，斜着移动摩托朝东河开去。他们又一次向布鲁克林桥前进。"是你不一样了。"

随着他们在河上方降得越来越低，她的手不自觉地抓紧了他的腰带。"杰斯！"

"别担心，"他听上去感觉好笑得让人气恼，"我知道在做什么。我不会淹死我们的。"

她迎着疾风眯起了眼睛。“亚历克说有些这样的车子能在水下开，你是在试验?”

“不是,”他们从河面上升时，他小心地保持着车子的平衡，“我想那只是个故事。

“可是杰斯,”她说,“所有的故事都是真的。”

她没有听到他笑，不过感觉到了，笑声引起的振动通过他的胸廓传递到她的指尖。他倾斜着升起摩托车，急速前进，使得车子向前疾驰，像只出笼的鸟儿一样从桥边向上猛地飞起。整个过程她抓得紧紧的。当脚下银色的河水疾行远去，桥上的高柱也一滑而过，克拉丽的胃在身体里一沉，但这次她睁着眼睛，以便看清这全部的一切。